ars vivendi
Krimi

Horst Prosch

Blaue Bäume

Kommissar Brendles erster Fall

Kriminalroman

ars vivendi

Originalausgabe

Erste Auflage April 2014

www.arsvivendi.com

Lektorat: Stephan Naguschewski
Umschlaggestaltung: ars vivendi verlag unter
Verwendung einer Fotografie von prenz66/photocase.com
Druck: CPI Ebner & Spiegel, Ulm

Printed in Germany

ISBN 978-3-86913-417-8

Blaue Bäume

Finale.

Die Bäume hätten eingreifen müssen. Dazwischengehen. Damit es nicht passiert.

Sie haben sich nicht von der Stelle bewegt. Keinen Millimeter. Als wären sie fest in dem Fliesenboden verwurzelt.

Und nun liegt er da und rührt sich nicht.

Er schreit nicht, atmet nicht. Und ich habe Angst, ein bisschen.

Ich könnte mir jetzt ein Lied denken.

Ein kleines, leises Lied, bestehend aus sieben Oktaven. Das könnte ich Helmut vorspielen, in langen, einsamen Nächten, wenn ich auf ihn warte.

Aber wie hört sich ein kleines, ängstliches Lied an?

Gequält? Mit vorsichtigem Anschlag?

Verklungenes Herzzucken?

Ein halber Akkord?

Vielleicht ist so ein kleines, ängstliches Lied wie ein Abgesang. Eine Erinnerung an etwas, das schon vorüber ist.

Was soll ich Helmut erzählen, wenn er wiederkommt? Helmut schiebt mich manchmal vom kleinen Raum hinüber in den großen Raum. Er berührt mich dann mit seinen Händen, das ist ein schönes Gefühl.

Helmut, könnte ich spielen. Da ist etwas, das muss ich dir erzählen. Da war etwas. Es ist noch immer da. Hör mal. Schau mal. Und dann spiele ich ihm das Lied vor, das ich mir jetzt denke. Sieben große Oktaven. Rauf und runter. Und ich stelle mir vor, dass ein Pianist mit seinen zarten Fingern vor meiner Tastatur sitzt, weißes Hemd, schwarze Hose, schwarzes Sakko.

Mir fällt kein Lied ein, kein einziger Ton.

Ich überlege, ob es Sinn macht, zu rufen.

Helmut? Bist du da?

Keine Antwort.

Vielleicht war es zu leise.

Dr. Helmut Gabelmann, du Mann für alles im Kunsthaus Reitbahn in Ansbach, kannst du mich hören?

Wenn jetzt ein Pianist vor meiner Tastatur sitzen würde, was würde er tun?

Den Fuß vorsichtig vom Pedal lösen?

Unter sich blicken?

Hilflos den Rat des Publikums suchen?

Vielleicht schaut er langsam auf, hofft auf eine Eingebung zwischen den Notenblättern, auf etwas, das ihm weiterhilft.

Aber er kann dort nichts finden.

Und dann blättert er.

Vor und zurück, immer wieder. Als würde er in der Partitur finden, wonach er sucht.

Aber da ist nichts.

Keine einzige Note könnte beschreiben, was der Pianist unter sich sieht.

Es folgt sein Blick ins Publikum, zur ersten Reihe, wo die Damen die Beine übereinandergeschlagen haben, die Hände züchtig über dem Rock gefaltet.

Fragen liegen in seinem Blick.

So viele Fragen.

Was mache ich jetzt?

Helfen Sie mir doch, so helfen Sie mir!

Keine Antwort.

Ist ein Arzt unter Ihnen?

Kann jemand Erste Hilfe?

Wieder dieses Schweigen.

Andere Frage.

Kann jemand *letzte* Hilfe?

Vielleicht würde der Pianist, um keine Panik entstehen zu lassen, leise den Deckel des Konzertflügels schließen, die Notenblätter zusammensuchen, sich diese unter den Arm klemmen und mit kleinen Schritten zum Ausgang schleichen.

Tür auf, ganz vorsichtig, um kein unnötiges Geräusch zu verursachen. Dann die Tür wieder zu, ebenso behutsam. Er stoppt ihre Bewegung, hält das Türblatt fest und lässt es sanft ins Schloss gleiten.

Dann geht er ein paar Schritte.

Zunächst langsam, wird dann schneller, immer schneller.

Er würde auf das Honorar verzichten, auf den Beifall des Publikums. Und dann würde der Pianist zu laufen beginnen. Die Notenblätter würden die Spur seiner Flucht auf dem Pflaster in der Reitbahn zeichnen. Fort von hier, nur fort von hier.

Vielleicht ist der arme Kerl in seinem Leben noch niemals so schnell gewesen. Nun läuft er davon, hetzt über die Reitbahn, stolpert mit seinen feinen, glatten, schwarz polierten Schuhen über das grobe Kopfsteinpflaster, seine Frisur wird zerstört, Schweißperlen zeigen sich auf seiner Stirn, und der Pianist ward nicht mehr im Kunsthaus zu Ansbach gesehen.

Ich kann nicht davonlaufen. Ich könnte nur verschoben werden. Vom großen Raum zurück ins Kabinett. Dr. Helmut Gabelmann hat so schöne, zärtliche Hände.

Was er zu diesem Anblick unter mir sagen wird?

Er ist der Chef hier.

Mir fehlen die Töne.

Das ist selten.

Ich bin, wenn es sein muss, ein ganzes Orchester, verfüge über mehr als sieben Oktaven. Doch nun?

Ein kleines Meer entsteht.

Ein rotes Meer.
Darin liegen ein Sakko, zwei Arme, ein verdrehter Kopf.
Leise fällt die Tür ins Schloss.
Dann ist Stille.

1

Brendle.

Brendle sah aus, als hätte er seit Tagen nicht geschlafen. Sein Gesicht war zerknautscht, die Haare struppig und ungepflegt. Das Hemd hing ihm halb aus der abgewetzten Hose, den Schnürsenkel des rechten Wanderschuhs schleifte er wie ein Anhängsel hinter sich her. Am Konzertflügel angekommen bückte er sich und warf einen kurzen Blick auf das, was sich auf den Fliesen abzeichnete.

Das ist also mein erster Fall hier, dachte er. Mein erster westmittelfränkischer Toter. Eine interessante Lage. Niemand baumelt schlaff von der Decke, statt vergammeltem Mobiliar in einer Hinterhauswohnung grinsen wilde Pinselstriche von den Wänden, und die Leiche liegt unter einem Klavier. Schaulustige gibt es bis jetzt auch nicht.

Brendle schaute sich flüchtig um. Außer einem älteren Herrn, der ein paar Meter neben dem Klavier stand und etwas steif die Hände hinter dem Rücken verbarg, war niemand zu sehen.

»Brendle«, knurrte der Kommissar und reichte dem Herrn seine Visitenkarte. »Und mit wem habe ich es zu tun?«

»Dr. Gabelmann. Ich bin der Leiter des Kunsthauses.«

Brendle sagte nichts. Fürs Erste. Das war eine Angewohnheit von ihm. Lieber erst einmal nichts sagen. Mal sehen, was die anderen dann taten. Wie sie reagierten. Ob sie bestürzt waren oder belustigt. Oder angewidert. Vielleicht auch erleichtert. Es gab viele Möglichkeiten.

»Kannten Sie den Toten?«, fragte er schließlich.

Dr. Gabelmann nickte. »Ja. Sein Name ist Eduard Lieblich.«

Brendle kratzte sich geräuschvoll und ausgiebig am Hinterkopf. Dann beugte er sich zu seinen Schuhen und machte in den rechten Schnürsenkel eine Schleife.

»Wissen Sie«, sagte er, nachdem er umständlich mit den Enden der Schnürsenkel hantiert und sich wieder aufgerichtet hatte. »Wissen Sie, ich hasse es, Kriminalfälle auf dem Land aufzuklären. Deswegen war ich bisher auch in München tätig. Kriminalfälle auf dem Land sind gerade in Mode. Allerorten wird gemordet. So was nennt man auch Regionalkrimis. Als hätten die Leute nichts Besseres zu tun, als sich in der Region gegenseitig möglichst publikumswirksam umzubringen. Oder umbringen zu lassen. Und dann sinken die Darsteller theatralisch und mit einem breiten Grinsen im Gesicht auf die Bretter. Das wirkt manchmal wie Bauerntheater. Sie wissen, was ich meine. Und ich muss über schlechte und matschverschmierte Straßen zu kleinen Orten fahren, versaue mir meinen Wagen und finde irgendwo in der Provinz ein übel zugerichtetes Menschlein. Aufgehängt. Zerstückelt. Erschossen. Oder vergiftet. Manchmal ist das einfach aufzuklären, meistens leider nicht. Oft ist der Mörder der Gärtner. Oder die Ehefrau. Also, machen wir es kurz: Wo ist euer Gärtner?«

»Wir haben keinen Gärtner.« Dr. Helmut Gabelmann sprach sehr leise, als sei es ihm peinlich. »Und wir haben auch keinen Garten. Wir sind ein Kunsthaus.«

»Das ist schade. Und gleichzeitig schrecklich.«

»Was ist an einem Kunsthaus schrecklich?«

Brendle sah sich um. Er ging zwei Schritte auf eine Wand mit Bildern zu, dabei löste sich der Schnürsenkel wieder.

»Das hier zum Beispiel. Was ist das?«

»Ein Triptychon.«

Brendle zog die Augenbrauen nach oben.

»Was für ein Sifon …?«

»Das hat nichts mit einem Sanitärabflussrohr zu tun. Ein Triptychon ist ein Bild, das aus drei Bildern besteht. Sie gehören zusammen.«

»Und warum malt man das nicht gleich alles zusammen auf eine Leinwand?«

»Dann wäre es kein Triptychon.«

»Aha.«

Brendle trat zwei Meter zurück. Er ließ das Bild auf sich wirken.

»Ich sehe nur drei Farben. In der Mitte Dunkelrot. Rechts Hellrot. Links Grün. Darauf ein paar wilde, blaue Pinselstriche. Erinnert mich irgendwie an einen Urwald in Flammen, aus dem blaue Affen flüchten. Passt das zusammen?«

»Wenn Sie etwas über die Bedeutung wissen wollen, dann bitte ich Sie, mit der Künstlerin zu sprechen.«

»Ist das die Ehefrau von dem …?«

Brendle deutete mit dem Kopf in Richtung Flügel.

»Von Eduard Lieblich?«

»Ja, genau. Ist das die Ehefrau von dem Toten?«

»Nein.«

»Die will ich sehen.«

»Wen?«

Dr. Gabelmann war irritiert. Der Herr vor ihm sprach in Rätseln. Vielleicht war er verwirrt. Nach einem Kommissar hörte er sich nicht an.

»Na, die Frau Lieblich. Ich denke doch, sie wurde bereits verständigt, oder?«

Dr. Gabelmann schüttelte fast unmerklich den Kopf.

»Nein«, sagte er leise. Es war ihm peinlich. Ihm war alles peinlich. Der Tote. Sein wertvoller Konzertflügel, der wie ein Baldachin über Eduard Lieblich schwebte. Vor allem aber war ihm dieser komische Vogel Brendle zuwider. Mehr als das. Von dem hatte er hier in Ansbach noch nie etwas gehört. Konnten die nicht einen Beamten schicken, der etwas feinfühliger war? Er hatte sich nicht einmal den Dienstausweis zeigen lassen. Das musste er nachholen, irgendwann. Visitenkarten konnte sich jeder drucken lassen.

Dr. Gabelmann überlegte, ob er als Überraschungsgast in ein modernes Theaterstück geraten war. Das Theater von Ansbach war nur einen Steinwurf entfernt. Vielleicht probten sie gerade ein neues Stück. Spontane Comedy im Kunsthaus, um eine Brücke zwischen den beiden Kulturstätten zu schlagen. Titel: Wie Kommissar Brendle den ehrenwerten Dr. Helmut Gabelmann aus der Fassung brachte.

Oder er träumte. Vielleicht sollte er sich in den Arm kneifen. Aber wie würde das Brendle gegenüber aussehen.

Vielleicht gehörte der Auftritt von Brendle zu einer Inszenierung der aktuellen Ausstellung *Blaue Bäume*, den sich einer der beteiligten Künstler als Gag ausgedacht hatte. Wirklich dumm wäre es, wenn der Tote in der Blutlache nur eine Attrappe wäre. Aber das war er nicht. Der Tote war Eduard Lieblich, das war eindeutig. Dafür kannte Dr. Gabelmann ihn zu gut.

»Und, was ist jetzt mit Frau Lieblich?«

Die Stimme von Brendle holte Dr. Gabelmann in die Wirklichkeit zurück.

»Ich weiß nicht, wo sie sich gerade aufhält.«

Brendle blickte irritiert. »Was?«

»Ist das nicht Ihre Aufgabe, sich um die Angehörigen zu kümmern?«

Brendle machte eine abwertende Handbewegung. Als wäre ihm das zu viel Arbeit.

Dr. Gabelmann flüchtete sich in einen Angriff.

»Bin ich der Ehemann von Frau Lieblich?«

Brendle schwieg.

Dr. Gabelmann hakte nach.

»Wissen Sie immer, wo sich Ihre Frau gerade aufhält?«

»Meine Frau geht Sie nichts an.«

»Sehen Sie.«

Dr. Gabelmann gewann seine Sicherheit zurück.

»Haben Sie überhaupt eine Frau?« Er musterte Brendle von Kopf bis Fuß.

Brendle hatte keine Lust, auf diese Frage zu antworten. *Er* stellte hier die Fragen. Antworten mussten die anderen. Er war dienstlich unterwegs. Eigentlich war er immer dienstlich unterwegs, das Privatleben hatte sich unterzuordnen.

»Schluss jetzt.« Brendle bückte sich und verknotete seinen losen Schnürsenkel. Er tat es umständlich, wickelte sich die beiden Fäden mehrmals um die Finger, dann ums Handgelenk, streifte die Schnüre herunter und stopfte sie zwischen Stiefelschaft und Socken.

»Gibt es Zeugen?«

Dr. Gabelmann zuckte mit den Schultern. »Die morgendliche Aufsicht hat ihn entdeckt. Aber erst eine halbe Stunde, nachdem sie das Kunsthaus betreten hatte.«

Brendle versuchte, ruhig zu bleiben. Ihn nervte das hier schon jetzt. Ihn nervte alles. Ansbach. Das Kunsthaus. Wäre er nur in München geblieben. »Und was hat sie gemacht, bis sie den Toten entdeckt hat? Sich Bilder angeschaut?«

Der Kommissar warf einen zweifelnden Blick auf die Wände. Dort wimmelte es nur so von ungezähmten Pinselstrichen. Und alles war auf irgendeine Weise mit einem blauen Baum versehen. Vorne. Hinten. Oben. Unten. Rechts, links, mittig. Winzig oder monumental. Manchmal ragte ein blauer Ast ins Bild. Wuchs seitlich durch ein Möbelstück. Oder er fiel von der Decke herunter. Zumindest schien es so. Um eine Säule herum tanzten blaue Gestalten einen wilden Reigen. Es wirkte, als hätten die Typen sich mit Whisky zugeschüttet und als Bäume verkleidet. Und anschließend alles in Blau auf die Leinwand gepinselt. Besoffene Kreaturen. Trunkene Bäume. Vielleicht waren sie glücklich. Oder die Farbe Blau sollte die Treue ausdrücken. Treue, blaue Bäume. Eine merkwürdige Vorstellung, aber doch in gewissem Sinn passend. Aus der Reihe tanzte nur dieses Triptychon ganz vorne. Vielleicht war das handwerklich sogar gut gemacht. Komisch war es trotzdem. Er konnte mit Kunst nichts anfangen.

Brendle versuchte sachlich zu bleiben. Kunstwerke hatten bei Ermittlungen nichts zu bedeuten.

»Wer hatte heute Morgen Aufsicht?«

»Susanne März.«

»Kann ich sie sprechen?«

»Sie ist beim Arzt.«

Brendle verdrehte die Augen. Das ging ja gut los.

»Am Sonntag?«

»Beim Notdienst.«

»Was macht die jetzt beim Notdienst? Hat sie Kreislaufprobleme bekommen, nachdem sie Herrn Lieblich unter dem Klavierdings liegen sah? Oder ist ihr vor lauter blauen Bäumen übel geworden?«

»Sie hatte eine wichtige Angelegenheit zu erledigen.«

»Ich dachte, sie hat Aufsicht?«

Hier passt ja nichts zusammen, dachte Brendle. Die Person, die den Toten entdeckt, verlässt den Tatort, um eine wichtige Angelegenheit beim Arzt wahrzunehmen. Gab es etwas Wichtigeres, als der Kripo auf Fragen die entsprechenden Antworten zu geben? Das war schon mal verdächtig. Sehr verdächtig.

»Ich habe ihr dafür freigegeben.«

Brendle schaute zum Fenster hinaus. Er brauchte Luft. Frische Luft. Das hatte nichts mit dem Toten unter dem Konzertflügel zu tun.

»Ich wusste, dass mir das hier keinen Spaß machen wird«, murmelte er. »Zustände sind das … Zustände.«

Das Gesicht von Brendle sprach Bände. Er hasste diesen Tag, er hasste diesen Ort, es war ihm alles zuwider. Etwas Dümmeres hätte ihm heute kaum passieren können. Ein Toter in einem Kunsthaus, der sich als letzte Ruhestätte den Platz unter einem Konzertflügel ausgesucht hatte. Oder dort abgelegt worden war. Oder an diesen Ort geschleift worden war. Das würde noch untersucht werden müssen. Vielleicht war Herr Lieblich auch vom Tasteninstrument überrollt worden. Oder vom Hausmeister beim verbotenen Klavierspielen ertappt worden. Und dann. Zack. Oder wie auch immer. Als Folge trat der Tod ein. Eine martialische Strafe für eine minimale Tat. Auszuschließen war hier nichts. Wie es aussah, musste er bei diesem Fall ganz andere Wege gehen. Einen Mord in einem Kunsthaus hatte er noch nicht. Es war seine Premiere.

Gelangweilt schlenderte Brendle durch die Ausstellung. Neben den Bildern und Objekten waren Schilder mit den Namen der Künstler und der Bezeichnung der Werke angebracht. Nicht nur ein Künstler stellte hier aus, es schien eine ganze Gruppe zu sein, die sich zu einem bestimmten Thema Gedanken gemacht haben musste. Das Thema schien »Blaue Bäume« zu sein. Denn beinahe in jedem Bild, bei jeder Skulptur war ein blauer Baum oder ein blauer Ast zu entdecken. Die blauen Bäume schwebten über den Himmel, reckten ihre Äste über Feldwege und bildeten darüber eine Überdachung. Blaue Bäume wuchsen Hauswände entlang und griffen mit ihren Ästen in die Privatgemächer der Bewohner. Hier roch es überall nach Kunst. Nach Sinnbildern. Nach Sinnverstecken.

In einem zweiten, etwas kleineren Raum ragte ein Wald aus dünnen, blau angestrichenen Baumstämmen fast bis an die Decke hinauf. Es war Kiefernholz. Ein paar dürre, weiße Birken waren auch darunter. Für Brendle waren es nichts weiter als dünne Stecken, die ebenso gut als Brennholz hätten dienen können. Das angemalte Brennholz war provisorisch auf Metallplatten befestigt. Die blauen Bäume hatten keine Äste, keine Wurzeln, nichts. Nur ihren blauen Stamm. Manchmal auch ein blaues Blatt. An einem der Stämme hing ein einzelnes rotes Blatt. Sonst nichts. Auch das muss Kunst sein, dachte Brendle. Ein rotes Blatt an einem blauen Kiefernholzstamm. Wer sich so etwas ausdachte, konnte doch in der Schule nicht richtig aufgepasst haben, oder? Kiefernholz hatte Nadeln, keine Blätter.

Er stand ratlos in diesem kleinen Wald. Es gab keinen Weg durch die blauen Bäume, keine Markierungen. Ein bisschen Moos auf dem Fußboden hätte die blauen Stecken vielleicht wirklich an einen Wald erinnern lassen, aber so?

Brendle musste hier raus. Die blauen Bäume irritierten ihn. Sie lenkten ihn ab und brachten ihn nicht weiter. Langsam schritt er die Reihe der Bilder ab, die an den Wänden hingen, arbeitete sich zum Eingang des Kunsthauses vor und entdeckte eine rote Spur, die sich auf dem Fußboden dahinzog. Hier ein Tropfen, dort ein Tropfen. Dann wieder ein paar Meter nichts. Das musste er untersuchen lassen. Und dieser kleine Fleck neben einem Bild an der Wand am Eingang, war der nicht leicht rötlich? Wie Blut, nur leicht verschmiert? Es sah so aus, als seien auch an dem Bild direkt daneben Spuren einer Beschädigung zu entdecken. Kleine Abschürfungen am

Rand, als sei jemand daran gestoßen und dabei abgerutscht. Er musste die Spurensicherung darauf hinweisen. Das Bild hieß wie die Ausstellung selbst *Blaue Bäume.* Es zeigte einige abstrakte, blaue Bäume vor einer Hügellandschaft und war von der Künstlerin Margarete von Blumen angefertigt worden. Ein seltsamer Name, überlegte Brendle. Der fällt auf. Den kann man sich merken. Verarmter Adel?

In seiner Schläfe kündigten sich Kopfschmerzen an. Ein diffuses Spannungsgefühl in der Nähe des linken Auges, wie die Vorboten eines aufziehenden Sturms. Auch das noch.

Solche Tage wie dieser hatten die Eigenschaft, sich endlos in die Länge zu ziehen. Er rieb sich mit den Fingern über die Schläfe und hoffte, er könne dieses Gefühl verscheuchen. Vielleicht war er deswegen so ungehalten, so genervt. Wetterumschwünge spürte er manchmal bereits, da hatten die Leute vom Wetterbericht noch nicht einmal eine Ahnung vom nächsten Tief. Da gaukelte das Tief noch als laues Lüftchen durch den Golf von Mexiko, und bei ihm machte es sich in einem stechenden Schmerz in der Schläfe bemerkbar. Aber vielleicht bildete er sich auch alles nur ein. Wetterfühligkeit war etwas für Frauen. Hoffte er.

Brendle war nach seinem Rundgang durch das Kunsthaus wieder neben dem Konzertflügel angekommen. Von dort aus blickte er durch die großen Fenster auf die Straße und musterte die Schaulustigen, die sich inzwischen in der Reitbahn versammelt hatten. Wie die schauten. Und drängelten. Und plötzlich nichts anderes zu tun hatten, als hier an diesem Ort spazieren zu gehen. So früh am Sonntagmorgen. Sonst wälzten sie sich doch auch bis in die Mittagsstunden mit der Gemahlin im Bett und gingen ehelichen Verpflichtungen nach. Oder sie machten sich hübsch, um sich später bei einem Sonntagsbrunch so lange den Bauch vollzustopfen, bis es ihnen aus den Ohren wieder herauskam. Oder sie schauten den Sonntagabendkrimi vom vergangenen Wochenende, weil sie da keine Zeit gehabt hatten. Es gab heute viele technische Möglichkeiten, Versäumtes nachzuholen. Oder zu verschieben. Oder rückgängig zu machen. Leider.

Nur der Tod ließ sich noch nicht rückgängig machen.

Wenn es anders wäre, hätte er dem Toten unter dem Klavier auf die Schulter getippt, gesagt, nun sei es gut, er hätte seinen Auftritt gehabt und könne nach Hause gehen, und die Sache wäre für ihn erledigt gewesen.

Ein paar Fotografen sausten draußen vor dem Kunsthaus umher, zückten Mikrofone und brachten eine Fernsehkamera in Stellung. Brendle wunderte sich jedes Mal aufs Neue, woher diese Leute so schnell Wind von einem nicht geklärten Todesfall bekamen. Die mussten doch einen siebten oder achten Sinn für solche Tragödien haben. Und in Gedanken Geldscheine flattern sehen, weil ihre Nachricht auf der Titelseite einer Zeitung prangte und das Internet die Neuigkeit weltweit verbreitete. Waren das noch Zeiten, als es dieses Zeug mit den Einsen und Nullen noch nicht gegeben hatte. Alles war geruhsamer, gemächlicher. Ein Tag war noch ein Tag.

Dafür war auch die Aufklärungsquote geringer.

Wenn irgendwo in einem Hochhaus wochenlang ein vergessener Bewohner tot in seiner Wohnung lag und sich niemand darum kümmerte, interessierte das kaum jemanden. Da witterten sie keine Story. War doch nur ein einsamer alter Mann, eine verbitterte alte Frau, die nun verstorben war. Verarmt. Vergessen, vom Vater Staat abhängig, der nun auch noch für die Beerdigung aufkommen durfte. Das war keine Geschichte, die auf der Titelseite für Aufsehen sorgte. Das war Alltag. Vielleicht reichte es für einen Dreizeiler in der örtlichen Presse.

Brendle beobachtete Dr. Gabelmann. Ein seltsamer Typ. Drahtig, hager, einen halben Kopf größer als er selbst. Er war zeitlos gekleidet, nicht elegant, trotzdem ausgehfähig. Als müsste er demnächst eine Rede halten. Spontan und ganz ohne Krawatte, dafür mit Sakko. Er schätzte Dr. Gabelmann irgendwo zwischen fünfzig und sechzig. Von ihm ging eine gewisse Autorität aus. Gleichzeitig konnte Brendle sich vorstellen, dass Dr. Gabelmann vieles, was im Kunsthaus geschah, vor der Öffentlichkeit verbarg.

Von der Eingangstür drangen Stimmen bis nach vorne zum Konzertflügel. Zwei Männer in weißen Overalls schauten sich um. Blitzlichter erhellten das Kunsthaus. Rot-weiße Absperrbänder wurden durch den Raum gezogen. Sie folgten der Spur, die sich auf dem Fußboden abzeichnete.

»Na endlich«, knurrte Brendle. »Ich dachte schon, die Leute von der Spurensicherung kommen überhaupt nicht mehr. Typisch Provinznest. Seid ihr extra aus München gekommen?«

Dr. Gabelmann räusperte sich.

»Wir haben gleich nebenan die Regierung von Mittelfranken«, sagte er leise. »Wenn Sie wollen, dann können Sie dem Bezirkstagspräsidenten, dem Bezirkspräsidenten und auch der Oberbürgermeisterin von Ansbach einen schönen Tag wünschen. Von einem Provinznest kann keine Rede sein.«

»Nein. Danke.« Die Antwort von Brendle war knapp. »Alles, was kleiner ist als München, ist für mich ein Provinznest. Basta.«

»Sind Sie aus München?«

Brendle antwortete nicht. Er kniete neben dem Toten nieder, zog sich Handschuhe an und kroch unter den Flügel. Dort saß er, den Kopf eingezogen, die Wanderstiefel von sich gestreckt. Dann legte er sich neben den Toten, was ein paar akrobatische Verrenkungen von ihm erforderte, gab Acht, nicht in die inzwischen angetrocknete rote Flüssigkeit zu geraten, und starrte nach oben. Es schien, als würde er die Lage des Toten einnehmen und versuchen, dessen Gedanken zu erraten. Was immer er zu sehen erhoffte, die Position dafür war unbequem.

Nach einer Weile kroch Brendle wieder unter dem Flügel hervor, streckte sich und schlurfte zum Eingang des Kunsthauses. Seine Schnürsenkel schleifte er hinterher.

Die Herren von der Spurensicherung knieten inzwischen auf dem Fußboden. Langsam robbten sie die Fliesen entlang, den Allerwertesten in die Höhe gereckt, leuchteten Ecken aus, tupften mit Pinseln den Staub von den Fliesen und stiegen auf Besucherstühle. Lichter blitzten, auf einem Schreibblock wurden Notizen gemacht.

Vor den großen Fenstern des Kunsthauses drückten sich Schaulustige die Nasen platt. Dr. Gabelmann versuchte, sie durch Handzeichen zum Weitergehen zu bewegen, vergeblich.

Die Stimme von Kommissar Brendle hallte durch das Kunsthaus.

»Ich möchte jeden Tropfen Blut gezählt wissen, verstanden? Jeden Schmierer, jeden Spritzer an der Wand, alles … Und machen Sie mir die Dame vom Frühling ausfindig.«

»Frau März?«

»Ja genau. Die meine ich.«

Brendle war wieder bei Dr. Helmut Gabelmann angekommen, der es kaum wagte, sich von der Stelle zu bewegen. Er verharrte in der Nähe seines geliebten Konzertflügels, als müsste er ihn vor dem Toten beschützen.

»Wie lange denken Sie, wird die Angelegenheit in Anspruch nehmen?« Die Stimme von Dr. Gabelmann klang besorgt.

Brendle zuckte mit den Schultern.

»Keine Ahnung. Bringen Sie mir den Mörder oder die Mörderin, vielleicht gleich heute im Lauf des Tages, und dann ist die Sache ganz schnell erledigt. Warum fragen Sie?«

»Nun ja, wir haben viele Veranstaltungen im Kunsthaus. Vernissagen, Konzerte, Lesungen. Neben der aktuellen Ausstellung finden im Nebenzimmer auch Kurse für Kinder statt.«

»Die werden ausfallen müssen.«

»Außerdem haben wir heute Abend einen Empfang für einen Sponsoren. Das ist sehr wichtig.«

»Sponsoren?« Brendle zog die Augenbrauen nach oben. Er konnte das gut. »So so.«

In Brendle begann es intensiv zu arbeiten. Wenn ein Kunsthaus Sponsoren brauchte, dann ging es ihm finanziell nicht gut. Das war wie bei einem Unternehmen. Vielleicht machte es Verlust. War der Tote ein Sponsor, der sich weigerte, mehr Geld in das Kunsthaus zu investieren?

»Dieser Herr Lieblich«, sagte Brendle. »Was machte der eigentlich so? Kannten Sie ihn?«

»Herr Lieblich hat sich intensiv mit den Künstlern befasst, die hier im Kunsthaus ausstellen. Welchen Beruf er hatte, kann ich nicht sagen, wir haben nie darüber gesprochen.«

Kein Beruf, dachte Brendle. Vielleicht ein Privatier? Ein Gönner? Ein Kunstmäzen?

»Interessant. Und weiter?«

»Manchmal hielt Herr Lieblich hier auch Lesungen. Es waren immer besondere Veranstaltungen. Leider kamen zu seinen Lesungen kaum Besucher.«

»Hatte Herr Lieblich Feinde?«

Brendle musste diese Frage stellen, auch wenn sie ihm zuwider war. Dr. Helmut Gabelmann hob entschuldigend die Hände.

»Wer hat nur Freunde? Sicher ist, dass er häufig bei den Künstlern im Atelier war. Er beobachtete ihre Arbeit. Was sie taten, wie sie malten, wie sie ihre Werke entstehen ließen. Darüber schrieb er.«

Das wurde ja immer besser. Oder schlechter.

Ein Toter, von dem man nicht wusste, wovon er lebte, bei dessen eigenen Lesungen kaum jemand zuhörte, der aber anderen Künstlern bei der Arbeit zuschaute.

Der Schmerz in Brendles linker Schläfe schickte kleine Nadelstiche. Er würde wohl den ganzen Tag über damit zu tun haben. Eine scheußliche Vorstellung. Und nun musste er sich nicht nur um die Vergangenheit eines Toten in einem Kunsthaus kümmern, sondern auch noch um die Befindlichkeiten von irgendwelchen Künstlern, die Lieblich besucht hatte. Sie alle könnten etwas zum Tod beigetragen haben.

»Ich möchte eine Liste mit allen Künstlern, von denen Sie wissen, dass Lieblich mit ihnen Kontakt hatte. Geht das?«

»Sicher. Aber Herr Lieblich war auch mit Künstlern befreundet, die nicht im Kunsthaus ausgestellt haben.«

Auch das noch. Die Angelegenheit weitete sich aus. Wie ein Stein, der ins Wasser geworfen worden war und nun kleine Wellen verursachte. Die Kreise wurden größer, immer größer.

Brendle sah einen Berg mit Arbeit auf sich zukommen. Der Berg baute sich vor ihm auf wie ein kleiner Mount Everest. Und er musste da hinauf. Oder da hindurch. Oder außen herumlaufen und schauen, wo der bequemste Weg war, der nach oben führte. Und ein Ergebnis brachte. Oder was auch immer.

Bergwandern mochte er. Das kannte er. Da fühlte sich seine Seele wie zu Hause.

»Tut mir wirklich leid«, meinte Brendle. Und nun war er irgendwie freundlicher. »Ich fürchte, Sie müssen mir helfen. Ich benötige also die Liste von den Künstlern. Dann die Adresse vom Toten. Ich muss seine Frau benachrichtigen. Außerdem will ich alle Adressen der Sponsoren Ihres Kunsthauses, und dann schauen Sie bitte, dass sich Frau März bei mir meldet, wenn sie vom Arzt zurück ist.«

2

Eins. Zwei.

Jetzt kommen sie mit weißen Tüchern. Ich wusste nicht, dass weiße Tücher zum Fundus des Kunsthauses gehören. Vielleicht haben wir auch gelbe Mäuse und grüne Elefanten. Ich wäre mir nicht sicher, dass es solche Dinge bei uns nicht gibt. Aber sie können keine grünen Elefanten ins Fenster stellen, auch wenn es lustig aussähe. Das wäre unpassend. Große, weiße Tücher sind besser. Damit verhängen sie die Fenster.

Ich sehe die Enttäuschung in den Gesichtern der Leute, die sich ihre Nasen am Fenster platt gedrückt haben. Es gibt nichts mehr zu sehen. Keine Leiche. Keinen Kommissar. Auch keinen Konzertflügel. Das ist traurig. Die Lippen in den Gesichtern bewegen sich.

Ich muss nicht hören, was sie sagen.

Ich weiß es auch so.

Es ist ein kleines Schauspiel.

Vielleicht auch Comedy.

Wie im Fernsehen.

Nur direkt in der Reitbahn von Ansbach.

Und das geht so:

Schade, jetzt sehen wir nichts mehr.

Endlich passiert mal etwas Interessantes im Kunsthaus, und dann hängen sie weiße Tücher auf.

Stimmt. Diese Bilder dort sagen mir nichts. Blaue Bäume.

Wer sich so etwas nur ausdenkt?

Meinen Kindern darf ich das nicht erzählen. Die fragen mich höchstens, ob es irgendwo tatsächlich blaue Bäume gibt.

Waren Sie schon in der Ausstellung?

Einmal. Kurz nach der Vernissage. Wissen Sie, ich mag diese Eröffnungsfeiern nicht. Da muss man sich unterhalten und mit lauter studierten Leuten reden. Oder seine Meinung zu den Kunstwerken sagen.

Also ich sag da lieber nichts.

Ich schon. Aber damit können dann die anderen meistens nichts anfangen.

Gelächter.

Mir geht es genauso. Aber der Tote dort unter dem Klavier, der sagt mir etwas.

Wirklich? Ihnen auch?

Ja. Der sagt mir, dass mir das Kunsthaus schon immer seltsam vorgekommen ist. Da war mir der Discounter, der vorher drin war, viel lieber.

Da haben Sie Recht. Immer gab es Angebote.

Aber manches hatten sie nicht.

Die Markenwaren fehlten halt ein wenig.

Und die Gewürze! Meinen geliebten Pfeffer zum Beispiel, den mit Chili drin, haben sie nie bestellt. Obwohl ich ein paar Mal gefragt habe.

Dafür war es ein Discounter. Zum Sparen. Und Einkaufen.

Genau. Im Kunsthaus kann man ja nicht einkaufen.

Da kann frau nur Kunst anschauen.

Aber davon kriegt frau die Familie nicht satt.

Erneut Gelächter.

Und dann diese Leute.

Sie sagen es.

Wie die sich immer anziehen. So außergewöhnlich designt. Als könnten die nichts Normales tragen.

Das meine ich auch. Schnürchen und Bändchen und Hütchen und Krawattchen.

Krawattchen tragen nur die Offiziellen.

Manchmal.

Und es sind sogar Löcher in den Hosen.

Bei den Offiziellen?

Nein, bei denen nicht. Aber bei den anderen.

Ich kenne da einen, der schaut aus, als würde er manchmal unter einer Brücke schlafen.

Aber der ist wirklich nett zu den Kindern.

Woher wissen Sie das?

Na. Der bastelt doch mit denen.

Kleine Pause. Erstaunte Gesichter.

Dann Empörung.

Das ist ja höchst gefährlich. Überlegen Sie einmal. Basteln mit Kindern. Was da alles passieren kann. Zuerst ist es der nette Onkel, und dann …

Ach, was. Der ist wirklich in Ordnung. Der nimmt nur Naturmaterial. Kleine Äste. Korken. Bindfäden. Was weiß ich. Die Kinder lieben ihn. Das ist ein Naturkünstler. Und er macht Musik. Und Kunst. Und lustig ist er auch. Aber er hat komische Ansichten. Ich glaube, er lebt ganz ohne Strom.

Hat der keine PV-Anlage?

Keine … was?

Na diese Dinger auf dem Dach, vor denen sich die Feuerwehr so fürchtet.

Ach, Sie meinen eine Photovoltaik-Anlage. Nein, die hat er nicht. Der lebt wirklich ohne Strom.

Wussten Sie, dass der sogar ein Spiel erfunden hat?

Der ohne Strom?

Ja, genau der. Er heißt Peter. Mehr weiß ich nicht. Und sein Spiel heißt *Kitzeldiekatz*.

Wie heißt das?

Kitzeldiekatz.

Wortloses Nachdenken. Dann Entsetzen.

Ist das nicht was Unmoralisches?

Von wegen. Meine Kinder spielen damit. Die lachen sich halbtot. Es hat sogar einen Preis gewonnen, weil es pädagogisch so wertvoll ist.

Und dann lebt der ohne Strom? Der muss doch total reich sein, wenn er für sein Spiel einen Preis bekommen hat.

Das ist ein Künstler. Der macht sich nichts aus Geld. Außerdem glaube ich nicht, dass er reich ist. Sonst hätte er keine Löcher in den Hosen.

Sie sagen es.

Die Nasen vor den Fenstern sind verschwunden. Die Meute verläuft sich. Weiße Tücher bewirken manchmal kleine Wunder.

Ich blicke auf Lieblich hinab. Er liegt noch immer unter mir. Aber Herr Lieblich ist nicht lieblich. Tote sind selten etwas, das mit Schönheit zu tun hat. Tote sind Vergangenheit. Gelebtes Leben. Verbrauchte Gefühle. Vergessene Leidenschaften. Alles dahin.

So ein Leben spiegelt sich im Tod. Was trägt er in seiner letzten Stunde? Anzug oder Jogginghose? Feines Hemd oder T-Shirt?

Lieblich trägt ein Sakko. Älteres Modell, farblich eine Mischung zwischen dunklem Gelb und Hellbraun. Dazu eine dunkle Hose, schwarze Socken, schwarze Schuhe. In dieser Kleidung hielt er manchmal eine Lesung.

Lieblich ist kein schöner Anblick. Er liegt auf dem Bauch, die Arme halb unter sich begraben, verkrampft und entspannt zugleich. Die Stirn ruht auf den kalten Fliesen, als wollte er den Boden küssen.

Unter seinem Kopf und um seinen Oberkörper hat sich ein kleiner See gebildet. Ein dunkelroter, halb eingetrockneter See. Wenn ein Pianist einen Ton suchen würde für diesen Anblick, einen einzigen, einsamen Ton, um diese letzten Minuten mit Musik wiederzugeben, würde er zur Kontra-Oktave greifen. Ganz links auf meiner Tastatur.

Für einen Moment würde sein Finger über einer Taste schweben.

Als würde er Kraft holen.

Weil dieser eine Moment unendlich viel Kraft braucht.

Dann würde er die Taste drücken.

Mit Vehemenz.

Einmal.

Pause.

Das ist die Geburt.

Ein Paukenschlag ins Leben.

Brutal.

Herausgewürgt aus einem weiblichen Leib.

Unter Schmerzen geboren.

Der Ton hallt lange nach. Hart und klar. Endlich ist Eduard geboren. Welch ein Leben. Und wie lange das dauerte. Als hätte dieser Ton erst erfunden werden müssen.

Geht das nicht einfacher, nicht süßer, leichter, fröhlicher?

Nein.

Für Lieblich gibt es keinen anderen Ton.

Und nun ist alles anders.

Ein zweites Mal. Die Kontra-Oktave. Bis fünf zählen. Den Anschlag wiederholen. Schneller, immer schneller. Als würde das Leben vorbeiziehen in einem hektischen, gnadenlosen Lauf.

Älterwerden im Zeitraffer einer Diashow.

Die ersten Gehversuche, Stürze.

Wie Lieblich Rad fahren lernt.

Sein erster Schultag.

Kleine Pause.

Verschnaufen. Der Ton aus der Kontra-Oktave hallt nach. Ein dunkles Brummen.

Dann weiter.

Gleichmäßiger Anschlag. Wie Herzklopfen beim Spazierengehen. Ein beständiger Takt.

Lieblich.

Seine Laufbahn in der Schule.

Nichts Besonderes.

In der achten Klasse ist er nicht versetzt worden. Mathe und Physik waren die Übeltäter. Oder die Lehrerin. Das kann jedem passieren. Und er war verliebt. Ja, Eduard Lieblich war zum ersten Mal in seinem Leben so richtig verliebt. Er konnte sich in der Schule nicht mehr konzentrieren, dachte an nichts anderes. Es war ein Mädchen aus der Nachbarklasse. Lange braune Haare, eine leise, sehr leise Stimme. Sie hieß Anita.

Kann ich mit einem einzigen Ton einen Walzer spielen? Er käme zur rechten Zeit.

Eins-zwei-drei.

Eins-zwei-drei.

Anita wollte ihn nicht. Aber das sagte sie ihm nicht direkt. Sie ließ ihn am ausgestreckten Arm verhungern. Wich aus. Hatte Ausreden. Und er fragte sie oft. Ob sie mit ihm gehen wolle. Einen Nachmittag für ihn Zeit hätte. Sie könnten sich nach der Schule treffen. Irgendwo.

Eins-zwei-drei.

Eins-zwei-drei.

Der erste Ton wird härter angeschlagen, die nachfolgenden sanfter.

Lieblich verstand das Spiel von Anita lange nicht. Er war – ich muss das so deutlich sagen –, er war ein Depp. In der Pause suchte er ihre Nähe, hockte wie ein kleiner Hund neben ihr und schaute zu, wie sie ihn nicht beachtete. Manchmal griff sie nach seiner Hand, ganz nebenbei. Und der kleine Eduard war glücklich. Er empfand diese belanglose, flüchtige Berührung als Beweis ihrer Zuneigung. Wenn sie über seine Finger strich durchfuhr es ihn vom kleinen Zeh bis zu den Haarspitzen, und der Platz in seiner Unterhose wurde eng. Sehr eng. Eduard glaubte wirklich, er sei am Ziel seiner Träume. Anita würde ihm einen Treffpunkt mitteilen. Ihm ihre genaue Adresse geben. Sie würden sich in den Ferien kleine Liebesbriefe schreiben. Mit roter Tinte und einer Sondermarke auf dem Kuvert. Dachte er. Hoffte er. Wie nett.

Alle lachten über ihn. Heimlich, hinter vorgehaltener Hand.

Schau, der kleine Eduard. Wie der sich von dem Mädchen vorführen lässt. Die spielt mit ihm. Die hält ihn wie einen kleinen Hund.

Komm, mein Wauwau. Komm.

Und die ganze Klasse wusste es. Auch die Parallelklasse. Dort gab es nur Mädchen.

Nur Mädchen!

Eines netter und hübscher als das andere. Eine betörende Auswahl. Klein. Groß. Mittel. Dick. Dünn. Mit oder ohne Babyspeck an den Hüften. Blond und brünett, dauergewellt und glatt geföhnt. Es gab sogar Mädchen, die hatten eine Zahnspange. Die Auswahl in der Parallelklasse ließ keine Wünsche offen. Und ausgerechnet in die Anita hatte er sich verguckt. Wegen der langen braunen Haare, ihrer Stimme.

Eins-zwei-drei.

Eins-zwei-drei.

Die Töne werden schwächer. Der Takt geht verloren. Als Eduard endlich verstand, dass das Mädchen mit den langen braunen Haaren ihm zwar schöne Augen machte, aber sonst nichts, wirklich nichts laufen würde zwischen ihnen, verweigerte er sich dem Lernen.

Er war ohnehin keine Leuchte in Mathe.

Eine Arbeit in Physik versaute er absichtlich. Die Dichte und die Wichte. Er wusste es, aber er brachte es mit der Masse durcheinander.

Welche Masse hat die Dichte?

Gab es ein Maß für enttäuschte Liebe?

Wie eng waren sie nebeneinander gesessen, Anita und er?

Wenn sie nur nicht diese leise, verführerische Stimme gehabt hätte. War ihre Nähe mit der Dichte von Gemeinheit gleichzusetzen?

Ungefähr so schrieb er es in die Schularbeit. Die Lehrerin schmunzelte nicht, als sie ihm die Arbeit auf den Tisch legte. Sie schaute ihn an, Enttäuschung im Blick. Von ihren Lippen kam ein Satz, der sich so anhörte, als müsste er das doch gewusst haben.

Was meinte sie damit? Dass er gewusst haben musste, welche ungeheure Dichte die Nähe von Anita besessen hatte? Dass er gewusst haben musste, welche Schauspielerei dahintersteckte?

Eduard schrieb in dieser entscheidenden Arbeit eine glatte Fünf. Wie er die Punkte für die Fünf zustande brachte, wusste er nicht.

Er hatte auf eine Sechs gehofft.

Es war ihm egal. Es war seine Rache. Er meinte mit dieser Arbeit nicht die Physik. Enttäuschte Liebe ließ sich nicht in Formeln pressen.

Die Dauer der Berührung multipliziert mit der Tiefe der Enttäuschung ergibt in der Summe niemals den Schmerz der Liebe.

Er meinte mit dieser Arbeit sich selbst. Er wollte dieses Unbegreifliche begreifen, wollte vor sich selbst bestehen und der Klasse beweisen, dass er es drauf hatte.

Die Fünf in Physik war sein Glück. Er schaffte die Klasse nicht. Als er die achte Klasse zum zweiten Mal besuchte, ging es ihm besser. Anita vergaß er. Sie drehte mit ihren Freundinnen weiter ihre Runden auf dem Pausenhof.

Eins-zwei-drei.

Eins-zwei-drei.

Er beachtete Anita nicht mehr. Irgendwann, kurz bevor sie die zehnte Klasse beendet hatte und es in der Schule die obligatorische Sommerparty gab, tanzte er mit ihr. Sie hatte ihn dazu aufgefordert, nicht er sie.

Es tue ihr leid, wegen damals, hauchte sie ihm ins Ohr, als sie Blues tanzten.

Eins. Zwei.

Wirklich, Eduard, das musst du mir glauben. Es tut mir aufrichtig leid. Ich wollte das nicht.

Eins. Zwei.

Sie drehten sich im Kreis, als hätten sie noch niemals etwas anderes getan. Eine unberührte Vertrautheit, so schien es. Und die Klassenkameraden schauten schon wieder.

Sind die jetzt doch zusammen?

Wenn er nur nicht so verletzt worden wäre von ihr. Das war tief gewesen, so verdammt tief.

Eins. Zwei.

Santana dröhnte aus den Boxen. *Samba pa ti.*

Sie drückte sich an seinen Körper, Eduard drückte zurück.

Es hätte so schön sein können, dachte er.

So schön wie im Traum.

Eins. Zwei.

Sie habe damals mit ihren Freundinnen eine Wette abgeschlossen, sagte sie. Wie dumm von ihr.

Eins. Zwei.

Dass sie es schaffen würde, ihn auf sich aufmerksam zu machen. Und das sei ihr auch gelungen.

Hauchte sie in sein Ohr.

Jetzt sei es ihr peinlich.

Aber sie habe es genossen, damals.

Dass er sie so angehimmelt habe.

Eins. Zwei.

Eins. Zwei.

Aber dann.

Eins. Zwei.

Santana ließ die Gitarren jubeln.

Auch andere Paare versanken in Zweisamkeit.

Eins. Zwei.

Das war doch so ausgemacht.

Eine blöde Wette.

Wirklich.

Aber dann würde sie ihn links liegen lassen.

Hatte sie versprochen.

Eins. Zwei.

Den Freundinnen.

Eins. Zwei.

Ihr Lohn war eine Flasche Sekt.

Flüsterte sie ihm ins Ohr.

Wort für Wort.

Mit vielen Pausen.

Es hörte sich an wie ein Geständnis.

Eins. Zwei.
Den Sekt hat sie mit den Freudinnen getrunken.
Und sich dann übergeben.
Ein grauenhaftes Zeug.
Es tue ihr leid, wirklich.
Eins. Zwei.
Und dann noch einmal.
Es tue ihr leid.
Und sie drückte sich an ihn.
Von Kopf bis Fuß, von rechts nach links.
Was für ein Gefühl.
Das hätte sie alles haben können.
Früher schon.
Viel länger.
Denkt sie.
Blöde Wette.
Eins. Zwei.

Er spürte ihren Körper, diese beiden kleinen, festen Hügel an seiner Brust, strich mit seinen Händen über ihren Rücken und vielleicht, so dachte er, wird nun alles gut.

Eins. Zwei.

Als Santana seinen letzten Ton auf der Gitarre in die Aula hinausgejauchzt hatte und der Discjockey Van Halen ankündigte, standen sie immer noch da.

Ob er nach der Party noch etwas Zeit für sie hätte?
Ihre Haare kitzelten sein Gesicht.
Es roch frisch und luftig.
Der Hauch einer Sommerwiese.
Er überlegte.
Lange und intensiv.
Ungefähr zehn Sekunden.
Vielleicht auch länger.

Van Halen jumpte schon durch die Aula.

Eduard hatte keine Zeit. Er traute ihr nicht. Vielleicht ging es schon wieder um eine Wette.

Das war seine Jugend.

Ein Teil davon.

Lieblich vergaß die Sache mit Anita nie. Einmal schrieb er darüber, ein winziger Ansatz in einer Kurzgeschichte. Mehr ein Fragment, denn eine Geschichte. Aber er konnte nicht mehr davon preisgeben. Es war zu persönlich.

Das Publikum hätte sofort bemerkt, was los war.

Ihm Taschentücher auf die Bühne geworfen.

Lieblich skizziert seine erste, unglückliche Liebe. Und ihm kommen beinahe die Tränen. Seht nur, wie er noch immer leidet.

Das wollte er sich ersparen.

Als er die Geschichte vortrug, saß er zitternd am Tisch, gleich neben mir. In seinen Händen vibrierte ein Blatt Papier, auf dem der Text stand, und ich spürte, wie sein Herz schlug. Es übertrug sich auf meinen Resonanzboden.

Gleichmäßige Schläge.

Wieder dieser Ton aus der Kontra-Oktave.

Das Echo seiner Jugend.

Und jetzt ist er tot.

Lieblich ist kein schöner Anblick. Sein Rücken ist mit diesem alten Sakko bedeckt, dann kommt die Hose, seine verdrehten Beine, schwarze Socken, schwarze Schuhe. Die Schnürsenkel sind offen.

Wenn sie ihn umdrehen, will ich nicht hinsehen.

Pedale, ihr schaut nach vorne.

Ihr drei Rollen an den Beinen: Ruhe. Ihr bewegt euch keinen Millimeter, verstanden?

Und du, mein lieber Deckel, mein Korpus: Ihr hört auf zu glänzen. Werdet matt, ganz matt. Hochglanz verträgt sich nicht mit einem entstellten Gesicht. Nur die Farbe ist richtig: ein tiefes, dunkles Schwarz.

Noch einmal die Kontra-Oktave.

Kein Walzer jetzt.

Ein entsetzlich harter, steifer Finger auf der Taste, gefühllos für Nuancen. Brutaler Klang. Zehnmal angeschlagen. Hundertmal. Tausendmal. Ein Stakkato.

Kurze Pause.

Wie Atem holen.

Der steife Finger verlässt die Tastatur.

Und wird weich.

Der letzte Ton heißt Abschied.

Kaum merklich wird die Taste gedrückt, der Hammer berührt die Saite, als wollte er sie streicheln. Ein sanftes, tiefes Brummen entsteht.

Hallt nach.

Verklingt.

Vorbei.

3

Herrentreter und ein Kaktus.

Es geschah nur zu besonderen, dienstlichen Anlässen, dass Kommissar Brendle seine Schuhe wechselte. Die Auswahl war ohnehin begrenzt. Neben seinen geliebten Wanderschuhen konnte er bei Bedarf auf ein Paar Joggingschuhe zurückgreifen; außerdem besaß er dunkelrote, elegante Herrentreter, ein Relikt aus einer Zeit, als er noch die Tanzschule besuchte. Damals war er halb so alt, wie er jetzt ist. Was nicht bedeuten musste, dass er die Tanzschule im zarten Alter von 17 Jahren absolvierte. Er war schon älter, viel, viel älter. Als er beschloss, Foxtrott, Rumba und all den anderen Quatsch zu lernen, hatte er schon so viele Jahre auf dem Buckel, dass er auch problemlos hätte Kinderwagen schieben können.

Dem war aber nicht so. Brendle hatte noch nie einen Kinderwagen geschoben. Die dunkelroten Herrentreter hatten daran auch nichts ändern können. Brendle war, wenn man so will, noch immer auf der Suche. Nach der einzigen, der richtigen, der perfekten Frau fürs Leben.

Er musste die Witwe von Herrn Lieblich aufsuchen. Das ging nicht in Wanderstiefeln. Die Joggingschuhe schieden ebenfalls aus, denn der linke von beiden hatte an der Ferse ein Loch. Aber es lief sich noch ganz gut darin, wenn es nicht gerade regnete.

Es mussten also die dunkelroten Herrentreter herhalten, obwohl einfache, schwarze Schuhe überall zu kaufen waren. Brendle hatte sich nie die Mühe gemacht, sich darum zu kümmern. In solchen Momenten bereute er dies.

Brendle bückte sich, um die Schnürsenkel zu binden. Nun spürte er ihn wieder, diesen Schmerz an der Schläfe. Es pochte wieder. Oder noch immer, je nachdem. Manchmal konnte er diesen Schmerz vergessen. Er dachte einfach nicht daran, und dann war er weg. Einfach fort. Er müsste endlich etwas gegen diesen Schmerz unternehmen. Irgendetwas. Nicht immer nur Pillen schlucken, die den Schmerz betäuben, aber die Ursache unverändert lassen.

Was könnte die Ursache sein?

Zu viel Arbeit?

Die Toten in der Münchner Gegend, wo er bis vor Kurzem eingesetzt war?

Verblutet. Erstochen. Erschossen. Von Gerüsten gestoßen. Mit einem Gegenstand den Schädel eingeschlagen. In Viehtränken ersäuft. Das falsche Medikament verabreicht. Von der Mistgabel eines Traktors aufgespießt. Mit dem Kopfkissen erstickt. Und dann in die Isar geworfen.

Es war immer das Gleiche und doch nie dasselbe.

Das nagte an Brendle.

Das raubte ihm den Schlaf.

Und jagte den Schmerz in sein Gehirn.

Diese fortwährende Suche nach Gärtnern und Ehefrauen und anderen Tätern.

Die Frage nach den Motiven.

Habgier. Lust. Unlust. Liebe. Hass. Eifersucht.

Diese ganze klassische Auswahl an möglichen Gründen.

Gab es einen wirklichen, respektablen Grund, einen anderen Menschen umzubringen? Ihn vom Leben in den Tod zu befördern?

Brendle hatte seit Jahren darüber nachgedacht. Aber die Erklärungen der Polizeischule waren ihm nie genug gewesen. Da fehlte ihm immer etwas. Der letzte Funken. Ein winziger Baustein. Ein Puzzleteil. Die unentdeckten Ecken in den menschlichen Handlungen. Dunkle Schubladen, die sich auch mit dem besten Werkzeug nicht öffnen ließen.

Das nagte an ihm, weil er auf manche abwegige Denkansätze der Täter keine Antwort fand. Die Ereignisse mitsamt den Toten und Tätern, den Geliebten und absichtlich Ungeliebten, den Flüchtenden und sich selbst die Tat zuschreibenden Unschuldigen verursachten ein Gemenge, das von Jahr zu Jahr undurchschaubarer wurde. Und dann machte sich sein Kopf bemerkbar. Das Denken wollte zu Ende gebracht werden, die Fragen sollten zu Antworten zerbröseln.

Wenn es denn nur so einfach wäre.

Er fühlte dieses Hämmern und Nagen in seinem Kopf.

Dieses Pochen.

Hier wurde herumgerührt.

Mit einem großen, kantigen Löffel.

Manchmal wollte Brendle seinen Kopf am liebsten austauschen, abnehmen, sich einen neuen besorgen.

Oder war er einfach nur restlos verspannt?

Auch ungeklärte, abstruse und unlogische Morde können Verspannungen auslösen. Mächtige Verspannungen. Die zogen sich durch sein Gehirn und malträtierten seine Schläfen. Manchmal wurde Brendle regelrecht übel. Er schob das dann auf die letzte Currywurst, die er sich hastig an einer namenlosen Imbissbude am Straßenrand genehmigt hatte. Denen sollte er einmal die Gesundheitspolizei vorbeischicken. Wer weiß, was die dort alles finden würden. Frisch gebratenes Schwarzgeld. Oder unversteuerte Coffee-to-go-Einnahmen. Vielleicht sogar die Ursache für seine Kopfschmerzen. Versteckt in einem Gewürz aus der Großpackung, das bei Vollmond am falschen Ort gelagert worden war.

Vielleicht bräuchte er mal einen Wellnesstag für Männer. Mit Massagen und Wärmepackungen und hübschen Masseurinnen, die genau wussten, wo seine Problemzonen waren. Die ihn untersuchten, abtasteten, zerlegten. Und die Erklärung für seine Verspannungen fanden.

Hier zwischen den Schulterblättern haben Sie gemeine Knoten in der Muskulatur.

Und die Physiotherapeutin drückt dort hinein.

So richtig fest.

Und rührt darin herum, immer fester, immer tiefer.

Spüren Sie das? Hier liegt die Ursache für Ihre Kopfschmerzen … Und was haben wir denn da? Noch so ein Ding.

Ein Aufschrei des Kommissars.

Und dann rührt sie weiter und drückt und fummelt und bohrt genau dort, wo es am schlimmsten ist. Schmerzhafter als eine Wurzelbehandlung beim Zahnarzt, nur ohne Spritze.

Brendle stellte sich ungefähr so seine Behandlung vor. Deshalb vermied er es, sich in Behandlung zu begeben. Er bräuchte mal was anderes, keine Physiotherapeutin, die ihn in sämtliche Muskelstränge zerlegte und ihm seine Unzulänglichkeiten vor Augen führte.

Falsche Haltung.

Stimmt.

Sie stehen krumm.

Auch richtig.

Sie sitzen schief.

Liegt am alten Bürostuhl.

Vermutlich liegen Sie nachts auf einer uralten Matratze.

Ja, das tat er.

Haben Sie schon einmal Ihre Wohnung auf Wasseradern untersuchen lassen? Auf Gesteinsverwerfungen?

Hatte er nicht.

Wenn Sie auf so etwas liegen, müssen Sie sich nicht wundern, wenn Ihr Körper den Kopf um Hilfe bittet und mit heftigen Schmerzen reagiert.

Der verbiegt sich dann richtig.

Windet sich um die Stellen herum, die ihm nicht gefallen. So ein Platz zwischen Wasseradern und einem elektrischen Magnetfeld, das von einer Steckdose kommt, ist keine Kuschelecke. Das ist eine Foltergrube. Und am nächsten Morgen wachen Sie auf und wundern sich, was Sie die Nacht über getan haben.

Wunderte Brendle sich? Er litt wortlos und hatte nur manchmal schlechte Laune. Alles ganz normal.

Und dann würde die Physiotante einen Blick auf den Fußboden werfen. Was da so vor der Behandlungsliege stand.

Ausgetretene Schuhe haben Sie auch.

Schauen Sie sich einmal das Profil an.

Total einseitig abgelaufen.

Merken Sie das nicht?

Nein. Ja. Doch.

Die Wanderschuhe, seine heißgeliebten Dinger aus Tirol, die er sich vor fünfzehn Jahren spontan zugelegt hatte, müsste er mit schwerem Herzen noch in der Praxis der Physiotherapeutin entsorgen und barfuß den Heimweg antreten.

Aus. Schluss.

Brendle verjagte den bohrenden Schmerz in seiner linken Schläfe mit einer Handbewegung. Sicherheitshalber löste er noch eine Brausetablette Aspirin in lauwarmem Wasser auf und schüttete das Zeug hinunter. Grässlich. Die von der Pharmaindustrie könnten sich auch einmal einen angenehmeren Geschmack einfallen lassen als immer nur künstliche Zitrone oder Orange. Pfefferminz. Zum Beispiel. Oder Zartbitterschokolade mit Marzipan. Gegen Honigmelone hätte er auch nichts einzuwenden. Fantasie hätte er schon, er müsste seine Ideen nur der Pharmaindustrie mitteilen. Aber die würden sicher dankend ablehnen. Seine Kreationen hätten keine Chancen auf dem Markt. Zu ausgefallen. Nicht für die Masse tauglich. Oder so ähnlich.

Brendle warf die Wohnungstür hinter sich zu. Er sah noch einmal auf den Zettel, den ihm Dr. Helmut Gabelmann zugesteckt hatte, und machte sich auf den Weg.

Er ging zu Fuß. Er hasste es, ein paar Hundert Meter mit dem Auto zu fahren. Bei den heutigen Benzinpreisen war das die Verschwendung in Reinform. Wurde Zeit, dass sie ihm mal ein Dienstfahrrad zur Verfügung stellten.

Es musste ja nicht gleich ein E-Bike sein, mit dem er dann durch die Stadt bretterte. Ein ganz normales Herrenrad würde ihm genügen. Eine Rohloff Schaltung dazu wäre nicht schlecht. Oder ein bequemer Brooks-Sattel. So ein echtes, gefedertes Lederteil aus England. Die wurden kaum noch verlangt, weil sie selbst neu irgendwie alt aussahen. Das täuschte. Aber es gab sie immer noch. Einmal eingesessen, saß man darauf wie auf einer bequemen Wohnzimmercouch und radelte durch die Landschaft. Nun ja, nicht ganz. Es dauerte eine Weile bis dieses Teil aus Kernleder sich an den eigenen Allerwertesten angepasst hatte. Schmerzen waren einzuplanen in den ersten paar Monaten, vielleicht auch nur Wochen. Je nachdem, wie häufig der Sattel eingesessen wurde. Da musste man durch.

Aber dann …

Aber dann …

Die Form des eigenen Gesäßes war im Sattel ein für alle Mal eingeprägt. Wie ein Fingerabdruck. Und es gab kein Schwitzen, keine feuchten Hosen wie auf diesen modernen Gel-Dingern, bei denen alles nur aus Plastik und chemischer Masse bestand. So ein Brooks-Sattel atmete. Ein und aus und aus und ein.

Brendle schnaufte tief durch. Er hatte kein Dienstrad mit Kernledersattel. Er benutzte seine Beine, und das tat gut. Auch wenn seine linke Schläfe mit jedem Schritt einen Stich von sich gab. Dort pochte es munter vor sich hin.

Schon nach ein paar Schritten taten ihm die Füße weh. Die dunkelroten Herrentreter aus der Tanzschule war er nicht mehr gewohnt. Die letzte Todesnachricht lag Monate zurück. Das Leder fühlte sich an, als würde es sich um seine Füße schmiegen, wunderbar weich. Das war nicht das Problem. Es war die Sohle. Dünn und durchgelaufen, vielleicht auch durchgetanzt. Er spürte jeden Stein, jedes Luftloch im Pflaster. Grauenhaft.

Brendle musste zur Dombachstraße. Die Witwe von Eduard Lieblich wohnte dort. Auf dem Weg zu ihr überlegte Brendle, wie er ihr die Nachricht überbringen sollte.

Er würde zunächst darum bitten, ins Haus zu dürfen. An der Eingangstür ließen sich solche Nachrichten schlecht überbringen. Auf der anderen Seite hatte er die Erfahrung gemacht, dass die Leute sofort wissen wollten, was los war, wenn er seinen Dienstausweis gezeigt hatte.

Kurz. Knapp. Brutal. So wünschten es viele. Nicht erst lange herumreden.

Und dann saßen sie halb benommen am Esszimmertisch, ließen sich auf abgewetzte Stühle fallen, stützten sich an einem Türrahmen ab, schlugen die Hände vors Gesicht, brachen in Tränen aus, schauten ungläubig, als wären sie irgendwo versehentlich hineingeraten, oder waren völlig abgeklärt, als hätten sie längst geahnt, dass genau so etwas passieren würde.

Die Reaktionen der Betroffenen waren so unterschiedlich wie die Künste von Köchen: Bodenständig. Atemberaubend. Langweilig. Geschmacklos. Verkocht. Virtuos.

Manchmal war Schauspielerei dabei. Künstliches Kichern. Trainiertes Heulen. Überbordende Betroffenheit. Langeweile.

Ach, so ist das jetzt.

Oder die Bestätigung einer Ahnung.

Ich habe ja schon immer gewusst, dass es einmal so enden wird …

Und dann kamen tausend Fragen.

Oder plötzliche Einladungen.

Kommen Sie doch herein.

Erzählen Sie ruhig mehr.

Wie lange musste er leiden?

Starb er schön?

Hatte er Schmerzen?

Wollen Sie einen Kaffee?

Wer macht denn so etwas?

Und ausgerechnet mein Mann … meine Frau … mein Sohn?

Oder es gab überhaupt keine Fragen.

Wortlose Schreie waren für Brendle am wenigsten zu ertragen. Dann wurden die Lippen aufgerissen, die Augen weiteten sich zu einem ungläubigen Blick, der ihn beinahe durchbohrte.

Wie konnte er nur diese Nachricht überbringen.

Gerade jetzt.

Wie konnte er nur.

Die Häuser in der Dombachstraße schmiegten sich eng aneinander. Fast könnte man meinen, sie würden miteinander kuscheln, sich reiben, gegenseitig Halt geben. Oder auf der Lauer liegen und ständig dem anderen in den Kochtopf schauen.

Was machst du da drüben gerade?

Gibt es etwas Neues?

Lass mich in Frieden.

Komm rüber zu mir. Ich brauche jemanden zum Quatschen. Zum Anlehnen. Zum Rezepteaustauschen.

Für Brendle war es immer wieder interessant, die Wohngegend zu sehen, in der ein Opfer sein Zuhause hatte. Sein Zuhause gehabt hatte.

Er stand vor einer Art Reihenhaus, das direkt an die Straße gebaut worden war. Kein Vorgarten, keine Garageneinfahrt, nichts. Nur ein angedeuteter Gartenzaun, der sich an die Hausmauer schmiegte, dann kamen sofort ein paar Stufen, die zur Haustür führten. Ein halb verdorrter Kaktus stand auf der letzten Stufe und streckte ihm seine herunterhängenden Arme hilfesuchend entgegen. Schöne Begrüßung.

Brendle öffnete das Gartentor und sah sich um. Es war ein Reiheneckhaus. Neben dem Haus führte ein kleiner Durchgang nach hinten, dort gab es eine Sitzgruppe. Dahinter schloss sich ein Garten an, der verwildert und ungepflegt wirkte.

Als hätte der Besitzer keine Lust.

Oder keine Kraft.

Oder als wäre ihm alles egal.

Wie es wuchs.

Wie es wucherte.

Das Gras war seit Wochen nicht gemäht worden und legte sich zur Seite. An manchen Stellen war es niedergetrampelt, eine Spur führte nach hinten, wo unter einer Birke ein Kompost angelegt war. Hinter dem Haus gab es eine Art zweites Haus, einen Anbau mit eigenem Eingang. Es wirkte wie ein Waschhaus, vielleicht war darin aber auch eine Hobbywerkstatt oder eine Abstellkammer untergebracht.

Als Brendle durch die halbblinden Scheiben blickte, konnte er wenig erkennen. Vor den Wänden reihten sich Regale aneinander, darauf standen Gläser und Flaschen, auch Dosen mit verblichenen Aufschriften. In einer Ecke verstaubte ein altes Sofa. Also doch eine Art Abstellkammer. Vielleicht hatte das Haus keinen Keller.

Brendle ging zurück, erklomm die Stufen zur Eingangstür und klingelte. Er sah an sich herunter, wischte hastig mit einem Taschentuch über die dunkelroten Herrentreter von der Tanzschule und stopfte sein Hemd in die Hose. Er war in einer unangenehmen Sache hier, da musste er zumindest einen einigermaßen offiziellen Eindruck machen. Auch wenn er keine Lust dazu hatte. Aber Dienst war Dienst. Mit den Händen fuhr er sich durch die ungekämmten Haare, damit sie nicht so wirr durch die Gegend standen. Es nützte wenig.

Es rührte sich nichts. Brendle läutete ein zweites Mal. Jetzt eindringlicher als zuvor.

Hinter der Tür hörte er Schritte. Ein Auto fuhr vorbei, an einem Haus auf der anderen Straßenseite bewegten sich die Gardinen. Genau so dachte er sich das. Die Häuser guckten sich gegenseitig in den Suppentopf. Hier wollte er nicht wohnen. Niemals.

Brendle klingelte erneut, fummelte seinen Dienstausweis hervor und klopfte gegen die Tür.

»Hallo …? Frau Lieblich …? Bitte öffnen Sie!«

Wieder glaubte Brendle hinter der Tür Geräusche zu hören.

Auf der anderen Straßenseite wurde ein Fenster geöffnet, ein Frauenkopf, der sich ein Handtuch um die Haare gewickelt hatte, kam zum Vorschein.

»Die macht fast nie auf. Da müssen Sie schon von der Polizei sein, damit sie sich rührt.«

Brendle reagierte nicht. Er legte sein Ohr an die Tür und klingelte erneut.

»Frau Lieblich. Bitte öffnen Sie«, sagte er leise. »Mein Name ist Brendle, Kriminalpolizei.«

Die Tür ging tatsächlich auf. Zwei Zentimeter. Höchstens.

»Haben Sie einen Ausweis?«

Es war eine harte, leise Frauenstimme. Brendle schob das Papier durch den Spalt. Die Tür schloss sich sofort wieder, Brendle wartete. Er trat von einem Fuß auf den anderen und begutachtete den Kaktus, dieses vertrocknete Ding vor der Haustür. Wenn ihn nicht alles täuschte, dann handelte es sich dabei um einen Weihnachtskaktus. Es war Anfang September, da schauten die Dinger oft so aus. Die einzelnen Blätter waren lederartig, ihre Farbe schwankte zwischen vertrocknetem Grün und abgestorbenem Braun.

Wenn die Lady mich noch länger warten lässt, dann laufe ich in den Garten, suche eine Wasserkanne und gieße die arme Pflanze, dachte Brendle. Ob er sie dabei ersäufte, war ihm egal. Er konnte verwahrloste Pflanzen nicht ansehen. Sie hatten so etwas Hilfsbedürftiges an sich, dem er sich nicht entziehen konnte. Wie ein Kind, das nach seiner Mutter rief. Dabei hatte er kaum eigene Pflanzen bei sich in der Wohnung. Nur einen Ficus-Benjamin, der inzwischen sein halbes Wohnzimmer einnahm und sich bei ihm sichtlich wohlfühlte. Zwar versperrte er die Sicht aus dem Fenster, Brendle war es aber recht, so sparte er sich die Gardinen.

Die Tür bewegte sich. Eine knöcherne Hand reichte den Ausweis zurück. »Kommen Sie rein …«

Brendle schob seinen Ausweis in die Hosentasche und trat ein. Die Tür wurde sofort wieder geschlossen, im Flur war es dunkel. Nur langsam gewöhnten sich seine Augen an das diffuse Licht.

»Bitte, kommen Sie.«

Eine hagere Gestalt öffnete eine Tür, die ins Wohnzimmer führte. Die Rollos an den Fenstern waren halb heruntergelassen, hinter ihm knackte ein Lichtschalter, es wurde hell.

»Entschuldigen Sie bitte«, sagte eine Stimme hinter ihm. »Aber ich mag es nicht, wenn man mir in die Wohnung schaut. Die dort drüben hat den ganzen Tag nichts anderes zu tun, als sich im Bad die Haare zu waschen und danach aus dem Fenster auf die Straße zu schauen.«

»Schon gut. Das kann ich verstehen.«

»Wollen Sie sich setzen?«

»Nein. Danke. Aber Sie dürfen sich setzen.«

»Warum?«

Frau Lieblich trat an einen Schrank und nahm zwei Gläser heraus.

»Möchten Sie etwas trinken? Ein Glas Wasser?«

Die Worte kamen mit Pausen. Als müsste Frau Lieblich sich bei jedem Wort konzentrieren. Brendle hatte endlich Gelegenheit, Frau Lieblich anzusehen. Sie war etwa einen halben Kopf kleiner als er, hatte schulterlange braune Haare, in denen sich graue Strähnen zeigten. Seltsam, dachte er. Frauen haben doch sonst nichts Besseres zu tun, als sich ständig die Haare zu färben, um den natürlichen Alterungsprozess zu kaschieren. Graue Strähnen in den Haaren waren eher etwas für Männer.

Frau Lieblich goss aus einer Karaffe Wasser in die beiden Gläser. Dann setzte sie sich auf die äußerste Kante eines Sessels und legte die Hände in den Schoß. Brendle musterte sie. Frau Lieblich erinnerte ihn stark an die halb vertrocknete Kaktee vor der Haustür. Vertrocknet. Alt. Verbraucht. Der Nachname Lieblich war dermaßen unpassend, dass es kaum noch eine Steigerung geben konnte.

»Warum sind Sie hier?«

Jetzt war es so weit. Brendle musste sich in Sekundenbruchteilen entscheiden, welche Variante er wählen sollte. Die sanfte Methode erschien ihm hier eher unpraktisch. Zu ausufernd. Er wollte keine halbe Stunde um den heißen Brei herumreden. Dazu, das spürte er instinktiv, hatte er keine Zeit. Also war er direkt.

»Frau Lieblich, Ihr Mann ist tot.«

Keine Reaktion. Frau Lieblich nahm das Glas vom Tisch und trank einen winzigen Schluck. Sie stellte das Glas zurück und schob es so lange hin und her, bis es in der alten Position stand.

»Haben Sie verstanden, was ich gesagt habe?«

Brendle war sich nicht sicher, ob sie ihm überhaupt zugehört hatte, ob sie nicht kurzfristig in einer anderen Welt verschwunden war.

»Ich bin krank, wissen Sie das?«

»Nein. Das weiß ich nicht.«

Erneut wurde das Wasserglas vom Tisch genommen, zu den Lippen geführt, dann zurückgestellt. Es dauerte eine Weile, bis die richtige Position gefunden war.

»Ich habe Angst vor Menschenansammlungen.«

»Ja. Gut.«

Brendle wusste nicht weiter. Eine solche Reaktion hatte er noch nie erlebt. Nicht nach über zwanzig Jahren Polizeidienst. Er lernte offenbar nie aus.

Wie ging es nun weiter? In Gedanken arbeitete er sich durch sämtliche Dienstanweisungen und Erfahrungsberichte, fand aber nichts Passendes.

»Ich bin in Behandlung. Ich arbeite an mir.«

»Brauchen Sie einen Arzt?«

Die Hände von Frau Lieblich verknoteten sich unnatürlich. An den Knöcheln zeigten sich weiße Flecken. Jeden

Moment krachen die Knochen, dachte Brendle. Die verstümmelt sich selbst, während ich ihr dabei zusehe. Anders kann es nicht kommen. Er zog sein Handy aus der Jacke und tippte die Nummer des Rettungsdienstes ein.

»Sie brauchen keinen Arzt zu rufen. Ich weiß vom Tod meines Mannes.«

»Ach?« Brendle stornierte die Nummer des Rettungsdienstes. »Und woher?«

Wieder das Wasserglas. Ein Schluck. Dann die Zeremonie mit dem Finden der alten Position. Inzwischen wusste Brendle auch, wo das Glas auf dem Tisch zu stehen hatte. Es war eine kleine Versteinerung in der Marmorplatte, die an eine Fischgräte erinnerte. Das Glas musste die beiden äußersten Enden der Gräten berühren.

Wo war er hier nur gelandet? Brendle glaubte sich in einem Irrenhaus zu befinden.

»Helmut hat mich angerufen.«

»Helmut?«

»Dr. Gabelmann.«

Das wurde ja immer besser. Was hatte der Leiter des Kunsthauses mit der Witwe von Lieblich zu schaffen? Hatte er nicht gesagt, er wisse nicht, wo sich Frau Lieblich aufhält?

Jetzt genehmigte er sich selbst einen Schluck Wasser. Es schmeckte nach nichts. Nicht einmal nach Wasser. Er stellte das Glas zurück auf den Tisch.

»Ich bin erschöpft. Bitte gehen Sie.«

Brendle dachte nicht daran, das Feld zu räumen. *Er* bestimmte, wann er ging. Und er würde so schnell nicht gehen. Oder doch?

Sein Kopfschmerz setzte jäh wieder ein. Nicht an der linken Schläfe, sondern über dem rechten Auge. Als hätte sich die Verspannung einen neuen Weg gesucht, um ihn zu quälen. Es musste an der schlechten Luft hier im Wohnzimmer liegen. Und an der Einrichtung. Sofa und Sessel waren mit dunkelgrünem Samt bezogen. Von einem Bild an der Wand röhrte ein Hirsch herüber. In der Vitrine des dunkelbraun gebeizten Wohnzimmerschranks hockten zahllose Puppen und wollten gekämmt, gebadet und umgezogen werden.

»Sagen Sie, Frau Lieblich, wo waren Sie in der vergangenen Nacht?«

Brendle erhielt keine Antwort. Die Finger der rappeldürren Dame begannen erneut, sich zu verknoten. Frau Lieblich starrte auf den Fußboden, ihre Augen folgten einem Muster auf dem Teppich. Rechts. Links. Rechts. Links. Vom Tisch bis zur Tür.

»Ich bin in Behandlung«, flüsterte sie schließlich. »Ich arbeite an mir. Bitte gehen Sie. Ich bin erschöpft.«

Genauso klang es auch. Bei jedem Satz war ihre Stimme leiser geworden, ihr Atem ging flach, eigentlich atmete sie überhaupt nicht, sondern formte mit ihren Lippen nur ein paar Worte, die sie dann aus sich herausquetschte.

Brendle legte seine Visitenkarte neben Frau Lieblichs Wasserglas.

»Rufen Sie mich an, wenn Sie dazu in der Lage sind.«

Er überlegte, ob er Frau Lieblich die Hand reichen sollte, um ihr sein Beileid auszudrücken. Aber dazu müsste sie erst den Knoten ihrer Finger lösen. Er unterließ es, trank, obwohl es ihn davor grauste, den Rest des geschmacklosen Wassers aus dem Glas und verließ das Haus.

Dann stand er auf der Straße und atmete tief durch. Sein rechtes Auge schmerzte, am liebsten hätte er es sich herausgerissen. Im Haus gegenüber wurde ein Fenster geschlossen, ein Auto fuhr vorüber.

Die Unterredung mit Frau Lieblich hatte etwa zehn Minuten gedauert, höchstens. Es kam ihm vor, als wäre er ein halbes Jahr in diesem stickigen, geschmacklosen Wohnzimmer gesessen und hätte dabei zugesehen, wie die Witwe von Eduard Lieblich ihre Finger verknotete und das Wasserglas millimetergenau zwischen den Fischgräten platzierte.

Er musste ein paar Schritte gehen, unbedingt.

Es war Mittag, aber Brendle hatte keinen Hunger. Frau Lieblichs Wasser plagte seinen Gaumen. Es war dermaßen tot gewesen, dass eine darin zappelnde Fliege kurz vor dem Ertrinken wie das blühende Leben gewirkt hätte.

Was war das nur für ein Fall.

War das überhaupt ein Fall?

Vielleicht war es eine Prüfung.

Und sie hatte erst begonnen.

In solchen Momenten hasste Brendle seinen Job. Er wünschte sich eine Arbeit als Straßenkehrer oder Kükensortierer oder Zeitungsausträger. Am Morgen zeitig aufstehen, regelmäßig von Montag bis Samstag, dann die Zeitungen in die Briefkästen stecken und kurz darauf fertig sein. Anschließend auf die Couch legen und schlafen. Keine Morde im Kunsthaus, keine Leichen in einer stinkenden Klärgrube oder anderswo.

Ohne es zu bemerken, war Brendle ins Dombachtal gelaufen. Spaziergänger kamen ihm entgegen, Hunde schnupperten an seinen Beinen, in der Luft stand eine Lerche und markierte mit ihrem Singsang das Revier. Idylle pur. Die Welt konnte so einfach sein. Als Brendle vor einem Bachlauf stand, der sich gurgelnd durch das Tal schlängelte, wusste er, dass er etwas vergessen hatte.

Er ging zurück zum Haus von Frau Lieblich. Am Haus gegenüber stand das Badezimmerfenster offen, Brendle konnte direkt hineinsehen, er musste sich nicht einmal verrenken oder auf die Zehenspitzen stellen. Er sah eine Frau vor dem Spiegel stehen, die sich im Büstenhalter die Haare föhnte, und musste sich eingestehen, dass Frau Lieblich recht gehabt hatte. Von dort aus konnte die Nachbarin rein theoretisch sogar beobachten, welche Gewürze in der Suppe landeten.

Brendle öffnete das Gartentor und ging nach hinten in den halb verwilderten Garten. Es war noch schlimmer, als es zunächst den Anschein hatte. Unkraut wucherte mannshoch am hinteren Gartenzaun, Gräser verteilten genüsslich ihre Pollen, auf dem Komposthaufen verschimmelte altes Brot.

Brendle suchte so lange, bis er hinter einem Stapel weißgrauer Plastikstühle eine Wasserkanne gefunden hatte. Die tauchte er in eine Regentonne und lief zur Eingangstür. Als er den Kaktus gegossen hatte, fühlte er sich für einen Moment richtig gut.

4

Pudern und fummeln.

Drei Tage Stille.

Totenstille.

Vor den Fenstern des Kunsthauses hängen noch immer diese weißen Tücher. Es wirkt, als würde hier renoviert. Oder demnächst ein neuer Laden eröffnet, mit Sonderangeboten für die verehrte Kundschaft.

Noch drei Wochen.

Drei Tage.

Nur noch drei Stunden.

Dann eröffnet hier eine neue Filiale des Discounters XY. Freuen Sie sich auf tolle Angebote. Auf gigantische Preisnachlässe. Sie werden Augen machen. Und Ihr Geldbeutel freut sich. Garantiert.

Die Welt geht vor diesen weißen Tüchern ihren Gang. Aber was geschieht dort?

Sind die Tage kürzer geworden, die Nächte länger?

Hat ein neuer Künstler das Licht der Welt erblickt und wartet darauf, entdeckt zu werden?

Benetzt der Tau noch immer die Gräser, färbt sich das Laub dem Herbst entgegen?

Ich fühle mich einsam.

Ich könnte eine neue Melodie komponieren. Das Lied der fehlenden Besucher. Ich würde zwei Oktaven dafür verwenden, mindestens. Die Pedale freigeben, den Deckel öffnen lassen, damit die Töne herausquellen können, damit sie schreien und rufen und jubilieren.

Ich brauche Luft.

Luft!

Kein Mensch schlendert durch die Ausstellung. Niemand

gibt dumme Kommentare ab, was das nun wieder darstellen soll. Blaue Bäume. So was Komisches. Und das soll Kunst sein? Einsperren sollte man die. Ihnen den Pinsel wegnehmen. Auf die Finger klopfen. Und zurück in die Grundschule schicken, damit sie was Ordentliches lernen.

Die blauen Bäume schlafen. Sie bewegen ihre Wipfel, hin und her und her und hin, als würde ein erdachter, leiser Windhauch über die Leinwand streichen.

Aber da geht kein Wind.

Ich stehe noch immer vor der großen Wand, ein Stück zur Seite gerückt, damit die Leute in den weißen Overalls besser an Herrn Lieblich herankommen konnten.

Ich habe nicht hingesehen, als sie sich mit ihm beschäftigten.

Eine Blechkiste wurde neben mir abgestellt. Geöffnet. Eduard Lieblich hineingelegt. Er war ganz steif. Als sie ihn umdrehten, habe ich mir vorgestellt, ein Pianist säße vor meiner Tastatur und spielte ein Liebeslied. So ein kleines, schönes Liebeslied aus Russland.

Irgendwie traurig.

Voller Sehnsucht.

Klagend und still.

Ein Trauermarsch hätte nicht zu Eduard Lieblich gepasst.

Die Männer in den weißen Overalls haben mich mit Pinseln abgetupft. Zuerst eingestaubt und gepudert, und dann wieder abgetupft. Ein seltsames Gefühl. Es kitzelte.

Die Männer in den weißen Overalls haben nach Fingerabdrücken gesucht. Sehr witzig. Es wäre überraschend, wenn auf einem Konzertflügel keine Fingerabdrücke wären. Bestimmt haben sie sehr viele von Dr. Helmut Gabelmann gefunden. Dann all die Finger von den Besuchern, die es einfach nicht lassen können, an mir herumzufummeln.

Was für ein schöner schwarzer Kasten.

So abgerundet.

Und wie der glänzt.

Fühl doch mal …

Aber das ist verboten.

Steht extra auf dem Schild, das Dr. Helmut Gabelmann hat anfertigen lassen. Aber das interessiert die wenigsten.

Sie müssen an mir herumfummeln. Streicheln. Betasten, berühren. Das fühlt sich manchmal an, als würde einem jemand über den Popo streichen, um zu testen, ob er auch wirklich echt ist.

Ja. Ist er. Auch nicht ausgestopft.

Nach so etwas haben die Männer in den weißen Overalls gesucht. Nach Spuren. Und Fingerabdrücken.

Auf mir sind die Spuren meiner Pianisten. Und der Schüler, die manchmal auf mir üben dürfen, damit sie sich daran gewöhnen, wie sich so ein großer Konzertflügel anfühlt und sie die Angst davor verlieren. Das ist etwas anderes, als ein Klavier, das an der Wand im Wohnzimmer steht. So ein Flügel wie ich, der stellt was dar.

Ich bin deswegen nicht eingebildet. Aber ein bisschen stolz. Sie haben über eine Stunde an mir herumgepinselt.

Wieder und wieder über die Kanten gestrichen, die Tastaturklappe überprüft, meine Flügelwand in Augenschein genommen.

Ich wurde mit starken Leuchten untersucht, mit weißen Handschuhen angefasst und immer wieder mit Puder bestäubt. Ich kam mir vor wie kurz nach meiner Produktion, als sie mich für den Verkaufsraum herrichteten und ich in der Endkontrolle war. Hier war noch ein Stäubchen und dort eine Unebenheit im Lack. Ich habe das gehasst. Ich wollte endlich benutzt werden und nicht nur dumm herumstehen und mich von meiner besten Seite zeigen müssen.

Glücklicherweise kam von diesen Herren niemand auf die Idee, auf meinen Tasten herumzuklimpern. Das hätte mir gerade noch gefehlt, dass so ein Möchtegern-Pianist in weißen Handschuhen *Alle meine Entchen* spielt.

Dr. Helmut Gabelmann ist fast die ganze Zeit über an meiner Seite gewesen. Und das war gut so. Ich hätte mich ohne seine Anwesenheit gefürchtet. Oder geängstigt. Oder einige meiner Töne verloren. Ja, wirklich, ich hatte Angst.

Wie würden Sie sich fühlen in so einer Situation? Unter Ihnen ein Toter, den sie später mit einer Blechwanne nach draußen getragen haben. Das war Premiere. Ohne Generalprobe. So was kann man nicht üben. Das ist live.

Fragen Sie mich jetzt bitte nicht, was sich noch alles im Kunsthaus zugetragen hat vor drei Tagen. Es war einfach zu viel. Unbekannte Leute kamen und gingen. Brendle schleifte seinen Schnürsenkel hinter sich her. Gab Kommandos und Anweisungen. Schnauzte die Leute in den weißen Overalls an. Betrachtete missmutig die Bilder an den Wänden, dann wieder Lieblich.

Alles ging ihm zu langsam.

Hatte dieser Mensch eine Laune.

Entsetzlich.

Mit dem möchte ich keine einzige Minute allein in einem Raum sein. Seine Laune wurde erst besser, als er ein Blatt Papier von Dr. Helmut Gabelmann in die Hand gedrückt bekam.

Ein paar Fotografen lichteten beinahe jeden Zentimeter des Kunsthauses ab. Vermessungsbänder wurden ausgelegt, Spuren gesichert. Dr. Helmut Gabelmann fragte, wann hier sauber gemacht werden könnte.

Sauber gemacht?

Das solle er schön bleiben lassen, erhielt er zur Antwort. Er könne doch keine Spuren vom Tatort beseitigen. Das würden spezielle Leute machen, wenn alles gesichert sei.

»Oder wollen Sie hier mit dem Putzeimer durchgehen und das ganze Blut aufwischen?«

»Wir haben eine Putzfrau, die könnte das erledigen.«

Brendle hatte mit dem Kopf geschüttelt. Nein, das gehe nicht. Und solange nichts endgültig geklärt sei, müsse das Kunsthaus geschlossen bleiben. Basta.

Welch ein Verlust.

Keine Besucher.

Keine meckernden Künstler, die sich über den falschen Platz für ihr wunderschönes Triptychon beschwerten. Keine Pianisten.

Ansbach ist für mehrere Tage oder gar Wochen um eine Attraktion ärmer. Wobei auch weiße Tücher in den Fenstern des Kunsthauses eine Attraktion sein können. Was kommt zum Vorschein, wenn sie die weißen Tücher abnehmen? Haben sich die *Blauen Bäume* aufgelöst? In Baumwollfäden verwandelt? Hockt Eduard Lieblich in einem der Fenster und sucht unter den vorübereilenden Passanten nach seinem Mörder?

Mich würde brennend interessieren, was die Zeitungen über den Vorfall berichten.

War es Mord?

Ein Unfall?

Gab es einen Nachruf?

Erste Verdächtige?

Wer hat wann den Toten gefunden?

In welcher Lage?

Ein paar Reporter waren durch das Kunsthaus geschwirrt, hatten die Speicherkarten ihrer Fotoapparate gefüllt und Interviewpartner gesucht. Dr. Helmut Gabelmann war sehr gefragt. Er zog sich mit den Leuten von der Zeitung in eine Ecke am Eingang zurück, ich bekam nichts mit. Leider.

Klatsch und Tratsch gehören zum Friseur oder ins Stadtcafé, aber nicht ins Kunsthaus. So etwas interessiert mich nicht.

Aber hier ging es um Lieblich.

Um unseren Eduard Lieblich.

Den geheimen Fabulierer unaussprechlicher Impressionen.

Den unverstandenen Schreiberling, den virtuosen Vorleser – wenn ihm mal jemand zuhörte.

Wenn er schrieb, sich in das Innenleben eines Bildes hineinversetzte, dann wunderten sich sogar die Künstler.

Und jetzt war er nicht mehr.

Es fehlte ihm eine Menge Blut.

Ohne das konnte er nicht mehr schreiben.

In einer einfachen Blechbüchse, ganz ohne Blumenschmuck, haben sie ihn hinausgetragen, mit den Füßen voran, hoffentlich.

Welch ein Verlust.

Was draußen wohl geschieht? Ist der ungeklärte Todesfall inzwischen zum Stadtgespräch geworden?

Aber mir sagt keiner etwas.

Ich kann mich auch nicht beschweren.

Wenn ich könnte, dann würde ich mich selbst durch die schmale Tür des Kunsthauses zur Reitbahn hinausbugsieren, über das Kopfsteinpflaster holpern und mir in einem Zeitschriftenladen die neueste *FLZ* holen. Aber eine Neuigkeit habe ich doch. Soll ich sie Ihnen verraten? Ja?

Also gut.

Mein lieber Helmut, mein Gönner, hat eine Sondersitzung des Vorstands und aller Mitglieder und Sponsoren anberaumt. Im Nebenzimmer des Kunsthauses, sofern es dafür ausreicht. Und vielleicht, ich wage es kaum zu hoffen, darf ich dabei sein.

5

Beginn einer Reise.

Die Liste von Dr. Helmut Gabelmann bekam den ersten Haken. Erledigt. Brendle setzte ihn mit einem Bleistift, dann konnte er ihn wegradieren, falls sich nachträglich etwas anderes ergeben sollte.

Frau Lieblich schied als Mörderin ihres Gatten mit an Sicherheit grenzender Wahrscheinlichkeit aus. Die traute sich ja nicht einmal auf die Straße und würde es auch nicht bis ins Kunsthaus schaffen, so zerbrechlich wie sie wirkte.

Das konnte freilich auch täuschen. Manchmal waren gerade solche Leute zu den ungewöhnlichsten Taten fähig. Wenn sie nachts durch Ansbach schleicht, würde sie niemand sehen. Die Frau im Haus gegenüber würde sich kaum morgens um fünf die Haare waschen. Ungefähr das war der Todeszeitpunkt von Eduard Lieblich. Morgens um fünf.

Brendle hatte auf seine Frage nach ihrem Alibi keine Antwort erhalten, aber er ging davon aus, dass Rebecca Lieblich im Bett gelegen hatte. Eingehüllt in ein altmodisches, rosa geblümtes Baumwollnachthemd, das ihr bis zu den Waden reichte. An den Füßen würde sie dicke, selbst gestrickte Strümpfe tragen, zusätzlich eine Wärmflasche mit unter die Zudecke genommen haben, weil ihr eine andere Wärmflasche gerade nicht zur Verfügung stand. Sie war die vergangene Nacht über vermutlich alleine zu Hause gewesen. Er würde sie das später noch einmal fragen müssen.

Brendle verscheuchte die Gedanken an Frau Lieblich. So etwas gehörte sich nicht. Seltsam war nur, dass Dr. Helmut Gabelmann sie noch vor seinem Besuch vom Tod des Gatten verständigt hatte. Als Nächstes stand Susanne März auf seiner Liste. Jene Person, die Eduard Lieblich am Morgen gefunden – und den Toten eine halbe Stunde lang angeblich nicht bemerkt hatte. Als wäre es normal, dass Leute in einer Blutlache unter dem Konzertflügel in einem Kunsthaus liegen.

Oder hatte das etwas mit Kunst zu tun?

Gab es Installationen, Kunstprojekte, in denen Puppen als Leichen in einem Kunsthaus verteilt wurden?

Das Leben und Sterben aus variabler Sicht. Der Tod lauert in jeder Ecke. Sogar unter einem Konzertflügel. Was machte das für einen Sinn? Welchen Hintergrund konnte das haben? Waren die Menschen schon so abgebrüht, dass sie den Tod auch als eine Art Kunst ansahen? Der Weg vom Leben in den Tod, inszeniert als Kunstsession. Dazu eine Perkussionsgruppe, die auf Eimern und Dosen, vielleicht auch auf ihren eigenen hohlen Köpfen dem Tod den Weg bereitete?

Mit sich selbst konnten heute die wenigsten noch etwas anfangen. Warum also nicht den Tod als Kunst inszenieren? Und Lieblich unters Klavierdings verfrachten?

So was war vielleicht eine kommende Mode.

Ein Gig.

Oder Gag.

Oder was auch immer.

Die Leute wollten ständig etwas Neues sehen. Unterhalten werden durch Ereignisse, die von Tag zu Tag, von Stunde zu Stunde außergewöhnlicher wurden. Weil das Gewöhnliche zu gewöhnlich geworden war.

Wie dem auch sei, Brendle hatte ein angeborenes Misstrauen und musste schon von Amts wegen allen möglichen Kleinigkeiten nachgehen.

Widerwillig machte er sich auf den Weg zu Frau März, dieses Mal in seinen geliebten, alten Wanderschuhen aus Tirol. Nach dem Spaziergang zu Frau Lieblich hatten ihm seine Füße in den Tanzschuhen entsetzlich geschmerzt. Tanzen war nicht mehr sein Ding. Und heute musste er keine traurige Botschaft überbringen, sondern nur Einzelheiten darüber in Erfahrung bringen, wie und wann genau Frau März den Toten entdeckt hatte.

Brendle musste zum Karlsplatz. Er wählte einen Umweg über den Hofgarten, um dem lieben Kaspar Hauser einen Besuch abzustatten.

Das war auch so ein Fall. Seit fast zweihundert Jahren dokterten nun schon die Gelehrten an seiner Geschichte herum, interpretierten, exhumierten Gebeine, zerlegten alte Unterhosen und entnahmen DNA-Proben, störten die Seelen angeblicher Verwandter in ihrem himmlischen Frieden. Konnten die keine Ruhe geben?

Nur um zu beweisen, dass der arme Kerl tatsächlich ein 1812 geborener Erbprinz von Baden sei – oder auch nicht –, beschäftigten sich Heerscharen von Hobby- und Profidetektiven mit immer der gleichen Frage. Aber vielleicht brauchten sie etwas zu tun. Seine Sache war das jedenfalls nicht.

Welchen Aufwand die hier betrieben.

In Ansbach wurden inzwischen Kaspar-Hauser-Festspiele abgehalten. Kunstpreise ausgeschrieben. Workshops durchgeführt. Fehlte nur noch, dass jemand auf die Idee kam, billige Kaffeetassen aus einer Massenproduktion mit dem Konterfei des armen Menschen zu bedrucken. Versehen mit möglichen Mordtheorien, die durch die Welt geisterten. Wer alle Mordtheorien haben wollte, musste unterschiedliche Kaffeetassen kaufen. Und sich diese in ein besonderes Kaspar-Hauser-Regal in die Essecke stellen. Dort grinste Kaspar dann auf den Frühstückstisch herunter und sorgte für Diskussionsstoff, wenn im Frühstücksfernsehen wieder einmal gähnende Langeweile verbreitet wurde. Fehlte nur noch, dass man den armen Kaspar als Plastikfigur in

Massenproduktion fertigte, um ihn sich in den heimischen Vorgarten stellen zu können. Doch wer weiß, vielleicht kam das noch.

Brendle schüttelte sich innerlich bei dem Gedanken daran, wie ein nicht zweifelsfrei identifizierter Toter aus dem Hofgarten heute vermarktet wurde. Alles musste breitgetreten werden. An die Öffentlichkeit gezerrt. Zu Marketingzwecken missbraucht. Glücklicherweise hatte er noch nicht den Auftrag erhalten, bei der Suche nach der wirklichen Herkunft von Kaspar Hauser mitzuwirken. Das würde ihm gerade noch fehlen.

Unter seinen Wanderschuhen knirschte der Kies. Eine Wohltat für seine Ohren. Brendle schritt die Lindenallee im Hofgarten ab, umrundete das Rondell am Ende und ging zurück. Wie gut das tat. Endlich wieder marschieren können. Wurde Zeit, dass er sich einen Wanderurlaub gönnte. Sein Schuhwerk schrie geradezu danach. Lauf, Brendle, lauf. Das Wetter würde auch passen. Sonnenschein, nicht zu heiß, ein richtiger Altweibersommer. Nur Ansbach passte nicht dazu. Und der Mord an Eduard Lieblich.

Brendle wandte sich in Richtung Karlsplatz. Die genaue Adresse von Frau März war auf dem Zettel notiert, den ihm Dr. Helmut Gabelmann gegeben hatte. Frau März hatte einen sogenannten Minijob im Kunsthaus. Alles ganz offiziell angemeldet. Wobei das Kunsthaus auch ehrenamtliche Helfer hatte. Beinahe nur ehrenamtliche Helfer, die sich in ihrer Freizeit die Füße in den Bauch standen, am Eingang saßen und die Aufsicht über die Kunstwerke übernahmen. Lauter ganz normale Leute mit einem Sinn für Kunst.

Den hatte Brendle nicht. Für ihn war es eine Kunst, nein, eher eine seine Fähigkeiten übersteigende Herausforderung, etwas in einem Bild zu sehen, das dort nicht gemalt war, aber in dessen Titel es sich angeblich spiegelte und damit deutlich zu erkennen war. *Blaue Bäume*, zum Beispiel.

Sein Instinkt sagte ihm, dass er eher unter den Künstlern nach dem Tatverdächtigen suchen musste. Das war ihm zuwider. Er konnte mit Kunst nichts anfangen, aber auch gar nichts. Für ihn war es wirkliche Kunst, einen ordentlichen Wanderstiefel zu produzieren, der mehr als fünfzehn Jahre klaglos seinen Dienst versah, nicht auseinanderfiel und sich auch im sechszehnten Jahr noch für den Gebrauch eignete. Seine Treter, die er an den Füßen hatte, das war für ihn Kunst. Handwerkskunst.

Zunächst aber musste Brendle Frau März auf den Zahn fühlen. Er drückte auf einen Klingelknopf am Karlsplatz und wartete.

»Ja. Bitte?«

Eine angenehme, freundliche Frauenstimme klang durch die Sprechanlage.

»Brendle. Ich habe mich angemeldet. Es geht um die Angelegenheit im Kunsthaus.«

Er vermied es, die Angelegenheit beim Namen zu nennen. Es sah zwar nicht so aus, als würden im Haus gegenüber Frauen ständig vor dem Spiegel stehen und sich die Haare föhnen, wie es in der Dombachstraße der Fall war, aber ein wenig Diskretion konnte nicht schaden.

»Ich hoffe, Sie sind gut zu Fuß. Wir haben keinen Aufzug. Dritter Stock, es ist die Wohnung in der Mitte.«

Der Türöffner surrte, Brendle drückte dagegen und trat ein. Das Treppenhaus machte einen sauberen, ordentlichen Eindruck. Kein Unrat hatte sich in den Ecken angesammelt, keine Verunreinigungen verzierten die Wände. Im Erdgeschoss neben der Eingangstür hing eine Tafel mit allgemeinen Bekanntmachungen. Wann der Hausmeister erreichbar war. Welche Telefonnummer die Hausverwaltung hatte. Ein Hinweis, dass im Treppenhaus keine Kinderwagen abgestellt werden durften. Dann machte er sich auf den Aufstieg. Zehn Stufen, kleiner Treppenabsatz, Kehrtwende, wieder zehn Stufen. Er war im ersten Stock angekommen. Drei Wohnungstüren schauten ihm wie hellbraune Augen entgegen. Der Eingang zu Miethöhlen. Davor stand: nichts. Keine Schuhe, kein Regal. Nur ein Fußabstreifer, sauber in den Fliesenboden eingepasst. Das gesamte Treppenhaus schien erst kürzlich gereinigt worden zu sein. Zumindest bis zum ersten Stock.

Brendle machte sich auf den Weg in den zweiten Stock. Wieder zehn Stufen hoch, Wende, die nächsten zehn Stufen.

Jetzt müsste ich am Berg sein, dachte Brendle. Ich könnte aus der Bergbahn ausgestiegen sein, die Silhouette der Bergspitzen bestaunen und mich auf den Weg zu einem Gipfel machen. Die ersten Schritte würden ihm schwer fallen, das war immer so, bis er seinen Rhythmus gefunden hatte. Und es würde kühl sein hier oben, er müsste seine Jacke auspacken, vielleicht auch die Mütze aufsetzen, aber das würde ihn nicht stören, nicht im Geringsten.

Er war im zweiten Stock angekommen. Wieder drei Türen, sonst nichts.

Und dann würde er um die Mittagszeit auf einem Gipfel stehen, um ihn herum nichts, einfach nichts. Nur Fernsicht auf Gipfel und Höhen, die Welt war zu winzigen Punkten im Tal und einigen Schleierwolken am Horizont geschrumpft. Alles konnte so einfach sein. Er würde seine Vesper auspacken, sich einen windgeschützten Ort suchen und dumm ins Tal schauen. Er brauchte nicht mehr. Nur stumm dasitzen, atmen und leben.

Im dritten Stock sah es genauso aus wie in den anderen Etagen. Eine geradezu steril anmutende Reinheit empfing ihn.

Die Bewohner hatten sich nicht einmal die Mühe gemacht, individuelle Namensschilder neben den Wohnungstüren anzubringen. Aber vielleicht war dies von der Hausverwaltung nicht gewollt. Alles war einheitlich. Keine Pflanze stand vor den Fenstern im Treppenhaus, wie es sonst oft üblich war, nichts.

Brendle klingelte an der mittleren Wohnungstür. Zwei Töne erklangen, fast schon melodisch. Er hatte einen durchdringenden Schrei erwartet, den ein elektronisches Bauteil von sich gab.

Die Tür öffnete sich.

»Guten Morgen. Bitte. Kommen Sie herein.«

Es war Donnerstag. Die letzte Woche der großen Schulferien in Bayern. Nächste Woche würde die Schule wieder beginnen. Brendle wusste nicht, warum ihm dies ausgerechnet jetzt einfiel.

Frau März stand im Flur und machte eine einladende Handbewegung. Wieder diese Freundlichkeit. Als würden sie sich schon lange kennen und er wäre zum Kaffeetrinken verabredet. Gewöhnlich schlug ihm Ablehnung entgegen, wenn er einen Termin vereinbarte. Schon die Nennung seiner Dienstbezeichnung sorgte für Verwirrung. Was will der denn bei mir?

Die Wohnungstür wurde geschlossen. Brendle stand im Flur. Hier war es hell, freundlich, gemütlich und es duftete nach Apfelkuchen.

»Ich habe mir gedacht, wir könnten uns ins Wohnzimmer setzen. Mögen Sie ein Stück Kuchen?«

Brendle war irritiert. Das kam selten vor. Eigentlich war es umgekehrt. Die Besuchten waren irritiert und wussten nicht, wie sie sich verhalten sollten.

Er wurde in die Essecke geleitet. Dort stand eine moderne, helle Eckbank mitsamt Tisch und Stühlen. Auf dem

Tisch war alles vorbereitet. Teller, Tassen, Besteck. Eine Kerze brannte, auf einem Stövchen stand eine Teekanne.

Was war hier los? War er bei einer alten Schulfreundin zum Kaffeeklatsch eingeladen? Wollten sie über frühere Zeiten quatschen?

Brendle wurde nervös. Das war hier nicht seine Welt. Das war ihm zu heimelig. Zu persönlich. Er brauchte ein paar Auskünfte und keinen Apfelkuchen, auch wenn der verführerisch duftete und ihm das Wasser im Mund zusammenlief. Was hatte er heute eigentlich gefrühstückt?

»Machen wir es kurz, Frau März«, begann Brendle und schlug einen unpersönlichen Ton an. Er musste endlich vorwärtskommen. Er hatte keine Lust, hier stundenlang zu quatschen.

»Aber setzen Sie sich doch, Herr Kommissar.«

»Lassen Sie den Kommissar weg«, meinte Brendle.

Er hatte etwas anderes sagen wollen, setzte sich aber dennoch. Frau März nahm die Teekanne in die Hand.

»Sie mögen doch sicher Tee, oder?«

Und schon war seine Tasse gefüllt.

»Zucker gibt es bei mir leider nicht. Ich nehme niemals Zucker, der verfälscht den Geschmack.«

Brendle hatte keine Ahnung, was das hier werden sollte. Teekränzchen und Gedankenaustausch. Oder ein Ablenkungsmanöver. Oder der Versuch, einen freien Nachmittag möglichst angenehm zu verbringen. Als würden sie sich schon lange kennen. Noch wehrte er sich gegen diese Vertrautheit, die in der Wohnung verbreitet wurde.

»Aber wenn Sie unbedingt etwas Süßes brauchen …« Frau März machte eine kleine Pause. Es klang sehr verführerisch. »Ich hole Kandiszucker.«

Sie ging in die Küche.

Brendle schaute ihr entgeistert hinterher. Und hatte die Möglichkeit, Frau März für einen Moment von hinten zu studieren.

Sie war schlank, etwa einen halben Kopf kleiner als er, hatte ihre dunkelblonden Haare kunstvoll zu einem Knoten zusammengebunden, was sehr jugendlich und frech wirkte. Beim Gehen tänzelte sie nicht, sondern bewegte sich ganz normal. Wobei es schwierig ist, einen ganz normalen Gang zu haben, wenn frau weiß, dass ihr ein Mann vom Esszimmer aus auf den Allerwertesten schaut.

Frau März kam mit einer kleinen Glasschale zurück, und Brendle durfte ihr Gesicht studieren. Sie trug eine kleine Brille, hatte eine spitze Nase und schmale Lippen. Ihr ganzes Auftreten signalisierte Freundlichkeit, und Brendle überlegte, wie alt sie war. Er schätzte sie zwischen 40 und 45, also ein paar Jahre jünger, als er selbst war. Aber das konnte auch täuschen. Sie hatte diese unbekümmerte, jugendliche Ausstrahlung, die sich manche Frauen ihr ganzes Leben bewahren können. Das gab es nicht oft. Brendle mochte so was.

»Nehmen Sie auch Sahne?«

Bevor er antworten konnte, ging Frau März erneut in die Küche. Sie trug eine helle Jeans, darüber eine leichte, schwarze Bluse. »So. Ich glaube, jetzt haben wir alles zusammen. Lassen Sie sich den Kuchen schmecken. Er ist noch ganz frisch.«

Brendle zögerte. Aber nicht lange. Dann griff er zu. Er bedankte sich nicht, er vergaß alles, was er Frau März hatte fragen wollen, dachte auch nicht mehr daran, dass er es eigentlich kurz machen wollte und sachlich bleiben sollte.

Nach dem ersten Bissen Apfelkuchen schloss Brendle die Augen. Nachdem er hinuntergeschluckt hatte, öffnete er sie wieder. Schaute Frau März an und nahm die zweite Gabel.

Wieder schloss er die Augen. Und sah sich mit Frau März Hand in Hand unter einem Apfelbaum liegen. Die Vögel zwitscherten, die Bienen summten, harmlose Schönwetterwolken tanzten über den blauen Himmel.

»Ich hoffe, die Rosinen stören Sie nicht.«

Brendle verschluckte sich beinahe.

»Rosinen?«

»Im Apfelkuchen sind Rosinen. Manche Leute mögen keine Rosinen. Gehören Sie auch dazu?«

»Nein. Ich meine. Äh …«

Brendle verschlug es die Sprache. Er kämpfte mit einem Brösel in seinem Hals, das schöne Bild unter dem Apfelbaum hatte sich in seinem Kopf festgesetzt.

Er trank einen Schluck Tee und atmete langsam tief durch. Er versuchte erst gar nicht, seine Verlegenheit zu verbergen, es wäre aussichtslos gewesen.

»Dann bin ich aber froh. Wissen Sie, es ist komisch. Wenn Leute keine Rosinen mögen, dann bevorzugen sie Oliven. Auf der anderen Seite können Menschen, die Oliven mögen, Rosinen nicht ausstehen. Das habe ich immer wieder festgestellt.«

Brendle wurde klar, dass er nichts sagen musste. Und das war gut so. Er kämpfte noch immer mit einem Brösel. Seine Augen wurden verdächtig feucht, er versuchte, einen gigantischen Hustenanfall zu unterdrücken.

»Die Äpfel sind übrigens aus eigenem Anbau. Ich habe in der Nähe von Lehrberg einen kleinen Garten gepachtet. Und darin steht der Apfelbaum, von dem diese Äpfel sind. Alles biologisch. Die Würmer habe ich natürlich zuvor herausgeschnitten.«

Frau März lächelte. Brendle konnte es trotz der verschwommenen Augen deutlich erkennen. Eine Träne kullerte aus seinem rechten Auge. Der Apfelkuchen war köstlich, der Brösel teuflisch. Er trank erneut einen kleinen Schluck Tee, kramte ein Taschentuch hervor und wischte sich die Träne aus dem Auge.

»Wenn ich Ihnen irgendwie helfen kann?«

Ja, dachte Brendle, hilf mir. Und er war in Gedanken schon beim »Du« gelandet. Leg dich mit mir unter den Apfelbaum in deinem Garten und wisch mir diese blöde Träne ab. Bitte.

Er nahm erneut einen Schluck Tee. Endlich wurde es besser.

»Entschuldigung.«

»Macht doch nichts. Es ist meine Schuld. Ich hätte den Kuchen schon gestern backen sollen, nicht erst heute Morgen. Dann wäre die Kruste am Rand nicht mehr so bröselig.«

Brendle hatte keine Lust, darauf zu antworten. Der Kuchen lockte. Er schob sich eine weitere Gabel in den Mund und spürte deutlich so etwas wie Glück. Die Welt war so einfach.

»Ich hatte gestern Abend noch einen Kunden, da wurde es etwas später. Tut mir leid. Aber in meinem Gewerbe kann ich mir die Arbeitszeiten nicht immer aussuchen.«

»In Ihrem Gewerbe …?«

Brendle riss die Augen auf. Er war gespannt, was jetzt kam.

»Dienstleistungen am Menschen.«

Plötzlich war alles vorbei. Der Kuchen wollte nicht mehr schmecken. Brendle legte die Gabel auf den Teller. Rotlichtmilieu, dachte er. Der Apfelbaum löste sich in Luft auf. »Gut. Dann wollen wir mal zur Sache kommen.«

Brendle hatte seine Sicherheit wiedergefunden.

»Sie hatten also am Sonntagmorgen Dienst im Kunsthaus. Ist Ihnen etwas aufgefallen, als Sie die Tür aufsperrten?«

»Ich habe die Tür nicht aufgesperrt.«

»Wie soll ich das verstehen?«

»Die Tür war offen.«

»Wie offen?«

»Herr Lieblich hatte einen Schlüssel.«

»Ich dachte, nur die jeweilige Aufsicht und der Vorstand haben einen Schlüssel für das Kunsthaus?«

»Eigentlich schon. Aber ich habe gelegentlich meinen Schlüssel Herrn Lieblich ausgeliehen. So auch in dieser Nacht.«

»Warum?«

»Weil er die Nacht im Kunsthaus verbringen wollte.«

»Mit Ihnen?«

»Wieso mit mir? Herr Lieblich ist verheiratet. Und außerdem … was denken Sie von mir?«

»Nichts. Ich ermittle nur.«

Die positive Stimmung war weg. Einfach weg. Frau März lehnte sich zurück und verschränkte die Arme.

»Also. Noch einmal. Ist Ihnen etwas aufgefallen, als Sie das Kunsthaus betraten?«

»Nein. Die Tür war offen. Ich habe nichts anderes erwartet.«

»Und dann?«

»Dann? Ich habe die Dinge erledigt, die zu tun sind, wenn das Kunsthaus für Besucher öffnet.«

»Was sind das für Dinge?«

»Licht einschalten. Kleiner Rundgang, ob alles in Ordnung ist. Manchmal gehe ich noch schnell aufs Klo.«

»Und dabei ist Ihnen nichts aufgefallen?«

»Was soll mir dabei schon auffallen?«

»Unter dem Konzertflügel lag ein Toter.«

»Ach so. Das meinen Sie.«

»Ja, Frau März. Genau das meine ich. Könnten Sie mal ein wenig deutlicher antworten? Ich bin nicht zum Kuchenessen hergekommen.«

Brendle biss sich auf die Lippen. Das hatte er nicht sagen wollen. Es tat ihm leid.

»Entschuldigung. Aber ich muss in einem Mordfall ermitteln. Herr Lieblich ist vermutlich umgebracht worden. Im Kunsthaus. Das hat Spuren hinterlassen. Die müssen Sie doch schon gesehen haben, als Sie zur Eingangstür hereingekommen sind.«

Frau März begann, den Tisch abzuräumen. Zuerst verschwand die Schale mit Kandiszucker, dann die Sahne, schließlich die Platte mit dem köstlichen Apfelkuchen. Brendle schaute ihm sehnsüchtig hinterher.

»An der Wand neben dem Eingang sind Blutspuren«, stellte Brendle fest. »Und auch auf dem Fußboden. Das müssen Sie doch bemerkt haben.«

»Ich bin nicht als Putzfrau im Kunsthaus angestellt.«

»Aber die Stelle mit den Blutspuren ist gleich neben dem Eingang. Und die Wand ist weiß.«

»Wissen Sie, wie viele Flecken schon auf der Wand sind?«

»Nein.«

»Und können Sie sich vorstellen, was sich Künstler alles ausdenken, um Kunst zu produzieren?«

»Nein. Ich kann mit Kunst wenig anfangen.«

»Sehen Sie. Aber von mir verlangen Sie, dass ich jeden kleinen Fleck an der Wand sofort als Blutspur in einem Mordfall interpretiere. Kleine Flecken auf dem Fußboden können genauso gut die Spur eines Künstlers sein.«

»Frau März, bitte. Sie wollen mir doch nicht erklären, dass Sie die vielen Blutstropfen, die sich vom Eingang weg bis zum Konzertflügel hinziehen, als Kunst betrachtet haben?«

»Warum nicht?«

»Weil das Quatsch ist. Sie haben vorhin gesagt, wenn Sie ins Kunsthaus kommen, machen Sie das Licht an. Wo ist der Lichtschalter?«

»Hinten. In einem kleinen Raum vor der Frauentoilette.«

»Sehen Sie. Genau das ist auch der Weg der Blutspur. Fast.«

Frau März räumte die Teekanne ab. Als sie wieder ins Esszimmer kam, blieb sie vor dem Tisch stehen. Sie stemmte die Hände in die Hüften und schaute angriffslustig aus.

»Wissen Sie, was schon alles im Kunsthaus in der Reitbahn auf dem Fußboden gelegen hat?«

»Nein. Aber Sie werden es mir bestimmt gleich sagen.«

Frau März ging zum Fenster und schaute hinaus. Eine Pause entstand. Brendle schwieg. Er überlegte, was für eine Erklärung nun kommen würde. Vorsichtig nahm er die Gabel und versuchte, ein kleines Stück Apfelkuchen möglichst leise aufzuspießen. Es misslang. Der Boden war knusprig und frisch. Brendle musste den Druck verstärken. Die Gabel donnerte durch den Boden und traf mit lautem Klirren auf das Porzellan. Der restliche Kuchen bröselte auf dem Teller nach allen Seiten, ein Teil davon landete auf der Tischdecke.

»Handschuhe«, sagte Frau März. »Zum Beispiel.«

»Ja, schön.« Brendle schob mit der Handkante die Brösel zusammen. »Vielleicht liegen im Winter auch mal Handschuhe auf dem Fußboden des Kunsthauses, wenn sie den Besuchern heruntergefallen sind.«

»Nein. Solche nicht. Ich meine einen großen Handschuh, ungefähr so groß wie die Tischdecke hier.« Sie deutete vor Brendle auf den Tisch. »Und dieser Handschuh war nicht aus Stoff, sondern aus dickem Draht gestrickt.«

»Was ist daran so besonders?«

»Das ist Kunst. Haben Sie schon mal einen Handschuh mit einem Draht gestrickt, der etwa so dick ist wie der Draht eines Maschendrahtzauns?«

»Nein. Ich habe auch nicht so große Hände. Aber was hat das mit den Blutspuren zu tun?«

»Dieser Handschuh lag als Kunstobjekt auf dem Fußboden des Kunsthauses. Mittendrin. Damit die Leute drübersteigen müssen oder außen herumlaufen. Je nachdem. Und das ist nur ein Beispiel.«

»Schön. Was liegt sonst noch auf dem Fußboden?«

»Sie wollen mich nicht verstehen. Ich will damit sagen, dass ich nicht mehr darauf achte, was auf dem Fußboden liegt. Da liegt ständig etwas. Wichtig ist mir nur noch, dass ich es nicht zertrete. Die Künstler denken sich alle möglichen Sachen aus, verstehen Sie? Ich habe wirklich nicht geahnt, dass die paar roten Tropfen auf dem Fußboden Blutspuren sein könnten.«

»Soso.«

»Sie glauben mir nicht, oder?«

Brendle trank einen Schluck Tee. Der war inzwischen kalt geworden. Er wagte es nicht, danach zu fragen, ob Frau März nachschenken könnte.

»Ich glaube gar nichts. Ich habe in einem ungeklärten Todesfall zu ermitteln, und was ich Sie hier frage, ist meine Arbeit.«

Frau März schaute noch immer zum Fenster hinaus. Sie hat einen schönen, knackigen, runden Allerwertesten, dachte Brendle. So etwas mag ich. Aber das tut nichts zur Sache.

»Wann haben Sie denn bemerkt, dass Herr Lieblich unter dem Klavier liegt?«

»Nach einer halben Stunde. Ungefähr.«

»So lange haben Sie gebraucht, um einen Toten, der mitten in einem Raum liegt, überhaupt zu entdecken?«

»Sie dürfen das nicht falsch verstehen. Ich dachte, es sei ein Tuch. Eine Installation. Irgendwas, das mit der Kunst zu tun hat. Ich hatte die Ausstellung zuvor nicht gesehen. Da wusste ich nicht, was mich erwartet.«

»Was haben Sie denn erwartet?«

»Blaue Bäume.«

»Wie, blaue Bäume?«

»Na, blaue Bäume eben. Bäume, die blau angemalt sind. Blaue Fichten, blaue Eichen, blaue Kiefern. Vielleicht sogar blaue Birkenstämme. So heißt doch die aktuelle Ausstellung. Ich habe mich lange im hinteren Raum des Kunsthauses aufgehalten. Dort, wo der kleine Wald steht. Ich wollte das auf mich wirken lassen.«

»Und, wie wirkte das auf Sie?«

»Komisch.«

»Und weiter?«

»Dann habe ich mir ein paar Bilder angesehen, die an den Wänden verteilt sind. Zum Konzertflügel bin ich erst später gekommen.«

»Aber Sie sind doch am Konzertflügel vorbeigelaufen, als Sie das Licht eingeschaltet haben.«

»Ja … Nein.«

»Was nun? Ja oder nein?«

»Da standen drei Reihen Stühle zusätzlich an der Seite, gleich neben dem Klavier. Wegen der Veranstaltung, die am Abend stattfinden sollte, aber nun ausgefallen ist.«

»Was sollte das für eine Veranstaltung sein?«

»Herr Lieblich wollte einen speziellen Text vortragen, den er für diese Ausstellung geschrieben hat.«

Frau März zog ein Taschentuch hervor, nahm die Brille ab und wischte sich über die Augen. Brendle wartete.

»Lieblich verfasste immer so besondere Texte, er konnte das, wissen Sie …«

Sie drehte sich zu Brendle um, kam an den Tisch. Ihre Augen waren gerötet.

»Können wir die Befragung kurz unterbrechen? … Bitte!«

Brendle nickte. Frau März verschwand in der Küche und schloss die Tür hinter sich. Er hörte sie mit Geschirr klappern, Besteck wurde in Schubladen gelegt, die Türen der Einbauküche geöffnet und geschlossen. Es schien, als gehe Frau März der Tod von Eduard Lieblich nahe, sehr plötzlich. Vielleicht hatte sie seinen Tod auch nur verdrängt, und ihre Freundlichkeit ihm gegenüber sowie der frisch gebackene Apfelkuchen waren eine Beschäftigungstherapie, um nicht über Lieblich nachdenken zu müssen.

Endlich hatte Brendle die Gelegenheit, sich im Wohnzimmer umzusehen. Esszimmer und Wohnzimmer waren versetzt angeordnet, gehörten aber zusammen. Die Einrichtung bestand aus einer mit rotbraunem Stoff überzogenen Couch, dazu ein passender Sessel. Eine helle, moderne Wohnwand ohne Vitrine stand rechts, links hing ein Fernseher an der Wand. Hinter der Couch zog ein großes Gemälde die Blicke auf sich. Rote und gelbe Farben flossen ineinander und wirkten, als wäre es der Eingang zu einer Höhle.

Es war seltsam, aber dieses Bild wirkte auf Brendle anders als andere. Das war ihm noch nie passiert: Er fühlte sich von dem Bild angezogen und stand auf. Je näher er an das Bild herantrat, umso heller leuchteten die Farben. Das Gelb ging in der Mitte beinahe in ein Weiß über, das um die Ecke bog.

Tatsächlich, das Bild bog in der Mitte um die Ecke. Brendle wollte wissen, ob es dort weiterging, und trat noch einen Schritt näher heran. Aber er sah nichts.

»Beginn einer Reise.«

Brendle hatte nicht bemerkt, wie Frau März hinter ihn getreten war.

»Wie?«

»Das Bild hat den Titel *Beginn einer Reise.*«

»Und wo geht die Reise hin?«

»Das dürfen Sie sich selbst ausdenken. Sie beginnt hier und geht dort um die Ecke weiter. Fast in der Mitte des Bildes glaubt man, es ginge um die Ecke. Da geht die Reise hin.«

»Sehr passender Titel.«

»Ja, nicht?«

»Und wer denkt sich so was aus? Ich hätte kaum einen so treffenden Titel für das Bild gefunden. Aber ich bin auch kein Künstler.«

»Der Titel stammt von Eduard Lieblich. Das Bild hat eine Freundin von mir gemalt. Siglinde Braun. Sehen Sie dort unten links das kleine Zeichen? Es sieht aus, als wäre der Künstlerin der Pinsel ausgerutscht und versehentlich ein dunkler Farbklecks auf die Leinwand geraten. Es sind die ersten beiden Buchstaben ihres Vornamens.«

»Wie kommt Eduard Lieblich dazu, sich Titel für die Bilder von Siglinde Braun auszudenken?«

»Ach, der machte das häufig. Die beiden waren befreundet. Manchmal besuchte er Frau Braun in ihrem Atelier und schaute ihr beim Malen zu. Oder er ging bei ihr durch den Garten und ließ sich von den Skulpturen inspirieren.«

»Ist es nicht so, dass die Künstler selbst den Bildern einen Titel geben?«

»Ja, schon. Aber Herrn Lieblich haben manche Titel nichts gesagt. Er fand sie unpassend. Und dann gab er ihnen neue Titel. Meistens blieb es dabei. Siglinde war immer wieder überrascht, wie Eduard es schaffte, sich in ein Bild hineinzudenken. Er hatte eine besondere Gabe dafür.«

Brendle hatte von solch einer Gabe noch nie gehört. Er musste wohl tiefer in die Künstlerszene von Ansbach eintauchen.

»Und wo finde ich Frau Braun?«

»In Steinersdorf. Sie hat dort mit ihrem Mann zusammen ein Atelier. Sie gibt auch Kurse in intuitivem Malen.«

»Worin?«

»Im Malen nach Gefühl.«

»Geht das?«

»Natürlich. Probieren Sie es aus.«

»Das kann ich mir, ehrlich gesagt, kaum vorstellen.«

Frau März schaute ihn an. In ihrem Mundwinkel lag ein leicht spöttischer Zug, die Augen lachten, die Nase zeigte kokett nach oben.

»Ich glaube, Sie können sich vieles nicht vorstellen, oder?«

»Aber ich finde dafür vieles heraus.«

»Dann machen Sie mal. Aber mich müssen Sie nun entschuldigen. Ich muss zur Arbeit.«

Brendle erinnerte sich daran, dass er hier nicht zum Privatbesuch oder Apfelkuchenessen eingeladen war, sondern dienstlich. Auch Frau März musste zum Dienst.

»Ihre Dienstleistungen am Menschen?«

»Sie sagen es.«

Und mehr sagte sie nicht.

Als Brendle die drei Stockwerke wieder hinuntertappte, überlegte er, welche Dienstleistungen am Menschen Frau

März ausüben könnte. War es im medizinischen Bereich? Das würde ihre Freundlichkeit erklären. Vielleicht irgendwas im Krankenhaus oder bei einem Arzt.

Sie könnte aber auch im horizontalen Gewerbe arbeiten. Auch das war eine Dienstleistung am Menschen. Wenn auch eine andere. Er wollte hier nicht weiterdenken.

Dienstlich musste er.

Privat zog er eine Grenze.

Nein. Das passte nicht zusammen. Frau März und das horizontale Gewerbe. Und dann noch ihre Tätigkeit als Aufsicht im Kunsthaus. Das gehörte sich einfach nicht. Er konnte sich nicht vorstellen, dass Dr. Helmut Gabelmann leichte Mädchen beschäftigte.

Wobei auch das horizontale Gewerbe etwas mit Kunst zu tun hatte. Der Kunst, so zu tun, als sei es das normalste der Welt.

6

Die Glocke.

Sie können mich nicht gebrauchen.

Keinen einzigen Ton.

Sie wünschen sich Stille, um in Ruhe über Eduard Lieblich nachzudenken.

Eine Minute der Stille, hat Dr. Helmut Gabelmann gesagt.

Eine stille Minute.

Schweigen.

Kein einziger Klang soll das Gedenken stören, keine Klaviermusik, nichts. Weil kein Ton und kein Klang und überhaupt einfach nichts den Tod von Eduard Lieblich beschreiben kann.

Und so stehen sie auf und falten die Hände.

Manche halten sich an Stühlen oder Tischen fest.

Oder am Nebenmann.

Wer es braucht.

Wer keinen Halt braucht, hat die Hände in den Hosentaschen. Eine seltsame Form der Anteilnahme.

Irgendwo wird ein Taschentuch herausgezogen.

Geschnieft.

Und die Stille unterbrochen.

Die ganze Mannschaft ist da.

Die Kulturmannschaft.

Das kleine Zimmer des Kunsthauses platzt aus allen Nähten. Vorne im großen Raum wollten sie sich nicht zusammensetzen. Zu öffentlich. Zu nahe an Lieblichs Tatort. Selbst die weißen Tücher würden sie vor der Öffentlichkeit nicht schützen.

Da sei, sagen manche, noch die Seele von Lieblich in der Nähe. Das würde sie stören. Als würde er ihnen beim

Trauern und Diskutieren zuhören. Oder sie beim Nichttrauern beobachten. Sie wollen das nicht.

Es ist rappelvoll im Hinterzimmer. Sie haben sogar die blauen Bäume zusammengestellt, damit mehr Platz ist. Die Bäume stehen dicht an dicht. Niemand kann mehr dazwischen hindurchgehen, wie es ursprünglich gedacht war.

Wenn das die Künstlerin wüsste. Aber die ist nicht da, warum auch immer. Margarete von Blumen, ein Künstlername, wirklich!, hat sich entschuldigen lassen. Sie sagte, sie könne noch nicht ins Kunsthaus kommen, sie brauche Abstand. Und die Blutspritzer auf dem großen Bild am Eingang mit den blauen Bäumen würde sie sich später ansehen. Oder sei das nicht so schlimm?

Und sie schweigen noch immer.

Wie lang eine Minute sein kann.

Sechzig Sekunden.

Muss man wirklich jede Sekunde an Eduard Lieblich denken?

Ist Abschweifen erlaubt?

Zum Beispiel der Gedanke daran, wann die nächste Steuervorauszahlung fällig ist.

Und dass der Enkel später noch vom Kindergarten abgeholt werden muss. Und ein Brot muss noch besorgt werden, sonst gibt es nichts zum Abendessen.

Dann ist die Minute vorüber.

Man setzt sich.

Bleibt stehen.

Verstaut das Taschentuch.

Und nimmt die Hände aus der Hose.

Dr. Helmut Gabelmann spricht.

Es sind leise Worte des Abschieds.

»Wir müssen das erst einmal alle für uns, und natürlich auch jeder Einzelne und jeder für sich selbst, Wirklichkeit werden lassen.«

Wir müssen uns vergegenwärtigen, dass er nicht mehr lieblich ist. Der Eduard Lieblich.

Nein. Das sagt er nicht. Ich hätte es genauso gesagt. Aber mich fragt niemand. Ich darf keinen einzigen Ton von mir geben.

»Und so wollen wir darüber nachdenken, wie er von uns gegangen ist. Es ist eine Zäsur für das Kunsthaus.«

Spricht mein Helmut.

»Lieblich ging nicht freiwillig, so viel steht fest. Warum und wie genau er ging, ist noch nicht sicher. Und wer ihm dabei geholfen hat, steht in den Sternen. Oder in den Spuren, die dabei zurückgelassen wurden.«

Überhaupt, die Spuren.

Brendle war am Nachmittag im Kunsthaus.

»Die Spuren können nun beseitigt werden«, hat Brendle Dr. Helmut Gabelmann wissen lassen. Und er könne einen speziellen Putztrupp schicken, der solche Spuren professionell und ohne Rückstände entfernt. Das sei schließlich kein Pappenstiel, Blutstropfen am Fußboden aufzuwischen. Oder die Flecken an der Wand zu beseitigen. Man könne natürlich auch einfach darüberstreichen, mit weißer Farbe, das ginge auch. Aber dann würde sich die neue weiße Farbe erheblich von der alten weißen Farbe unterscheiden, und da sei es besser, wenn gleich die ganze Wand gestrichen würde.

Sagte Brendle nicht. Schlug Dr. Helmut Gabelmann vor.

Das sei seine Sache, meinte Brendle. Aber die Kosten müsse das Kunsthaus übernehmen.

Wann der Putztrupp denn komme, wollte Dr. Helmut Gabelmann wissen.

»In zwei oder drei Wochen, frühestens.«

»Wie bitte?«

»Geht halt nicht früher.«

»Und das Kunsthaus?«

»Muss so lange geschlossen bleiben.«

»Können Ihre Leute nicht ein paar Tage eher auftauchen?«

»Die kommen aus München. Sind halt spezielle Leute, und die sind gefragt in ganz Bayern.« Vor allem die Spuren unter dem Klavierdings seien eine größere Sache. Da gehe das mit dem Putzen nicht so einfach. Das müsse auch aus den Fugen zwischen den Fliesen entfernt werden. Gründlich. Oder wolle Dr. Helmut Gabelmann, dass sich künftige Besucher, statt von den Kunstwerken an den Wänden zu schwärmen, über die Flecken auf den Fliesen unterhielten?

»Wir haben eine Putzfrau«, sagte mein lieber Helmut.

»Eine Putzfrau?«

Betretenes Schweigen. Brendle zuckte ein wenig und blickte auf seine Wanderschuhe hinab.

»Glauben Sie im Ernst, eine ganz normale Putzfrau kann das machen? Die graust es doch davor. Überlegen Sie mal, das sind menschliche Reste.«

»Sind die Sachen im Klo nicht auch menschliche Reste?«

Mein Helmut kann manchmal sehr witzig sein.

»Natürlich. Aber ganz andere. Das sind alltägliche menschliche Reste. Die Sachen unter dem Klavierdings sind keine alltäglichen menschlichen Reste.«

»Ich werde mit Yana reden.«

»Mit wem?«

»Mit Yana. Das ist unsere Putzfrau. Sie kommt aus Russland, und ich vermute, die hält allerhand aus.«

»Aber auf Ihre Verantwortung.«

»Natürlich auf meine Verantwortung. Glauben Sie, ich warte wochenlang auf Ihre Reinigungsleute, damit die mir die paar Blutflecken unter dem Konzertflügel beseitigen? Ich kann doch das Kunsthaus nicht wochenlang zusperren.«

»Warum nicht?«

Gute Frage. Warum nur konnte Dr. Helmut Gabelmann das Kunsthaus in der Reitbahn zu Ansbach nicht wochenlang zusperren?

»Wir sind eine Institution«, antwortete mein lieber Helmut. Ein wenig Stolz schwang in seiner Stimme mit. »Ansbach baut auf uns. Wenn schon das Fernsehen nicht mehr für Kultur sorgen kann, dann das Kunsthaus in der Reitbahn 3. Unsere Räume sind bei den Künstlern begehrt. Der Terminkalender ist voll. Die Zeiten für Ausstellungen sind ungefähr ein Jahr im Voraus ausgebucht. Wollen Sie das schriftlich haben?«

»Nein. Danke.«

Wozu auch, dachte Brendle. Ich gehe da ohnehin nicht freiwillig rein, in so eine Ausstellung.

»Kann es sein …«, Brendle wog seine Worte genau ab. »Kann es sein, dass das Kunsthaus finanzielle Probleme bekommt, wenn es ein paar Wochen zumachen muss?«

Dr. Helmut Gabelmann lächelte.

»Finanzielle Probleme? … Das Kunsthaus Reitbahn 3 in Ansbach?«

Brendle grinste zurück. Es war ein schönes Bild. Wie sich die beiden Herren gleich in meiner Nähe anlächelten. Schade, dass der Haus- und Hoffotograf gerade nicht in der Nähe war.

»Sie müssen sich über die finanziellen Angelegenheiten des Kunsthauses keine Gedanken machen«, sagte mein

Helmut schließlich, nachdem er des Lächelns überdrüssig geworden war. »Das ist meine Aufgabe.«

Dann ließ er den Kommissar stehen.

Dafür liebe ich ihn. Meinen Helmut. Nicht den Brendle.

Auf mir wird noch immer nicht gespielt. Da stehen und sitzen die Damen und Herren im Gedenken an Eduard Lieblich dicht gedrängt im Nebenzimmer, diskutieren und lamentieren, und ich darf keinen einzigen Kommentar dazu abgeben.

Einen Trauermarsch würde ich schon nicht klimpern. Nur den Frühlingsstimmenwalzer. Oder ein kleines Nachtlied. Oder was Modernes, was sonst nicht auf dem Spielplan steht. Mit Brüchen und ständigen Wechseln des Tempos. Und mit viel Gefühl.

Sie kommen nun zur ersten Abstimmung. Auch wenn die Sache banal ist. Aber die Aufgabe ist nicht durch den Arbeitsvertrag abgesegnet, und da muss der Vorstand die Mitglieder entscheiden lassen. So steht es in der Satzung.

Darf Yana in ihrer Eigenschaft als offizielle Putzfrau die menschlichen Überreste von Eduard Lieblich auf dem Fußboden des Kunsthauses entfernen?

Ja oder nein?

»Vielleicht sollten wir erst einmal Yana fragen, ob sie will!«

»Die will schon.«

»Also ich würde nicht wollen.«

»Du bist auch nicht Yana.«

»Ich bitte um Ruhe.«

Die Stimme meines lieben Dr. Gabelmann. Er hat gerade wenig Autorität.

»Darf die das überhaupt? Ich meine, das sind doch Spuren, die etwas mit dem Mord zu tun haben, oder nicht?«

»Es ist noch nicht gesichert, dass es ein Mord war.«

»Aber dieser Kommissar Brendle ermittelt doch schon.«

»Ist doch klar, dass es ein Mord war. Und woran ist er gestorben?«

»Seine Kunst hat ihn umgebracht.«

»Also wirklich. So schlecht war Eduard Lieblich auch nicht.«

»Ich fand seine Texte grauenhaft.«

»Ich bitte um Ruhe, meine Damen und Herren.«

Wieder mein Helmut.

»Grauenhaft? Das hat wohl nur damit zu tun, dass er noch nicht bei dir im Atelier gewesen ist, um sich umzuschauen.«

»Ich hätte ihn auch nicht hineingelassen.«

»Ach Sie … Sie lassen ja niemanden in Ihre geheiligten Räume. Vermutlich machen Sie die Skulpturen auch nicht selbst, sondern lassen sie aus China anliefern, weil dort die Lohnkosten und das Material so günstig sind. Die liefern ja alles. Sogar Gipskartonplatten, die dann als Kunstwerke deklariert werden.«

»Da seien Sie mal ganz ruhig. Sie haben Ihre Kenntnisse über die hohe Malkunst auch bei der VHS erworben, oder nicht?«

»Das war vor zwanzig Jahren, mein Herr.«

»Spielt doch keine Rolle. Die VHS gab es auch schon vor zwanzig Jahren. An der Kunstakademie waren Sie jedenfalls nicht.«

»Und Sie waren dort, oder wie?«

»Aber sicher, meine Teuerste. Wollen Sie meinen Abschluss sehen?«

»Ich verzichte darauf.«

Helmut läuft an mir vorüber. Er tut das mit einiger Röte in seinem Gesicht. Seine Hand streift leicht über meinen

Korpus. Er liebt mich, ich weiß das. Selbst im größten Durcheinander, und in solch einer Situation, denkt er an mich.

Kurz darauf kommt er mit der großen Glocke zurück. Bei normalen Veranstaltungen wird die große Glocke dafür verwendet, um die Pause zu beenden. Ein Schlag mit dem Klöppel genügt. Dann ist Ruhe. Die Kunstinteressierten sammeln sich, kehren zu ihren Plätzen zurück, und harren der Töne, die von mir kommen sollen.

Aber das hier ist keine normale Veranstaltung.

Ich kann kaum fassen, was die Anwesenden tun.

Sie streiten.

Und lamentieren.

Reißen sich in Gedanken an Ohren und Haaren und ziehen sich gegenseitig an ihrer empfindsamen Seele durch die Räume. Welch ein Schauspiel.

Sie bekriegen sich in aller Ernsthaftigkeit und diskutieren, wer sich Künstler nennen darf, und wer nicht.

»Eine Magisterarbeit mit figurativen Elementen, dass ich nicht lache.«

»Und Sie Pinselschwinger, wissen Sie denn überhaupt, dass so ein Ding auch Borsten hat?«

»Etwa solche, wie Sie auf dem Kopf haben?«

»Das nennt sich Haare, mein teuerster Freund.«

»Freund … Sehen Sie hier einen Freund?«

Die Diskutierenden haben längst den Nebenraum verlassen und verteilen sich in kleinen Gruppen im ganzen Kunsthaus.

Waffenstillstand. Bitte.

An einem Tag wie diesem.

Als gäbe es nichts Besseres zu tun, als wortreich und mit ausgefeilter Gestik durchs Kunsthaus zu lamentieren.

Und sie stehen mit ihren Schuhen einen halben Meter neben den angetrockneten, menschlichen Resten von Eduard Lieblich. Seine Seele schwebt über ihren Köpfen, wabert um Säulen, geht draußen in der Reitbahn auf und ab, weil sie Luft braucht, kriecht dann in fremde Hosentaschen und Brillenetuis, vielleicht auch unter Damenblusen, wird von dort vertrieben und zurück unter den Flügel verfrachtet. Ein Tuscheln und Wandern und Plaudern und Schimpfen. Wie auf dem Jahrmarkt. Als würden sie um etwas feilschen.

Wenn Lieblich eine Seele hat, die hier in den Räumen verblieben ist, flüchtet sie genau in diesen Minuten. Raus hier. Nur raus hier. Das hält ja kein Mensch mehr aus.

Es ist schon beinahe ein Wunder, dass sie nicht auf den verbliebenen, eingetrockneten Körpersäften von Lieblich herumtrampeln. Der dunkle Fleck auf den Fliesen erscheint wie eine Insel. Noch. Aber vielleicht hat Eduard absichtlich etwas von sich hinterlassen. Ein letztes Wort. Eine letzte Geschichte, die er dem Flügel, also mir, anvertraut hat. Auch wenn das bis jetzt niemand wirklich versteht. Außer mir. Aber mich fragt keiner.

Man müsste alle Fenster aufmachen und eine Windmaschine installieren, damit die ganze Mannschaft, Männer und Frauen, Künstler und Nichtkünstler, promoviert oder durch die VHS kultiviert, nach draußen geblasen wird.

Dr. Helmut Gabelmann hat einen hochroten Kopf. Das ist selten. Er glüht beinahe in seinem schwarzen Hemd und dem dunklen Sakko. Einige seiner wenigen Haare stehen senkrecht nach oben. Mit der Glocke in seiner Hand drängelt er sich mitten hinein in die Künstler. Er eckt an, drückt Schultern und Leiber zur Seite, murmelt hier eine Entschuldigung und dort ein »Darf ich mal durch? Bitte? … Danke.«

Endlich steht er dort, wo er hinwollte, mitten zwischen den zahllosen Köpfen, wartet einen Moment, als wollte er Kraft schöpfen. Dann hebt er den Arm über seinen Kopf hinweg und beutelt die arme Glocke, als würde er wie im Mittelalter eine ganze Stadt zusammenrufen wollen.

Der Klang ist die reinste Folter. Kein melodisches Summen. Keine Zwischentöne. Kein Ausklingen eines einzelnen Tones. Die Glocke scheppert, wie ich sie noch niemals vernommen habe. Eine halbe Minute, vielleicht auch länger. Dann sinkt der Arm von Dr. Helmut Gabelmann ermattet nach unten.

Mit einem Schlag ist Stille. Alles scheint in der Bewegung erstarrt. Hälse recken sich zur Mitte des großen Raumes. Dort steht mein Helmut mit hochrotem Kopf und atmet.

Ja, er atmet noch.

»Wissen Sie eigentlich noch, warum wir *hier* sind?«

Die Stimme von Dr. Helmut Gabelmann ist leise. Sehr, sehr leise. Er muss nicht lauter sprechen. Jeder versteht ihn.

Um ihn herum betretene Gesichter. Sie blicken nach unten, zur Decke, an die Wände. Überallhin, nur nicht zu ihm.

»Wer ist dafür, dass Yana den Fußboden im Kunsthaus von den …«

Ihm fällt das richtige Wort nicht ein. Er weiß nicht, wie er es genau nennen soll. Er schluckt.

»… dass Yana den Fußboden reinigen soll?«

Ein paar Hände heben sich.

»Gegenprobe?«

Ein einziger Arm geht in die Höhe.

Er ist von Dimitri Jakob, aber der ist fast immer dagegen.

»Gut. Angenommen. Yana reinigt den Fußboden.«

Erneut setzt Gemurmel ein. Mein Helmut reckt den Arm mit der Glocke nach oben. Er muss sie nicht schütteln, die Drohung genügt.

»Nächster Punkt. Ich schlage vor, dass wir zu Ehren von Eduard Lieblich, nachdem der Fußboden gereinigt ist, eine besondere Gedenkveranstaltung abhalten.«

Dr. Helmut Gabelmann schaut in die Runde.

»Wer ist dafür?«

Fast alle Hände gehen in die Höhe.

»Dagegen?«

Niemand bewegt sich. Dimitri Jakob muss aufs Klo gegangen sein. Oder er traut sich nicht.

»Gut. Auch angenommen. Das kommt ins Protokoll.«

Ab diesem Moment konnte ich nicht mehr wirklich zuhören. Ich war einfach müde.

Keine Vernissage, keine einzige Rede von Professoren und Kunstkennern, nicht einmal jene des Landtagsabgeordneten, dessen Namen ich wieder vergessen habe, war jemals so anstrengend, wie diese Versammlung.

Sie sind noch bis spät in die Nacht hinein zusammengestanden, haben sich auf Stühle gehockt, in kleinen Gruppen zusammengestellt und diskutiert. Irgendwann haben sie sich Gläser und eine Flasche Rotwein aus dem Bestand des Kunsthauses genommen, auf Lieblich angestoßen und Ideen gesammelt.

Wer was machen könnte.

Wer welchen Text von Lieblich vortragen sollte.

Und ob es überhaupt Sinn machte, einen Text von Lieblich vorzutragen. Was würde sich da schon eignen?

Ob es Musik geben müsste.

Ob die Stadtoberhäupter eingeladen werden müssten.

Und seine Frau, die Rebecca.

Ach, die ist doch nicht ganz richtig im Kopf.

Und wer das getan haben könnte.

Einer von uns?

Ja, genau. Vielleicht war es einer von uns.

Oder eines.

Wie … eines?

Ein Kunstwerk.

Die blauen Bäume?

Genau. Die blauen Bäume. Wenn so ein Ding umfällt, bei der unprofessionellen Befestigung …

Nicht mal gedübelt oder geschraubt.

Was? Nicht mal gedübelt?

Draufgesteckt. Sonst nichts. Auf so eine Bodenplatte und einen winzigen Erdspieß. Billigstes Blech. Nicht mal verzinkt. Viel zu dünn das ganze Zeug da. Und wenn sich dann noch der Borkenkäfer lustvoll durch die Eingeweide des Kiefernstammes wühlt, …

… dann nützt auch die blaue Farbe nichts.

Stimmt.

Das geht dann ganz schnell.

Zack. Ende.

Genau. Das geht ganz schnell.

Oder es war eine Frau.

Eine Frau?

Warum nicht?

Auch Frauen können morden.

Ach was. Doch keine Künstlerin von uns.

Und warum überhaupt?

Ja, warum?

Warum?

Warum denn nur?

Ist das nicht sinnlos?

Hat ein Mord überhaupt einen Sinn?

Den Sinn des Todes.

Gute Idee.

Weiter so.

Welche Sinne fallen euch noch ein?

Für den Tod?

Egal.

Aber es muss eine Idee sein.

Eine gute Idee.

Sind nicht alle Ideen irgendwie gut?

Der Rotwein kreiste. Eine zweite Flasche wurde geöffnet. Sie hatten ihre Füße längst auf die angetrockneten, menschlichen Reste von Eduard Lieblich gestellt. Yana war noch nicht einmal dazu gekommen, mit dem Putzen anzufangen.

Mich haben sie zur Seite geschoben.

Damit mehr Platz war.

Vielleicht haben sie gedacht, sie könnten Lieblich näher sein, wenn sie auf dem Platz diskutierten, an dem er gestorben war. So standen sie auf Lieblichs vergangenem Leben herum, auf seinen letzten Gedanken, und planten seinen Nachruf.

Ich schlief ein.

Und träumte von Lieblich.

Seine Texte schwebten auf Bannern über den Himmel, von einem Heißluftballon gezogen, ganz langsam. Dann zerfielen die Buchstaben in kleine Stücke und rieselten herab auf die Erde. Und aus jedem einzelnen Buchstaben wuchs ein kleiner Baum.

Ich komponierte zu jedem Baum eine kleine Melodie. Gespielt mit zwei Fingern, mehr nicht. Endlich wurde ich wieder gebraucht.

7

Unterwegs.

Brendle hockte im Hofgarten unter einer Sommerlinde und grübelte vor sich hin. Er musste noch einmal mit Susanne März sprechen. Er war mit seinen Fragen nicht weitergekommen. Da fehlten riesige Bruchstücke. Und ihr Beruf war ihm auch sehr merkwürdig erschienen.

Dienstleistungen an Menschen.

Ein Mord konnte auch eine Dienstleistung sein, wenn auch eine, für die man bestraft wurde. Wenn sie beweisbar war.

Außerdem musste er den Leuten vom Kunsthaus auf den Zahn fühlen. Die waren wie ein verschworener Haufen, an den schlecht heranzukommen war. Zu gerne wäre er bei der Versammlung des Vereins dabei gewesen, aber Dr. Helmut Gabelmann hatte sich dies verbeten.

Interne Angelegenheit. Da würden keine Geheimnisse besprochen, sondern das Gedenken an den Toten geplant. Aber er sei zur Gedenkveranstaltung eingeladen. Den Termin würde er ihm noch bekannt geben.

Den Bericht der Spurensicherung hatte er inzwischen erhalten und ausgiebig studiert. Aber das Ganze machte keinen Sinn. Kurz hinter der Eingangstür des Kunsthauses bis unter den Konzertflügel zogen sich Blutspuren hin. Lieblich musste also vom Eingang weg bis zum Flügel gestolpert sein. Vielleicht hatte er sich auch mit seinen letzten Kräften bis zum Flügel geschleppt, war dort zusammengebrochen und dann verblutet. Oder er war von seinem persönlichen Engel unter die Arme gegriffen und dorthin geflogen worden, damit er in seinen letzten Momenten göttliche Klaviermusik hören konnte, die ihn vom Jenseits ins nächste Universum begleitete.

Doch es gab ein Problem.

Die Fußspuren waren jene von Lieblichs Schuhen. Und zwar ausschließlich. Das war deutlich. Er musste also selbst bis zum Flügel gekommen sein, auf irgendeine Weise. Gestolpert. Gehatscht. Gerannt. In Zeitlupe durchs Kunsthaus geschlichen. Vielleicht auch getrampelt. Oder ganz normal gelaufen. Mit übermenschlicher Kraft.

Aber warum?

Wenn er nach Hilfe gesucht hätte, wäre er genau in die falsche Richtung gelaufen. Der Eingang des Kunsthauses, zu dem Lieblich den Schlüssel hatte, und der nach Aussage von Frau März nicht abgesperrt war, wäre doch viel näher gewesen, um Hilfe zu holen.

Lieblich hätte sich nur dort hinausretten müssen. Ein Passant wäre draußen in der Reitbahn vielleicht auf ihn aufmerksam geworden. Auch morgens um fünf Uhr, oder noch früher.

Aber was war am Eingang passiert?

Einige wenige Blutspritzer fanden sich an der Wand neben dem Eingang wieder. Es war nicht viel, deutete aber darauf hin, dass hier ein kleiner Kampf stattgefunden haben könnte. Lieblich war gegen die Wand geworfen worden, vielleicht auch ausgewichen, hatte möglicherweise einen Fluchtversuch unternommen oder sich zu wehren versucht. Ungefähr so konnten die Spuren interpretiert werden. Lieblichs Leichnam hatte nur Kopfverletzungen.

Ein besonderes Werk, das zur Ausstellung gehörte, und sozusagen das Titelbild war, wurde in Mitleidenschaft gezogen. Am Rahmen des Bildes fanden sich Spuren von der Kopfhaut des Toten. DNA-Analysen ergaben das eindeutig. Als wäre er beim Kampf oder einem Fluchtversuch gegen das Bild gestoßen worden. Das Bild hatte den Titel *Blaue Bäume.*

Es war ungefähr zwei Meter hoch und einen Meter breit und von der Künstlerin Margarete von Blumen. Das war ihr Künstlername. Brendle hasste so etwas. Konnten die nicht ihren ganz normalen Geburtsnamen unter ihre Bilder pinseln? Dann fand man sie wenigstens gleich im Telefonbuch.

Das Kunsthaus hatte leider keine Überwachungskamera, Brendle hatte sich in dieser Hinsicht schon ausgiebig bei Dr. Gabelmann erkundigt. Er fand das merkwürdig.

Immerhin versammelten sich bei manchen Ausstellungen gewaltige Werte. Einige Bilder waren mit vierstelligen Preisen ausgezeichnet.

»Und wenn Randalierer zu Besuch kommen?«

Dr. Gabelmann hatte Brendle schief angesehen.

»Randalierer? Die sich an Kunst vergehen?«

»Es gibt immer ein paar Blöde.«

»Ja, die gibt es. Aber nicht im Kunsthaus zu Ansbach. Wir sind hier nicht in Berlin oder New York. Wer zu uns kommt, will Kunst genießen und nicht zerstören. Außerdem geben die Preise an den Kunstwerken häufig nur den ideellen Wert wieder. Die Arbeit, die darin steckt, ist kaum zu beschreiben. Manchmal ist der Kaufpreis auch absichtlich übertrieben hoch, weil der Künstler sich von seinem Werk nicht trennen will.«

Brendle schaute irritiert.

»Ich dachte, Künstler leben vom Verkauf ihrer Werke?«

»Von Kunst«, sagte Dr. Gabelmann, »können die wenigsten leben. Die meisten Künstler machen im Hauptberuf etwas Bodenständiges, mit dem die Allgemeinheit etwas anfangen kann. Davon leben sie.«

Stimmt, überlegte Brendle. Er hatte noch niemals ein Kunstwerk gekauft. »Und wie ist das mit den Sammlern? Könnten nicht auch Sammler ins Kunsthaus eindringen?«

Dr. Gabelmann lächelte.

»Wir haben hier keinen Monet. Und keinen Franz Marc. Manche unserer Ausstellungen widmen sich jenen Leuten, die ihre Werke sonst nur im privaten Kreis zeigen. Die haben kein eigenes Atelier. Ihre Werke entstehen manchmal sogar nur in einer Ecke im Schlafzimmer, weil sie sonst keinen Platz haben. Natürlich haben wir auch überregionale Künstler zu Gast. Maler und Bildhauer, die sich schon einen Namen gemacht haben. Die stehen auf der Schwelle zum großen Sprung, haben bereits Preise erhalten oder werden diese in Zukunft mit Sicherheit verliehen bekommen. Aber deswegen ins Kunsthaus einbrechen?«

Brendle kapitulierte.

»Verstehe. Und in Zukunft? Ich denke, die Besucher werden sich ihre Gedanken machen, ob sie noch ohne Bedenken ins Kunsthaus gehen können.«

»Daran habe ich auch schon gedacht. Ich werde mir etwas überlegen. Zur Not tut es eine Kameraattrappe, die für jeden sichtbar im Eingangsbereich platziert wird. Das vermittelt ein Sicherheitsgefühl, wenn der Besucher glaubt, er würde von einer Kamera erfasst werden.«

Wenn der arme Eduard Lieblich auch nur eine Attrappe gewesen wäre, ein künstlicher Toter im Kunsthaus, würde sich Brendle wohler fühlen. Aber Lieblich war ein echter Toter. Ein ungeklärter echter Todesfall. Und er musste ermitteln.

Brendle hoffte inständig, die Sache würde nicht so ausgehen, wie damals bei Kaspar Hauser. Wenn er sich vorstellte, in zweihundert Jahren würde für Eduard Lieblich irgendwo in der Reitbahn zu Ansbach ein Denkmal stehen, dann wurde ihm beinahe übel.

Über den Text zu diesem Denkmal wollte er lieber nicht nachdenken. Das überließ er einer späteren Generation. Denen würde schon was einfallen, wenn es so weit war.

Noch so ein ungeklärter Todesfall würde Ansbach zu Weltruhm verhelfen. Alle Welt würde nach Ansbach blicken. Nach Ansbach pilgern. Aber nicht, um sich dort umbringen und unter einem Konzertflügel ablegen zu lassen, sondern um diesem besonderen Flair der Stadt nachzuspüren.

Kaspar Hauser hatte schon ein Denkmal in der Stadt. Nicht nur eines. Im Hofgarten stand er als Sandsteinsäule herum. Verwittert und manchmal von Vandalen besucht. 1981 stiftete der LIONS-Club anlässlich seines zehnjährigen Bestehens zwei Bronze-Figuren, die den armen Menschen bei seiner Ankunft in Ansbach und kurz vor seinem Tod zeigen. Und seit dem Jahr 2007 hockt ein kleiner Kerl mit einem Baum zwischen seinen Beinen vor dem Haus, in dem Kaspar Hauser in Ansbach gewohnt haben soll.

Brendle konnte nicht mehr ruhig sitzen. Er musste etwas tun. Hunger hatte er auch. Das Grübeln im Hofgarten brachte ihn nicht voran. Spontan entschied er sich, Frau März zu besuchen. Vielleicht war noch etwas vom Apfelkuchen übrig.

Fehlanzeige. Die Dame öffnete auch nach mehrmaligem Klingeln nicht die Tür, vom Apfelkuchen war nur noch eine vage Erinnerung in seiner Nase. Brendle steckte seine Visitenkarte in den Briefkasten mit der Bitte, sie möge sich bei ihm melden.

Ziellos lief Brendle durch die Altstadt. Sein Hunger führte ihn an einer Döner-Bude vorbei. Mehr war heute nicht drin. Er hatte keine Lust, sich irgendwo fein hinzusetzen und bedienen zu lassen. Das Wetter hielt ihn draußen fest. Altweibersommer, jetzt schon seit vier Tagen.

Brendle hatte Lust zu laufen. Richtig schön zu laufen, nicht mit dem Rad zu fahren oder mit dem Wagen. Das konnte er auch bei schlechtem Wetter machen. Er ging in seine Wohnung, nahm einen Rucksack und stopfte eine Flasche Mineralwasser und ein paar andere Kleinigkeiten hinein. Dann lief er los.

Aus Ansbach hinaus, die Rezat entlang, in Richtung Lehrberg. Er wollte in die Nähe des kleinen Gartens von Susanne März kommen, auch wenn er seine genaue Lage nicht kannte. Wenn er an die Äpfel dachte, dann lief ihm gleich das Wasser im Mund zusammen. Mit forschen Schritten marschierte er am Freizeitbad Aquella vorüber. Die Parkplätze waren überwiegend belegt, dahinter zeigten sich die Silhouetten zahlreicher Wohnmobile, die hier ihren vorübergehenden Stellplatz hatten.

Moderne Nomaden, dachte Brendle. Die hält es einen, manchmal auch zwei oder drei Tage an einem Ort, und dann ziehen sie weiter mit ihren Luxusgefährten. Betuchte Rentner, die ihre Lebensversicherung in Altersmobilität investiert haben. Er hatte von Leuten gehört, die waren das halbe Jahr unterwegs. Wenn nicht noch länger. Sie schlossen sich zu Gruppen zusammen und fuhren gemeinsam durch halb Europa. Hinunter nach Spanien, dann weiter nach Marokko. Dort nahmen sie sich einen Führer und ließen sich das Land zeigen. Nachts stellten sie ihre Luxuskarossen zu einer Wagenburg zusammen und ließen Einheimische als Nachtwachen außen herumpilgern. Damit ihnen niemand zu nahe auf den Lack rückte. Fast wie im Wilden Westen. Nur ohne Indianer.

Brendle zog die Jacke aus, es war ihm zu warm geworden. Aber er musste auch immer zu viel mitschleppen. Das ging ihm jedes Mal so. Er konnte sich das nicht abgewöhnen, für alle denkbaren Möglichkeiten Sachen einzupacken. Die Radfahrer, die ihm entgegenkamen, trugen Shorts. Radlershorts. Sie wirkten, als hätten sie eine Windel zwischen den Beinen. Oben herum flatterte ein luftdurchlässiges Teil im Fahrtwind. Die Frauen zeigten sogar ihre Schultern. Und die Oberweite hing wie ein Mittelgebirge über dem Lenker. Früher wäre frau nicht so gefahren. Viel züchtiger. Aber auch viel langweiliger.

Brendle setzte sich auf eine Bank in der Nähe von Wasserzell, holte was zum Trinken aus dem Rucksack und nahm einen kräftigen Schluck. Dann begann er erneut zu grübeln.

Es musste doch Zeugen geben, die Lieblich dabei beobachtet hatten, wie er ins Kunsthaus gegangen ist. Von Frau März hatte Lieblich den Schlüssel erhalten. Wie lange war er im Kunsthaus gewesen? Und was machte er dort, mitten in der Nacht?

Kein normaler Mensch lässt sich den Schlüssel für ein Kunsthaus geben, um dort die Nacht zu verbringen. Aber vielleicht war Eduard Lieblich auch kein normaler Mensch. Vielleicht hatte er einen Spleen, besondere Vorlieben, egal in welcher Hinsicht. Die hatte er im Kunsthaus ausgelebt und war dabei erwischt worden. Lieblich musste Licht im Kunsthaus gemacht, sich dort bewegt haben. Das Kunsthaus lag zwar in der Reitbahn und etwas abseits, aber dort gab es Parkplätze. Sogar direkt vor dem Kunsthaus. Kinogänger oder Theaterbesucher parkten dort. Nachtschwärmer drehten ihre Runden. Er musste sich mal an die *FLZ* wenden, vielleicht konnte er den Redakteur dazu bewegen, einen Aufruf in die Zeitung zu setzen, damit sich mögliche Zeugen meldeten, die in der fraglichen Nacht etwas bemerkt hatten.

Die Sonne brannte herunter. Brendle war viel zu warm angezogen, wie so oft. Immer wieder ließ er sich von der am

Morgen vorherrschenden Kühle täuschen. Selbst im Hofgarten, wo er längere Zeit auf einer Bank gesessen hatte, war es ihm relativ kühl vorgekommen. Vielleicht lag es daran, dass er im Schatten gesessen hatte, nun aber in der prallen Sonne pausierte.

Das musste ein Ende haben. Brendle erhob sich, packte seine Sachen zusammen und ging weiter. Als er in Wasserzell angekommen war, entdeckte er einen Wegweiser, der nach Steinersdorf zeigte.

Steinersdorf.

War das nicht der Ort, in dem jene Künstlerin ihr Atelier hatte, für deren Werke sich Lieblich manchmal die Titel ausdachte?

Spontan verwarf Brendle die Idee, nach Lehrberg zu wandern. Steinersdorf und das Atelier von Siglinde Braun lagen erheblich näher. Vielleicht konnte er dort etwas über Eduard Lieblich in Erfahrung bringen. Über sein Leben. Was er schrieb. Und wie er von den anderen Künstlern gesehen wurde.

Von Rebecca Lieblich erhoffte sich Brendle kaum weitere Informationen. Er hatte sie in Gedanken schon abgehakt. Sie schien wirklich krank zu sein. Zumindest seelisch. Mit ihrem verstorbenen Gatten schien dies aber wenig zu tun zu haben.

Auf nach Steinersdorf.

Brendle warf einen kurzen Blick zurück. Die Silhouette von Ansbach war noch deutlich zu sehen. Dann marschierte er hinter Wasserzell durch die Bahnunterführung. Rechts und links der geteerten Straße breiteten sich Maisfelder aus. Nichts anderes als Maisfelder. Die hiesigen Kühe mussten einen enormen Appetit haben.

Oder war der Maisanbau eine Folge der Biogasanlagen, die hier in der Gegend wie Pilze aus dem Boden schossen? In Merkendorf, südlich von Ansbach, so hatte er gelesen, sollte die Biogasdichte besonders groß sein. Beinahe erschreckend. In jedem kleinen Weiler, bei fast jedem Bauernhof, spannten sich diese überdimensionierten, dunkelgrünen Luftballons über Betonumfassungen und zeigten an, dass hier Pflanzen zu Gas verkocht wurden, das wiederum der Stromerzeugung diente.

Man könnte sich in diesen Maisfeldern auch verlaufen, dachte Brendle, als er endlich das Ende erreicht hatte und sich der Weg den Hügel hinaufzog. Wenn hier ein Toter abgelegt werden würde, der bliebe ein paar Monate lang unentdeckt. Und würde vielleicht von Wildschweinen angeknabbert.

Die liebten diese Monokulturen. Ein Festmahl ohnegleichen. Wie man da wühlen konnte. Und sich matschige Kuhlen schaffen. Und alles zertrampeln und niederwalzen. Ein Wildschweinparadies. Nur die Bauern liebten die Wildschweine nicht. Die Bauern liebten den Mais. Weil er so schön wuchs und sich gut an die Biogasanlagen verkaufen ließ. Und hier schloss sich der Kreis wieder.

Brendle blieb stehen. Bald hatte er es geschafft.

Sein Blick glitt über die Maisfelder, die sich vom Waldrand weg den Hügel hinunter bis zu den Bahngleisen erstreckten. Eine wogende, grüne Masse. Oder eine Geldanlage. Wenn schon die Zinsen für Guthaben auf der Bank gerade so mies waren.

Wenn hier drin wirklich ein Toter liegen sollte, aus welchem Grund auch immer, würden seine Reste von den großen Erntemaschinen zerstückelt werden. Die Dinger waren so riesig, die fraßen beinahe alles. Und spuckten es zerkleinert auf die bereitstehenden und mitfahrenden Anhänger der Bauern.

Glücklicherweise hatte sich Lieblich nicht nachts in einem Maisfeld verirrt, sondern einen anderen Platz gesucht. Die Spurensicherung hatte festgestellt, dass das Blut auf dem Fußboden ausschließlich von einer Person stammte. Wenn eine zweite Person im Spiel war, dann war sie bei dem Kampf – wenn es einen gegeben hatte – offensichtlich nicht verletzt worden. Weiterhin zeigten einzelne Tropfen Blut, die genau den Weg zum Konzertflügel nahmen, dass Lieblich alleine gegangen sein musste, vielleicht nach vorne gebeugt, als hätte er Angst gehabt, seine Kleidung durch sein eigenes Blut zu verunreinigen. Beinahe wie einer, der Nasenbluten hat und den Kopf gesenkt hält.

Nasenbluten hatte Lieblich nicht gehabt, das haben die Kollegen bei der Obduktion festgestellt. Es war eine Platzwunde auf der Stirn, die für die Blutspur zwischen dem Eingang und dem Platz unter dem Flügel verantwortlich war. Die hatte sich Lieblich eventuell zugezogen, als er mit irgendjemandem kämpfte. Sagten die Kollegen. Und es gab keine weiteren Verletzungen, keine Prellungen an den Händen oder Armen, die von Abwehrbewegungen stammen könnten, nichts. Sein ganzer Oberkörper hatte in einer Blutlache gelegen. Wenn er zurückkam, musste er sich den toten Herrn Lieblich noch einmal anschauen. Persönlich. Er traute den Kollegen nicht über den Weg. Er würde dazu nach Nürnberg fahren müssen.

Als Brendle das Ortsschild von Steinersdorf vor sich sah, stand ihm der Schweiß auf der Stirn. Ansbach lag von hier aus im Osten, sehen konnte er die Stadt nicht, der Wald behinderte die Sicht.

Nun musste er noch das Atelier von Siglinde Braun finden. Brendle marschierte langsam weiter. Er war bereits am ersten Haus vorüber, als er sich kurz umblickte. Auf einem in verblasstem Gelb gestrichenen Haus auf der linken Seite stand in dunkler Schrift *Atelier Braun*. Beinahe hätte er es übersehen.

Brendle trat näher. Statt einer Klingel hing ein langer Stab an der Hauswand, der an eine altertümliche Klospülung erinnerte. So ungefähr hatte er sich ein Künstleratelier vorgestellt. Alles irgendwie improvisiert, individuell gestaltet. Eine Insel der Seligen. Weitab von Zeit und Raum.

Bitte nicht klingeln!

Die Aufforderung unter der alten Klospülung hatte etwas Witziges. Genau deswegen juckte es Brendle in den Fingern, doch an der Stange zu ziehen. Allerdings war er sich nicht sicher, was dann passieren könnte. Die Aufforderung, nicht zu klingeln, hatte sicher einen Grund.

Aber warum hing dann die Stange da?

Sie hatte sogar einen Griff aus Holz.

Wurde der Besucher, wenn er es wagte, doch zu klingeln, mit Farbe übergossen? Das hätte dann etwas von den Sitten im Mittelalter, als ungebetene Besucher mit Pech überschüttet wurden.

Brendle verzichtete auf die Klospülung und schaute um die Hausecke. Der Weg führte ein Stück weiter. Hinter der Hausecke versteckte sich ein Anbau mit einer Glastür als Eingang. Darauf stand in großen Buchstaben *ATELIER*.

Na also, dachte Brendle. Das ist also der Grund, weshalb man nicht an der Klospülung klingeln sollte. Die Klospülung war privat, das Atelier öffentlich.

8

Der Schlüssel der Ströme.

Brendle schaute interessiert durch die Glastür. Dahinter tat sich ein großer Raum auf. Tische standen herum, an den Wänden waren Regale und Schränke platziert. Oberhalb der Schränke, und überhaupt an jedem freien Platz zwischen den Fenstern, hingen Bilder. Große Bilder. Kleine Bilder. Quadratisch. Rechteckig. So hoch wie er selbst. Breit wie ein Fernseher. Oder so schlank wie ein Model. Aufrecht stehend vom Fußboden bis beinahe zur Decke. In Blau. Grün. Rot. Gelb. Sogar in Schwarz.

Obwohl Brendle kein Kunstkenner war, erkannte er den Stil sofort wieder. Im Wohnzimmer von Susanne März hing ein Bild von Siglinde Braun, das genau diesen Stil aufwies. Ineinanderfließende Farben. Darin angedeutete Wege und Höhlen, Kreise, halbe Ellipsen, die miteinander in Verbindung zu stehen schienen. Es gab keine Bäume und keine Häuser auf den Bildern, nur die Andeutung, dass hier etwas sein könnte.

Ein Raum.

Ein Weg.

Ein Lebewesen.

Vielleicht ein Schiff.

Oder ein Gedanke.

»Suchen Sie etwas?«

Brendle hatte sich beinahe die Nase an der Scheibe platt gedrückt. Von hinten war eine Frau an ihn herangetreten. Ihre Haare standen derart von ihr ab, dass Brendle glaubte, sie stünde unter Strom.

»Nein. Ich meine … Ja.«

»Ach ja. Das sagen alle, die hier auftauchen.«

»Entschuldigung«, sagte Brendle. »Ich komme wegen Eduard Lieblich.«

»Das ist aber schön. Von Eduard habe ich schon lange nichts mehr gehört. Wie geht es ihm?«

Brendle zögerte. Waren die hier oben in Steinersdorf von der Welt abgeschnitten? Der ganze Landkreis Ansbach, vielleicht sogar darüber hinaus, musste doch inzwischen vom ungeklärten Todesfall im Kunsthaus in der Reitbahn erfahren haben. Sollte die Kunde wirklich noch nicht bis hier vorgedrungen sein?

Brendle überhörte die Frage, wie es Herrn Lieblich ging. Er würde später darauf zurückkommen.

»Ich würde mich gerne mit Ihnen über Herrn Lieblich unterhalten. Haben Sie einen Moment Zeit?«

»Wenn Sie noch eine halbe Stunde warten können. Ich habe gerade einen Malkurs für Kinder, den würde ich nur ungern unterbrechen. Sie können so lange in den Garten gehen.«

Die Frau mit den abstehenden Haaren wies ihm den Weg um den Anbau herum.

»Und … ich habe mich noch nicht vorgestellt. Ich bin Siglinde Braun.«

»Angenehm. Brendle. Ich habe bei einer …« Er zögerte. Er wusste nicht genau, als was er sich hier vorstellen sollte. Den Kommissar wollte er vorerst nicht erwähnen. Zudem schaute er mitsamt seinem Rucksack und der verschwitzten Kleidung nicht wie ein Kommissar aus. »… Bekannten ein Bild von Ihnen gesehen. Es trägt den Titel *Beginn einer Reise.*«

Frau Braun überlegte kurz. Dann lächelte sie.

»Ach ja. Stimmt. Das Bild hat Susanne gekauft. Wir können uns später darüber unterhalten. Ich muss mich jetzt um die Kinder kümmern. Sie können sich gerne im Garten oder in der Galerie umsehen. Fühlen Sie sich wie zu Hause.«

»Danke.«

Frau Braun verschwand im Garten. Die Haare flogen hinter ihr her, wehten mit ihr davon, standen gleichzeitig zu Berge, eine außergewöhnliche Erscheinung.

Brendle sah sich beinahe schüchtern um. Es kam ihm vor, als würde er im Wohnzimmer von fremden Leuten herumspazieren. Sonst war es ihm nie unangenehm, in die Privatsphäre fremder Menschen einzudringen. Aber vielleicht lag es auch an der besonderen Atmosphäre eines Künstlergartens, die ihm nicht ganz geheuer war.

Bearbeitete Hölzer streckten sich vielsagend in den Himmel, wiesen den Weg in verschiedene Richtungen. Dazwischen lagen Blumenbeete und Erdbeerpflanzungen, Küchenkräuter wucherten zwischen glasierten Tontöpfen. Salat und anderes Gemüse wurde von bunt bemalten, entrindeten Astgabeln umzäunt. Steinhaufen, die um angerostete und verbogene Metallstücke gruppiert waren, suchten nach einem Sinn. Was bin ich? Wohin soll ich? Wer geht mit mir diesen Weg? An einem alten Bauwagen, der im hinteren Teil des Gartens stand, war die Tür nur angelehnt. Brendle blickte neugierig hinein. Dort lagen Matratzen auf dem Fußboden, Kerzen standen zu einem Kreis angeordnet in der Mitte. In einer Ecke waren Schaffelle auf einen Stapel gelegt.

Brendle zog sich vom Bauwagen zurück. Der Garten hielt weitere Überraschungen bereit. Er entdeckte eine Feuerstelle, dann eine Hängematte zwischen Obstbäumen, ein Klettergerüst, das aus kunstvoll ineinander verschlungenen Hölzern gebaut worden war. Welch eine wilde Mischung, welch geordnetes Durcheinander. Kurios und passend zugleich.

Das Grundstück grenzte direkt an das freie Feld. Von hier aus sah man kein anderes Haus, keine Autos, keine Fabriken. Nichts. Nur das Feld und die Flur und den Wald.

Wie eine Insel, dachte Brendle. Die haben sich hier auf dem Hügel von Steinersdorf genau den richtigen Ort ausgesucht, um in Ruhe über nichts nachdenken zu müssen. Die Welt war ein Stück entfernt, mit dem gewissen Abstand, der notwendig ist, um anders über die Dinge zu denken.

Keine Politik.

Kein Konsum.

Keine Geldgeschäfte.

Wobei auch Künstler von etwas leben mussten.

Zum Beispiel von Malkursen.

Gar nicht so dumm.

Malkurse für Kinder waren eine Möglichkeit, mit der Öffentlichkeit in Verbindung zu bleiben. Um von der Öffentlichkeit wahrgenommen zu werden.

Die Kinder machten, so seltsam sich das auch anhörte, keinen Lärm. Sie standen oder saßen im Garten vor einfachen Tischen, tauchten Pinsel in Farbtöpfe, hatten Dachziegel vor sich liegen und bemalten diese mit Kreisen, Kringeln, Vierecken und Fantasiegestalten. Manche der Dachziegel trugen lachende Gesichter oder mutierten zu lustigen Fabelwesen. Andere wirkten wie ein Sternenzelt. Dunkelblau der Hintergrund, darauf minimale Tupfen in Gold oder Silber.

Die Kinder waren so versunken in ihre Arbeit, dass Brendle nicht auffiel. Er verschmolz mit dem Garten, wanderte darin umher und entdeckte …

Sich selbst.

In einer Skulptur.

Es war ein alter Wurzelstock, der zwischen ein Blumenbeet geraten war und ihn von dort aus grimmig anblickte.

Das Stück Holz trug seine Züge. Seine Stirn. Seine Augen. Und war doch nur ein Stück Holz, herausgearbeitet aus einer Wurzel, die einmal im Boden gesteckt hatte und nun ans Tageslicht geholt und minimal verändert worden war.

Brendle ging weiter.

Und kehrte um.

Das konnte nicht sein.

Schaute er wirklich so aus?

Er wurde unruhig.

Die Kinder sprangen im Garten umher. Offensichtlich war der Kurs zu Ende gegangen. Brendle fühlte sich unwohl. Er stieg eine Wendeltreppe hinauf, die zwischen dem Atelier und dem Haus nach oben in eine Galerie führte. Dort war eine kleine Bilderausstellung eingerichtet.

Brendle sah sich um.

Was für eine Welt hier geschaffen worden war.

Halbe Schiffe aus bearbeitetem Metall hingen schwerelos von der Decke, bahnten sich einen Weg durch die Luft.

Ein Stammbaum wuchs hell leuchtend aus dem Boden.

In der Ecke hatte ein Prinz aus Lindenholz seinen Platz gefunden und starrte einäugig ins Nichts.

Mitten im Raum stand eine Skulptur aus Stahl. Es war nichts weiter, als ein ehemaliges Werkzeug, mit dem große Schrauben oder Muttern gelöst werden konnten. Doch nun war das Werkzeug vergoldet, auf eine Metallplatte montiert, und wartete darauf, dass sich die Besucher beim Betrachten des Werkes ihre Gedanken machten. Neben der Skulptur war ein Schild angebracht: *Der Schlüssel der Ströme.* Kein Mensch, überlegte Brendle, würde mit einem vergoldeten Werkzeug noch rostige Schrauben lösen. Vielleicht ließ sich damit der Lauf der Ströme verändern? Flüsse umleiten? Die Welt in andere Bahnen lenken?

Von den Wänden sprangen Brendle Farben entgegen. Leuchtendes Rot. Sattes Blau. Lebendiges Grün. Glänzendes Gelb. Ineinander verschlungen. Mit geheimen Wegen zu noch geheimeren Orten.

Winzige Lebewesen tummelten sich auf schwebenden Wagen. Sonnen versanken in heißer Glut oder stiegen von dort empor, je nachdem, wie man es sah. Farben sprudelten aus einem Vulkan und wurden von einer angedeuteten Schale aufgefangen. Eine Brücke spannte sich über eine mystische Unterwasserwelt, in der sagenhafte Miniaturgeschöpfe hausten. Striche wie kleine Wesen, Punkte und Kreise.

Brendle musste seinen Blick in die Weite richten. Er konnte diese Unmengen an nicht erwarteten Informationen kaum verarbeiten. Das war neu für ihn.

Er blickte aus dem Fenster.

Und entdeckte erneut Ansbach.

Aus der Ferne drohten Türme und Schornsteine und Häuser und erzählten von der Zivilisation.

Vielleicht auch von der zu vielen Zivilisation.

Musste man dorthin?

Nur wenn es notwendig war.

Dort drüben pulsierte mittelfränkisches Leben.

Und hier oben residierte die Kunst.

Mitten im Grünen, fernab von Raum und Zeit.

Wer wachte über wen?

Brendle musste sich zusammenreißen. Er war es nicht gewohnt, in solchen Kategorien zu denken. Für ihn gab es sonst nur einen Mordfall und einen Täter oder eine Täterin. Im aktuellen Fall einen Toten unter einem Klavier im Kunsthaus.

Kunst würde ihm beim Lösen dieses Falls kaum helfen. Eher verwirrte sie ihn und verursachte in seinem Kopf ein seltsames Gemenge.

Die Frau mit den widerspenstigen Haaren stieg die Wendeltreppe hoch. Sie stellte sich zu ihm in die Galerie und sagte kein Wort.

Musste Brendle jetzt was sagen?

Wurde von ihm erwartet, dass er zu dem *Schlüssel der Ströme*, den halben Schiffen, der Brücke über die Unterwasserwelt seinen Kommentar abgab?

Es sah fast so aus.

Aber er konnte sich dabei nur blamieren.

Brendle hatte von Kunst keine Ahnung.

»Interessant«, sagte Brendle schließlich, als er die Anwesenheit von Frau Braun nicht mehr länger ertragen konnte, ohne irgendeinen Kommentar von sich zu geben.

Frau Braun nickte und lächelte.

Sie sagte noch immer nichts.

Brendle fluchte innerlich.

Warum war er nur hierher gelaufen.

Und hatte sich den Garten angeschaut.

Die Wurzel mit seinem Ebenbild entdeckt.

Wäre er nur nicht, um vor der Wurzel zu flüchten, die Wendeltreppe hochgestiegen. Das war die reinste Sackgasse gewesen. So jedenfalls empfand er es nun.

So standen Frau Braun und er in der Galerie, guckten sich schweigend Skulpturen und Bilder mit abenteuerlichen Namen an, machten ein paar Schritte aufeinander zu, dann wieder voneinander weg, und Brendle kam es vor, als hätte er sich in einem Irrgarten verlaufen.

Er kam hier nicht so einfach wieder fort.

Der Raum war zu klein.

Und mit Kunstwerken vollgestopft.

Einen Schritt zur Seite, und er stand vor einem Bild. Nach hinten konnte er kaum ausweichen, dann würde er an eine Skulptur stoßen. Minimale Bewegungen waren möglich, aber auch nicht mehr. Ein Schreittanz zwischen Kunst.

»Eduard hat manchen Bildern einen Titel gegeben.«

Die Bemerkung von Frau Braun wirkte, als hätte sie einen Bann aufgehoben, der über ihm ausgesprochen worden war.

»Sie meinen Herrn Lieblich?«

»Ja. Sicher. Eduard Lieblich. Wie geht es ihm?«

Brendle hatte noch keine Lust, Frau Braun über den Tod von Herrn Lieblich aufzuklären. Wie es schien, hatte sie wirklich keine Ahnung, was seit einigen Tagen den ganzen Landkreis und darüber hinaus beschäftigte.

Brendle wich der Frage aus.

»Welche Bilder sind es denn?«

»Sie stehen gerade vor einem.«

»Aha.«

Das Bild sagte Brendle rein gar nichts. Es war in hell- und dunkelroten Tönen gehalten und zeigte eine Landschaft, die irgendwie doch keine war. In der Mitte schien ein Boot ohne Segel vor sich hinzudümpeln, wenn man den Strich und die gebogene Linie darunter als Boot mit Mast interpretierte. Aber da war kein See. Da war nur eine rötlich eingefärbte Masse, vielleicht eine Bank oder ein Ufer. Danach kam nichts, später ein Bruch in der Farbe, als hätte man nur mal schnell den Pinsel in den falschen Topf getaucht, und dann erschien ein hellerer Strich. Das alles von oben nach unten gesehen. Und unterhalb des Striches schwebte ein Ball im roten Nirwana. Ein sehr undeutlich erkennbarer Ball, der nur etwas heller war, als der Untergrund. Das war alles. Zumindest auf den ersten Blick.

»Was halten Sie davon?«

»Ich?«

»Ja. Schon.«

Sch…

Brendle hatte dieses Wort mit Sch… im Kopf. Er dachte es, aber er sprach es nicht aus. Warum musste er jetzt seinen Senf zu diesem Bild abgeben? Warum?

»Ich sehe da nicht besonders viel. Tut mir leid.«

Immerhin war er ehrlich. Das war doch schon einmal was.

»Eduard Lieblich hat das Bild *Wartende Seele* genannt.«

»Wie?«

»*Wartende Seele.*«

»Und wo ist die?«

»Hier unten.«

Frau Braun zeigte auf den kaum wahrnehmbaren roten Ball.

»Aha.«

Brendle starrte auf das Bild. Und auf den Ball. Und dann zum Fenster hinaus in Richtung Ansbach. Es musste sein, sonst wurde ihm schwindlig. Gleichzeitig musste er einen Lachanfall unterdrücken, eine seltsame Mischung.

Der gute, aber leider verstorbene Eduard Lieblich musste einen kleinen Dachschaden gehabt haben. Ähnlich wie seine liebe Frau Rebecca, nur eben ein wenig anders. Der konnte Seelen in Bildern warten sehen. Vermutlich hatte er damit seine eigene Seele gemeint, die bald vom irdischen ins überirdische Leben wandern würde.

Was dem ganzen Fall eine neue Dimension verlieh.

Hatte sich Lieblich selbst das Leben genommen?

Es sich nehmen lassen?

War es möglicherweise eine Art von Sterbehilfe gewesen?

Und Lieblich hatte noch im Angesicht seines Todes versucht, die Spuren zu verwischen und sich unter den Konzertflügel gelegt, um möglichst bald himmlische Musik in seinen Ohren zu hören?

Brendle war so weit wie am Anfang.

Ihm machte das keinen Spaß.

Er hatte noch weniger Lust, sich um diesen komischen Fall im Kunsthaus von Ansbach zu kümmern, als zu Beginn. Er hatte es von Anfang an geahnt. Er hätte nie nach Ansbach zurückkehren dürfen. Niemals. Vielleicht wäre Hamburg ein besseres Pflaster für ihn gewesen. Oder die Oberpfalz. Da klärten die Einheimischen ihre Morde und Zwistigkeiten untereinander, wenn auch mit seltsamen Mitteln. Regensburg hätte ihm auch gefallen, als es darum ging, dass er sich versetzen lassen könnte. Nein.

Ansbach hatte er gewählt. Mittelfranken, westlich. Weil er das schon kannte, von früher her.

Von all dem bekam Frau Braun nichts mit. Hoffte zumindest Brendle. Wahrscheinlich dachte sie, er würde sich in das Bild hineinversetzen und sich vom Titel inspirieren lassen. Er drehte sich wieder zu ihr um, machte einen tiefen Atemzug, was so wirkte, als hätte er wirklich über den Titel nachgedacht, nicht sich maßlos geärgert, und zeigte ein interessiertes Gesicht.

»Und worauf wartet diese Seele?«, wollte Brendle wissen.

Frau Braun gab die Frage zurück.

»Worauf warten Seelen?«

Sehr witzig.

»Auf den Einlass in den Himmel?«

»Oder die Hölle?«

»Und das hat Herr Lieblich in diesem Bild gesehen?«

»Offensichtlich. Ich finde den Titel wunderbar.«

»Aha.«

Jetzt wäre der richtige Zeitpunkt, um Frau Braun von Eduard Lieblichs Tod zu informieren, dachte Brendle. Er unterließ es. Er wollte der Künstlerin noch ein wenig auf den Zahn fühlen.

»Haben Sie hier oben eigentlich eine Zeitung?«

»Nein.«

»Einen Fernseher?«

»Wozu?«

»Und Radio?«

»Ja, schon. Aber das benutzen wir kaum. Ich glaube, das ist sogar kaputtgegangen, irgendwann. Wissen Sie, wir gehen früh zu Bett, jeden Tag. Kurse für Kinder sind anstrengend. Für Erwachsene natürlich auch. Warum fragen Sie?«

»Ach, nur so.«

Brendle musste jetzt irgendwie die Kurve kriegen. Er wollte den Tod von Eduard Lieblich noch eine Weile für sich behalten. Sein Bauchgefühl sagte ihm, dass dies richtig sei.

»Wie hat Herr Lieblich eigentlich die Titel für Ihre Bilder gefunden? Ich meine, auf so seltsame Titel muss man erst einmal kommen, oder?«

»Das müssen Sie schon Herrn Lieblich selbst fragen. Ich habe mich auch oft gewundert, wie Eduard das machte. Aber ich muss sagen, dass seine Titel oft besser passten als meine eigenen.«

»Hatten Ihre Bilder zuvor andere Titel?«

»Aber sicher. Dieses hier zum Beispiel …«, sie deutete auf die *Wartende Seele*, »… habe ich *In Balance* genannt.«

»Aha.«

Das sage ich bestimmt nun schon zum vierten Mal, dachte Brendle. Wenn nicht noch öfter. Aber etwas anderes wollte ihm nicht einfallen. Kunst und Brendle – zwei Welten prallten aufeinander.

»Und wo ist diese Balance?«

»Hier.«

Siglinde Braun deutete auf den Strich, der über dem halbrunden Etwas schwebte.

»Und was sollte der verschwommene Ball dort bedeuten?«

»Nichts.«

Brendle konnte sich ein Lachen nicht verkneifen.

»Sie wissen manchmal also selbst nicht so genau, was Sie da malen?«

»Stimmt. Ich beginne einfach. Und meine Hand sucht intuitiv die Farben und macht die Bewegungen, die mein Inneres ihr vorgibt.«

Frau Braun sagte dies mit einer Ernsthaftigkeit, als hätte sie soeben eine komplexe mathematische Formel erklärt. Eine Wurzel ist das logische Ergebnis in der Relation zur Summe der Gleichung. Oder so ähnlich. Künstler, dachte Brendle. So etwas können nur Künstler.

»Wenn Sie Interesse haben, dann können Sie gerne an einem Kurs für Erwachsene im intuitiven Malen teilnehmen.«

Welch ein Angebot. Frau Braun meinte das ernst. Ich bin doch nicht verrückt, dachte Brendle. Ich mach mich doch nicht zum Affen.

»Ja, gerne«, sagte er und wunderte sich über sich selbst. War er das, der dies gesagt hatte? »Wann ist denn der nächste Kurs?«

»Am kommenden Samstag. Soll ich Sie gleich eintragen?«

»Wenn noch ein Platz frei ist. Ich würde mich sehr freuen.«

Blödmann.

Idiot.

Du Rindvieh.

Hornochse.

Du ausgewachsenes Riesen-Rhinozeros.

Du hirnloser Depp.

Selbst in Brendles bisher kaum genutzten Gehirnwindungen verursachte seine Äußerung ein Feuerwerk an unschönen Bezeichnungen für sich selbst. War er von Sinnen? Hatte der vergoldete *Schlüssel der Ströme* direkt vor ihm ein Tor geöffnet, von dem er hoffte, es wäre mit mindestens sieben komplizierten Schlössern versehen, die niemals zu öffnen waren?

»Oh, das freut mich jetzt aber. Sie können mir glauben, Sie werden es nicht bereuen.«

Ja, das glaube ich, dachte Brendle. Ich werde mich deswegen in Gedanken ohrfeigen. Oder freiwillig den Weg von hier bis nach Santiago de Compostela laufen, um meine innere Ruhe wiederzufinden. Hoffentlich halten das meine geliebten Wanderschuhe aus Tirol noch aus.

»Herr Lieblich wird übrigens keine weiteren Bilder von Ihnen mit neuen Titeln versehen können«, sagte Brendle nebenbei, als hätten sie über das Wetter gesprochen. Manchmal setzte er auf den Überraschungsmoment. Mal sehen, was passierte.

»Und warum nicht?« Die Stimme von Frau Braun klang unbefangen.

»Herr Lieblich ist tot.«

Frau Braun lächelte.

»Sie meinen das jetzt nicht wirklich so, wie Sie es gesagt haben, oder?«

»Doch. Ich meine es genau so.«

Frau Braun hörte auf zu lächeln. Sie schaute in den Garten hinaus, stand eine Weile da und starrte in die Ferne. In ihr arbeitete es, Brendle spürte es deutlich. Wie gerne hätte er jetzt Gedanken lesen können. Aber bei Künstlern würde ihm das, selbst wenn er die Gabe dazu gehabt hätte, ohnehin kaum gelingen. Die dachten einfach anders. Kreuz und quer, und manchmal doch einfach nur geradeaus, den kürzesten, direkten Weg. Frau Braun drehte sich um, ihr Finger berührte den unscheinbaren roten Ball auf dem Bild *Wartende Seele*.

»Dann ist Eduard jetzt genau hier«, sagte sie.

Also doch ein Selbstmord?

Inszenierte Kunst im Kunsthaus, und als Objekt diente der Künstler selbst?

»Was machte Herr Lieblich eigentlich beruflich? Ich meine, er wird kaum davon gelebt haben, den Bildern befreundeter Künstler neue Namen zu geben.«

Brendle hatte sich wieder gefangen. Er war wieder Brendle.

»Soweit ich weiß, arbeitete Eduard für eine Versicherung.«

»Aha.«

Das ist jetzt die Nummer fünf, dachte Brendle. Und dann wartete er auf eine weitere Reaktion von Frau Braun. Darauf, dass sie etwas über Herrn Lieblich verriet, dass sie von sich aus etwas ausplauderte, ihm wegen der Ungeheuerlichkeit der plötzlichen Nachricht von seinem Tod ein Geständnis machte. Dass sie ihn anschrie, in Tränen ausbrach, sich nach weiteren Einzelheiten über seinen Tod erkundigte. Oder unbewusst ein Detail über das tragische Geschehen preisgab, das nur der Täter wissen konnte. Manchmal passierte so etwas Ungewöhnliches. Und dann hatte Brendle den Täter, oder einen Hinweis darauf, eine heiße Spur. Er wartete vergeblich.

»Es tut mir wirklich leid, aber Sie müssen mich nun entschuldigen«, sagte Frau Braun. »Der Kurs mit den Kindern war sehr anstrengend. Und was Sie gerade über Eduard gesagt haben, hat mich tief bewegt.«

Soso. Tief bewegt.

»Ja, natürlich verstehe ich das. Ich bin ja einfach hier hereingeplatzt.«

»Das macht nichts. Gäste sind die Bereicherung unserer Tage.«

Wie sie das sagte. Die Bereicherung unserer Tage. Als wären sie hier in Steinersdorf auf einem abgelegenen Eiland und die Gäste kämen mit Booten angerudert und brächten Wasser, Brot und frische Kleidung.

Frau Braun stieg die Wendeltreppe hinab in den Garten, Brendle folgte ihr. Gleich darauf standen sie vor dem Blumenbeet mit der Wurzelskulptur. Das Konterfei des Kommissars.

»Können Sie mir dieses … Gebilde überlassen?«, fragte Brendle.

Er musste das haben. Unbedingt. Es konnte nicht sein, dass er selbst ewige Zeiten in einem Künstlergarten herumstand. Von allen begafft wurde. Vielleicht auch befummelt wurde. Und Regen auf ihn fiel. Oder Schnee. Und das Wetter ihn ständig veränderte und irgendwann auflöste, bis er zerbröselte und verwitterte und von Würmern und Maden zerlegt wurde. Er konnte richtig spüren, wie sie von unten her in den Stamm krochen und darin herumwühlten. Eine grauenhafte Vorstellung.

»Was?«

»Dieses Wurzelding da.«

»Da müssen Sie meinen Mann fragen. Die Objekte im Garten sind alle von ihm. Ebenso die Skulpturen in der Galerie. Dafür ist mein Mann zuständig. Ich male nur die Bilder.«

»Ist Ihr Mann da?«

Jetzt bin ich wieder auf diesem Trip, wo ich mich selbst nicht kenne, dachte Brendle. Das macht dieser Künstlergarten. Der verändert was in mir. Irgendetwas. Aber ich will das nicht. Er konnte sich nur nicht dagegen wehren. Jedenfalls nicht wirklich.

»Heinrich …?«

Aus einem weiteren Anbau neben dem Haus schaute nach einiger Zeit ein grauer Kopf hervor. Die Augen blickten irgendwie spöttisch und klug zugleich, um den Mundwinkel lag ein wissendes Grinsen.

»Ja? … Brauchst du mich …? Ich bin gerade beim Vergolden.«

»Dieser Herr interessiert sich für deinen Waldschrat.«

Heinrich warf einen Blick auf Brendle. Dann einen weiteren auf das Wurzelmännchen. Dann wieder auf Brendle.

»Den kann er haben.«

»Und was willst du dafür?«

Wieder der Blick zwischen Brendle und der Wurzel.

Mehrmals.

Dann kam die Antwort.

»Er soll mir das geben, was es ihm wert ist.«

In Brendles Hirn schlugen die Kosenamen für sich selbst erneut wilde Purzelbäume. Er war im Begriff, seinen eigenen Wert zu bemessen. Dabei konnte er nicht zimperlich sein. Er wollte sich selbst doch nicht unter Wert kaufen.

»Er kann es sich ja eine Weile überlegen«, sagte Heinrich. Sein Kopf verschwand wieder, die Tür zum Anbau schloss sich hinter ihm.

Frau Braun entschuldigte sich. Sie sei erschöpft und müsse sich ausruhen. Die Nachricht vom Tod Lieblichs habe sie sehr mitgenommen. »Sie können sich gerne noch im Garten aufhalten. Das macht uns nichts aus.«

Sie drehte sich um und ging.

Brendle stand da und hätte sich am liebsten in Luft aufgelöst. Er stapfte im Garten von hinten nach vorne und dann wieder zurück und starrte über das Feld nach Ansbach hinüber. Von der Stadt waren nur die Kirchturmspitzen zu sehen, der Mast des Fernmeldeturms ragte wie eine Mahnung in den Septemberhimmel. Dort in Ansbach hockten die Leute jetzt in den Eiscafés und löffelten Kühles. Oder sie schlürften einen Cappuccino und streckten die Beine in die Sonne. Wie schön das Leben doch war, hier im westlichen Mittelfranken. So ruhig. So idyllisch. So erholsam. Und am Wochenende fahren wir mit dem Rad zum Baden an den Altmühlsee. Habt ihr Lust dazu?

Brendle war erschöpft. Seine Beine zitterten, der Kopf war leer. Er wusste nichts mehr. Nur noch, dass er niemals hier heraus nach Steinersdorf hätte laufen sollen. Zu keiner Zeit. Und bei keinem Wetter. Er hockte sich vor den Waldschrat auf die Wiese und zupfte an den Grashalmen herum.

Sein eigener Wert.

Der Wert von Kommissar Brendle.

Oder nur von Brendle.

Der Wert des Menschen.

Was war das schon?

Wie in Geld zu bemessen?

Oder war das eine ideelle Sache?

Das musste er mit sich selbst ausmachen.

Und niemand konnte ihm dabei helfen.

Er war eine arme, alte Sau.

Ein Waldschrat.

Und der Apfelkuchen von Susanne März war so lecker gewesen. So frisch. So duftig. Mit Liebe gebacken. Mit den Äpfeln aus Lehrberg. Und den Rosinen.

Wie kam er jetzt wieder auf den?

Er hatte Hunger, sein Magen knurrte.

Recht so.

Der Döner lag Stunden zurück und war längst verdaut.

Ob er bei Frau Braun nach einer Kleinigkeit zu essen fragen konnte?

Nein. Das ging nicht.

Um einen Schluck Wasser bitten?

Brendle sah sich um. Ein Stück weiter lag ein Gartenschlauch, der seine Rettung bedeutete. Er kroch dorthin. Er lief nicht, er kroch tatsächlich auf allen vieren über die Wiese, es war ihm egal. Als er den Schlauch erreicht hatte, drehte er den Wasserhahn auf und hielt sich den Schlauch über den Kopf. Er brauchte das jetzt.

Kaltes Wasser quoll hervor. Lief ihm den Hals entlang, den Rücken hinunter. Bis es zu den Hosenbeinen wieder herauskam. Das erfrischte. Und wie das erfrischte. Hoffentlich sah ihm dabei keiner zu. Und wenn schon. Es wäre ihm egal gewesen. Er war bei Künstlern, die verstanden das. Die hatten ihre eigene Sicht auf die Welt. Nicht so logisch und alles zu erklären suchend wie er. Dafür intuitiv. Genau so, und nicht anders.

Brendle fühlte sich wie im Garten Eden. Er schluckte das Wasser aus dem gelben Schlauch, trank es wie ein Hund, schlabberte und besudelte sich damit von Kopf bis Fuß. Es würde wieder trocknen, bis er zu Hause war, es war nur Wasser.

Nach einer Viertelstunde fühlte Brendle sich endlich besser. Er schaute aus, als sei er bei blauem Himmel in eine Gewitterwolke geraten, die ihre nasse Fracht ausschließlich über ihm abgeladen hatte.

Er zog seinen Geldbeutel hervor und schaute hinein. Er hatte einiges bei sich. Aber das war es ihm wert. Das war er sich selber wert. Auch wenn er im Moment nicht so ausschaute, als würde irgendjemand für ihn auch nur mehr als einen Cent bezahlen. Ein Bild des Jammers. Zerrupft. Verschwitzt. Begossen wie ein nasser Pudel. Der *Schlüssel der Ströme* musste ihn erwischt und mit seinen Eingeweiden etwas angestellt haben. Vielleicht hatte das vergoldete Metall seine Gehirnströme umgepolt. Wer weiß. Irgendetwas stimmte nicht mit ihm. Steinersdorf und dieser Künstlergarten waren ein gefährliches Pflaster. Vielleicht hatte er auch nur einen Hitzschlag, den ein Übermaß an künstlerischen Eindrücken zusätzlich verstärkt hatte.

Brendle legte alles, was er im Geldbeutel fand, seine gesamte Barschaft, auf einen alten Teller, der auf der Terrasse stand und vielleicht für Gartenabfälle diente. Die Scheine beschwerte er mit einem Stein, damit sie der Wind nicht davontrug.

Dann nahm er davon ungefähr zehn Euro in Kleingeld wieder an sich. Für alle Fälle. Er musste noch nach Hause kommen. Oder sich etwas zu essen kaufen, wenn es notwendig war.

Vorsichtig zog er den Wurzel-Brendle aus dem Boden. Er war leichter, als er gedacht hatte. Vielleicht fünf Kilogramm. Oder weniger? Mehr? Brendle konnte sein eigenes Gewicht schwer einschätzen. Er säuberte den Teil des Holzes, der in der Erde gesteckt hatte, mit einem in der Nähe liegenden Handbesen, kratzte das Erdreich ab, ließ zusätzlich Wasser aus dem Gartenschlauch darüberlaufen und stellte den Stamm zum Trocknen in die Sonne. Dann klemmte er sich sein Ebenbild behutsam unter den Arm. Er fand nicht gleich die richtige Lage und drehte und wendete das Wurzeldings in alle Richtungen. Brendle stach Brendle, und seine Wurzelknollen drückten ihn in der Hüfte. Schließlich legte er sich das Ding auf die Schulter.

Das muss so sein, dachte der Kommissar.

Das muss genau so sein, dann ist es richtig.

Er soll mich drücken und bohren und malträtieren.

Ich habe es nicht anders verdient.

Dann verließ er Steinersdorf und stolperte mit seiner Last nach Ansbach zurück.

9

Yana.

Große Wiedereröffnung des Kunsthauses. Leute, kommt und schaut. Studenten laufen als Litfaßsäulen verkleidet durch die Innenstadt und verteilen Einladungen. Radio 8 bringt Werbespots. In der *FLZ* ist eine ganzseitige Anzeige erschienen. Von Heißluftballons werden Flugblätter über der Stadt abgeworfen. Der Bezirkstagspräsident hat sein Kommen zugesagt, ebenso die Bundeskanzlerin und der bayerische Ministerpräsident.

Nein.

Das ist Quatsch.

Entschuldigung.

Aber ich freue mich so sehr über die Wiedereröffnung.

Dabei gibt es das Kunsthaus in Ansbach schon seit dem Jahr 2005. Das nur nebenbei.

Ich werde wieder gebraucht.

Stellen Sie sich vor, ich werde wieder benutzt!

Musik wird aus mir erklingen.

Töne werden aneinandergereiht.

Wie Perlen an einer Schnur.

Ich bin so aufgeregt.

J.K. wird auf mir spielen.

Mich berühren.

Seine Fingerspitzen sind wie Morgentau.

Mein geliebter J.K.

Der hat mich schon gekannt, als er selbst noch völlig unbekannt war. Ein Nobody. Ein Nichts. Ein Herr Niemand.

Er hat danebengegriffen und die Tasten verflucht, einige Noten auf den Fußboden fallen lassen, dann wieder aufgehoben, sich entschuldigt und anschließend das Pedal nicht mehr richtig gefunden. Seine Beine waren zu kurz.

Der Hocker war zu niedrig, dann wieder zu hoch.

Und als er das erste Mal vor Publikum spielte, stand ihm der Schweiß auf der Stirn und er musste ständig aufs Klo rennen, obwohl da immer nur drei Tropfen herauskamen.

Und jetzt unterbricht er seine Tournee und kommt extra wegen der Wiedereröffnung des Kunsthauses nach Ansbach. Welch eine Gnade.

Mein J.K.

Der versteht mich zu nehmen.

Wie ein Konzertflügel eben genommen werden will.

Hart und zart.

Und schnell und weich.

Mit Gefühl.

Und voller Inbrunst.

Mein geliebter J.K.

Wie er sich über die Tasten beugt, seine Finger zu tanzen beginnen und er den Oberkörper vor- und zurückschiebt, eine immerwährende Bewegung, als würde er auf einem edlen Pferd sitzen und sich den vier Hufen hingeben, wie sie voller Eleganz tänzeln und schreiten und graziös über Hindernisse fliegen.

Und wenn er dazu mit den Schultern schlenkert.

Den Brustkorb hebt und senkt.

Mit dem Hintern auf dem Hocker herumrutscht.

Das hat so etwas Animalisches.

Als würde er jeden Ton in mir kitzeln und neu erfinden.

Und wenn er alle Töne gekitzelt hat, dann holt er die Peitsche heraus. Und er schwingt sie über meinen Tasten, dass es knallt.

Spring endlich, du Flügel. Spring!

Und dann springe ich.

Wie ein junger Gott.

Über sämtliche Noten und Schwierigkeiten hinweg.

Als würde ich fliegen.

Aber ich bin ja auch ein Konzertflügel.

Ich kann fliegen.

Durch Raum und Zeit.

Zwischen Beethoven und Haydn und Schumann und Chopin.

Und er donnert über meine Tastatur.

Rauf und runter, über sämtliche Oktaven, dass die Tasten gegen die Stoßzunge knallen mit geballter Kraft.

Ein jugendlicher Held.

Ein Tonschwergewichtsmeister.

Mein J.K.

Das ist, als würde der große Sohn nach Hause zurückkehren, sich an den Tisch der Mutter setzen und dort den besten Schweinebraten vorgesetzt bekommen, den er jemals in seinem Leben gegessen hat. Und als Dank dafür drückt und küsst er seine Mutter, zerquetscht ihr beinahe den Busen, um sie dann von sich zu schieben und zu sagen: Mama. Danke. Aber ich muss gleich wieder gehen.

Er will nicht einmal Gage.

Er verzichtet darauf.

Wenn er nur auf mir spielen darf.

Eine halbe Stunde lang.

Oder mehr.

Vielleicht weniger.

Mein J.K.

Damit Lieblich zu Wort kommen kann.

Nachträglich.

Aber zuerst muss geputzt werden.

Yana müsste längst hier sein. Sie hat sich die Sache angeschaut und nur mit den Schultern gezuckt.

Armer Lieblich, hat sie gesagt. Ich dich sauber machen.

Passt schon.

Das ist ihr Lieblingsspruch.

Passt schon.

Obwohl sie aus Russland kommt. Aus Perezowo. Ich habe keine Ahnung, wo das ist, aber es hört sich gut an. Yana hat einmal erwähnt, dass Perezowo ein kleines Dorf ist und es von dort 1782 Kilometer bis nach Moskau sind. Und ich stelle mir vor, wie sie vor einer kleinen Hütte sitzt, die Fliegen in den Weiten Russlands sich zu großen Schwärmen versammeln und über ihre sorgsam gepflegten Blumenbeete herfallen.

So sehr, dass sie davor geflüchtet ist. Hierher.

In die Reitbahn nach Ansbach, ins Kunsthaus. Damit sie hier sauber machen kann.

Und nun stehe ich hier und warte. Es kribbelt mich von meinen Rollen, auf denen ich immer hin- und hergeschoben werde, bis hinauf zur Deckelstütze.

Sie können sich kaum vorstellen, was in den letzten Tagen los war.

Es war nichts los.

Nur die Künstler sind ein- und ausgegangen und haben sich die Blutspritzer auf dem Fußboden genau angeschaut.

Lieblichs letzte Spuren.

Ein Mückenschiss im Lauf der Geschichte.

Mehr nicht.

Aber sie wollen sich dazu etwas einfallen lassen. Ein Gedicht. Oder eine Geschichte. Oder was anderes. Vielleicht ein Bild, ein abstraktes Etwas unter dem Konzertflügel, einen See, in dem sich das Leben von Eduard Lieblich spiegelt, darin einige Tropfen Blut, die auf den Grund gesunken sind.

Sie wollen sich wirklich etwas einfallen lassen.

Vielleicht ein kleines, leises Lied.

Für die Mundharmonika.

Mehr sei das Ganze nicht wert.

Hat jemand beiläufig erwähnt.

Und diese Gedächtnisveranstaltung, oder was auch immer das werden soll, könne man sich sparen. Weil sie mit Herrn Lieblich niemals etwas anfangen konnten.

Der Lieblich, sagen sie, der war eigentlich kein Künstler. Der war ein Bürohocker. Und weil er es im Büro nicht länger ausgehalten hat und sein Hintern platt war, hat er seinen platten Hintern ins Kunsthaus geschleppt. Damit er außer seinen Bürostühlen noch etwas anderes sieht. Da hat er dann so getan, als würde er aus einer anderen Sichtweise erzählen. Und hat sich in etwas hineinversetzt.

In einen Stuhl.

Oder eine Deckenlampe.

Manchmal auch in sich selbst.

Dabei hatte er keine Ahnung.

Wirklich.

Lieblich hatte keine Ahnung.

Der wusste ja nicht einmal, wie der Pinsel gehalten wird. Und was der Unterschied zwischen den einzelnen Stilen ist. Progressiv oder retrospektiv. Oder naiv und modern gemischt. Verwässert. Überspitzt. Hintergründig.

Oder ganz normal.

Ja, das hat der Lieblich gerade noch verstanden.

Ganz normal.

Aber das sagen nicht alle Künstler hier.

Nur manche.

Aber die sagen es richtig böse, zumindest untereinander. Zu den Leuten, die der gleichen Meinung sind. Hinter vorgehaltener Hand.

Muss das wirklich sein?

Dass man dem Lieblich so eine Veranstaltung ausrichtet?

Noch dazu im Kunsthaus?

Geht das nicht besser bei ihm im Wohnzimmer?

Oder bei seiner Beerdigung?

Wann die ist, steht noch nicht fest. Die Leiche wurde noch nicht freigegeben.

Brendle hat gesagt, das könne sich noch ein wenig hinziehen. So einen seltsamen Fall hatte er noch nicht. Noch niemals in seiner ganzen Laufbahn. Also bleibt Eduard Lieblich noch ein wenig in der großen Schublade und wird gut gekühlt.

Ich weiß nicht, was in den Köpfen von Künstlern vorgeht, welche Ideen in ihren Gehirnwindungen heranreifen. Wie Früchte, die geerntet werden, wenn sie reif sind.

Was die sich ausdenken, das kann selbst ich mir nicht vorstellen. Es kann peinlich werden. Oder richtig grandios. Immerhin haben sie J.K. eingeladen. Da kann eigentlich nicht viel schiefgehen. Dafür ist mein lieber Helmut verantwortlich, wer sonst.

Noch immer hängen die Tücher vor den Fenstern.

Die Eingangstür lässt keine Besucher herein. Sie ist aktuell keine Eingangstür, auch keine Ausgangstür, sondern nur eine Abweisungstür. Dort haben sie ein kleines Schild angebracht. *Wegen außergewöhnlicher Umstände vorübergehend geschlossen.*

So einen schlechten Besuch bei einer Ausstellung hatten wir noch nie. Margarete von Blumen, die die Idee für das Motto *Blaue Bäume* hatte, ist restlos sauer. Das lässt sich daran erkennen, dass sie sich seit der Vernissage nicht mehr hat blicken lassen. Die hat sich nicht einmal den Schaden an diesem einen Bild angesehen.

Sie würde einmal vorbeikommen, hat sie am Telefon gemeint. Wenn es wichtig genug erscheint.

Und Dr. Helmut Gabelmann meinte, es sei wichtig, dass sie sich die Sache anschaut.

»Meinen Sie?«

»Ja, das meine ich.«

Und dann hat sie aufgelegt.

Die blauen Bäume im Hinterzimmer stehen sich seitdem selbst im Weg. Zusammengequetscht wie Ölsardinen. Als mein Helmut die Versammlung einberufen hat, wurden sie in einer Ecke zusammengeschoben, einfach so. Als könnte ein Wald ohne Weiteres zu einem Bruchteil seiner Größe verkleinert werden. Luft herauslassen. Den Abstand minimieren. Auf das unbedingt Notwendige schrumpfen. Ein Wald im Hosentaschenformat. Niemand kann zwischen den blauen Bäumen umhergehen, wie es von der Künstlerin Margarete von Blumen vorgesehen war.

Und das einzelne rote Blatt ist abgefallen.

Eine Zeit lang hat es auf meinem Deckel gelegen.

Dimitri Jakob hat es aufgehoben und bei mir abgelegt. Das ist der Künstler, welcher bei den Abstimmungen immer dagegen ist. Aber vielleicht weiß er nur nicht genau, worum es geht. Er versteht nicht immer jedes Wort und jeden Sinn.

Er kommt aus Russland. Wie Yana.

Manchmal denke ich mir, die beiden könnten doch miteinander …

Tun sie aber nicht.

Jedenfalls nicht im Kunsthaus.

Ich habe sie noch niemals zusammen gesehen.

Nicht einmal ein Gespräch hat es gegeben.

Vielleicht liegt es daran, dass Dimitri Jakob ein Künstler ist.

Und Yana ist nur eine Putzfrau.

Vorne am Eingang dreht sich der Schlüssel im Schloss.

Das könnte sie sein.

Yana.

Sie hat gesagt, sie möchte beim Putzen alleine sein. Ganz alleine. Niemand darf ihr helfen. Nicht einmal das Putzwasser ausleeren oder ihr neues besorgen. Sie möchte diese schwere Arbeit in Ruhe verrichten.

Damit sie Abschied nehmen kann.

Von jedem einzelnen Blutstropfen.

Denn Yana und Eduard Lieblich …

Habe ich das schon erzählt?

Yana hätte gerne mit Eduard Lieblich …

Sie wissen schon.

Aber Eduard Lieblich wollte nicht so gerne mit Yana.

Sie hat es einmal wirklich probiert, ihn zu verführen. Es war hinten im kleinen Raum vor den Toiletten, dort, wo eine Garderobe für Gäste eingerichtet ist.

Ich habe sie gehört. Wie Yana geflüstert hat. Und ihm etwas ins Ohr genuschelt hat. Eduard hat gelacht. Das kam selten vor. Aber fragen Sie mich jetzt nicht, was ihm Yana geflüstert hat. Vielleicht war es auf Russisch. Ein Kosewort. Etwas Erregendes, Zärtliches. Es war zu weit weg. Außerdem verstehe ich kein Russisch.

Aber dass da etwas war, weiß ich genau.

Eduard ist später verstört an mir vorübergelaufen und hat gemurmelt, das sei eine ganz seltsame Geschichte, und das müsse er sich merken.

Er sah verschwitzt aus und an seinem Hemd waren ein paar Knöpfe geöffnet. Seine Hose war in Ordnung, soweit ich mich erinnere. Dann ist er in meiner Nähe stehen geblieben, hat sich gebückt und den Schnürsenkel seines linken Schuhs zugebunden.

Wie dieser Brendle.

Aber bei Brendle nützt es wenig.

Der müsste nur allein für sich und seine Schuhe einen automatischen Schnürsenkelbindemechanismus anfertigen lassen. Wenn es so etwas gäbe.

Überhaupt, ich kann diesen Brendle nicht ausstehen.

Wie der sich hier aufführt.

Der hat doch von nichts eine Ahnung. Der steht vor den gelungensten Kunstwerken und mokiert sich über einen Pinselstrich, der da nicht hingehören würde. Damit könne er nichts anfangen.

Womit, bitte?

Mit dem Pinselstrich, diesem einen.

Der würde ihn wirklich stören an dem ganzen Bild. Sonst sei es nicht so schlecht gelungen. Wenn man von dem einen Pinselstrich absieht.

Dabei ist genau dieser eine Pinselstrich das Geniale.

Aber das versteht Brendle nicht.

Er wird das nie verstehen.

Hoffentlich sehe ich den Typen nicht mehr so oft.

Yana singt.

Das ist ein gutes Zeichen.

Wenn ich einmal reich wär.

Sie ist eine kompakte Frau aus Russland in den besten Jahren. Nicht besonders groß, auch nicht sehr klein, irgendwo mittendrin. So um die vierzig Jahre alt. Sie weiß, wie sie ihre weiblichen Rundungen zur Geltung bringen kann. Und sie trägt ordentlich was mit sich herum, oben. So eine ganze Oktave, mindestens. Nicht nur ein paar Töne. Lieblich hätte sich freuen können. Wenn er gewollt hätte.

Manchmal setzt sich Yana auf die Bank, klappt den Tastaturdeckel nach oben und begutachtet meine Tasten. Und zählt. Ob noch alle vorhanden sind. Aber ich weiß nicht, ob sie weiß, wie viele es sein müssen.

Ich will damit nicht sagen, dass sie nicht zählen kann. Aber sie hat vermutlich von Musik so viel Ahnung wie Brendle von Bildern. Und das ist wenig.

Und dann beginnt Yana zu spielen. Wenn niemand zuhört, und keiner in der Nähe ist. Zuvor sperrt sie die Eingangstür zu und prüft zweimal, ob auch wirklich geschlossen ist.

Erst berührt Yana vorsichtig eine Taste. Dann noch eine. Oben und unten. Meine tiefen Töne und meine hohen Töne. Von der Kontra-Oktave bis zur viergestrichenen Oktave. Vielleicht will sie wissen, ob alles an seinem Platz ist und funktioniert.

Und dann haut sie in die Tasten.

Rauf und runter.

Mit beiden Händen.

Fünfzehn Finger auf einen Streich.

Wenn sie so viele hätte.

Wie ein großer Pianist.

Fast wie J.K.

Aber nicht so schön.

Die Dissonanzen springen durch den Raum wie eine Herde junger Büffel. Ungestüm und wild. Und hinterlassen tiefe Spuren. Alles ist zertreten und es sieht aus, als müsste dringend gewischt werden.

Vielleicht sitzt Yana deswegen immer vor meiner Tastatur. Und klimpert. Und hämmert. Und dröhnt. Damit sie hinterher umso besser sauber machen kann. Die Töne aufwischen, die sie durch das Kunsthaus geworfen hat.

Nur heute ist alles anders. Yana ist in Schwarz gekleidet, von oben bis unten. Dazu trägt sie rosafarbene Putzhandschuhe. Sie hat eine dunkle Brille auf, sich eine Schürze in der Farbe der Handschuhe umgebunden, und singt.

Wenn ich einmal reich wär.

O je wi di wi di wi di wi di wi di wi di bum.

Aber es hört sich nicht lustig an. Eher traurig. Melancholisch. Oder wie aus Verlegenheit, damit sie nicht so allein ist.

Sie läuft nach hinten zum Damenklo und lässt frisches Wasser in den Eimer, kommt zurück und schaut sich die Blutspuren auf dem Boden an. Beugt sich nieder, geht auf die Knie.

Und beginnt den Fußboden zu küssen.

Hier eine Berührung mit ihren Lippen.

Und ein paar Zentimeter weiter noch ein Kuss.

Igitt.

Sie reibt ihre Wange auf den Steinen.

Und ihre Oberweite, diese ganze, wunderbare Oktave, berührt dabei den Fußboden.

Sie rutscht auf den Knien ein Stück weiter.

Und küsst erneut die Fliesen.

Wer da schon alles drübergelaufen ist.

Hunderte. Tausende. Die Leute von der Spurensicherung in ihren weißen Klamotten. Dann die Fotografen, die Besucher, die Künstler. Der komische Brendle.

Yana schüttet den halben Putzeimer aus. Dann wischt sie. Das heiße Wasser dampft auf den Fliesen, und mittendrin kniet Yana mit ihrer rosa Schürze und rubbelt und putzt, dass es eine wahre Pracht ist, ihr zuzusehen.

Sie küsst nicht mehr. Sie putzt. Und singt.

Wenn ich einmal reich wär.

O je wi di wi di wi di wi di wi di wi di bum.

Yana steht auf und holt neues Wasser. Ich höre die Klospülung, der Deckel fällt laut krachend herunter. Sie schimpft. Erneut geht die Klospülung. Und sie singt wieder.

Bräuchte nicht zur Arbeit.

O je wi di wi di wi di wi di wi di wi di bum.

Dann schleppt sie den dampfenden Eimer durchs Kunsthaus. Kniet nieder. Küsst den Fußboden an jeder Stelle. Jeden kleinen, angetrockneten Tropfen Blut von Eduard Lieblich. Sie schüttet heißes Wasser darüber, wischt und schrubbt und küsst. Rutscht auf den Knien umher und kommt mir immer näher.

Sie putzt eine halbe Stunde. Eine Dreiviertelstunde. Und singt.

… alle Tage wär' ich wi di bum

wäre ich ein reicher Mann! Oi!

Das *»Oi«* wiederholt Yana. Und es klingt wie ein verzweifeltes Schluchzen, als würde sie nicht wegen des fehlenden Reichtums weinen, sondern wegen Eduard.

Oi … Oi.

Draußen ist es längst dunkel. Es ist die Zeit, zu der die Ansbacher ins Kino gehen. Oder ins Theater, gleich um die Ecke. Wenn die Tücher vor den Fenstern nicht wären, würden sie kurz einen Blick ins Kunsthaus werfen, um zu sehen was es Neues gibt.

Werden Bilder für die nächste Ausstellung aufgehängt?

Stellt Dr. Helmut Gabelmann wieder Stühle auf?

Oder räumt er sie auf?

Er ist ja so ein richtiger Stuhlträger, beinahe schon professionell. Wenn es meinen Helmut nicht gäbe, müsste er tatsächlich erfunden werden.

Gibt es eine Besprechung in den hinteren Räumen?

Übt ein namenloser Künstler für seinen großen Auftritt?

Oder staubt nur die Putzfrau den Konzertflügel ab?

Nein. Das tut sie nicht.

Sie rutscht auf dem Boden umher und verwischt die letzten Spuren vom Leben des Eduard Lieblich.

Bräuchte nicht zur Arbeit …

… wäre ich ein reicher Mann … Oi … Oi.

Yana ist unter mir angekommen. Nicht direkt, aber doch dort, wo ich vor wenigen Tagen gestanden habe, als Eduard Lieblich seine letzten Atemzüge tat. Zwischen mir und Yana hätte etwa ein halbes Klavier Platz. Drei Oktaven.

Sie hockt sich auf die Stelle, an der Lieblich gelegen hat. Mitten hinein in diesen großen Fleck vergangenes Leben, und dann sitzt sie dort ganz still. Minutenlang.

Ich würde gerne wissen, was sie nun denkt.

Sie denkt doch, oder?

Oder summt sie ein Lied, so ein kleines russisches Wiegenlied?

Wenn Yana und Eduard manchmal allein im Kunsthaus waren, hat sie nach ihm gerufen. Ihn geneckt. Sie waren wie Bruder und Schwester, denn mehr als ein Bruder wollte er niemals für sie sein.

Und wenn Yana nicht wusste, wo Eduard gerade war, dann rief sie nach ihm. Und das »R« von Eduard rollte durch die Räume des Kunsthauses. Von hinten nach vorne und wieder zurück.

Eduarrrrrrrrd.

Es klang, als würde sie mit ihren Lippen eine Kugel formen und durchs Kunsthaus zu ihm auf die Reise schicken. Dunkel grollend rollte die Kugel durch den Raum, eckte an Stühlen an und an den Säulen, bis sie ihn schließlich gefunden hatte. Eduard stand oft, während sie putzte, vor den Wänden und schaute sich die Bilder an.

»Eduard … was machst du wieder?«

»Ich schau mir die Bilder an.«

»Aber das sind doch nur Bilder, mein Eduard.«

»Eben. Es sind Bilder. Soll ich mir lieber die Stühle mit den schwarzen Lehnen und den schwarzen Sitzkissen ansehen?«

»Du sollst mich ansehen, nicht die Bilder.«

Sie trat manchmal hinter ihn und rieb ihren Kopf an seiner Schulter. Mit seiner Frau Rebecca habe ich Herrn Lieblich niemals gesehen, immer nur mit Yana oder mit anderen Künstlern.

Dann hat er mit ihnen seine Gedanken ausgetauscht. Was die Künstler in ihrem eigenen Werk sehen. Was sie dort verbergen. Und dann haben sie es Herrn Lieblich erklärt.

»Es ist eine eigene Welt, weißt du, Yana.«

»Aber nicht unsere Welt, mein Hase.«

»Ich bin nicht dein Hase.«

»Doch. Doch, mein Eduard …« Und das »R« rollte durch das Kunsthaus. »Du bist mein großer, kleiner Eduard-Hase.«

»Lass das.«

»Ich kann das nicht lassen. Ich habe deine Liebe in mir.«

»Ach was. Du denkst nur, dass es so ist. Aber es ist nicht so.«

»Dann sag mir, wie es ist.«

»Ich bin verheiratet, Yana.«

»Und? … Wo ist deine Frau? Ich habe sie nie gesehen.«

»Sie ist krank. Sie ist zu Hause.«

»Zu Hause. Das ist gut.«

Yana rieb ihren Kopf unverdrossen an der Schulter von Eduard Lieblich, umklammerte ihn von hinten und schloss die Augen.

»Was wäre …«, fragte Lieblich und tat, als wäre Yana nicht da. »Was wäre, wenn man in so ein Bild eintauchen könnte? Wenn man in so einem Bild herumlaufen könnte?«

»Nichts. Mein Hase Eduard. Dann wäre nichts.«

»Du verstehst mich nicht.«

»Nein. Du verstehst *mich* nicht. Ich will doch nur deine Hasenfrau sein.«

Lieblich versuchte, sich aus der Umarmung durch Yana zu befreien. Ein kläglicher Versuch, er scheiterte.

»Stell dir vor, wir zwei würden in so einem Wald mit blauen Bäumen spazieren gehen.«

»In Russland gibt es keine blauen Bäume.«

»Doch nicht in Russland.«

»Du könntest zu mir kommen. Ich habe ein Haus in Perezowo. Ein schönes kleines Haus. Das ist 1782 Kilometer …«

»… von Moskau entfernt. Ich weiß. Das hast du mir schon erzählt.«

»Dann komm zu mir. Wir könnten zu meiner Großmutter fahren. Sie wird sich freuen.«

»Ich will nicht zu deiner Großmutter.«

»Sie wird sich sogar *sehr* freuen, mein Hase. Sie wartet schon so lange darauf, dass ich ihr einen Mann vorstelle. Meinen Mann.«

»Du wirst ihr keinen Mann vorstellen können. Ich werde dich nicht begleiten.«

»Eduard. Mein Hase.«

Das »R« rollte erneut durchs Kunsthaus.

»Wie es hinter so einer Leinwand wohl aussieht? Ob dort die Welt des Bildes weitergeht? Tiefe gewinnt?«

»Dreh das Bild um. Dann weißt du es.«

»Du willst mich nicht verstehen.«

»Komm, mein Hase. Dreh das Bild um.«

Lieblich rührte sich nicht vom Fleck.

Yana löste sich von ihm und hob den Rahmen des Bildes an. Dahinter war nichts anderes als die weiße Wand.

»Siehst du, was dort ist …?«

»Ja, das sehe ich. Aber was ist, wenn es hinter der Wand noch weitergeht, wenn es einen zweiten Raum gibt?«

Yana lachte. Sie trat vor ihn hin und schaute ihn an. Fuhr ihm mit den Händen durch die wenigen Haare, und lachte.

»Oh, du mein Hasenmann. Was soll dort sein? Vielleicht bin ich dort und warte auf dich. In einem schönen großen Bett. Oder auf einer Wiese. Mit sehr vielen Blumen.«

Dann war Stille.

Vielleicht küssten sie sich. Ich sah es nicht, eine Säule verdeckte die beiden, leider.

Später ging die Tür, und ich sah, wie Eduard Lieblich an den großen Fenstern vorbei zu seinem Wagen ging. Er setzte sich hinein und fuhr davon.

Yana rührt sich nicht von der Stelle. Manchmal bewegt sie ihre Schultern vor und zurück, dann scheint es, als würde etwas in ihren Armen liegen.

Ein Kind?

Ein Bild von Eduard Lieblich?

Ich weiß es nicht.

Sie sitzt mit dem Rücken zu mir auf den eingetrockneten Resten des Lebens von Eduard Lieblich. Auf den letzten Minuten, den letzten Sekunden.

Ich dachte, sie wollte hier sauber machen?

Sie müsste den ganzen Fußboden wischen, die Stühle wieder in Reih und Glied stellen, den Staub von den Fensterbrettern entfernen, schließlich die weißen Tücher abnehmen.

Soll ich ihr dabei helfen?

Zumindest ein bisschen Wind könnte ich erzeugen, damit der Fußboden schneller trocknet. Mit meinem Deckel schlagen. Auf und zu und auf und zu. Eine Konzertflügel-Windmaschine.

Damit könnte ich so viel Sturm erzeugen, dass das Wasser aus den Putzeimern in großen Wellen über den Steinboden schwappt. Ein Kunsthaus-Tsunami. Es bräuchte drei Wellen, und alles wäre sauber.

Mit der ersten Welle würde ich die Spuren jener Besucher beseitigen, die sich nur über die ausgestellten Werke lustig machen. Also, die erste, kleine Welle.

Schwupp. Und fort sind sie. Es wäre eine leichte Übung.

Bei der zweiten Welle müsste ich mich mehr anstrengen. Die Welle müsste größer werden als die erste. Kommissar Brendle würde Augen machen, wenn er hinausgespült werden würde. Seine Schuhe dürfte er vorher ausziehen. Die Dinger mit den offenen Schnürsenkeln würden im Kunsthaus einen Ehrenplatz erhalten. Gleich am Eingang. Als Behälter für freiwillige Spenden. Mein Helmut würde sich freuen.

Die dritte Welle würde mir alles abverlangen.

Deckel auf und zu. Und auf und zu.

Raus aus den Eimern, ihr Wasserwogen.

Hinaus auf die Fliesen.

Lasst es zischen und brodeln.

Als wären alle Elemente entfesselt.

Ihr müsst spülen.

Und trauern.

Und lamentieren.

Damit Eduard Lieblich ein Andenken erhält.

Ich will seine Spuren eigentlich nicht beseitigen. Wenn es nach mir ginge, dürfte jeder Tropfen Blut von ihm genau an jener Stelle bleiben, an der er sich befindet. Und die Blutlache ganz vorne soll so etwas wie ein Grab werden.

Hier könnte ein kleines Beet angelegt werden, mit einem Mini-Zaun außen herum, und in der Mitte des kleinen Gartens könnte ich mir einen blauen Baum vorstellen. So einen richtig schönen, kleinen, blauen Bonsai-Baum, an dem blaue Blätter wachsen.

Yana würde sich freuen. Alle Spuren wären erfolgreich nicht beseitigt, der Kommissar hinweggefegt, die Nasenabdrücke der Nichtbesucher an den Fensterscheiben draußen ohne Schlieren entfernt. Fast wie in der Werbung. Aber ganz ohne Spülmittel.

Und Yana hockt da und summt vor sich hin.

Ich kenne das Lied. Es ist ein russisches Wiegenlied, das manchmal die kleinen Mädchen der Klavierlehrerin auf mir klimpern. Nur mit dem Zeigefinger berühren sie vorsichtig meine Tasten, und die Lehrerin singt dazu.

Jetzt singt Yana.

Schlaf mein Kleiner

Schlaf mein Lieber

Bajuschki, baju.

Schließe deine Augenlider.

Bajuschki, baju.

Yana hat eine schöne Alt-Stimme. Sie singt sehr leise. Aber eindringlich. Wie eine Mutter, die um ihr Kind trauert.

Ich würde sie gerne trösten.

Aber ich kann nicht.

Yana legt sich auf den Fußboden.

Streckt sich auf den kalten Fliesen aus.

In der gleichen Position, in der Eduard gelegen hat.

Soll ich ihr etwas von den Beatles vorspielen? *Help*? Oder doch lieber die Rolling Stones mit *Angie*?

Yana liegt auf den Fliesen.

Wie ein Kind.

Zusammen mit Eduard.

Sie umarmen sich im Tod.

Welch ein Bild.

Ich könnte ein kleines Lied komponieren.

Das Lied vom letzten, leisen Herzschlag.

Unruhig und subtil.

Bestehend aus zwei Tönen der zweigestrichenen Oktave.

Und Yana weint.

Irgendwann steht sie auf, schleppt sich von Fenster zu Fenster und nimmt die weißen Tücher ab. Manchmal schnäuzt sie hinein und wischt sich anschließend die Tränen von den Wangen. Igitt.

10

Das Tier.

Der Spiegel glotzte ihn an wie ein hungriges, gereiztes Tier.

Nein. Schlimmer.

Wie ein angeschossenes, blutendes und hungriges Tier. Es wollte in Frieden gelassen werden und hinter einem Busch seine Wunden lecken. Nur keine hastige Bewegung. Die Augen schließen und keinen Laut mehr von sich geben. Zwei Tage lang. Oder auch drei. Damit der Schmerz Zeit hatte, um nachzulassen.

Doch der Schmerz ließ nicht nach.

Es gab nur diese bohrende Faust im Nacken.

Dieses Pochen in den Schläfen.

Den Schraubstock, der sich von rechts nach links und wieder zurück bewegte und immer wieder eine neue Umdrehung machte.

Noch enger.

Noch schlimmer.

Und wieder ein Stück härter.

Das Licht blendete.

Jeder Laut verstärkte sich zu einem Dröhnen.

Jedes Blatt, das lautlos durch die Luft segelte, war zu viel.

Es erzeugte einen nur für Brendle hörbaren Ton und fand den Weg in den Kopf.

Hinein in den Schädel.

Dort rumorte er. Und klopfte.

Hämmerte. Sägte. Vibrierte. Benahm sich wie ein Unhold.

Wieder ein Ton.

Brendle fluchte.

Griff sich mit den Händen an die schmerzende Schläfe.

Schlug um sich.

Luftfetzen purzelten durcheinander.

Imaginäre Feinde stoben flüchtend in alle Richtungen und kamen grinsend zurück.

Wieder schlug Brendle um sich.

Er traf nur sich selbst.

Und haderte mit seinem Spiegelbild.

Warum gerade ich.

Warum.

Warum habe ich so einen Schädel.

So ein Trumm auf dem Hals.

Das mich malträtiert.

Foltert.

Wie im Mittelalter.

Ein Schmerz löste den anderen ab.

Wanderte von rechts nach links.

Und dann zurück.

Brendle fasste sich an den Kopf.

Eine ausladende, hilflose, beinahe unkontrollierte Geste.

Ein Zahnputzbecher polterte zu Boden.

Noch so ein Laut.

Wasser verteilte sich über die Fliesen.

Es war zum Davonlaufen.

Zum Losschreien.

Oder Dahinsinken.

Und Ins-Bett-Kriechen.

Das tat Brendle jetzt auch.

Die Rollläden donnerten nach unten, die Sicherung für die Türklingel wurde herausgenommen, das Handy abgeschaltet.

Kein Ton mehr, bitte.

Nur Stille.

Stille.

Brendle löste gleich zwei Aspirin in lauwarmem Wasser auf, würgte eine halbe Scheibe trockenes Brot hinunter und hoffte, dass nicht alles gleich wieder herauskommen würde.

So ungefähr fühlte er sich.

Die Schultern schmerzten bei jeder Bewegung.

Sein Rücken jammerte.

Die Nerven zuckten nervös.

Der Magen gurgelte und wollte seine Ruhe haben.

Sein Kopf dröhnte vor sich hin.

Brendle legte sich vorsichtig ins Bett, rollte sich wie ein Igel zusammen und schlief ein.

Er träumte von Susanne März. Sie belästigte ihn mit ihren Dienstleistungen am Menschen. Mit einer dünnen Nadel bohrte sie in seinem Kopf herum, stach ihm anschließend in die Fußsohle und zog ihm die Bettdecke weg.

Brendle schrie auf.

Im Halbschlaf fummelte er sich eine zweite Bettdecke aus dem Schrank und wickelte sich darin ein. Ihn fror erbärmlich. Sein Bauch hörte sich an wie ein gepeinigtes Tier. Er krümmte sich zusammen und schlief erneut ein.

Susanne März erschien schon wieder. Jetzt tanzte sie über eine Wiese mit blauen Bäumen. Und öffnete Herrn Lieblich die Tür zu einer anderen Welt. Dort trugen kleine Rüsseltiere das Blut in Schälchen umher. Sie brachten es zu einem Ofen, kochten es, nahmen die Schalen anschließend heraus und gaben Eduard Lieblich davon zu trinken. Er wurde wieder lebendig, lief umher und verschwand in einem Wald aus blauen Bäumen.

Lieblich war einfach weg.

Frau März lächelte.

Und küsste den Kommissar auf die Stirn.

Er wischte mit der Hand darüber.

Dann küsste sie ihn wieder.

Jetzt auf die Nase.

Es kitzelte.

Lassen Sie das, bitte. Sagte Brendle.

Und genoss ihre Berührung.

Wenn es nur nicht so kitzeln würde.

Sie hörte nicht.

Und küsste die Stirn.

Lassen Sie das.

Erneut ein Kuss.

Blödes Kitzeln.

Brendle schlug zu.

Und erwischte eine Stubenfliege.

Brendles Puls flog unter der doppelten Bettdecke dahin. Ein Rennwagen in höchster Umdrehungszahl. Kurz vor der Überhitzung.

Aber die Kopfschmerzen hatten nachgelassen. Endlich.

Brendle setzte sich auf und warf die Bettdecken von sich.

Er hatte keine Ahnung, wie spät es war. Musste er sich nach rechts oder nach links drehen, wenn er aus dem Bett steigen wollte? Wo war die Wand? Wo die Tür?

Und vor allem: Wo war das Klo?

Er musste dringend.

Mit den Händen tastete er die Umgebung ab.

Am Kopfende fühlte er die nackte Wand. Rechts von ihm gähnte ein Loch, das keinen Boden zu haben schien. Er versuchte es auf der linken Seite und drehte sich im Bett vorsichtig auf den Bauch.

Seine Gedärme jammerten.

Nicht weiter, bitte. Sonst können wir für nichts garantieren.

Brendle streckte den rechten Arm aus. Tastete mit den Fingern an der Bettkante nach unten und erreichte den Fußboden. Er fühlte ein paar alte Schlappen, die er als seine Hausschuhe erkannte, und drehte sich erleichtert auf den Rücken.

Langsam stemmte er sich nach oben, ließ die Beine aus dem Bett hängen, beugte sich nach vorne und streckte die Arme aus.

Geradeaus musste der Heizkörper sein, darüber ein Stück löchriger Stoff, die Gardine, dahinter ein großer Kaktus und dann das Fenster.

Er durfte die Gardine berühren, aber nicht den Kaktus, so viel wusste er noch. Immerhin.

Brendle beugte sich ein Stück weiter nach vorne. Tastete. Hoffte. Glaubte zu wissen, dass dort der Heizkörper kam.

Kommen musste!

Seine Blase zerriss es fast.

Endlich.

Seine Finger ertasteten blankes Metall, die Rippen des Heizkörpers. War der schon immer so weit vom Bett entfernt? Einen ganzen Meter? Noch mehr?

Brendle ließ die rechte Hand am Heizkörper und richtete sich langsam auf. Er wollte das Tier in seinem Schädel nicht aufwecken. Es schlief gerade.

Endlich stand er aufrecht. Er schwankte. Im Zimmer war es stockfinster. Mit den Fingern ertastete er die Gardine, wagte sich ein Stück höher und schrie auf.

Dieser blöde Kaktus. *Echinocactus grusonii.* Ein grünes Monster mit dem Umfang eines Fußballs, bestückt mit ein paar Tausend Stacheln. Er hatte das Grünzeug vor zwanzig Jahren im Miniformat geschenkt bekommen und war es seitdem nicht mehr losgeworden. Es wollte auch nicht eingehen. Selbst nach drei wasserlosen Wochen schaute es aus, als würde es frisch vom Gärtner kommen.

Jetzt nur nicht weitertasten. Finger weg.

Seine Hand glitt zum Heizkörper zurück, tastete sich an den Rippen entlang nach rechts. Brendle fühlte die Wand, dann das Fensterbrett, schließlich den Rollladengurt. Er zog ihn ein kleines Stück nach oben. Es blieb fast dunkel.

Draußen war es Nacht. Gut so.

Brendle tappte im fahlen Lichtschein einer Straßenlaterne, der durch den kleinen Spalt des Rollladens ins Zimmer drang, die Wand entlang, erreichte die Schlafzimmertür, dann den Flur, schließlich das Bad. Jetzt kannte er sich wieder aus, der Kaktus hatte ihn aufgeweckt. Er klappte den Deckel nach oben und ließ sich auf die Klobrille fallen.

Als er es plätschern hörte, atmete er erleichtert auf.

War wieder einmal Wetterwechsel?

Eine seltene Föhnlage im westlichen Mittelfranken?

Hatte er etwas gegessen, auf das sein Schädel mit einem Schraubstock reagierte? Waren seine Gene mit jenen eines Tieres durchsetzt, das ihn in unregelmäßigen Abständen an seine Herkunft erinnerte?

Ein Schattenmolch aus der Urzeit?

Saurus Schädelverkrampfus?

Oder hatte er eine unbekannte Allergie gegen …?

Brendle wusste es nicht. Er wusste das nie so genau. Er wusste nur, dass die beiden Schmerztabletten langsam ihre Wirkung entfaltet hatten; das bohrende, pochende Gefühl in seinem Kopf und Nacken war nur noch ein Hauch, die Schmerzen in den Schultern waren wie betäubt.

Ein Restschmerz war noch vorhanden, die Erinnerung an etwas, das ihn stundenlang malträtiert, das sich jäh und ohne Vorwarnung über ihn gestülpt und sein Denken und Handeln gelähmt hatte.

Brendle hasste solche Tage.

Solche Nächte.

Da war er weder Mensch noch Tier, vielmehr irgendetwas dazwischen. Eine Kreatur, die sich in sich selbst verkriechen, von der Außenwelt nicht wahrgenommen werden wollte, sondern seine Höhle suchte. Tief und dunkel und für niemanden erreichbar, außer für ihn selbst.

Ein Kommissar-Brendle-Rückzugs-und-Erholungs-Gebiet.

Im Katalog des WWF gesondert ausgewiesen.

Und von einem großen Zaun umgeben.

Patrouillen sicherten den einzigen Zugang.

Und kontrollierten jeden, der sich dem Sperrgebiet näherte.

Von der UNESCO wurde die Zone als absolut schützenswert anerkannt.

Und mit einem besonderen Siegel versehen.

Dem Lasst-heute-den-Brendle-in-Ruhe-Emblem.

Stört ihn nicht.

Ruft ihn nicht an.

Niemals.

Was war eigentlich gewesen?

Wann war er nach Hause gekommen?

Und vor allem: Wie?

Die Erinnerung an die Zeit vor der Schmerzattacke lag im Nebel. Wie immer.

Es war morgens um halb drei.

Brendle blinzelte auf das fluoreszierende Zifferblatt seines Weckers, der im Schlafzimmer auf dem Nachtkästchen stand.

Welch eine Zeit.

Was für ein Zustand.

Gewöhnlich wälzte er sich um diese Zeit in seinem Bett, träumte von einer Wanderung durch Südtirol oder das Allgäu und schlief.

Jetzt war an Schlaf nicht mehr zu denken. Er hatte Hunger.

Das war immer so. Nach diesen Schmerzattacken bekam er Hunger. Ein Zeichen, dass das Schlimmste überstanden war. Die Tageszeit spielte dabei keine Rolle.

Aber er musste endlich etwas gegen diese Schmerzüberfälle tun. Die Ursache finden lassen, und sie beheben. Vielleicht sollte er einmal so einen Heilpraktikanten aufsuchen. Oder sich das Skelett einrenken lassen. Oder nach Wasseradern unter seinem Bett fahnden lassen.

Brendle schlurfte in die Küche und öffnete den Kühlschrank. Dort herrschte ein hineingestelltes Durcheinander. Fünf Eier verteilten sich ungleichmäßig im Türfach. Zwei Margarinebecher hatten es sich auf einer Glasablage bequem gemacht. Zwischen ihnen fühlte sich eine Tube Mayonnaise wie im Himmel. Joghurtbecher unterschiedlicher Geschmacksrichtungen klappten ihre Deckel halb geöffnet nach oben, als wollten sie etwas sagen. Auf der Unterseite zeigten sich erste Spuren von Schimmelkulturen. Denen ging es hier wunderbar.

Kirschmarmelade und ein angebrochenes Glas Spreewaldgurken standen gemütlich nebeneinander, als würden sie sich prächtig unterhalten. Dahinter schlummerte süßer, echt bayerischer Senf in einer zerknautschten Tube. Von den Weißwürsten fehlte leider jede Spur. Aber es war auch nicht die richtige Zeit dafür.

Im Gemüsefach wartete eine grüne Paprika seit Längerem auf ihre Wiederentdeckung, die gelben Rüben daneben trauerten um ihr verwelktes Grün. Ein halbes Dutzend Radieschen schaute auch für ungeübte Augen so aus, als wollte es nicht mehr gegessen werden.

Außerdem gab es einen Topf mit Tomatensoße, Alter unbekannt, dann noch eine angebrochene Packung Käseaufschnitt und die Salami vom Discounter, Verfallsdatum in ein paar Tagen. Darunter lagen zwei Scheiben eingeschweißter Leberkäse, die Brendle vor Kurzem gekauft hatte. Für Notfälle.

Jetzt war so ein Notfall.

Brendle warf den Leberkäse in die Pfanne, gab Margarine dazu, kippte die fünf Eier darüber und schaute zu, wie alles zu einer Masse zusammenbriet. Dann würzte er das Ganze mit Pfeffer, Salz, Majoran und ein wenig Kümmel und setzte sich an den Küchentisch.

Er aß aus der Pfanne. Das Licht hatte er wieder ausgeschaltet. So musste er seine Eigenkreation nur schmecken, kauen und schlucken, aber nicht ansehen.

Was war eigentlich gewesen?

Er war nach Hause gekommen, hatte sich hingelegt, weil er todmüde war, und war bald darauf mit diesem Schmerz in seinem Schädel wieder aufgewacht. Er war ins Bad gelaufen und hatte dieses Tier im Spiegel entdeckt. Sein Konterfei.

Aber was war zuvor, bevor er seine Wohnung erreicht hatte?

Die Erinnerung wälzte sich wie ein zäher Nebel durch sein Gehirn und verbarg das meiste. Schemenhafte Gestalten tauchten hin und wieder vor ihm auf, vage Momente, die er nicht richtig zuordnen konnte.

Hatte ihn jemand unter Drogen gesetzt?

Oder war er, ohne sich richtig daran zu erinnern, in einer Kneipe gelandet und hatte sich zusammen mit ein paar anderen Leuten gnadenlos betrunken?

Das konnte nicht sein.

Brendle trank nicht.

Niemals.

Also musste es etwas anderes gewesen sein.

Brendle legte das Besteck zur Seite. Er war satt. Er hatte nicht einmal die halbe Pfanne geschafft, aber das wunderte ihn wenig. Es war morgens um drei Uhr. Ihn überkam ein unbändiger Durst, was gewiss am Leberkäse mit Ei lag, und so öffnete er eine Flasche Mineralwasser, setzte sie an den Mund und trank sie beinahe leer.

Vielleicht hatte er auch in den vergangenen Stunden zu wenig getrunken. Aber warum? An einen derartigen Absturz wie soeben konnte er sich kaum erinnern. Sein Rücken schmerzte und fühlte sich an, als wäre irgendetwas nicht dort, wo es hingehörte, sein Kreislauf eierte wie ein nur auf drei Zylindern laufender Vierzylindermotor, die rechte Ferse wies eine große Blase auf.

Brendle machte Licht und sah sich um. In der Küche konnte er nichts Außergewöhnliches entdecken, im Bad ebenso wenig. Er ging in den Flur, schaute zur Wohnungstür, sperrte auf und sah ins Treppenhaus.

Brendle erschrak.

Was machte denn der hier?

Hatte er etwa …?

Doch nicht wirklich, oder?

Direkt vor seiner Tür hockte der Waldschrat und starrte die Stufen hinauf ins nächste Stockwerk. Der konnte Leute erschrecken, wenn er so schaute, fuhr es Brendle durch den Kopf. Wo doch dort oben so nette Nachbarn wohnten, die sich immer über alles aufregten. Hatten die das Wurzeldings schon gesehen?

Nein.

Die weilten gerade auf Mallorca, wie immer um diese Jahreszeit. Dann gingen sie wandern und ließen sich von speziell dafür ausgebildeten Präriehunden die Schönheiten von zerstörter, urbaner Landschaft erklären.

Aber warum hockte der Wurzelsepp hier im Treppenhaus? Die Wanderschuhe aus Tirol standen daneben und machten das Bild einer überstürzten, erschöpften Heimkehr komplett.

Ihm dämmerte etwas.

Sehr langsam.

Aber deutlich.

Und dann sah er sich in Gedanken den ganzen Weg von Steinersdorf bis nach Ansbach laufen. Mit dem Waldschrat auf den Schultern.

Die Leute hatten sich belustigt nach ihm umgedreht. Gefragt, ob sie ihm einen kleinen Handwagen ausleihen könnten, der hinten im Hof stand. Er könne ihn später zurückbringen, irgendwann.

Und wo er denn hinwolle mit dem Ding.

Das müsse doch fürchterlich unbequem sein.

Und schwer.

War es auch.

Von wegen fünf Kilo oder so.

Mit jedem Schritt nahm es hundert Gramm zu. Eine wunderbare Vermehrung.

Brendle hatte Wasserzell noch nicht erreicht, da glaubte er schon, einen Zentner Kartoffeln auf den Schultern zu haben. Mindestens.

Aber er wollte sich nicht helfen lassen. Unter keinen

Umständen. Er hatte sich das Ding ausgesucht und eingebildet, er könne diesen Wurzelknollen, der ihm wie aus dem Gesicht geschnitten war, nicht länger im Garten des Ateliers Braun stehen lassen.

Er wäre sich vorgekommen, als hätte man ihn hier ausgesetzt. Verpflanzt. Ins Erdreich fremder Leute gerammt. Und würde möglicherweise als Ablage für Gartenscheren benutzt, die sie an seine Ohren hängten. Und die Nase hätten sie verwendet, um aus dem Erdreich geerntete Zwiebeln zu trocknen. Zu einem Bund zusammengestellt, mit einer alten Schnur befestigt. Ein halbes Dutzend. Direkt an seiner Nase, die aus einem besonders dicken Aststumpf bestand und wie eine fette Warze nicht ganz mittig zwischen den Augen hockte. Allein diese Vorstellung hatte ausgereicht, um den spontanen Entschluss noch zu bekräftigen. Das Ding musste mit. Jetzt. Sofort.

Einmal hatte er sich ans Ufer der Rezat gehockt und war nahe daran gewesen, das trübe Wasser mit der hohlen Hand herauszuschöpfen und sich daran zu laben. So einen Durst hatte er. So süchtig war er nach etwas Flüssigem gewesen.

Keine Schenke war weit und breit zu sehen gewesen. Nichts. Einfach nichts. In Neuses hatte er den Weg in Richtung Würzburger Landstraße eingeschlagen und sich an einer Tankstelle einen Liter Wasser gekauft. Für zwei Euro fünfzig. Einen einzigen Liter Wasser. Ohne Kohlensäure. An anderer Stelle hätte er dafür direkt aus der Leitung einen ganzen Kubikmeter saufen können. Sich darin baden können.

Zwei Euro fünfzig.

Brendle hatte noch an der Tankstelle das Wasser in sich hineingegluckert, sich das Pfand zurückgeben lassen und den Wurzelsepp geschultert.

Die Blicke hinter sich ignorierte er. Es war das Einzige, was er tun konnte. Die Leute um sich herum ignorieren. Als wären sie nicht da. Luft. Vielleicht nicht einmal das.

Wenn er nur ein Kissen gehabt hätte. Dann hätte das Ding nicht so gedrückt. Irgendwann hatte er, als die Last auf seinen Schulterknochen kaum noch auszuhalten war, aus einem Abfalleimer neben dem Gehweg einen alten Lappen herausgefischt und unter den Waldschrat gelegt. Jetzt ging es besser.

Aber auch nur vorübergehend.

Dafür hatte er einen Duft in der Nase, den er kaum beschreiben konnte. Eine Mischung aus Moder und Verwesung und Ölresten. Gepaart mit einem Hauch von Parfüm. Er durfte nicht daran denken, welche Erlebnisse der Lappen bereits gehabt haben könnte. Er sah aus wie ein altes Männerhemd, dunkelrot mit hellen Karostreifen, war dafür aber doch zu dünn und zu lang. Außerdem waren die Knöpfe auf der falschen Seite. Der Kragen war eingerissen. Ein halber Ärmel fehlte. So viel konnte er erkennen. Weitere Untersuchungen verbot er sich, auch wenn sein kriminalistisches Gespür erwachte.

So trottete er weiter. Neben ihm fuhren die Wagen die Würzburger Landstraße entlang, dann die Residenzstraße. Wenn er an einer Fußgängerampel stehen bleiben musste, glotzten die Fahrer zu ihm auf den Gehsteig. Als wenn es da etwas Besonderes zu sehen geben würde.

Er ignorierte die Blicke.

Das Grinsen auf den Lippen.

Das Kopfschütteln.

Und lief weiter.

Brendle lief schief.

Seine ganze Wirbelsäule wand sich in einem krummen Bogen vom Gesäß den Rücken hinauf bis zum Hals, machte an der Stelle seines Nackens eine zusätzliche Biegung, damit sie nicht mit dem Wurzelsepp in Berührung kam, und versuchte irgendwo im Kopf anzukommen oder dort einen Ausgleich zu finden.

Ein Balanceakt.

Mit dem Wurzeldings auf der rechten oder linken Schulter, abwechselnd getragen, geschleppt, geschlurft, gekeucht.

Brendle hatte geschwitzt wie noch nie in seinem Leben.

Und er hatte gestunken.

Nach dem Lappen, Parfüm und Öl und noch vielem mehr.

Nach dem Wurzelsepp, dessen leicht feuchtes Holz nach Gartenerde und Blütenresten gerochen hatte.

Und nach sich selbst.

Er stank wie ein Iltis. Angefangen vom Schweiß in seinen Tiroler Wanderschuhen über die Flecke unter seinen Achseln bis zu den mehrfachen Schichten angetrockneter Ausdünstungen auf der Stirn. Seine Fährte musste sogar für menschliche Nasen wahrnehmbar sein.

Den dunkelroten, aber doch hilfreichen Lappen hatte Brendle noch vor der Haustür entsorgt. Ein widerliches Ding. Keinen Schritt weiter hatte er tun können. Er wollte nur noch duschen, das Wurzelding von seinen Schultern nehmen und dann ins Bett.

Er hatte geschlafen wie ein Stein. Und dann war das Tier da gewesen. In seinem Kopf. In seinem Rücken, in der ganzen Wohnung. Er war aufgestanden, hatte sich ins Bad geschleppt, mit beiden Armen an Wänden und Möbelstücken abgestützt, weil er Probleme hatte, die Balance zu halten. Aus dem Spiegel hatte ihn das Tier angestarrt. Blöd. Mit grausamen Augen. Und einem Schraubstock in seinem Kopf.

Oder war der *Schlüssel der Ströme* an allem schuld?

Dieses Ding im Atelier Braun.

Hatte dieser aufrecht stehende, vergoldete Haken mit Handgriff seinen Blutstrom aus der Bahn gebracht? Oder ins Lot gerückt? Und nun wehrte sich alles in ihm gegen die ungewohnte Lage?

Er hatte das Ding nicht einmal angefasst. Brendle wollte nicht länger daran denken. Er nahm seine Wanderschuhe und stellte sie in die Wohnung, packte den Wurzel-Brendle, schleifte ihn durch seinen gefliesten Flur und lehnte ihn in eine Ecke auf der Terrasse. Er schraubte die Sicherung der Türklingel wieder ein, schaltete sein Handy wieder an und überlegte, ob es etwas Wichtiges zu tun gab.

Ihm fiel nichts ein.

Dann legte er sich zurück ins Bett. Es war vier Uhr morgens.

11

Zwei Dinge.

»Die *Blauen Bäume* sind weg.«

Brendle verstand nicht gleich, worum es ging.

»Wie …?«

»Herr Brendle, Sie müssen ins Kunsthaus kommen. Hier wurde ein Kunstwerk entwendet.«

Es war die Stimme von Dr. Helmut Gabelmann. Sie drang wie ein Fremdkörper aus dem Handy, leicht hohl und blechern.

Brendle sah auf seinen Wecker. Es war zehn Uhr. Er hatte geschlafen wie ein Bär. Traumlos. Schmerzlos. Und ohne Hunger.

»Ist das wirklich notwendig?« Brendle klang müde und lustlos.

»Herr Kommissar! Hier geht es um Diebstahl. Vielleicht hängt das mit dem Tod von Eduard Lieblich zusammen.«

»Also gut.« Brendle kratzte sich am Kopf. Da war kein Schmerz mehr. Wie schön. »Geben Sie mir eine halbe Stunde.« Dann legte er auf.

Der Tag fing ja gut an. Jetzt musste er sich auch noch um entwendete Kunstwerke kümmern. Reichte nicht schon der komische Schriftsteller und Versicherungsmensch, der sich unter das Klavierdings gelegt hatte, um seinen letzten Atem auszuhauchen?

Brendle hatte im nächsten Moment schlechte Laune. Warum nur mussten solche Fälle immer ihn treffen? Die Kollegen in Nürnberg ermittelten in der Drogenszene. Oder im Rotlichtmilieu. Die bekamen zwischendurch hinter der Frauentormauer wenigstens etwas Anständiges zu sehen. Und er musste sich mit Bildern abplagen. Mit Kunstwerken. Und blauen Bäumen.

Hatten die hier in Ansbach keine normalen Toten? So einen kleinen Ehekrach in einer Mietwohnung? Die Frau wollte sich scheiden lassen, der Mann nicht, und dann stach der Mann mit dem Messer auf seine Frau ein, sah, was er angerichtet hatte, und flüchtete. Das Tatwerkzeug ließ er im Flur liegen, natürlich mit seinen Fingerabdrücken darauf. Und die Nachbarn beobachteten seine Flucht vom gegenüberliegenden Fenster aus, weil sie den ganzen Tag über nichts anderes zu tun hatten.

Es gab so richtig schöne, einfache Fälle. Da musste er als Kommissar kaum noch ermitteln. Lediglich den Aufenthaltsort des Täters ausfindig machen, was manchmal auch nicht einfach war. Aber der Täter war bekannt. Der versteckte sich nur. Manchmal in seinem eigenen Gartenhaus. Oder er wartete bei Freunden, bis er von der Polizei abgeholt wurde.

Aber hier?

Brendle ging ins Bad, stellte sich kurz unter die Dusche und zog sich an. Er hatte sich sein Erwachen anders vorgestellt. Gemütlicher. Und vor allem ohne Komplikationen. Wenn er darüber nachdachte, dann hätte er gerne in einem Café am Martin-Luther-Platz gemütlich einen Cappuccino geschlürft, dazu genüsslich eine Butterbreze oder ein Bamberger Hörnchen verspeist, und die Welt wäre in Ordnung gewesen.

Ohne Frühstück verließ er das Haus. Ein schlechtes Omen.

Dr. Gabelmann erwartete Brendle vor dem Kunsthaus. Er stand an der Tür, blinzelte ins Licht des späten Vormittags und schritt nervös auf und ab. Brendle beobachtete ihn von Weitem, als er vom Markgrafenschloss kommend die Reitbahn zum Kunsthaus hinunterschlenderte. Er hatte keine Eile. Nicht wegen eines abhandengekommenen Bildes.

»Na endlich!«

Das war ja eine Begrüßung. Als ginge es um eine Terminsache.

»Ich erwarte Sie dringend, Herr Kommissar.«

»Wegen eines Bildes?«

»Nicht nur deswegen. Inzwischen waren ein paar Besucher hier, die sich nach genau diesem Bild erkundigt haben.«

»Und … haben Sie Adressen und Namen notiert?«

»Aber ich bitte Sie. Ich kann doch von unseren Besuchern keine Adressen verlangen. Außerdem haben wir offiziell nicht geöffnet.«

Brendle schaute irritiert.

»Wenn Sie offiziell nicht geöffnet haben, warum erkundigen sich dann Besucher nach dem Bild?«

»Haben Sie die *FLZ* abonniert?«

Brendle verneinte.

»Sollten Sie aber. Dann wüssten Sie, dass dort in der heutigen Ausgabe die Wiedereröffnung des Kunsthauses für kommenden Sonntag angekündigt wird. Und das Bild *Blaue Bäume* von Margarete von Blumen ist beinahe auf einer halben Seite der *FLZ* neben diesem Artikel abgebildet. Und nun ist es nicht da. Sie verstehen?«

Brendle verstand nur ungefähr die Hälfte. Aber das spielte für ihn keine Rolle. Kunst war etwas, was er nicht unbedingt verstehen musste.

»Welches Bild meinen Sie denn nun? Ich dachte, das ganze Kunsthaus hängt voll mit blauen Bäumen?«

»Es ist das Bild direkt hier am Eingang.«

Dr. Gabelmann führte Brendle an die richtige Stelle, gleich neben die Eingangstür. »Hier«, sagte er. »Genau hier hing das Bild.«

»Gibt es Spuren?«

»Aber die sollen doch Sie finden, nicht ich.«

»Es gibt also keine Spuren, habe ich recht?«

Brendle schaute amüsiert. Dr. Gabelmann beleidigt.

»Also, bitte. Sie sind der Kommissar, nicht ich.«

»Und Sie sind der Leiter des Kunsthauses. Sie müssen doch sehen, ob das Verschwinden des Bildes Spuren hinterlassen hat. Eingeschlagene Fensterscheiben, herausgerissene Türen, Löcher in den Wänden, Reste von Farbe, die beim Abtransport heruntergetropft ist, ein paar Holzspäne von den Bäumen …«

Brendle konnte nicht anders. Er musste sich darüber lustig machen. Es kam ihm vor, als sei er im Kindergarten.

Dr. Gabelmann versuchte, seine Fassung zu bewahren.

»Nein«, sagte er schließlich. »Es gibt keine Spuren. Und Yana hat erst sauber gemacht. Das haben Sie ja gestattet.«

»Yana?«

»Unsere Putzfrau.«

Brendle überlegte.

»Ist das Bild vor oder nach dem Putzen verschwunden?«

»Das weiß ich nicht. Da müssen wir Yana fragen.«

»Hat diese Yana auch einen Nachnamen?«

»Da muss ich erst in den Akten nachsehen. Wir nennen sie hier nur Yana. Anders hat sie sich bei uns nicht vorgestellt.«

Brendles Gedanken wiederholten Gabelmanns Worte. In den Akten nachschauen. Weiß ich nicht. Keine Spuren. Jedenfalls keine sichtbaren.

Er betrachtete den weißen Fleck an der Wand, der nicht anders wirkte als jene Stellen der Wände, an denen keine Bilder hingen.

Eine weiße Wand.

Mehr nicht.

Eine ganz einfache, wunderbar weiße Wand mit minimalen Spuren von Kratzern, Schlieren, Abdrücken des Farbrollers, Fliegenschiss oder den Resten von Spinnenweben.

Nichts Besonderes.

»Hier hing also das berühmte Bild *Blaue Bäume* von Margitta von …«

»Margarete von Blumen. So heißt die Künstlerin.«

»Weiß sie schon davon?«

»Nein.«

»Warum nicht?«

»Weil ich dachte, Sie würden das erledigen. Wenn Sie die Sache geklärt haben.«

»Und was ist …« Brendle strich mit der Hand über das wunderbare Weiß. Weiß konnte herrlich sein. Viel schöner als blaue Bäume. »Und was ist, wenn die Künstlerin ihr Bild einfach abgenommen hat, um es vor weiteren Mordfällen zu schützen?«

»Die Möglichkeit besteht natürlich. Aber wie soll sie ins Kunsthaus gekommen sein?« Dr. Gabelmann wirkte ratlos. »Künstler bekommen die Schlüssel für das Kunsthaus nicht.«

»Ja. Wie ist sie ins Kunsthaus gekommen. Eine gute Frage. Eine von vielen Fragen. Vielleicht kann sie durch geschlossene Türen gehen. Ich habe da mal so eine Geschichte gelesen. Da war ich noch ein Kind. Es gab in dieser Geschichte einen Herrn, der konnte tatsächlich durch dicke Wände hindurchgehen. Leider blieb er auf dem Weg zu seiner Liebsten dann irgendwann stecken. Tragisch nicht?«

Brendle machte eine Kunstpause. Er konnte das gut. »Wissen Sie, Herr Dr. Gabelmann …«

Er strich mit der Hand über die weiße Wand. Eine beinahe zärtliche Geste. Die Wand fühlte sich gut an. Richtig gut.

Es war ein schönes Gefühl. Gar keine Kunst. Einfach nur eine Wand. Ohne blaue Bäume. Das war toll.

»Wissen Sie, Herr Dr. Gabelmann, es gibt so viele Fragen hier. Genau genommen werden es in Ihrem Kunsthaus immer mehr. Eigentlich gibt es nur Fragen. Aber keine Antworten. Weil niemand etwas weiß.«

»Das ist bedauerlich.«

»Und es hat auch keiner etwas gesehen.«

»Sie sagen es.«

»Und die Spuren sind auch sehr seltsam. Es gibt nämlich sehr wenige.«

»Das ist wirklich seltsam.«

»Ja, das ist es, nicht?«

Brendle sah sich um. Wenn hier nur weiße Wände wären, mit den Säulen dazwischen, die auch weiß waren, dann wäre das richtig schön hier, dachte er. Dann wäre ihm das Kunsthaus vielleicht sogar sympathisch. Und man könnte darin einen richtig schönen Laden unterbringen. Vielleicht ein Café. Oder einen Schallplattenladen. Von denen gab es immer weniger. Im Gegensatz zu Kunst könnte er mit einem Schallplattenladen etwas anfangen. Aber so?

»Ich möchte zwei Dinge von Ihnen«, sagte Brendle. »Erstens die Adresse von der Künstlerin Margarete von Blumen. Und zweitens die Adresse mitsamt dem vollständigen Namen von der Putzfrau Yana. Geht das?«

Seine Stimme hatte einen ruhigen Klang angenommen. Einen sehr ruhigen Klang. Beinahe flüsterte er. Richtig beschwörend. Als würde er versuchen, einem Kind zu erklären, dass es blaue Bäume nicht gab. Zum Beispiel. Wer Brendle kannte, wusste, dass es nicht mehr lange dauern würde, bevor er explodierte.

Dr. Gabelmann kannte ihn noch nicht. Leider.

»Ja. Schon. Genügt das, wenn ich es morgen heraussuche? Wir haben hier noch ein paar Vorbereitungen zu treffen. Ich muss noch die Tische und Stühle für die Gedenkveranstaltung von Herrn Lieblich …«

Brendle brüllte unvermittelt los.

»Vergessen Sie Ihre Stühle. Und Ihre Gedenkveranstaltung. Vergessen Sie einfach alles, was Sie gerade tun wollten. Ich will die Adressen jetzt haben. Verstehen Sie mich …? Jetzt!«

Dr. Gabelmann zuckte kurz zusammen. Er blieb ruhig.

»Gut«, sagte er. »Dann will ich sehen, was ich für Sie tun kann.«

Zwei Minuten später hatte Brendle die Adressen, von Yana aber nicht den Nachnamen. Wortlos verließ er das Kunsthaus. Er hatte sofort gewusst, dass er diesen Ort nicht würde ausstehen können. Dass es Schwierigkeiten geben würde.

Blaue Bäume!

Künstler!

Lebensakrobaten.

Teilzeitaussteiger.

Kreative Pinselschwinger.

Figurenperformer.

Reststoffverwerter.

Sinnbildsucher.

Bedeutungsverstecker.

Leinwandtupfer.

Metallverbieger.

Wie er das hasste.

Von Sekunde zu Sekunde wuchs sein Zorn. Stapelte sich wie leere Bierkästen übereinander. Ein gigantischer Turm.

Die üblen Bezeichnungen für Künstler jeder Art sprudelten nur so aus seinen Gedanken hervor. Dabei musste er sachlich bleiben. Professionell. Abgeklärt. Wie ein ganz normaler Kommissar eben zu sein hatte, der in der Provinz einen Mord aufklären musste. Wenn es denn einer war. Und kein Unfall. Oder eine Verkettung unglücklicher, künstlerischer Umstände. Oder sonst etwas anderes.

Vom Nacken her kroch ein beginnender Schmerz in seinen Kopf. Nur ganz kurz, aber das genügte.

Nicht schon wieder, dachte Brendle und marschierte in Richtung seiner Wohnung. Nicht schon wieder. Das hatten wir gerade erst. Das kennen wir doch. Hau ab, du Schmerz. Hau einfach wieder ab.

Plötzlich blieb er stehen.

An einer Ladentür hing ein Schild.

Sasina Pong. Original Thaimassagen.

Hilfreich bei Verspannungen. Gliederschmerzen. Seelischen Verstimmungen. Kopf- und Nackenschmerzen. Chronischen Schulter- und Rückenbeschwerden. Typischen Büro- und Zivilisationskrankheiten. Erschöpfungszuständen. Verdauungsproblemen.

Termine nach Vereinbarung.

Vorübergehend geschlossen, da in Behandlung.

Bitte nehmen Sie sich einen Prospekt und rufen Sie mich an. Ich rufe zurück. Danke.

Brendle las den Text an der Tür zweimal. Dreimal. Zehnmal. Dann kannte er ihn beinahe auswendig. Das musste er sich merken. Zur Sicherheit steckte er einen Prospekt ein.

Im Grunde genommen hatte er keine Ahnung, was das war. Original Thai-Massagen. Aber es hörte sich gut an. Dann eilte er weiter.

12

Windsbach.

Es gab Dinge, die Brendle früher einmal geliebt hatte.

Ausgiebig in der Nase bohren. Zum Beispiel.

Bis ihm der Vater Cayennepfeffer auf den Finger gestreut und anschließend gezwungen hatte, sich genau diesen Finger in die Nase zu schieben. In beide Nasenlöcher.

Oder Vorsingen.

Vor der ganzen Klasse.

Stehend neben einem Klavier.

Die Musiklehrerin hatte über das ganze Gesicht gestrahlt.

Er konnte richtig gut singen.

Wirklich.

Alle Vögel sind schon da.

Komm lieber Mai und mache die Bäume wieder grün.

Guten Abend, gute Nacht.

Und noch anderes Zeug.

Aber seine Eltern haben ihn nie beim Windsbacher Knabenchor angemeldet.

Drittens hatte Brendle es geliebt, mit dem Auto zu fahren.

Opel Manta. Taubenblau metallic. Mit Nebelscheinwerfern. Das war sein erster Wagen.

Leider rostete er schneller, als er fuhr.

Zudem wurde der Straßenverkehr immer dichter und hektischer. So dicht, dass es Brendle bald keinen Spaß mehr machte, gemütlich mit hundert auf der Autobahn zu fahren. Und dann waren da noch die Benzinpreise.

Aber jetzt *musste* er mit dem Auto fahren. Er wollte dieser Margarete von Blumen ein paar Fragen stellen. Und er dachte auch schon darüber nach, welche. Zum Beispiel wollte er sie fragen, warum sie statt blauer Bäume nicht einfach braune Bäume mit ganz normalen grünen Blättern gemalt hatte. Und was sie sonst so malen würde. Und ob sie Herrn Lieblich gekannt hatte.

Von Ansbach nach Windsbach, wo Margarete von Blumen ihr Atelier hatte, war es einfach zu weit, um zu laufen. Zwar gab es einen Radweg, der auch als Wanderweg genutzt werden konnte, aber Brendle war es nicht nach Wandern zumute. Er wollte nicht schon wieder einen Wurzelsepp nach Hause schleppen.

Es dauerte einen Moment, bis sein alter Opel Astra ansprang. Er kannte das. Und dann tastete er sich von einer Ampel zur nächsten.

Es fing schon an, da war er nicht einmal richtig aus Ansbach draußen. Da ließen die Ansbacher Stadtplaner den Autofahrer glauben, sie befänden sich fast auf der Autobahn, weil sie die Staatsstraße vierspurig ausgebaut hatten, und dann setzten sie ihnen eine Ampel vor die Nase. So ein richtig schönes Ding, das immer dann auf Rot schaltete, wenn man glaubte, jetzt könne man Gas geben. Das war an der Eyber Kreuzung.

Dann ging es weiter bis nach Sachsen bei Ansbach. Noch so ein Ding. Mit Glühbirnen, die so hell leuchteten, dass sie noch in Feuchtwangen zu sehen waren. Fast. Das Schlimmste aber war die Ampel vor Lichtenau. Eine Segnung der Technik. Die Elektronik schaltete die Straße in Richtung Windsbach oder Ansbach immer dann auf Rot, wenn sich auch nur eine Fliege von Lichtenau oder Sachsen kommend der Staatsstraße näherte. Sie könnte die viel befahrene Straße ja überqueren wollen.

Brendle konnte sich nicht erinnern, dass es auf dem Weg von Ansbach nach Windsbach überhaupt eine Ampel gab, als er noch hier in der Gegend wohnte. Aber das war lange her. Sehr, sehr lange. Inzwischen wechselte sich eine Ampelschaltung mit der nächsten ab. Warum nur, so fragte er sich, haben die Planer hier keinen Kreisverkehr angelegt? Warum?

Als Brendle endlich das Ortsschild von Windsbach am Straßenrand auftauchen sah, glaubte er, in die Kindheit versetzt worden zu sein. Hier hatte er einmal gelebt. Bis zum zarten Alter von acht Jahren.

Hier hatte er mit Peter am Petersberg Verstecken gespielt, war dort Schlitten gefahren, hatte Blödsinn gemacht, auf der Rezat Schiffe aus Baumrinde fahren lassen.

Sein Freund aus der Kindheit hatte ausgerechnet Peter geheißen. Aber nicht am Petersberg gewohnt, sondern in einem kleinen Haus in der Nähe des Friedhofs.

Brendle überlegte, ob er einen Rundgang durch Windsbach unternehmen sollte. Den Petersberg suchen sollte. Oder sich beim Bäcker hinter der alten Rezatbrücke eine Breze kaufen sollte.

Er tat es nicht. Sein Astra rumpelte durch das untere Tor hinein, über das Kopfsteinpflaster die Hauptstraße hinauf und durch das obere Tor wieder hinaus. Hier schaute es noch fast so aus, wie er es in Erinnerung hatte. Nur die Häuser in der Hauptstraße hatten sich irgendwie verändert. Fehlte da nicht etwas? Ein Haus? Ein kleiner Laden? Egal. Er war seit Jahrzehnten nicht mehr in Windsbach gewesen.

Das Atelier von Margarete von Blumen war in einem Gebäude untergebracht, das früher zum alten Gymnasium gehört hatte. Jetzt beherbergte es alles Mögliche. Firmen, Arztpraxen, eine Apotheke und dann das Atelier. Ein schmuckloser Bau auf der linken Straßenseite in Richtung Reuth, zwei Stockwerke hoch, mit großen, gleichmäßigen Fenstern. Auf der anderen Straßenseite versteckten sich hinter mächtigen Kastanienbäumen die Bauten des Windsbacher Knabenchores.

Brendle parkte in einer Sackgasse, stieg aus und sah sich um. Wenn er sich recht erinnerte, war hier früher einmal das bekannte Puppentheater *Kaspari* untergebracht gewesen. Aber auch das war lange her.

Der Eingang zum Atelier wirkte wie jeder andere Hauseingang auch. Kein altertümlicher Griff einer Klospülung, keine Öffnung, in die man »Simsalabim« oder sonstigen Unfug hineinrufen musste.

Eine ganz normale Klingel war neben der Tür angebracht, auf deren Schild in Druckbuchstaben *Atelier* stand. Kein Nachname, kein Künstlername, nichts.

Brendle läutete.

Beim dritten Mal wurde endlich die Tür geöffnet. Eine Frau in Stöckelschuhen, kurzen roten Haaren und einem weißen Umhang aus dünnem Plastik schaute ihn fragend an.

»Ja …?«

»Kommissar Brendle.« Er hielt der Dame seinen Ausweis unter die Nase. »Kann ich reinkommen?«

»Warum?«

»Es geht um den Toten im Kunsthaus zu Ansbach.«

Die Dame schaute ihn von oben bis unten an.

»Wenn es sein muss … Aber machen Sie mir nichts schmutzig. Am besten ist, Sie ziehen sich die Schuhe aus und benutzen die Gästehausschuhe dort drüben.«

Sie deutete mit dem Kopf nach links in eine Nische.

»Ich habe erst sauber gemacht.«

Brendle zog sich die Herrentreter von den Füßen. Was hätte die Lady zu ihm gesagt, wenn er in seinen geliebten Tiroler Wanderstiefeln hier aufgetaucht wäre? Dass er sich zuerst duschen müsse? Durch die Dekontaminationsschleuse einzutreten habe? Seine Kleidung klinisch gereinigt werden müsse?

Er schlüpfte in ein Paar Besucherhausschuhe. Das grüne Karomuster darauf sprang ihm entgegen wie ein angriffslustiges Krokodil. Grauenhaft. Dann stand er im Flur.

Die Lady in den Stöckelschuhen klackerte über die Fliesen, verschwand in den hinteren Räumen und tat, als sei er nicht da.

Brendle sah sich um.

Von den Wänden grinsten ihn grobe Pinselstriche an. Es wirkte, als hätte jemand erste Zeichnungen für eine neue Maschine angefertigt, die erst noch gebaut werden müsste. Der Sinn der Maschine verbarg sich im Dunkeln. Oder in den Titeln, die auf kleinen Zetteln neben den Bildern an die Wand geheftet waren.

Komm doch.

Hier hinein.

Oder dort.

Und dann.

Ja, und dann?

Brendle wusste nicht, was mit ihm in den nächsten Minuten passieren würde. Ob er einen Schrei ausstoßen würde. Oder mitsamt den Besucherhausschuhen von den Maschinenbildern aufgefressen werden würde.

Furchterregend genug wirkten die großformatigen Dinger an der Wand. Wenn er sich direkt davor stellte, sah er nichts. Nur die Zettel mit den Titeln. Und wirre Pinselstriche.

Wenn er ein paar Schritte zurücktrat, so weit es eben möglich war, dann vereinigten sich die wirren Pinselstriche zu Maschinen. Mit Greifarmen und Knöpfen zur Bedienung. Hier ein roter und dort ein gelber. Dazwischen ein Hebel.

Ein Werkstück. Die Öffnung für das Material. Hinein damit und fort. Und dann? Wurde das Material aus dem Bild wieder ausgespuckt? Als neues Gerät, das zu nichts zu gebrauchen war?

Etwas so Irres hatte Brendle noch nicht gesehen. Da waren ja die blauen Bäume im Kunsthaus zu Ansbach richtig lahm und beinahe kuschelig.

Wenn er das hier mit dem Empfang in Steinersdorf verglich, dann war ihm die witzige Klospülung am dortigen Eingang lieber, wirklich. Von hier würde er kaum ein Kunstwerk mit nach Hause schleppen. Die Bilder waren quadratisch, unpraktisch und nicht nach seinem Geschmack.

Ein langsames Klack-Klack störte Brendle in seinen Betrachtungen. Die Lady kam angestöckelt, jetzt ohne weißen Umhang. Stattdessen trug sie ein rotes Kostüm.

»Entschuldigen Sie bitte, aber ich musste die Figurationen noch trocknen.«

»Aber sicher«, beeilte sich Brendle zu sagen. »Das ist natürlich wichtig.« Obwohl er keine Ahnung hatte, was an Figurationen getrocknet werden musste. Genau genommen hatte er sie nicht einmal verstanden. Aber das machte nichts.

»Was führt Sie zu mir?«

Die Stimme der roten Lady klang belustigt.

»Eduard Lieblich.«

»Lieblich? Der arme Kerl.«

»Ja. Der arme Kerl. Aber mich würde zunächst Ihr Name – Ihr echter Name – interessieren. An der Tür konnte ich nichts finden.«

Sie reichte ihm die Hand. An jedem Finger prangte ein Ring.

»Anneliese Bauer. Aber Sie werden verstehen, dass ich mit diesem Namen in der Kunstszene keine Chance habe.

Deswegen habe ich mir den Künstlernamen Margarete von Blumen zugelegt. Er wirkt.«

»Wie darf ich das verstehen?«

Margarete von Blumen fuhr sich mit der Hand gekonnt durchs Haar, stellte sich vor einen Spiegel und betrachtete ihre eigene Erscheinung.

»Er wirkt eben … Ihr Name war Brendle … oder? Stellen Sie sich vor, Sie würden sich nicht mit Brendle vorstellen, sondern mit ›Kommissar Brendle von Braunfels‹. Die Leute würden sofort fragen, ob Sie ein Schloss haben.«

»Darum geht es hier leider nicht.«

»Nein? … Schade.«

»Waren Sie seit dem Tod von Herrn Lieblich im Kunsthaus?«

Margarete von Blumen drehte ihre Erscheinung seitwärts in den Spiegel.

»Warum sollte ich dort gewesen sein?«

»Vielleicht, um Ihr Bild zu begutachten, das beschädigt wurde.«

»Ach, Mister Brendle. Das kleine Bild da. Glauben Sie mir, das Bild von den blauen Bäumen war doch nur eine Übung für Eduard, nichts weiter.«

»Sie haben es extra für Herrn Lieblich gemalt?«

Die Lady stellte sich auf die Zehenspitzen. Die Absätze hoben sich vom Boden ab. Sie drückte ihren Oberkörper nach vorne und warf den Kopf in den Nacken. Brendle glaubte, sie müsste jeden Moment auf die Nase fallen. Solch eine Pose hatte er noch nie gesehen.

»Ich habe für Herrn Lieblich noch ganz andere Sachen gemalt.«

»Zum Beispiel?«

»Das da.«

Die Absätze erreichten wieder den Boden. Mit der rechten Fußspitze deutete Frau von Blumen auf das Bild einer Monstermaschine. Daneben hing ein Zettel mit der Aufschrift *Komm doch.*

»Aber das hat ihn nicht interessiert. Er hat gesagt, das sei für seine Zwecke nicht geeignet. Und ob ich ihm nicht blaue Bäume malen könnte. Zum Beispiel.«

»Das klingt, als seien Sie enttäuscht.«

»Enttäuscht?«

Auf den Lippen von Margarete von Blumen zeigte sich ein mitleidiges Lächeln. Sie wandte sich ab und stöckelte davon. Bevor sie in einem anderen Raum verschwand, drehte sie sich um.

»Wollen Sie einen Cappuccino?«

Dann war sie fort. Brendle hatte nicht einmal antworten können. Sie ließ ihn einfach stehen.

Also war sie enttäuscht. Von Lieblich. Weil er mit den Fantasiemaschinen nichts hatte anfangen können. Und vielleicht nichts darüber geschrieben hatte. Oder darüber nicht schreiben wollte. Weil es ihm nicht zusagte. Obgleich er es vielleicht versprochen hatte.

In Brendle arbeitete es. So ein Mordmotiv hatte er noch nie. Eine enttäusche Künstlerseele. Mit Stöckelschuhen. Und einer atemberaubenden Körperbeherrschung. Geradezu akrobatisch. Die konnte vor dem Spiegel stehen, auf den Zehenspitzen balancieren, die Oberweite in Position werfen und fiel dabei nicht einmal nach vorne. Es war die Überwindung der Erdanziehungskraft schlechthin. Aber er durfte sich davon nicht beeindrucken lassen.

Langsam, so hatte er den Eindruck, kam er der Angelegenheit näher. Noch dazu in Windsbach. Wenn er sich vorstellte, er würde Margarete von Blumen, die in Wirklichkeit

Anneliese Bauer hieß, in Handschellen abführen, dann hatte das etwas Unwirkliches. Ausgerechnet an jenem Ort, an dem er einmal vorgesungen hatte, würde er eine Tatverdächtige verhaften.

Ein Stockwerk höher hatte er einmal vor dem Chorleiter gestanden, zitternd, schlotternd vor Kälte und Angst. Es war im März gewesen. Brendle hatte vorgesungen. Damit er vielleicht in den Windsbacher Knabenchor eintreten durfte.

Der Chorleiter hatte ihn gelobt. Ihn gleich zwei Lieder singen lassen. Ihn gefragt, ob ihm das Singen Spaß mache. Ob er sich anstrengen müsse, um an die hohen Töne heranzukommen.

Er solle diesen Ton einmal nachsingen, hatte der nette Herr gesagt. Und auf dem Klavier eine Taste angeschlagen. Der kleine Brendle hatte gesungen. Ohne Probleme.

Ob er diesen Ton auch noch schaffen würde?

Wieder wurde eine Taste angeschlagen.

Das ging noch immer ganz gut, obwohl es hinten im Hals schon gekitzelt hatte.

Der Chorleiter hatte gelächelt. Brendles Mutter hatte sich eine Träne aus den Augen gewischt. Brendles Vater hatte zum Fenster hinausgeschaut.

Aber dann hatte er nichts mehr davon gehört. Es kam kein Brief, kein Anruf, keine weitere Einladung zum Vorsingen. Seine Eltern hatten die Angelegenheit im Sande verlaufen lassen. Er hatte nie richtig nachgefragt. Und jetzt konnte er seine Eltern nicht mehr fragen.

Brendle machte ein paar Schritte den Gang entlang. Als er um die Ecke bog, gelangte er in einen weiteren Raum, das eigentliche Atelier. Eine große Staffelei stand dort vor der Wand. Auf einem Tisch reihten sich Töpfe und Tiegel mit Farben aneinander. Große Pinsel lagen ungeordnet auf dem Fußboden, der direkt vor der Staffelei mit einem breiten Vlies abgedeckt war, wie es Maler verwenden, um die Einrichtung zu schonen.

Von der Staffelei sprang ihm eine Blume entgegen. Ein riesiges Ding, feuerrot, mit einem weißen Stiel. Es schien, als würde die Blume auf einem Windmühlenflügel rotieren. Alles war in Bewegung. Aber er konnte sich auch täuschen. Vielleicht war die Blume der Flügel einer Windmühle, und der weiße Stiel stellte ein aufgespanntes Leinentuch dar, mit dem die Windmühle angetrieben wurde. Der Rest des Bildes war schwarz. Und wo waren die Figurationen, von denen Margarete von Blumen gesprochen hatte?

Ging es hier noch weiter?

Wo war sie überhaupt?

Hatte sie die Flucht ergriffen und ließ ihn inzwischen in dem Glauben, sie würde für ihn einen Cappuccino zubereiten?

Brendle wurde in seinen Gedanken unterbrochen.

Ein gleichmäßiges Klack-Klack-Klack kündete von ihrer Anwesenheit. Aber das Geräusch kam nicht näher. Es schien sich zu entfernen. Also doch ein Fluchtversuch?

Wenn Brendle sich recht entsann, dann war hier früher die Aula gewesen. Eine sehr kleine Aula, das musste er zugeben. Eher ein Vorraum für das Treppenhaus, als das Gebäude noch als Schulhaus genutzt worden war. Und links hinten waren die Toiletten untergebracht.

In diese Richtung lief er. Und landete in der Küche.

Margarete von Blumen hatte sich wieder diesen weißen Umhang umgeworfen und stand vor einem Cappuccino-Espresso-Kaffee-Vollautomaten-Gerät, das jedem normalen Café zur Ehre gereicht hätte. Es dampfte und zischte, Milch wurde aufgeschäumt, gleich darauf duftete es herrlich.

»Mit Zucker?«

Brendle nickte. »Ja. Bitte.«

Einen Moment lang überlegte Brendle, ob er sie gleich verhaften sollte. Sie hatte eindeutig ein Motiv. Gekränkte Künstlerehre. Er spürte das in seiner Bauchgegend, auch wenn er noch keinen Beweis hatte. Wenn jetzt noch das Bild mit den blauen Bäumen, das aus dem Kunsthaus verschwunden war, irgendwo hier in einer Ecke stand, dann war der Fall beinahe gelöst. Sie wollte Spuren verschwinden lassen – die Spuren auf dem Bild waren allerdings längst gesichert worden.

Wie der arme Eduard Lieblich dann von den *Blauen Bäumen* bis unter den Konzertflügel gekommen war, spielte kaum noch eine Rolle. Hatte er eigentlich schon die Fingerabdrücke von Margarete von Blumen?

Sie reichte ihm die Tasse mit dem Cappuccino.

Jetzt hatte er sie. Mit spitzen Fingern hielt er die Tasse am Henkel fest. Er durfte nichts verwischen, musste die Tasse nur noch austrinken und dann gekonnt verschwinden lassen. Vielleicht ging Margarete von Blumen mal aufs Klo? Oder sie hatte etwas in der Küche zu tun und drehte ihm den Rücken zu?

Brendle fragte einfach drauflos.

»Wie haben Sie Herrn Lieblich denn kennengelernt?«

»Beim Förderverein.«

»Wo?«

Was war jetzt das wieder? Die Frau hatte es wirklich drauf, ihn mit Ablenkungsmanövern aus dem Konzept zu bringen.

»Hier in Windsbach gibt es eine Musikschule mit angeschlossenem Förderverein. Der sammelt Gelder, damit neue Instrumente angeschafft werden können. Und bei solch einer Veranstaltung hat mich Herr Lieblich angesprochen.«

»Aha.«

Brendle wusste nicht, was er sagen sollte. Ein »Aha« war immer gut. Das sagte alles und nichts.

»Zuerst dachte ich ja, der will was von mir. So wie der sich ständig in meiner Nähe herumgedrückt hat.«

»Und … wollte er etwas?«

»Keine Ahnung. Ich hätte ihn sowieso abblitzen lassen. Nicht mein Typ. Zu wenig dran und viel zu klein. Aber dann habe ich ihm mein Atelier gezeigt. Er hat gesagt, er würde sich für Künstler interessieren. Sehr sogar. Weil die meistens unterversichert seien. Und er könne mir da wirklich gute Angebote machen.«

Brendle erinnerte sich daran, dass Eduard Lieblich bei einer Versicherung gearbeitet hatte. Die Information stammte von Frau Braun, der Künstlerin aus Steinersdorf. Er musste da noch einmal nachhaken. Bei Frau Lieblich hatte er bisher nichts in Erfahrung bringen können. Und so wie es aussah, würde sie sich auch weiterhin hinter ihrer Krankheit verstecken. Egal, was sie hatte. Und ob sie überhaupt etwas hatte.

Bei Brendle verstärkte sich der Eindruck, dass er überall nachhaken musste. Nachbohren musste. Von selbst verrieten ihm die Leute hier nichts. Künstler eben. Aber im Grunde genommen waren die auch nicht anders als die anderen Franken. Verschlossen. Wortkarg. In sich gekehrt. Nur nichts verraten, wonach man nicht gefragt wurde. Dann konnte man schon nichts Falsches antworten. Also behielt man das, was man wusste, für sich.

Oder waren die Leute, mit denen er bisher Kontakt hatte, vom Tod von Eduard Lieblich geschockt?

»Wo waren Sie eigentlich in der Nacht, als Herr Lieblich ums Leben kam?«

Ich muss sie das jetzt fragen, dachte Brendle. Ganz direkt. Manchmal erhält man darauf die erstaunlichsten Antworten.

Frau Margarete von Blumen verschüttete beinahe ihren Cappuccino.

»Wie bitte?«

»Ich möchte wissen, ob Sie für die Nacht, in der Herr Lieblich starb, ein Alibi haben.«

»Das ist jetzt nicht Ihr Ernst, oder?«

»Doch. Das ist mein Ernst.«

»Vielleicht wollen Sie auch noch wissen, ob ich das Bild verstecke, das aus dem Kunsthaus verschwunden ist?«

»Ja. Auch deswegen bin ich hier.«

Margarete von Blumen verwandelte sich für einen Moment in Anneliese Bauer.

»Sind Sie etz deppert?«

»Nein. Bin ich nicht.«

Brendle stellte die Tasse sehr vorsichtig auf einen Stuhl. Dann setzte er sich.

»Es könnte doch sein, dass Sie versuchen, das Bild zu verstecken, weil es Spuren von Herrn Lieblich enthält.«

»Wegen mir kann das ganze Bild mit Fingerabdrücken übersät sein, aber deswegen würde ich es trotzdem nicht aus dem Kunsthaus entwenden. Wozu auch? Ich bekomme es doch sowieso wieder. Oder?«

»Das wird sich noch herausstellen.«

»Oh, Sie verdächtigen mich? Wie amüsant.«

Die Lady übte wieder eine Pose. Frau Margarete von Blumen kehrte zurück. Sie warf den Kopf in den Nacken und schüttelte die kurzen, roten Haare, als wollte sie dem Pumuckl vom Meister Eder Konkurrenz machen.

Brendle ging auf ihre Frage nicht ein.

»Wo waren Sie in der Nacht, als Herr Lieblich im Kunsthaus starb?«

»In Nürnberg.«

»Wo genau?«

»In einem Lokal.«

»Wie heißt es?«

»Keine Ahnung. Habe ich vergessen.«

»Waren Sie alleine dort?«

»Nein.«

»Wer war Ihre Begleitung?«

»Ein paar Herren.«

Brendle konnte nicht mehr auf seinem Stuhl sitzen. Alles musste man dieser Lady aus der Nase ziehen. Jeden Satz. Beinahe jeden Buchstaben. Ging das nicht etwas schneller?

»Ich würde jetzt gerne ganz genau von Ihnen wissen, wo Sie in der Zeit von Samstagabend bis Sonntagmorgen gewesen sind.«

»Tsss.«

Es klang, als hätte eine Schlange gezischelt. Giftig oder harmlos? Ringelnatter oder Kobra?

»Wie genau hätten Sie es denn gern?«

»Sehr genau.«

»Glauben Sie wirklich, ich würde mir genau notieren, wann ich was in der Nacht von Samstag auf Sonntag mache?«

»Mir genügt die Zeit zwischen Mitternacht und etwa fünf Uhr morgens.«

»Tsss.« Wieder die Schlange. »Darf ich kurz etwas vorbereiten?«

Brendle wurde misstrauisch.

»Was wollen Sie bitte vorbereiten?«

»Es dauert nicht lange. Ich muss nur etwas aus meiner Handtasche holen.«

»Wo ist Ihre Handtasche?«

»Dort, wo ich sie abgelegt habe.«

Brendle war kurz davor, einen seiner berüchtigten Anfälle zu bekommen. So wie bei Dr. Helmut Gabelmann. Und das war erst am Morgen gewesen.

Erneut begann sein Schädel zu spannen. Er musste das abstellen. Er durfte sich nicht so aufregen. Er musste sich aber aufregen, das ging kaum anders. Er hasste es, wenn er warten musste. Wenn er eine Frage stellte, dann wollte er sie beantwortet haben. Gleich. Jetzt. Sofort. Und nicht erst in einer halben Stunde oder in drei Tagen. Wo waren wir denn hier?

Brendle massierte sich den Nacken. Alles dort fühlte sich hart und verspannt an. Oder war schon wieder Wetterwechsel?

Margarete von Blumen eilte suchend umher. Klack-Klack-Klack-Klack.

Wie konnte eine Frau nur in ihren eigenen Räumen mit Stöckelschuhen herumlaufen? Und ihn zu Filzpantoffeln in dunkelgrünem Karodesign für Besucher verdonnern. Er sehnte sich zurück in die gute Stube von Susanne März. Dort hatte es statt Besucherpantoffeln selbst gemachten Apfelkuchen gegeben.

»Ich habe sie gefunden!«

Die Stimme von Margarete von Blumen zeigte eine Spur von freundlicher Überraschung. Als wäre es ein weltbewegendes Ereignis, die eigene Handtasche in der eigenen Wohnung wiederzufinden.

»Gut. Dann darf ich jetzt auf Ihren Bericht über die Nacht von Samstag auf Sonntag hoffen.«

»Aber selbstverständlich.«

Margarete von Blumen setzte sich auf einen weißen Stuhl. Dann begann sie in ihrer Handtasche zu kramen.

»Am Nachmittag bin ich nach Nürnberg gefahren. Ich wollte mich mit Nadine treffen.«

»Mit Nadine?«

»Eine Freundin. Sie war aber nicht da. Dann habe ich mich in ein Café in der Nähe der Lorenzkirche gesetzt und gewartet.«

»Worauf?«

»Dass die Zeit vergeht.«

Margarete von Blumen kramte weiter in ihrer Handtasche herum. Wühlte und wühlte.

Brendle schaute interessiert zu.

»Wir warten alle darauf, dass die Zeit vergeht«, sagte er. Es klang etwas genervt. »Und weiter?«

»Die Zeit verging so langsam, wissen Sie. Eigentlich habe ich mit dem Rauchen aufgehört, aber an diesem Nachmittag habe ich dann doch wieder eine Zigarette geraucht. Einfach so. Es war mir so ein Bedürfnis, wissen Sie? Da hat frau etwas in der Hand. So etwas Längliches. Und das köchelt dann auch noch leise vor sich hin. Und qualmt und glimmt. Und wenn ich das mit meinen Lippen berühre, dann wird die Spitze rot und glüht auf. Das ist schon fast erotisch. Können Sie das verstehen?«

Nein. Brendle verstand nicht. Er wollte nicht verstehen. Außerdem hatte diese eine Zigarette mit seiner Frage nichts zu tun. Margarete von Blumen wollte ausweichen. Ihn auf ein anderes Thema bringen. Ausflüchte. Nichts als Ablenkungsmanöver. Wie er das hasste. Brendle ignorierte ihre Frage.

»Und warum haben Sie geraucht? … Weil Sie nervös waren? Sie sich mit jemandem treffen wollten? … Weil Sie etwas vorhatten?«

»Ich? … Wie kommen Sie darauf, dass ich etwas vorhatte? … Mit meinen Bildern hatte man etwas vor.«

»Hatte Herr Lieblich etwas mit Ihren Bildern vor?«

»Ach, hören Sie doch mit Herrn Lieblich auf.«

Der Inhalt der Handtasche wurde mit Schwung auf den Fußboden befördert. Margarete von Blumen kniete sich dazu und wühlte zwischen Papiertaschentüchern, Lippenstiften, Notizzetteln und einem Halstuch herum.

»Die Karte ist nicht da.«

»Wie?«

Brendle fühlte das Tier. Es sprang ihn gerade von hinten an. Rutschte seinen Rücken hinunter und schlug die Pranken in seinen Nacken. Genau dort, wo die Muskeln an seinem Kopf ansetzten, fuhr das Tier die Krallen aus. Brendle atmete tief durch. Manchmal entspannte ihn das.

»Die Visitenkarte ist nicht mehr da.«

Frau von Blumen starrte ihn an, als hätte sie soeben einen wertvollen Brillantring verloren.

»Was wollen Sie mir eigentlich erzählen?«, fragte Brendle sichtlich genervt.

»Na, die Sache mit dem Auftrag.«

»Welcher Auftrag?«

»Ich sollte an diesem Abend einen Auftrag erhalten. Ich sollte Bilder malen. Für die öffentliche Hand.«

Das Tier bohrte seine Krallen in den Kopf von Brendle. Vielleicht sitze ich krumm, überlegte er, stand auf und ging zum Fenster.

»Und weiter?«

»Ich habe also eine Zigarette geraucht. Und gewartet. Ich war so aufgeregt. Und Nadine war nicht da.«

Frau von Blumen hockte auf dem Fußboden wie ein Häuflein Elend. Sie zog die Papiertaschentücher einzeln aus der Verpackung und breitete sie aus. Es wirkte, als wollte sie darin baden.

»Und weiter?«

Brendles Stimme klang erschöpft. Er hatte die Augen geschlossen und wünschte sich in ein dunkles Zimmer. Ein ganz dunkles Zimmer, wenn möglich, sein Schlafzimmer. Dort würde er die Rollläden herunterlassen, dann die Sicherung für die Türklingel entfernen, das Handy ausschalten.

»Ich war so aufgeregt.«

»Das weiß ich. Sie haben geraucht.«

»Ich bin die ganze Breite Gasse hinauf- und wieder hinuntergelaufen.«

»Wann war das?«

»Die Geschäfte hatten noch geöffnet. Aber dann machten sie zu.«

»Gut. Weiter.«

Sie war also vor zwanzig Uhr in Nürnberg, überlegte Brendle. Um diese Zeit lebte Lieblich noch. Vermutlich. Er musste prüfen, wann Eduard Lieblich von zu Hause weggegangen war. Vielleicht konnte die Nachbarin in der Dombachstraße ihm weiterhelfen. Die hatte zu dieser Zeit bestimmt im Bad am Fenster gestanden und sich die Haare geföhnt.

»Wissen Sie, das war so anders. Ich habe so etwas noch nie gemacht.«

»In der Breiten Gasse zu bummeln?«

»Nein. Bilder zu malen, die jemand in Auftrag gegeben hat.«

»Was ist daran so außergewöhnlich?«

»Sie verstehen das nicht. Ich brauche die Karte dazu. Helfen Sie mir doch endlich.«

Brendle glaubte, das Tier würde ihn nun von vorne ansehen. Mit großen, hungrigen Augen. Und ihm seine riesige Tatze auf die Stirn legen. Zuerst ganz sanft. Dann stärker, bis seine ganze Stirn zu drücken begann und er glaubte, in einen Schraubstock gespannt worden zu sein. Er drehte sich vom Fenster weg und hockte sich zu Margarete von Blumen auf den Fußboden.

»Was machten Sie noch in Nürnberg?«

»Warten. Bis die drei Herren endlich vor dem Lokal erschienen.«

»Welche Herren waren das?«

»Sie trugen Krawatten. Und Anzüge. Wie Herren von den Offiziellen eben aussehen. … Aber ich muss die Karte wiederfinden. Das ist wirklich wichtig. Bitte. Herr Kommissar.«

Das wird jetzt langweilig, dachte Brendle. Er legte sich der Länge nach auf den Fußboden und schloss die Augen. Das tat gut. Das entspannte. Das Tier verschwand im Dickicht. Der kleine Teppich unter ihm hatte einen wunderbaren hohen Flor. Fast wie ein Schaffell.

»Erzählen Sie einfach weiter«, sagte Brendle leise. »Ich überlege inzwischen, wo Ihre Karte sein könnte.«

»Und dann saßen wir den ganzen Abend beisammen. Wir haben über die Räume gesprochen. Die Gegebenheiten. Die Herren hatten sogar Fotos dabei. Damit ich mir vorstellen konnte, wie es dort aussah. Das machte alles viel einfacher.«

Brendle hatte keine Ahnung, welche Karte Frau von Blumen meinte. Manchmal glaubte er, sie sei nicht ganz bei Sinnen. Oder eine Schauspielerin. Zuerst spielte sie ihm die feine Dame vor, und dann verwandelte sie sich zurück in Anneliese Bauer, die sich im roten Kostüm und in Stöckelschuhen auf den Fußboden hockte, um in ihrer Handtasche zu wühlen.

»Der Bezirkstagspräsident hat meine Bilder sehr gelobt. Er meinte, sie würden hervorragend in seine Diensträume passen. Und er wünschte sich von mir eine spontane Farbigkeit.

Leben. Blaue Bäume in einer fränkischen Landschaft. Genau. Das hat er gesagt. Aber nicht direkt. Nur abstrakt. Er wollte die Kraft meiner Pinselstriche in seinen Räumen spüren. Sie würden ihn daran erinnern, welch eine Verantwortung er hat. Das Land mitsamt seinen Bewohnern zu bewahren, gleichzeitig Neues zu schaffen. So wie in Bad Windsheim. Das ist ihm ein Ansporn. Ein großes Anliegen. Sie wissen schon, das Freilandmuseum dort. Kennen Sie das? Natürlich kennen Sie das. Das ist doch die Attraktion in ganz Nordbayern. Nein, in ganz Bayern und sogar Süddeutschland. Selbst die Münchner sind darauf stolz, obwohl sie das natürlich niemals zugeben würden. Weil so was Tolles haben die da unten nämlich nicht.«

Margarete von Blumen wollte kaum noch aufhören, von ihrer Begegnung zu reden. Sie strahlte über das ganze Gesicht. Gleichzeitig zuckten ihre Finger, die Stöckelschuhe wirbelten nervös auf dem Fußboden umher, der Rock ihres Kostüms rutschte ein Stück nach oben, die Handtasche lag mittendrin und wurde immer wieder in alle Richtungen gedreht. Leider ohne Erfolg.

Brendle unterbrach den Redeschwall.

»Wer hat Ihre Bilder gelobt?«

»Na, der Bezirkstagspräsident.«

Brendle glaubte, sich verhört zu haben.

»Sie waren den ganzen Abend mit dem Bezirkstagspräsidenten in einem Lokal gesessen und haben sich darüber unterhalten, wie die Bilder auszusehen haben, die Sie für seine Amtsräume malen sollten?«

»Aber das sage ich doch die ganze Zeit.«

»Sie sollten für ihn die *Blauen Bäume* malen? Aber das Bild hing doch in der Ausstellung!«

»Doch nicht *dieses* Bild. Das war doch nur eine Übung für Herrn Lieblich.«

»Wie kommen dann diese Herren um den Bezirkstagspräsidenten darauf?«

»Die waren schon vor einiger Zeit bei mir im Atelier und haben sich umgeschaut. Weil ich doch für den Wolfram-von-Eschenbach-Preis vorgeschlagen worden bin. Habe ich aber nicht bekommen. Und da war ich gerade beim Bild für Eduard Lieblich. Ein paar Pinselstriche, ein grober Entwurf, nicht mehr. Dem Bezirkstagspräsidenten hat es aber gefallen.«

Märchen, dachte Brendle. Jetzt erzählt sie mir Märchen.

»Sie wollen mich wohl auf den Arm nehmen?«

»Nein. Aber ich muss die Visitenkarte finden.«

»Vom Bezirkstagspräsidenten?«

»Ja.«

Margarete von Blumen sagte dies mit einer Überzeugung, die Brendle überraschte. So eine Lügnerin hatte er schon lange nicht mehr vor sich gehabt. In Gedanken hörte er bereits die Handschellen klicken. Sah sie später vor sich im Vernehmungsraum sitzen. Wo sie nach stundenlangen Verhören schließlich unter Tränen zugab, dass sie niemals in Nürnberg gewesen sei, dass sie alles nur erfunden und Lieblich doch umgebracht habe. Aus welchem Grund auch immer.

So etwas nervte Brendle. Es raubte ihm jegliche Beherrschung. Warum nur mussten manche Menschen alles umständlich und kompliziert machen? Ein Geständnis erleichterte die Seele. Und verschaffte Frieden. Nicht nur der Täterin, sondern auch dem Kommissar.

Aber nein, es sollte nicht sein.

Tarnen. Täuschen. Vertuschen.

Wie er das hasste.

Das Tier kehrte zurück. Es schlich zur Tür herein, die scheinbar nur angelehnt war, tappte leise über die Fliesen und setzte sich direkt neben Brendle auf den flauschigen Teppich.

Margarete von Blumen stülpte erneut ihre Handtasche um. Ein paar Staubflusen tanzten im Sonnenlicht. Reste einer Fahrkarte für den öffentlichen Nahverkehr segelten auf den Teppich. Dann fummelte sie ausgiebig am Innenfutter herum, zog den Reißverschluss einer kleinen Seitentasche auf und stieß einen Schrei aus.

»Da … Da!«

Sie hielt Brendle eine Visitenkarte unter die Nase. Vom Bezirkstagspräsidenten persönlich. Mit Bild und privater Adresse in Buchschwabach. Sie drehte die Visitenkarte um und zeigte ihm die Unterschrift. Mit Datum und Uhrzeit versehen. Sonntagmorgen, um kurz vor zwei Uhr.

»Da hat er mir den Auftrag erteilt. Für drei Bilder. Sehen Sie! Und dann hat uns der Wirt hinausgeworfen, weil er endlich zusperren wollte.«

Brendle hatte keine weiteren Fragen. Den Bezirkstagspräsidenten von Mittelfranken brauchte er kaum anzurufen, um sich das Alibi von Margarete von Blumen bestätigen zu lassen. Vielleicht kontaktierte er bei Gelegenheit seine Sekretärin, damit sie die Angaben bestätigte, wenn es notwendig war. So ein Alibi konnte bisher kein Verdächtiger vorweisen. Und er hatte schon viele Verdächtige gehabt.

Er stand auf, verabschiedete sich, verstaute heimlich die Cappuccino-Tasse vorsichtig in seiner Jacke und ging.

Brendle brauchte Bewegung. Dringend. Er lief die Heinrich-Brand-Straße hinunter, durchs Obere Tor in die Hauptstraße hinein, an kleinen Läden und an einer Apotheke vorbei, durch das Untere Tor wieder hinaus und erreichte schließlich die Markgrafenbrücke, die sich über die Rezat spannte.

Dann stand er auf der Brücke und schaute hinunter. Der kleine Fluss war trüb. Auf den Grund zu sehen war unmöglich. Eine schlammige Brühe, in der sich nur Fische und Kaulquappen wohlfühlten. Und die Enten. Dennoch wäre Brendle am liebsten von der Brücke dort hineingesprungen. Samt Kleidung und den Herrentretern an den Füßen. Er brauchte das jetzt, um die Raubkatze wieder loszuwerden. Sie war ihm die ganze Zeit über nachgeschlichen. Beim Bäcker hinter der Brücke kaufte er sich ein Hörnchen und einen Kaffee, nahm beides mit und suchte sich einen Platz in der Nähe der Brücke, direkt an der Rezat.

Der Kaffee tat gut. Das Hörnchen war lecker.

Mücken tanzten im Sonnenlicht.

Einer plötzlichen Eingebung folgend zog Brendle die Schuhe und seine Strümpfe aus, krempelte die Hose nach oben und stellte sich in die Rezat. Seine Füße spielten im morastigen Grund. Enten kamen angeschwommen und schauten interessiert zum Hörnchen, das er in seiner rechten Hand hielt.

»Entschuldigung«, sagte Brendle. »Aber das brauche ich gerade selbst.«

Dann trank er einen Schluck Kaffee. Spürte den Fluss zu seinen Füßen, schluckte das Hörnchen hinunter und genoss den Moment.

Wie gut das tat. Wie der Fluss die Hitze aus seinem Kopf zog. Alles wurde erträglich. War ganz nah. Und doch so weit weg.

Herr Lieblich.

Vergessen.

Eine ganze Ansammlung blauer Bäume.

Nur noch Dunst in der Ferne.

Anneliese Bauer.

Hockte auf dem Fußboden in ihrem Atelier.

Und dann das Wurzelvieh in seiner Wohnung.

Es löste sich auf und trieb die Rezat entlang. Irgendwohin. Wurde an ein Ufer gespült, von Kindern gefunden. Oder vom Hochwasser mitgerissen.

Auf der Markgrafenbrücke versammelten sich ein paar Leute. Es war ihm egal, was sie dachten, während sie zu ihm hinunterglotzten. Sollten sie doch schauen. Die mussten immer schauen. Was es gab. Warum da einer in der Schlammpfütze seine Füße kühlte. Sollten sie sich ihre Gedanken machen. So ein Verrückter. Stellt sich mit einem Kaffeebecher in die Rezat und schaut dumm durch die Gegend. Hat der nichts Besseres zu tun?

Nein. Hatte er gerade nicht.

Spinnt der?

Ja, vielleicht.

Womöglich hat der zu viel Bier intus.

Nein, hatte er nicht. Er war nüchtern.

Was so ein paar Minuten im Wasser der Rezat ausmachen konnten. Da war die Rezat ein minimaler Strand. Da lag Franken fast am Meer. Und Brendle stand mittendrin und biss genüsslich ins Bamberger Hörnchen. Das Murmeln der Rezat wurde zum Rauschen. Und der kleine Fluss zum Meer. Helmut Haberkamm, der Dichter aus dem Aischgrund, hatte doch nicht recht, als er in einem Gedicht behauptet hatte, *Frankn licht nedd am Meer.* Den musste er einmal anrufen und ihm das sagen, unbedingt.

Sollten die Leute dort auf der Brücke ruhig die Köpfe schütteln. Verstehen würden die das nie. Aber die hatten auch kein Tier im Nacken, das sie verfolgte. Brendles Zehen versanken im Morast, es gluckerte, das kleine Meer in Franken verursachte kleine Wellen.

Eine Entenfamilie ruderte gemächlich vorüber.

Spatzen lärmten auf einer Dachrinne.

Kinder warfen von der Markgrafenbrücke Brotkrumen ins Wasser und freuten sich, wenn die Enten danach schnappten.

Zwei Schwäne paddelten majestätisch in seine Richtung.

Heimat, dachte Brendle, und spürte so etwas Ähnliches wie Glück. Das ist Heimat. Und das Tier in seinem Kopf löste sich auf und bildete eine kleine, weiße Wolke über ihm, die der Wind mit sich nahm.

13

Noch zwei Tage.

Die Aufregung nähert sich in homöopathischer Dosierung. Globuli rollen über die Fliesen. Manchmal erzittern meine Saiten, als berühre sie der Hauch ferner Stürme.

Ein Raunen steht in der Luft, bewegt sich durch die Eingangstür des Kunsthauses, kriecht Zentimeter um Zentimeter über den Boden, umspielt die Stühle, die darauf ausgelegten Kissen.

Zwei Tage noch.

Ist das Programm schon gedruckt?

Die Presse informiert?

Sind ganz vorne in der ersten Reihe die Plätze für die nahen Angehörigen frei gehalten?

Ist Frau Lieblich verständigt worden?

Und wer beginnt?

Beginnt überhaupt jemand?

Vielleicht Dr. Gabelmann?

Mein Helmut?

Oder lässt sich J.K. inspirieren und berührt meine Tasten mit geschlossenen Augen, tupft, hämmert, tastet rauf und runter und hin und her, liebkost die Saiten?

Jeder Ton ein Tag.

Jeder Tag aufgeteilt in Stunden.

Dann in Minuten.

Die Sekunden.

Die letzten Sekunden.

Von Eduard Lieblich.

Was hinter den Kulissen abläuft, bleibt geheim.

Nichts dringt an die Öffentlichkeit.

Da wird geprobt und an Reden gefeilt, in stillen, privaten

Stuben. Da werden Buchstaben zu Worten zusammengesetzt, um das Leben von Herrn Lieblich zu Sätzen zu formen.

Was er tat.

Und was er nicht tat.

Und was er zu tun gedachte.

Irgendwann.

Irgendwo.

Aus welchem Grund.

Aber das war nun nicht mehr möglich.

Weil da einer, mit dem niemand gerechnet hat, ihm die letzten Sekunden einfach geklaut hat.

So ein Dieb.

Ein Lebensminutenentferner.

Ein Tages-Monats-Jahres-Abschneider.

Vielleicht war es ein Mörder.

So ein Dahergelaufener.

Oder es war der Herr Tod.

Der bekannte, unbeliebte alte Herr.

Der ganz plötzlich, auf der Durchreise durch Ansbach, bei einem Abstecher ins Kunsthaus, weil er da noch niemals gewesen ist, dachte, er müsste nun tätig werden.

Herr Lieblich hätte auch nicht ausgewählt werden müssen. Das hätte ein ganz anderer sein können. Vielleicht. Wenn er nicht gerade im Kunsthaus zu Ansbach gewesen wäre.

Wenn nicht die Tür offen gestanden wäre.

Vielleicht wäre alles anders gekommen.

Wenn er bei seiner Frau im Bett gelegen hätte.

Und der Herr Lieblich vielleicht seine Hand um ihre Hüfte gelegt hätte.

Oder sich ein Stück weiter gewagt hätte.

Zu diesen beiden kleinen Hügeln.

So zart.

So warm.

Geheim unter der Bettdecke.

Wenn sie es zugelassen hätte.

Na, Sie wissen schon.

Aber da war er nicht.

Und der Herr Tod macht einen Spaziergang durch Ansbach. Er kommt vom Bahnhof. Oder vom Friedhof. Oder aus dem Theater. Da ist er manchmal zu Gast und amüsiert sich prächtig. Er geht durch die Reitbahn, vorbei an den parkenden Autos. Sucht nichts. Will nichts. Und dann.

Ja, schau mal. Wen haben wir denn da?

Den Herrn Eduard Lieblich.

Um diese Uhrzeit noch wach?

Und er schaut in sein Geburtstagstagebuch.

Wer wann an der Reihe ist.

Oder sein könnte.

Und er blickt erstaunt hoch.

Was, schon so alt?

Und immer noch da?

Eduard Lieblich …

Schau an, der Herr Lieblich …

Da muss ich Ihnen jetzt leider sagen, dass die Sanduhr längst abgelaufen ist. Das Stundenglas. Es ist vorbei.

Willst du gleich gehen?

Oder erst in einer Viertelstunde?

Dann komm mit.

Ich nehme deine Hand.

Oder packe dich am Kragen.

Es liegt an dir.

Du kleiner Wurm.

Lieblich zittert.

Sein Blick ist ängstlich.

Sag mir, warum hängst du so am Leben?

Es ist doch nur ein vorübergehendes Mühsal.

Ein Herumstreunen auf dieser Erde.

Schau mal.

Es geht ganz schnell.

Und dann nimmt der Herr Tod seine Pranke und klopft einmal mit dem Finger auf den tiefsten Ton meiner Kontra-Oktave.

Eisige Schauer.

Welch steifer Finger.

Der Ton noch kälter als im tiefsten Winter.

Siehst du, sagt der Herr Tod. So schnell geht das.

Wenn du willst.

Aber wenn du dich wehrst, du kleiner Wurm, dann geht das auch anders. Ganz anders.

Und er drückt den Ellbogen auf die Tastatur, dass die Mechanik gequält aufstöhnt und jammert und sich die Hammerköpfe ängstlich an die Stoßzungen klammern.

Ein Akkord wie ein Tritt in den Magen.

Siehst du, kleiner Wurm Eduard Lieblich.

So geht das auch.

Das schmerzt.

Das bohrt in der Tiefe.

Aber Lieblich will nicht.

Ich weiß nicht, was er eigentlich will, aber das, was der Herr Tod will, das mag er nicht. Oder?

Der Ellbogen des Gevatters donnert ein Intermezzo, dass mir Hören und Sehen vergehen. Jetzt hockt er sich mit dem Hintern auf meine Tastatur. Knochig ist das. Richtig knochig. Und nicht melodiös. Dann zieht er den rechten Fuß nach oben, rutscht mit dem Hintern ganz nach links.

Bitte nicht.

Es ist ihm egal.

Mit der Ferse malträtiert er die Tasten.

So was hatte ich noch nie.

Wollte ich auch nicht.

Und Lieblich stöhnt.

Siehst du, mein Sohn, sagt der Tod. So geht das auch. Aber das wolltest du ja haben. Wärst du eben gleich mitgekommen, als ich dich gerufen habe.

Ein Krachen.

Ein Bersten.

Sind es meine Tasten? Die Hammerköpfe?

Oder reißen schon die Saiten?

Lieblich wimmert.

Bist du bereit, du Wurm?

Lieblich schnappt nach Luft.

Reißt die Augen auf.

Oder willst du noch bleiben?

Vielleicht fünf Minuten?

Eine halbe Stunde?

Einen lächerlichen halben Tag?

Noch länger röcheln?

Leiden?

Willst du genießen, bis du es endlich hinter dir hast?

Dieses komische Leben?

Er meint es nicht ernst.

Der Tod grinst.

Das hier auf der Erde ist doch nur vorübergehend. So ein Zwischenstadium. Glaub mir einfach. Es gibt Besseres. Schöneres. Bedeutenderes.

Lieblich lächelt.

Vielleicht zum letzten Mal.

Der Tod will ihn beruhigen.

Damit er keine Angst hat.

Er braucht keine Angst zu haben.

Denn der Tod ist gnädig.

Und dann macht er ihm Pfannkuchen.

Einfach so.

Er schnippt mit den Fingern.

Und die Pfannkuchen sind da.

Sein Lieblingsgericht.

Mit Hagebuttenmarmelade.

So wie Lieblich es immer mochte.

Als Kind.

Der Duft von Fett und Mehl und Milch und ein paar Eiern dringt in seine Nase. Wie das duftet. Wie bei seiner Mutter.

Wenn er wenigstens noch einmal hineinbeißen dürfte.

Hagebuttenmarmelade hat er immer so gemocht.

Ein letztes Mal, bitte.

Der Gevatter grinst.

Es sei gewährt.

Lieblich schleckt sich mit der Zunge über die Lippen.

Wie das schmeckt.

Wie bei seiner Mutter in der Küche.

Dann nimmt er ihn mit sich.

Der Tod.

Und schleift ihn von der Eingangstür, wo er ihn durch Zufall angetroffen hat, über die Fliesen. Gelenke krachen, das Herz schreit auf.

Lieblich zuckt.

Und denkt sich, jetzt ist Schluss.

So hätte es sein können, in den letzten Minuten.

Kein roter See unter mir.

Aber so war es nicht.

Und das Kunsthaus ist voller Erwartung.

Niemand weiß, was die Künstler für Eduard Lieblich planen.

Postum.

Die Aufregung nähert sich in homöopathischer Dosierung. Mein Helmut hat die Stühle gestellt. Die Kerzen vorbereitet. Und J.K. will vorbeikommen, um auf mir zu üben.

Ich freue mich sehr.

Ich freue mich auf alle Gäste, die kommen.

Sogar auf den Brendle.

Dem werde ich über die Füße rollen, irgendwie.

Ihm einen Marsch spielen, dass er rückwärts durch die Gänge stolpert, sich in seinen Schnürsenkeln verheddert, auf dem Pflaster aufschlägt und mit aufgerissenen Augen wieder zu sich kommt. So also ist das Kunsthaus, so schlimm?

Ja, wenn er das gewusst hätte, dann wäre er gleich mit einem Sondereinsatzkommando angerückt, und nicht allein.

Und der Mensch mit dem Didgeridoo soll dem Brendle ein Grummeln in den Magen blasen. Damit er bessere Laune bekommt. Und vielleicht ein Lächeln sehen lässt. Ich kann Menschen mit schlechter Laune nicht ausstehen. Die sind so anstrengend. So fad. So kompliziert.

Der Mensch mit dem Didgeridoo war vor Jahren einmal bei uns im Kunsthaus. Er hat die Wände zum Beben gebracht. Die Bilder haben sich verneigt, die Skulpturen einen komischen Walzer getanzt. Hintereinander, nicht nebeneinander. Wie an Fasching. Nur besser. Von den Stühlen sind die kleinen Kissen aufgesprungen und haben Purzelbäume vollführt.

Sie lachen.

Ja, dann lachen Sie ruhig.

Bestimmt werden Sie auch lachen, wenn ich erzähle, was nachts im Kunsthaus vor einer Vernissage geschieht.

Dann hängen die Bilder an den Wänden und bekriegen sich. Und behaupten mit aufgeblähter Leinwand und breitem Grinsen, sie hätten den besten Platz erwischt. Oder den schlechtesten, je nachdem. Oder sie machen sich wichtig. Weil sie ganz vorne hängen, am Eingang. Oder brüsten sich damit, ein Blickfang zu sein, *der* Blickfang überhaupt, weil sie gleich hinter mir an der Wand hängen. Und während die Besucher meinen Klängen lauschen, würden diese ständig nur sie anschauen. Anglotzen. Und nichts verstehen. Oder ganz tief eintauchen. In die wunderbaren Farben.

Wenn die Farben wunderbar sind.

Die Farben beschweren sich manchmal, sie kämen nicht gut zur Geltung. Der Lichteinfall sei nicht ideal.

Und überhaupt.

Überhaupt hätten sie nicht ins Licht gerückt werden wollen, wie es bei der Jahresausstellung des Kunstvereins immer heißt: *Ins Licht gerückt.* Sie seien noch nicht fertig. Eigentlich seien sie niemals fertig. Aber dann war dieser Termin im Kunsthaus plötzlich da gewesen, und nun mussten sie, so unfertig wie sie sind, ihren Platz auf der Staffelei aufgeben und wurden hierher verfrachtet.

Ins Kunsthaus Reitbahn in Ansbach.

Ob sie nun wollten oder nicht.

Allein die Fahrt hierher war die reinste Tortur. Verpackt in so einem Luftpolsterumschlag. Hineingequetscht in einen Kofferraum, in dem es nach einem Kanister Motorenöl und alten Kartoffeln und was auch immer roch.

Das ist doch nicht dein Ernst, oder?

Haben die Bilder ihren Künstler gefragt.

Das ist doch nicht dein Ernst?

Aber der hat nicht geantwortet, nicht wirklich.

Los, rein da.

Und dann hat er gedrückt und gequetscht und trotzdem höllisch aufgepasst, dass seinen Lieblingen nichts geschieht. Er hat sie doch mit Herzblut gemalt, sich diese Abstraktionen und Figurationen und versteckten Selbstbildnisse aus der Hand geschüttelt, dem Pinsel abgetrotzt, bis spät in die Nacht.

Und seine Frau hat gefragt, wann er zu ihr käme. Ins Bett. Sie habe es schon vorgewärmt. Er solle doch endlich dieses blöde Bild in Ruhe lassen. Es würde doch so passen, wie es ist. Denn das Publikum würde es ohnehin nicht merken, ob da noch ein Pinselstrich fehlen würde, oder nicht.

Ich bin schon still.

Das interessiert Sie nicht, ich weiß.

Aber so ist das bei uns im Kunsthaus.

Manchmal.

Und die Passanten drücken sich die Nasen an den Fensterscheiben platt, ob schon etwas zu sehen ist. Ob es etwas Neues gibt bei uns, würde auch langsam Zeit werden.

Noch zwei Tage.

Und ich bin so aufgeregt.

J.K. hat gesagt, er würde spielen.

Auf mir.

Für den Eduard.

Das wird lieblich.

14

Pinsel. Lappen. Ganz ohne.

Die Hitze war aus Brendles Kopf so schnell verschwunden, als wäre sie niemals dort gewesen. Wie gut das Meer in Franken war. Wie es wirkte. Das reinste Labsal. Fast so wie ein ausgiebiger Wellnesstag in der Therme von Bad Windsheim. Nur billiger.

Er stieg aus der Rezat, ließ seine Füße von der Sonne trocknen, schlüpfte umständlich in die Strümpfe und zog seine Schuhe wieder an. Das Handy vibrierte.

»Brendle.«

»Siglinde Braun. Sie wissen schon, vom Atelier … Ich wollte Sie nur daran erinnern, dass am Samstag der Kurs ist. Intuitives Malen. Sie kommen doch, oder?«

Das hätte er beinahe vergessen. Aber er hatte zugesagt und sich hinterher virtuell geohrfeigt. Und dann den Wurzelsepp nach Hause geschleppt. Wie blöd er doch war. Dabei war das erst gestern gewesen.

Wirklich erst gestern?

Es kam ihm vor, als sei es eine Ewigkeit her.

Das waren die Kopfschmerzen. Dieses Viech in seinem Nacken. Danach stand er manchmal einen halben Meter neben sich und musste erst wieder in die Gegenwart zurückfinden.

»Sind Sie noch dran?«

Natürlich war er dran. Und die Füße waren trocken. Wohlige Wärme durchströmte seine Zehen, die Rezat war erfrischend gewesen.

»Ja. Sicher.«

»Und … Sie kommen doch, oder?«

»Ja, ich komme. Das ist in Steinersdorf, oder?«

»In Steinersdorf, genau. Bei uns im Garten und im Atelier. Und bringen Sie bitte warme Socken oder Hausschuhe mit.«

Nicht schon wieder. Hatten die hier in Franken einen Hausschuhfimmel entwickelt? An diese Gewohnheiten konnte er sich nicht erinnern.

»Haben Sie Malutensilien?«

Frau Braun fragte das in aller Ernsthaftigkeit.

»Was?«

Brendle glaubte, nicht richtig gehört zu haben.

»Pinsel. Pappteller für die Farbe. Mallappen. Vielleicht auch noch Schaumstoff-Farbroller oder kleine Spachtel.«

Nein. Hatte er nicht. Er war doch kein Maler.

»Das ist kein Problem. Sie können die Sachen auch von uns bekommen. Aber das müsste ich dann berechnen.«

»Ist schon gut. Ich schaue mal bei mir, was ich so finde.«

»Gut. Dann also bis Samstag. Um 14 Uhr. Und bringen Sie sich Verpflegung mit. Den Tee bekommen Sie von uns.«

Frau Braun legte auf.

Brendle hätte das Handy am liebsten der Rezat anvertraut. Damit er nicht mehr erreichbar war. Für niemanden. Zu keiner Zeit. Eigentlich hasste er diese Dinger. Sie machten das Leben zu einem immerwährenden Bereitschaftsdienst. Ausklinken beinahe unmöglich. Und wenn es doch mal abgeschaltet wurde, befürchtete die Außenwelt schon das Schlimmste.

Lebst du noch?

Geht es dir gut?

Wir dachten schon.

Du hast dich seit Stunden nicht mehr gemeldet. Da macht man sich eben Sorgen. Es könnte ja was passiert sein, oder?

Brendle steckte das lästige Teil in die Jacke.

Waren das noch Zeiten, als man zu einer Telefonzelle gehen konnte, um jemanden anzurufen. Da war schon der Weg zur Telefonzelle ein Erlebnis. Man traf unterwegs noch Leute, denen man nicht ausweichen musste; die schauten einen noch an und grüßten und starrten nicht wie ferngesteuert auf ein Elektronikkästchen in ihrer Hand.

Mit seiner eigenen fummelte Brendle nun in seiner Jacke herum und förderte den Prospekt von Sasina Pong hervor. Original Thai-Massagen. Termine nach Vereinbarung.

Das kam ihm gerade recht. Der Tag war schon so verrückt gewesen, da konnte ihm ein wenig Entspannung nicht schaden. Wenn es dann auch noch half, er sich besser fühlte und sich vielleicht die Kopfschmerzen für ein paar Tage oder eine ganze Woche ein anderes Opfer suchten, dann konnte er damit kaum etwas falsch machen.

Er rief bei Sasina Pong an und hatte die Dame am Apparat. Ja, sie hätte heute noch Zeit. Kurz vor Feierabend. So um 18 Uhr. Er wäre dann der Letzte. Aber das wäre kein Problem.

Und ob er schon einmal eine Thai-Massage genossen habe.

Nein. Hatte er nicht. Und auch keinen Schimmer, was das war. Aber er habe in letzter Zeit so heftige Kopfschmerzen. Eigentlich fast jeden Tag. Und er bekomme sie kaum noch richtig los. Sie würden ihn anspringen wie ein Tier. Ein großes Tier.

Das sagte Brendle tatsächlich.

Die Kopfschmerzen würden ihn anspringen wie ein großes Tier. Im Rücken. Und sich dann in seinen Nacken krallen. Richtig tief hinein.

Er sagte das zum ersten Mal. Noch dazu einer Person, die er überhaupt nicht kannte. Es war ihm egal.

Einen Moment lang war Stille.

Als würde jemand per Gehirnstromaustausch eine Ferndiagnose stellen. Schließlich kam eine Antwort.

Gut. Dann sei das große Programm für den Anfang das Richtige. Mit Öl.

Was das große Programm sei, wollte Brendle wissen.

Eineinhalb Stunden. Viel Relaxing. Gut?

Genau richtig.

Das konnte er jetzt gebrauchen. Viel Relaxing.

Er solle Turnkleidung mitbringen, wenn möglich.

Turnkleidung?

Nicht haben? Auch nicht schlimm. Er würde eine besondere Hose bekommen. Ganz bequem. Dann um 18 Uhr.

Dann um 18 Uhr.

Juhu.

War er bescheuert?

Oder einfach nur überarbeitet?

Brendle wusste nicht, was eigentlich mit ihm los war. Seit er diesen Fall mit Eduard Lieblich zu bearbeiten hatte, machte er Sachen, an die hätte er früher nicht einmal im Traum gedacht. Der tote Typ unter dem Konzertflügel veränderte ihn irgendwie.

Ob das für ihn vorteilhaft war oder eher negativ, konnte er noch nicht endgültig sagen. Aber es veränderte ihn.

Oder lag es daran, dass er nun in Künstlerkreisen zu ermitteln hatte? Die tickten alle anders. Jedenfalls nicht wie normale Menschen.

Wobei auch normale Menschen manchmal etwas seltsame Ansichten hatten.

Bis 18 Uhr hatte er noch ein paar Stunden Zeit.

Das Bild *Blaue Bäume* würde er in dieser Zeit kaum finden. War auch nicht so wichtig. Vielleicht tauchte es von selbst wieder auf. Oder es stand mutterseelenallein in einem ganz normalen Wald, weil es sich dort geborgen fühlte, und wurde irgendwann, wenn die Bäume keine Blätter mehr hatten, von einem Jäger entdeckt. Genau so stellte er sich das vor. Warum also sollte er danach suchen? Es gab Dinge, so hatte ihn seine Erfahrung gelehrt, die klärten sich von alleine. Man musste ihnen nur die Zeit dazu lassen.

Brendle lief zu seinem Wagen zurück und fuhr nach Ansbach. Unterwegs fiel ihm ein, dass er noch ein paar Fragen an Susanne März hatte. Die wollte er besuchen. Ohne Termin. Und auch ohne Apfelkuchen.

Sicherheitshalber stellte er seinen alten Opel Astra vor seiner eigenen Wohnung ab. Wer weiß, wie es ihm nach der Thai-Massage ging. Viel Relaxing konnte auch bedeuten, dass sein Kreislauf hinterher so im Keller war, dass er eine Stunde Anlauf brauchte, bis er wieder klar denken konnte.

Brendle lief durch den Hofgarten zum Karlsplatz.

Und machte sich Gedanken.

Er könnte selbst einen Apfelkuchen mitbringen.

Oder einen Zwetschgenkuchen.

Und dann könnte er mit Frau März gemütlich im Wohnzimmer sitzen, vielleicht ein wenig Musik hören, ihr ein paar Fragen stellen, mit ihr über den wunderbaren Beginn einer Reise diskutieren, und kurz vor 18 Uhr würde er leider zu einem geschäftlichen Termin gehen müssen.

Blödsinn.

Gerade lief er an einer Bäckerei vorbei. Die hatten Apfelkuchen. Und Käsekuchen. Und andere Sachen. Er lief weiter.

Was war nur mit ihm los?

Hatte er eine beginnende Midlife-Crisis?

Er war noch nie auf die Idee gekommen, zu einer Befragung einen Kuchen mitzubringen.

Entschlossen drückte Brendle die Tür des Hauses am Karlsplatz auf, stieg die Treppen in den dritten Stock hoch und klingelte.

Zweimal.

Dreimal.

Viermal.

Heftig und länger anhaltend.

Es rührte sich nichts.

Er versuchte es bei einer Nachbarin und drückte dort auf die Klingel. Ein kleiner Junge mit einem Teddy im Arm öffnete die Tür so weit, bis die Sicherheitskette stoppte.

»Ist deine Mama zu Hause?«

Kopfschütteln.

»Und dein Papa?«

Wieder Kopfschütteln.

»Und … weißt du, ob deine Nachbarin, Frau März zu Hause ist?«

Der Junge überlegte einen Moment. Dann drehte er den Kopf zur Seite.

»Mama, weißt du ob die Susanne da ist?«

Hinter der Tür war ein Flüstern zu hören. Es klang nicht gerade freundlich. Der Junge verschwand. Kurz darauf erschien der Kopf einer jungen Frau. Sie hatte kurze, rote Haare, trug einen Morgenmantel und darunter vermutlich nichts. Jedenfalls klaffte der rosa Mantel weit genug auseinander, um zu verraten, dass sie wenig anhatte. Und das an einem Freitagnachmittag, gegen 16 Uhr. Mit einem kleinen Kind in der Wohnung, das wahrscheinlich ihr Sohn war. Brendle schüttelte innerlich den Kopf.

Äußerlich machte er ein freundliches Gesicht.

»Entschuldigen Sie bitte«, sagte die Frau mit den kurzen, roten Haaren. »Aber ich wollte mich gerade hinlegen. Deshalb habe ich Benjamin gesagt, er solle mich verleugnen. Ich mach das sonst nicht.«

»Ist schon gut, Frau …« Brendle schaute auf das Schild unter der Klingel. Aber da stand nichts. »Wissen Sie vielleicht, wann ich Frau März antreffen kann?«

»Frau März …?« Die junge Frau mit dem vermuteten Nichts unter dem Bademantel setzte ein unwissendes Lächeln auf. »Meine Nachbarin sehe ich ganz selten.«

»Wissen Sie vielleicht, wo sie arbeitet?«

»In Ansbach.«

»In Ansbach?«

»Ich glaube schon. Sie fährt immer mit dem Rad in die Arbeit. Und im Winter geht sie zu Fuß.«

»Und in welche Richtung geht sie dann?«

Die junge Frau ohne Namen machte eine ungeschickte Handbewegung. Der Morgenmantel klaffte auf. Sie trug wirklich nichts darunter. Einfach nichts. Brendle versuchte, nicht hinzusehen.

»Das weiß ich nicht. Tut mir leid.«

»Und *was* sie arbeitet? Wissen Sie das?«

Kopfschütteln. Mit einer Hand hielt sich die Frau am Türrahmen fest, mit der zweiten Hand fuhr sie sich durchs Haar. Trotz des kleinen Spalts, den die Sicherheitskette freigab, sah Brendle alles. Einfach alles. Obwohl er nicht hinschaute.

»Danke.«

Sagte Brendle, wandte sich diskret ab und tappte die ersten Stufen ins nächste Stockwerk hinunter. Die Tür hinter ihm blieb offen.

»Soll ich Frau März etwas ausrichten?«

»Nein. Danke. Wirklich nicht.«

Er wollte nicht mehr hinschauen. Das ging zu weit. Eindeutig. Jetzt fehlte nur noch die Frage, ob er kurz reinkommen wolle, um auf Frau März zu warten. Sie könne ihm ja einen Kaffee kochen oder einen Kuchen anbieten. Und sich mit ihm unterhalten.

»Wollen Sie vielleicht bei mir auf Frau März warten?«

Brendle antwortete nicht. Er hob den Arm, winkte kurz und gab Acht, dass er die Stufen richtig erwischte. Also, so was. Und er hatte gedacht, das Haus hier sei eine gute Adresse. Gesittet. Anständig. Aufgeräumt. Ohne Schnickschnack im Treppenhaus. Dafür mit einer strengen Hausordnung gleich im Erdgeschoß hinter der Eingangstür. Er warf alle guten Eindrücke über den Haufen und erinnerte sich daran, was ihm Frau März über ihren Beruf verraten hatte. Dienstleistungen am Menschen. Sehr lustig. Er steckte seine Visitenkarte in den Briefkasten von Frau März und vermerkte darauf, dass sie ihn bitte anrufen möge. Dringend.

Dann stand er draußen am Karlsplatz, schaute dem dichter werdenden Feierabendverkehr zu und überlegte, was er jetzt zwischen dem verpatzten Nichtapfelkuchen-Date bei Susanne März und dem nächsten Termin bei Sasina Pong anstellen könnte. Was für ein Tag.

Grausam.

Unbeschreiblich.

Aber abwechslungsreich.

Das liebte er an seinem Beruf. Aber das war nur vorübergehend. Meistens überlegte er, warum er nicht einen anständigen Beruf ergriffen hatte, irgendwo am Schreibtisch saß und einen Großhandel für energiesparende LED-Lampen oder Leuchtstoffröhren betrieb. Das hatte wenigstens Zukunft. Und er hatte einen einigermaßen geregelten Tag. Wie langweilig.

Es kam ihm in den Sinn, ob er der Witwe Lieblich einen unverhofften Besuch abstatten sollte. Fragen an sie trug er noch genügend mit sich herum, es war nur zweifelhaft, ob er jemals entsprechende Antworten darauf bekommen würde.

Kurz entschlossen machte er sich auf den Weg in die Dombachstraße. So weit war das nicht. Dachte er. Schließlich würde er später noch das große Relaxing in Öl genießen können. Die Vorfreude darauf verlieh ihm Flügel.

Unterwegs schnappte er sich aus einer Bäckerei die letzte Butterbreze und spülte sie mit einem Cappuccino hinunter. Natürlich wusste er, dass zu viel Kaffee ungesund war. Aber manchmal ging es nicht anders.

Brendle brauchte länger, als er gedacht hatte. Vielleicht lag es am Cappuccino. Oder an der kurzen Nacht. Es war schon fast 17 Uhr, als er endlich vor Frau Lieblichs Haus in der Dombachstraße stand. Alles war wie üblich.

Die Lady im Erdgeschoss gegenüber stand im offenen Fenster und föhnte wieder ihre Haare. Sie trug nicht nur einen BH, sondern auch ein weißes Unterhemd. Brendle grüßte freundlich hinein. Der Kaktus vor der Eingangstüre von Frau Lieblich hatte sich dank der milden Gabe aus der Wasserkanne erholt. Er zeigte erste Spuren von Grün. Im Garten hinter dem Haus hatte sich nichts verändert. Das Unkraut wucherte überaus lebendig und verteilte Pollen und Distelsamen auf die Gärten der Nachbarn. Die hatten bestimmt ihre helle Freude daran.

Brendle klingelte. Zweimal. Dreimal. Er war das schon gewohnt. Beim vierten Mal glaubte er, einen Schatten hinter der Tür zu bemerken. Er klingelte Sturm.

Die Tür ging auf, Brendle trat ein und war geblendet.

Alle Lichter brannten. Eine Stehlampe in der Ecke, kleinere Leuchten an den Wänden, dazu zwei Kerzen auf einer Anrichte. Außerdem die großen Deckenleuchten in allen Zimmern, soweit Brendle das vom Gang aus beurteilen konnte. Die Fensterläden waren nicht nur halb, sondern vollständig heruntergelassen. Es wirkte wie an Weihnachten kurz vor der Bescherung. Nur der Weihnachtsbaum fehlte, und der Schnee.

»Herr Brendle von der Polizei …?«

»Ja. Ich komme wegen …«

»Ich weiß schon. Eduard ist tot.«

Die Stimme von Frau Lieblich klang noch immer merkwürdig emotionslos. Wie vor ein paar Tagen, als sie ihn kaum wahrgenommen hatte und nur davon sprach, dass sie krank sei und ihre Ruhe brauchte.

»Wie geht es Ihnen?«

»Ich habe etwas genommen.«

»Was?«

»Tabletten. Ich nehme immer Tabletten.« Frau Lieblich verknotete wieder ihre Hände. »Wollen wir ins Wohnzimmer gehen?«

Sie wartete seine Antwort nicht ab und ging voran.

Auf dem Tisch im Wohnzimmer stand noch immer die Wasserflasche, wie vor einigen Tagen, als Brendle zum ersten Mal bei ihr gewesen war. Das Glas daneben schien unberührt. Es stand auf der kleinen Versteinerung in der Marmorplatte, millimetergenau ausgerichtet. Vielleicht war ein Teil des Wassers in der Zwischenzeit verdunstet.

»Wann kann ich meinen Mann beerdigen?«

»Das dauert noch ein wenig. Es tut mir leid. Aber so lange nicht alle Fragen geklärt sind, kann ich die Leiche leider nicht freigeben.«

»Ich will Eduard verbrennen lassen.«

»Haben Sie mit ihm darüber gesprochen?«

»Nein. Aber ich habe keine Kraft, sein Grab zu pflegen. Und ich kann Menschenansammlungen nicht leiden. Ich habe Angst vor Menschen.«

Frau Lieblich hatte sich wieder auf die vorderste Kante eines Sessels gesetzt. Ihre Finger waren ineinander verschlungen.

»Wollen Sie Ihren Mann noch einmal sehen, bevor er verbrannt wird?«

»Wozu?«

»Um Abschied zu nehmen?«

»Muss ich das?«

Brendle unterdrückte eine Gegenfrage. Er biss sich auf die Lippen. Für einen Moment blieb es still. Die Wanduhr tickte.

Ihm schoss der Gedanke durch den Kopf, dass sich die beiden nicht mehr viel zu sagen gehabt hatten. Vielleicht war Herr Lieblich vor seiner Frau ins Kunsthaus geflüchtet, hatte sich andere Betätigungsfelder gesucht, die Gesellschaft anderer Leute vorgezogen.

»Wo waren Sie in der Nacht, als Ihr Mann im Kunsthaus gewesen ist?«

Ich muss sie das fragen, dachte Brendle. Von Berufs wegen.

»In meinem Bett.«

»Allein?«

»Ich hasse die Menschen. Habe ich das noch nicht erwähnt?«

»Warum haben Sie dann Ihren Mann geheiratet?«

»Weil ich versorgt sein wollte. Alle Frauen wollen doch versorgt sein, oder?«

Die Antwort überraschte Brendle. Er hatte mit allem gerechnet, aber nicht damit.

»Waren Sie schon … krank, als Sie Herrn Lieblich kennengelernt haben?«

»Nein.«

»Und wie kam das?«

Frau Lieblich nahm das Glas vom Tisch, trank einen winzigen Schluck und stellte es dann auf die Marmorplatte zurück. Sie fand sofort die richtige Position. Direkt auf der kleinen Versteinerung.

»Ich weiß es nicht mehr. Ich bin müde. Sie müssen jetzt gehen.«

Aber das fiel Brendle nicht ein. Er wollte nicht schon wieder gehen müssen, wenn er noch nicht wollte. Er hatte Fragen, sie wurden immer mehr. Jede Frage, die er nicht oder nur ausweichend beantwortet bekam, erzeugte eine neue Frage in ihm.

»Haben Sie Ihren Mann geliebt?«

Die Frage stand im Raum wie ein großer, grauer Elefant. Von der Wand gegenüber grüßte der Hirsch aus einem kitschigen Tal im Gebirge und röhrte ausgiebig. Gleichzeitig starrten ihn die Puppen im Glasschrank an. Am liebsten hätte Brendle ein Handtuch davor gehängt.

»Nein.«

Frau Lieblich rang sich diese Antwort ab. Es hörte sich an, als müsste sie dafür erst einen Kilometer durch den Nebel laufen und sich orientieren.

»Aber Sie haben ihn geheiratet.«

Wieder wurde Frau Lieblich vom Nebel verschluckt. Sie ging in eine Wand hinein und war nur noch ein Schatten. Brendle wartete, bis sie wieder auftauchte. Es dauerte eine Weile.

»Ich mag niemanden. Auch Sie nicht.«

Brendle war von ihrer Offenheit verblüfft. So direkt hatte ihm das noch keiner gesagt. Es war ihm egal. Sein Beruf brachte es mit sich, dass ihn die Leute nicht mochten. Bei Frau Lieblich schob er ihre deutliche Ablehnung auf die Krankheit. Wenn es eine war. Wenn sie sich nicht nur dahinter versteckte.

»Wissen Sie, warum Ihr Mann nachts im Kunsthaus gewesen ist?«

Frau Lieblich wand sich einen imaginären Weg entlang. Sie bewegte den Oberkörper minimal zur Seite, ihre Füße tappten auf dem Fußboden umher, obwohl sie auf einem Sessel saß. Dann ging ein leichtes Zittern durch ihre Hände.

»Er hat sich mit Susanne März getroffen.«

»Stimmt das wirklich?«

»Er hat es mir gesagt.«

Brendle glaubte, sich verhört zu haben.

»Ihr Mann hat Ihnen gesagt, dass er sich mit einer anderen Frau im Kunsthaus trifft?«

Die ungefähr sechsundsiebzig Puppen in der Vitrine des Wohnzimmerschrankes hielten den Atem an. Zuvor hatten sie einfach nur starr dagesessen und ihn angeglotzt. Brendle hatte versucht, sich davon nicht irritieren zu lassen.

Frau Lieblich griff erneut zum Wasserglas. Sie nippte und stellte es zurück.

»Bitte gehen Sie. Ich bin müde.«

Brendle gab noch nicht auf. Das ging ihm zu schnell.

»Waren Sie schon einmal im Kunsthaus?«

»Wozu?«

»Um sich die Ausstellung *Blaue Bäume* anzusehen.«

»Es gibt keine blauen Bäume. Das ist Blödsinn.«

»Sie können nichts mit Kunst anfangen, habe ich recht?«

Frau Lieblich sah ihn an. Direkt. Auf ihren Lippen stand eine Antwort, aber so lange wollte Brendle nicht warten. Nicht schon wieder.

»Sagen Sie, Frau Lieblich … Kennen Sie Dr. Gabelmann privat?«

Die Augen von Frau Lieblich starrten auf einen erdachten Punkt an der Wand. Sie schaute an Kommissar Brendle vorbei.

»Und Sie? … Können Sie etwas mit Kunst anfangen?«

Erneut das Wasserglas. Sie nahm es vom Tisch und stellte es zurück. Schob es Millimeter für Millimeter in Richtung der Versteinerung. Dann stand sie auf.

»Sie müssen nun gehen.«

Brendle sah ein, dass er heute nicht weiterkam. Schon wieder nicht weiterkam. Diese unbeantworteten Fragen füllten inzwischen ein halbes Lexikon. Ein gefundenes Fressen für den Brockhaus.

»Gut. Aber ich komme wieder.«

Brendle zog Handschuhe an, nahm das Wasserglas vom Tisch, schüttete den restlichen Inhalt in einen Blumentopf mit einem halb verwelkten Alpenveilchen und schob das Glas vorsichtig in eine Plastiktüte.

»Das Glas hier nehme ich mit. Sie haben doch sicher nichts dagegen, oder?«

Frau Lieblich antwortete nicht, ging zur Tür und öffnete sie.

»Bitte. Gehen Sie.«

Dann schob sie ihn hinaus. Er spürte ihre knöcherne Hand in seinem Rücken und ihm war, als hätte ihn der Tod berührt.

Brendle stand auf der Straße. Für einen Moment hatte er das Bedürfnis, mit seinem rechten Fuß nervös auf den Boden zu stampfen, wie es gereizte Stiere zu tun pflegen. Er schaute auf das Haus gegenüber und unterließ es. Die Frau im Fenster drehte sich zu ihm um und nickte freundlich. Sie hatte sich eine Bluse übergezogen und wischte mit einem Tuch über den Spiegel. Brendle nickte ebenso freundlich zurück. Vielleicht sollte er einmal die Nachbarin von Frau Lieblich befragen. Von ihr würde er, ohne darum bitten zu müssen, Eduard Lieblichs halbes Leben auf den Tisch gelegt bekommen, inklusive Erzählungen über Nachbarn und Freunde und Gewohnheiten. Aber heute nicht. Vielleicht morgen Vormittag. Wenn sich nichts anderes ergab. Er sah auf die Uhr und erschrak. Es war fünfzehn Minuten vor 18 Uhr.

15 *Hmpf.*

Brendle begann zu laufen. Zuerst langsam, dann schneller.

Nach kurzer Zeit fiel er in einen gemütlichen Trab und sein Puls ging schneller, immer schneller. Brendle dachte an die Thai-Massage, an die eineinhalb Stunden Relaxing, die ihm bevorstanden. Das große Programm mit Öl. Und er stellte sich vor, wie er dabei einschlief und ohne Beschwerden wieder aufwachen würde. Er dachte an Herrn Lieblich, wie er unter dem Klavier gelegen hatte, wie ein Baby, verkrampft und entspannt zugleich, dachte an Margarete von Blumen, wie sie auf dem Fußboden in ihrer Handtasche gewühlt hatte, dachte an alles Mögliche, nur nicht an seine immer heftiger werdende Atemnot.

Und er dachte daran, ob er sich nicht einfach wieder versetzen lassen sollte. Weg von hier. Das war ihm zu viel Geheimnistuerei. Nichts Greifbares. Fragen über Fragen. Obwohl es ihm hier in der Heimat langsam wieder gefiel.

Keuchend stand er drei Minuten vor 18 Uhr an der Ladentür. Schnaufte. Schwitzte. Trat von einem Fuß auf den anderen und versuchte, wieder zu Atem zu kommen. Vor seiner Nase lockte auf einem Schild die ganz große Entspannung.

Sasina Pong. Original Thaimassagen.

Hilfreich bei Verspannungen. Gliederschmerzen. Seelischen Verstimmungen. Kopf- und Nackenschmerzen. Chronischen Schulter- und Rückenbeschwerden. Typischen Büro- und Zivilisationskrankheiten. Erschöpfungszuständen. Verdauungsproblemen.

Termine nach Vereinbarung.

Er schwitzte wie ein Büffel. Öffnete die Jacke, ein paar Knöpfe an seinem Hemd. Und lief ein paar Meter auf und ab. Sein Puls beruhigte sich langsam. Es war 18 Uhr. Er klopfte an die Tür und trat ein.

Der Duft warf ihn fast um. Schwer und lieblich, eine Mischung aus Eukalyptus und einer dicken Prise Exotik. Hinter einer Theke aus dunklem Holz stand eine zierliche Person und strahlte ihn an.

»Gutn Abn,« sagte die zierliche Person. »Mich nennen Sasina. Sind Herr Brend?«

Brendle nickte.

Die zierliche Person legte die Hände flach zusammen und verneigte sich.

»Große Relaxing für Sie. Ich viel Zeit nehmen.«

Sie lächelte und versperrte die Tür hinter ihm.

Das konnte ja heiter werden.

»Bitte hier.«

Sasina wies ihm den Weg in eine Nische, die durch eine spanische Wand vom übrigen Raum getrennt war.

»Bitte ablegen.«

Brendle schluckte. Damit hatte er nicht gerechnet.

»Alles?«

Als Antwort reichte sie ihm eine Hose mit halblangen Beinen. Das Ding hatte einen solchen Umfang, als müsste darin ein kleiner Elefant untergebracht werden. »Bitte anziehen.«

Dann drehte sie sich um und wartete, bis er fertig war. »Jetzt Relaxing, okay?«

Brendle wusste nicht, wie ihm geschah. Er fand sich von einem Moment auf den anderen in einer fremden Welt wieder. An den Wänden hingen große Tücher mit orientalischen Motiven. In einer Ecke wippte eine große Fächerpalme dezent mit ihren Wedeln. Der intensive Duft nach Eukalyptus benebelte ihn. Er schwitzte noch immer.

»Ich hätte mich vorher duschen sollen«, murmelte er. »Es tut mir leid, ich habe das nicht gewusst.«

»Machen nix. Bitte hinlegen. Auf Rücken.«

Sie berührte seinen Oberkörper. Er sank auf das Bett. Dort lag er hart und weich zugleich. Ein kleines, weißes Handtuch wurde ihm über die Augen gelegt. Er hätte gerne zugesehen, was sie mit ihm anstellte, aber er ließ es geschehen. Sie würde ihn schon nicht umbringen. Dann zog sie ihm die Strümpfe aus.

»Wo Probleme?«, fragte sie leise.

Etwas Warmes, Feuchtes, berührte seine Zehen.

Wusch sie ihm jetzt die Füße?

Wasser plätscherte kaum hörbar in einem Eimer. Orientalische Klänge waberten durch den Raum.

»Mein Rücken«, murmelte Brendle. »Und mein Nacken. Ich habe häufig Kopfschmerzen.«

»Wie großes Tier?«

Sie sagte es sehr sanft und leise.

»Ja«, sagte er. »Wie ein großes, hässliches Tier.«

»Ich werde vertreiben. Jetzt nicht mehr sprechen.«

Gut, dachte Brendle. Dann sage ich jetzt nichts mehr. Und er fühlte seine Zehen. Nass und feucht. Seine Fußsohle. Ebenso nass und feucht und warm. Erst rechts. Dann links.

Es folgte ein weiches Handtuch, dann folgten ihre Hände.

Sasina knetete an seinen Füßen herum, dass er jeden Knochen spürte. Jedes Knöchelchen. Alle Fasern seiner Sehnen. Sie drückte seine Zehen auseinander und wieder zusammen, klopfte ihm auf die Fußballen, drehte die Fußgelenke in Richtungen, von denen er nicht einmal wusste, dass sie möglich waren.

Manchmal schmerzte es. Aber er hielt den Schmerz aus, weil er nur eine Sekunde anhielt, ungefähr.

»Sagen, wenn wehtut, okay?«

Woher wusste sie, dass er in diesem Moment überlegt hatte, ob er etwas sagen sollte?

Brendle versuchte wirklich, sich zu entspannen. Er vertraute der zierlichen Frau, und er wusste nicht einmal, warum. Aber hier gehörte das einfach dazu, Vertrauen.

Das fehlte Brendle im Alltag. Er hatte ein grundsätzliches Misstrauen, berufsbedingt. Und er versuchte, über nichts nachzudenken, was ihm nicht gelang. Die ungewohnte Umgebung, der Duft in diesen Räumen machte ihn müde und wach zugleich. Müde, weil er sich bedienen ließ, weil er gerade großes Relaxing genoss, und wach, weil er spürte, wie das Kneten seiner Fußsohlen ihn dazu brachte, seine Gedanken neu zu sortieren.

Er dachte an Lieblich und seine Frau. Da stimmte etwas nicht. Sie hatte ihn geheiratet, damit sie versorgt war. Gab es so etwas heute noch immer? Die beiden waren etwas älter als er, so knapp über fünfzig, und hatten keine Kinder. Stattdessen hortete Frau Lieblich in ihrem Wohnzimmerschrank ein ganzes Arsenal an Puppen. Ihre Ersatzkinder.

Ob sie die auch herausnahm und mit ihnen kuschelte? Badete? Ihnen neue Frisuren aufs Haupt föhnte? Später mit erdachtem Grießbrei fütterte, ein Lätzchen umband, damit sie, wenn sie aus Versehen spuckten, nicht ihr neues Kleid bekleckerten? Bei geschlossenen Fenstern und heruntergelassenen Läden konnte man vielen Verrücktheiten nachgehen.

Brendle japste nach Luft. Sehr plötzlich. Sasina hatte begonnen, seine Waden zu bearbeiten. Er zwang sich, nicht laut aufzuschreien, sondern blieb mühsam beherrscht liegen, das weiße Handtuch über den Augen. Er wähnte sich in Himmel und Hölle zugleich.

Was machte sie da?

Es fühlte sich an, als würde sie mit einem Schraubstock seine linke Wade umschließen, gleichzeitig spürte er eine Entlastung im Rücken. Zwei Fäuste stemmten sich in seine Muskelstränge, wühlten darin herum, ließen einen Moment nach, um gleich darauf den Druck erneut zu verstärken. Jetzt waren es vier Fäuste. Oder benutzte sie dazu die Füße? Ihre Knie?

Wieder atmete er heftig und überlegte, ob er einen Schmerzenslaut ausstoßen sollte. Dann war es vorbei.

»Tschuldigung.«

Er hörte wie aus der Ferne ihre Stimme. »Alles gut?«

Brendle nickte.

»Kleines Tier«, flüsterte Sasina. »Jetzt draußen vor Tür.«

Es fühlte sich tatsächlich so an, als wäre das Tier aus seinen Waden verschwunden. Sie turnte noch immer dort unten herum, aber der Schmerz kam nicht zurück.

Brendle ließ sich fallen. Einfach fallen. Er fühlte sich leicht und schwer und sein Kopf fiel in ein großes, leeres Nichts. Dort unten blieb er liegen. Und spürte nichts anderes als kleine Berührungen an seinen Knien. Sie wurden im Kreis gedreht. Manchmal knackte und knirschte es. Seine Beine wurden auseinandergelegt, gedehnt, gestreckt, alle Muskeln gezählt, sanft auseinander gerissen, neu sortiert, dann wieder zusammengefügt. Ganz zart. Manchmal spürte er einen Druck in seiner Leiste, beidseitig. Als würden dort Stempel aufgedrückt und wieder weggenommen. Und sein Kopf war so leer. Gefangen in dieser Grube. Ein paar Schafe hüpften über eine Wiese. Sie liefen nicht, sie hüpften querfeldein und verschwanden in einer Wolke. »Jetzt umdrehen. Bitte.«

Brendle gehorchte stumm. Als hätte sie ihn hypnotisiert. Mühsam wälzte er sich auf den Bauch und versuchte, seine Grube wiederzufinden. Es gelang ihm nicht.

Sasina begann, sich auf seiner Hüfte auszutoben. Es fühlte sich an, als würde sie sich mit beiden Beinen daraufstellen. Gleichzeitig tastete sie sich seine Wirbelsäule hinauf. Zuerst ganz sanft. Als wollte sie seinen Widerstand prüfen. Dann härter. Schließlich glaubte er, die zierliche Frau würde ihm das Rückgrat brechen.

Sie kniete auf seinem Rücken, presste ihm ihre Handballen oder Fersen oder was auch immer zwischen die einzelnen Wirbel, obwohl das rein technisch unmöglich war, weil sie sich kaum auf diese Art verrenken konnte, und dann knackte es. Nicht nur einmal. Sondern mehrmals. Eigentlich knackte es ständig. Aber ohne Schmerz. Den Schmerz hatte er gespürt, als sie ihm die Wirbel auseinanderdrückte, auf seinen Muskelsträngen neben der Wirbelsäule herumtanzte, dort hineinbohrte, immer tiefer, immer weiter hinein.

Und jetzt?

Was kam jetzt?

Sie hockte sich auf seinen Rücken und begann, seine Beine zu verknoten. Langsam zog sie seine Füße zu sich heran, rutschte dabei auf seinem Rücken Stück für Stück nach oben und drückte ihm die Luft in kleinen Mengen aus der Lunge.

Brendle glaubte, sie würde ihm gleich ein paar Rippen brechen.

»Hmpf«, machte er, es war ihm peinlich. Sasina zog seine Beine vollends nach oben, als würde er mit ihrer Hilfe eine Rolle machen, nur verkehrt herum. Sie formte ihn zu einer Schnecke, zog sein Becken nach oben, immer weiter. Brendle konnte sich kaum vorstellen, wie er selbst das machte, wie seine Knochen das schafften. Er spürte ihren Rücken auf seinem Rücken, ein rundes, weiches Etwas. Wie weit ging das noch? Er war doch schon platt.

Die Luft entwich in großen Mengen aus seinen Lungen, wurde von unten heraus durch seinen Mund gepresst. Er fühlte sich wie ein Frosch, der auf dem Weg zu den Laichgründen langsam von einem Auto überfahren wurde. Platt gewalzt. Welch ein Tod.

»Hmm … pfff.«

Seine Lippen pfiffen. Er konnte es nicht unterdrücken.

Für einen Moment ließ der Druck nach, er atmete frei durch. Als würde der Autoreifen, der den Frosch erfasst hatte, ein Stück zurückrollen.

Das Auto nahm nur Anlauf.

Es drückte den Frosch platt.

Endgültig.

Es schmerzte nicht einmal.

Irgendetwas in seinem Rücken wurde gerade gerückt.

»Hmmmmpffff.«

Dann war es vorbei.

Sie stieg von ihm herunter.

»Noch leben?«

Er nickte. Ja, er lebte noch.

»Das war großes Tier. Jetzt draußen vor Tür.«

Brendle konnte nicht antworten. Er fühlte sich fix und fertig. Und dennoch leicht. Als wäre ein Knoten in seinem Rücken entfernt worden. Ein Knoten, den er seit ewigen Zeiten mit sich herumgeschleppt und von dem er nicht gewusst hatte, dass es ihn gab.

»Jetzt Relaxing. Wirklich.«

Etwas Warmes wurde auf seinen Rücken getröpfelt. Gleich darauf stieg ihm ein starker Geruch nach Eukalyptus in die Nase.

Er fiel zurück in seine Grube. Das Öl wurde auf seiner Haut verteilt und verbreitete dort eine wohlige Wärme.

Brendle dachte an nichts mehr. Der tote Herr Lieblich war so weit weg und erschien ihm so unwichtig wie ein Fahrrad mit platten Reifen, das unbeachtet in China an einer Hauswand lehnte.

Irgendwann wurde er sanft in die Wirklichkeit zurückgeholt. Er sollte sich aufsetzen und seine Beine zu einem Schneidersitz formen. Wie im Schlaf folgte er der Aufforderung. Sasina hockte sich hinter ihn. Bewegte seinen Kopf zu den Schultern und wieder zurück. Massierte seinen Nacken, die Schläfen, die Stirn. Welch eine Wohltat. Brendle hielt die Augen geschlossen.

Sie stellte sich hinter ihn, drückte ihm die Knie in den Rücken, die Ellbogen auf die Schultern. Und walkte seine Muskeln ordentlich durch. Schmerz durchfuhr ihn. Mit einem Schlag war er wieder wach. Seine Schultern begannen zu glühen, Blut schoss in seinen Kopf zurück. Schon glaubte er, das Tier wäre von der Straße durchs Fenster hereingesprungen, mit einem einzigen Satz. Aber da war kein Tier mehr. Da war nichts.

Sasina verknotete seine Ohrläppchen, rubbelte an seinen Schläfen, riss ihm halb die Ohren heraus, aber er spürte es nicht. Dann zupfte sie an seinem Kopf herum, zupfte dort etwas fort mit kurzen, schnellen Bewegungen. Brendle hörte richtig, wie es durch den Raum kullerte.

Und dann war plötzlich Schluss.

»Fertig.«

Brendle brauchte einen Moment, bis er begriff, dass nun wirklich nichts mehr kam. Keine Bewegung, kein kurzer, entspannender Schmerz, kein Druck. Aber auch kein Loch, in das er liebend gerne hineingefallen wäre. Er schlug die Augen auf. Sie stand vor ihm und reichte ihm ein Glas Tee. Und lächelte.

Brendle war leicht unsicher auf den Beinen, als er sich ankleidete. Er sah auf die Uhr. Es war kurz nach halb acht. So schnell konnten eineinhalb Stunden vergehen. Er zahlte, trank den Tee in kleinen Schlucken aus dem Glas, bedankte sich und verließ den Laden. Bei den ersten Schritten fühlte er sich wie ein Vogel, der wieder gelernt hatte, wie das mit dem Fliegen ging. Leicht und unbeschwert. Und frei.

Brendle spürte nichts mehr. Oder doch?

War da nicht der Hauch eines Muskelkaters, der sich ankündigte, irgendwo in den Tiefen seiner linken Wade? Er drehte den Kopf zur Seite. Da knackte kein Wirbel in seinem Nacken. Er probierte die andere Seite. Wie leicht das ging.

»Hmpf«, dachte er und atmete tief ein.

Der Frosch lebte noch.

Dann musste er grinsen. Die Adresse hier würde er sich merken.

16 *Fragen.*

Eigentlich, dachte Brendle, war der Tag schon lang genug gewesen. Es kam ihm vor, als hätte er mehr als vierundzwanzig Stunden. Vielleicht sogar das Doppelte.

Er lief durch die Straßen von Ansbach, leicht und beschwingt. Und weil er sich so gut fühlte, setzte er sich zu einem Italiener in den Biergarten und bestellte sich einen Salat.

Brendle glaubte es selbst nicht. Er hatte sich tatsächlich für einen italienischen Salat entschieden, nicht für eine Pizza oder eine ordentliche Portion Spaghetti. Genüsslich klaubte er die Salatblätter auseinander, verspeiste die Putenstreifen und großen Tomaten, lutschte intensiv an den Oliven, die er sonst verabscheute, und war, kaum dass er überhaupt begonnen hatte, schon wieder fertig. Es war ein großer, italienischer Salat gewesen, keine kleine Portion.

Stilecht für Mittelfranken war das nicht.

Irgendetwas musste heute mit ihm passiert sein. Eine Veränderung. Zuerst dieser Anfall in der Nacht. Dann in Windsbach die Rezat zu seinen Füßen. Schließlich Sasina und die Vertreibung des großen Tieres. Er griff in die Tasche, fühlte etwas Unförmiges, Hartes, und holte mit spitzen Fingern die Cappuccino-Tasse von Margarete von Blumen hervor.

Ob er die brauchte?

Das Alibi bis nachts um zwei Uhr mit dem Bezirkstagspräsidenten war wasserdicht. Allerdings war Lieblich erst gegen fünf Uhr am Morgen verstorben. Margarete von Blumen könnte also, sofern sie dazu noch in der Lage gewesen ist, direkt von Nürnberg nach Ansbach gefahren sein, Lieblich im Kunsthaus besucht und ihn dabei überrascht haben, wie er irgendetwas an ihrem Bild *Blaue Bäume* machte, oder kurz davor war, und dann …

Ja, was dann?

Was hätte Lieblich mit dem Bild anstellen sollen?

Übermalen?

Seinen eigenen Namen unter das Bild setzen? Eduard Lieblich? Obwohl er vielleicht gar nicht malen konnte?

Irgendetwas Unflätiges draufschmieren?

Eine Beleidigung?

Eine Geschichte draufpinseln?

Brendle schob diesen Gedanken als absurd zur Seite.

Kein Mensch pinselt Geschichten auf Bilder. Dazu gab es Notizbücher und Kladden und Notebooks und anderes elektronisches Spielzeug, das jeder in die Jackentasche stecken und von dort hervorholen konnte, wenn ihn die Kreativität überfiel. Dazu brauchte es keine Acrylbilder, auf denen in vagen Pinselstrichen blaue Bäume zu sehen waren.

Er kam nicht weiter.

Brendle kam mit diesem Fall einfach nicht weiter.

Es war, als drehte er sich im Kreis. Überall gab es neue Anhaltspunkte, aber die brachten die Sache nicht voran.

Er ließ sich vom Kellner eine kleine Plastiktüte geben und schob die Tasse mit der DNA von Margarete von Blumen vorsichtig hinein.

Wer weiß, wie dieser Fall noch ausging.

Alles wurde immer verworrener.

Hatte Lieblich ein Verhältnis mit Susanne März gehabt? Vorstellbar war es. Lieblich brauchte Abwechslung von seiner eigenen Frau, vielleicht auch einen inspirierenden Gedankenaustausch. Oder einen Körperflüssigkeitenaustausch. Den könnte er mit einer Geschichte bezahlen. Wäre zwar ungewöhnlich, aber wenn Frau März tatsächlich im horizontalen Gewerbe in Ansbach arbeitete? Ihre »Dienstleistungen am Menschen« ließen eine derartige Vermutung zu.

So etwas durfte es offiziell hier überhaupt nicht geben, dazu war Ansbach zu klein. Die ganze Stadt war Sperrbezirk. Und Frau März ging zu Fuß dorthin? Fuhr bei gutem Wetter sogar mit dem Rad? Eine Rad fahrende Prostituierte? Mitten in Ansbach? Die noch dazu am hellen Tag durch die Straßen kurvte, vielleicht mit einem Schild versehen. *Bitte folgen Sie mir. Ich erbringe Dienstleistungen am Menschen.* Und warf Visitenkarten in geöffnete Autofenster, die an roten Ampeln hielten. Das war doch absurd.

Aber Lieblich traf sich im Kunsthaus mit ihr. Mit seiner Susanne März. Die so wunderbaren Apfelkuchen zaubern konnte. Und in Lehrberg einen Schrebergarten mit Apfelbäumen hatte. Mit jener Susanne März, die im Kunsthaus Aufsicht hatte. Und Dr. Helmut Gabelmann wusste davon.

Wer wusste hier eigentlich noch wovon?

Vermutlich wussten alle alles.

Ansbach war doch nichts weiter als ein Dorf.

Nur ihm erzählte niemand etwas. Aber er war auch nur ein Kommissar. So ein zurückgekehrter Heimatloser. Ein Abtrünniger, der es gewagt hatte, nach München zu gehen. Und schließlich doch zurückgefunden hatte. Vor Kurzem. Dem erzählte man nicht mehr alles. Eigentlich erzählte man dem überhaupt nichts mehr. Der musste die Antworten den Leuten hier aus der Nase popeln. Jeden Dreck herausholen, jede Kleinigkeit nachfragen. So einem Kommissar durfte man es nicht zu leicht machen, der sollte sich erst einmal als würdig erweisen, dass er wieder Ansbacher Boden unter seinen Füßen spüren durfte. Dass er nicht gleich wieder aus Westmittelfranken vertrieben wurde.

Brendle steigerte sich hinein in seine Wut, die dieser Fall in ihm auslöste.

Blaue Bäume.

Wer kam denn auf so etwas.

Natürlich das Kunsthaus.

Als er Westmittelfranken vor vielen Jahren verlassen hatte, hatte es an dieser Stelle der Reitbahn einen Discounter gegeben. Damit hatte er etwas anfangen können. Aber jetzt?

Ein Kunsthaus.

Mit einem Toten.

Dem Eduard Lieblich.

Hier gab es einen Zusammenhang mit Susanne März. Jedenfalls gab sie ihm gelegentlich den Schlüssel, damit er ins Kunsthaus gelangen konnte. Nachts.

Als würde nachts im Kunsthaus etwas geboten.

Und wenn es so war?

Wenn nachts im Kunsthaus die Puppen auf den Tischen tanzten? Sich dort unziemlich benahmen? Gar ihren Treffpunkt hatten? In diesem Hinterzimmer, das eine wunderbare, nicht durchsichtige Schiebetür hatte. Dahinter konnte man viele tolle Sachen machen. Im Dunkeln. Und niemand würde etwas erfahren.

Auf so eine Idee war er überhaupt noch nicht gekommen.

Warum also, so fragte sich Brendle, und die Frage bohrte sich in sein Hirn, warum hatten sich Eduard Lieblich und Susanne März heimlich im Kunsthaus getroffen?

Zu welchem Zweck? Frau März hatte doch eine eigene Wohnung. Und sie lebte dort offensichtlich allein.

Herrn Lieblichs Frau wusste von den Treffen. Angeblich hatte ihr Mann ihr dies gesagt.

Tatsächlich?

Was war, wenn er nicht ins Kunsthaus gegangen war, sondern zu Susanne März in die Wohnung?

Und nur in dieser einen Nacht hatte er sich mit ihr im Kunsthaus verabredet, oder sich ihre Schlüssel geben lassen, damit er ins Kunsthaus gehen konnte.

Aber was hatte ein Versicherungsmensch, der nebenbei Geschichten schrieb, nachts in einem Kunsthaus zu suchen? Wollte er Wache schieben? Sich mit den Bildern unterhalten?

Und wer hatte ihn dort überrascht?

Oder dort abgepasst?

Und etwas mit ihm angestellt?

Und so gut wie keine verwertbaren Spuren hinterlassen?

Seine eigene Frau?

Diese knorrige, sich in Behandlung befindende Frau Lieblich, die so wenig lieblich war wie der halb verdurstete Kaktus vor ihrer Haustüre?

Was hatte die überhaupt, dass sie sich in Behandlung begeben musste? Wirklich Angst vor Menschenmassen? Warum das denn? Er musste mal mit ihrem Arzt sprechen. Aber der würde erst eine Anordnung des Staatsanwalts sehen wollen. Wie immer eben.

Überhaupt musste er mit allen möglichen Leuten sprechen. Zum Beispiel mit dem jungen Typen in der gerichtsmedizinischen Abteilung. Er hatte den Eindruck, sein Bericht über den Zustand der Leiche war unvollständig. Als hätte er ihm etwas verschwiegen. Oder nur nicht aufgeschrieben. Oder übersehen.

»Darf ich Ihnen noch etwas bringen? Einen Espresso? Cappuccino?«

Der Kellner unterbrach Brendle in seinen Überlegungen. Er hockte noch immer im Biergarten des Italieners.

Brendle schüttelte den Kopf.

»Nein. Danke.«

Er verlangte nach der Rechnung, zahlte, stand auf und ging.

Dann lief er durch Ansbach. Hinein und wieder hinaus. So kam es ihm vor. Ein Unruhegeist auf der Suche nach Antworten auf seine Fragen. Er durchmaß die Stadt, über deren Dächer und Türme sich langsam die Dunkelheit ausgebreitet hatte. Vom Stadtgraben lief er hinüber in die Neustadt, dann zur Gumbertuskirche, in die Reitbahn und über den Hofgarten wieder zum Karlsplatz. Er konnte nicht aufhören zu laufen. In gleichmäßigen, gesetzten Schritten, wie einer, der sich über etwas klar werden muss, der, je länger er geht, mehr und mehr klare Gedanken fassen kann. Wie ein mechanisches Uhrwerk, das so lange ticken muss, bis die Feder in seinem Gehäuse erlahmt ist.

Als Brendle am Karlsplatz angekommen war, schaute er hoch in den dritten Stock. Dort brannte Licht. Sollte er noch zu Frau März hinaufgehen? Sollte er? Um diese Zeit?

Er sah auf die Uhr.

Es war kurz vor zehn.

Wenn er sich recht erinnerte, war dieses eine erleuchtete Fenster das Esszimmer. Oder täuschte er sich?

Für einen Moment war er in Versuchung, seinem inneren Drängen nachzugehen, zu klingeln und Frau März auf den Zahn zu fühlen. Aber so richtig. Apfelkuchen hin oder her, das war ihm gerade egal. Er hatte keinen Hunger auf Apfelkuchen, die Oliven geisterten durch seinen Magen und hinterließen einen seltsamen Geschmack. Oder waren das die Nachwirkungen der Thai-Massage?

Von der Karlskirche läutete es 22 Uhr. Ein Zeichen. Brendle deutete es so und klingelte nicht bei Frau März. Aber morgen.

Morgen, Frau März, sind Sie dran.

Dann marschierte er weiter durch Ansbach. Wie ein ruheloser Nachtwächter, der unentwegt seine Runden drehen musste, der prüfen musste, ob alles in Ordnung war.

Nichts war in Ordnung.

Überall entdeckte Brendle Baustellen.

Und Fragen.

Sie sprangen ihm aus den Hinterhöfen entgegen, hockten in dunklen Tordurchfahrten, sammelten sich auf den Pflastersteinen und lauerten vor seinen Füßen, damit er darüber stolperte.

Schließlich stand er in der Reitbahn.

Vor dem Kunsthaus.

Hier häuften sich die meisten Fragen.

Es waren schon richtige Berge geworden.

Die waren nicht mehr einfach zu überspringen, da brauchte es eine richtige Kletterausrüstung.

Brendle blickte durch die Fenster in die Räume des Kunsthauses hinein, starrte auf leere Stuhlreihen und ein bereitgestelltes Podium. Vorbereitungen für das Requiem für Eduard Lieblich. Zu seinem Gedenken. Am Sonntag um elf Uhr. So stand es auf einem Plakat, das inzwischen in ganz Ansbach verteilt worden war.

Dabei mussten sie das ganze ohne Leiche abhalten. Die ruhte noch in einer kühlen Schublade in Nürnberg. Aber vielleicht bildete das Klavier eine Art Ersatz für den noch nicht freigegebenen Leichnam.

Schwarz und beinahe drohend stand das Instrument neben dem Podium. Als wüsste es etwas. Und sagte Brendle nichts. So jedenfalls kam es ihm vor.

Am liebsten hätte er das Klimpergerät vernommen. Jetzt gleich. In der Nacht. Sich auf die Bank davor gesetzt, den

Klaviaturverschlag hochgeklappt, oder wie immer dieser Deckel über den Tasten genannt wurde, und losgelegt.

Was haben Sie gesehen in dieser Nacht von Samstag auf Sonntag?

Welche Personen?

Wie lange?

Was taten diese Leute?

Was haben diese Personen mit Herrn Lieblich gemacht?

Kannte Herr Lieblich diese Leute?

Wie kamen sie herein?

Das Tastengerät würde schweigen.

Wie es alle Verdächtigen taten.

Oder auch die Zeugen.

Wenn sie sich nicht erinnern wollten.

Weil sie Angst hatten.

Dass der Mörder zurückkommen könnte.

Dann bot man ihnen ein Zuckerl an.

Das Kronzeugenschutzprogramm.

Und so weiter.

Aber was sollte er dem Tonerzeugungskasten anbieten?

Dass er darauf nicht herumklimpern würde, obwohl er selbst einmal Klavierunterricht gehabt hatte, in einer regionalen Musikschule?

Dass er den Flohwalzer unterlassen würde?

Und sich auch an *Hänschen klein* nicht heranwagen würde?

Das *Ave Maria* erst gar nicht versuchen wollte.

Schweigen.

Der wertvolle Konzertflügel würde schweigen.

Dann könnte er ihm drohen.

Er würde *Ave Maria* spielen. Vorwärts und rückwärts. So schlecht er nur konnte. Und er konnte sehr, sehr schlecht.

Noch schlechter als das. Eine Folter ohnegleichen. Und dann würde er den Flohwalzer folgen lassen. Mit zwei Fingern. Hundertmal. Tausendmal.

Bis die Tastatur zu qualmen beginnen würde.

Und um eine Pause bat.

Also, was ist jetzt mit der Aussage?

Wir können auch eine Horde Kinder organisieren. So eine richtig schöne Horde wilder Kinder. Die lassen wir den ganzen Nachmittag über hungern. Oder wir geben ihnen nur Mineralwasser zu trinken. Zunächst. Und dann schicken wir sie zu einem Schnellimbiss. Hamburger und Pommes und so weiter. Ist dir McDonalds oder der Burger King lieber? Natürlich alles zum Mitnehmen. Die Kinder dürfen die Sachen dann direkt auf dir auspacken.

Auf deinem Hochglanzschwarz.

Und essen.

Das wird so richtig schön.

Ein Festmahl wird das.

Die Soße wird aus den pappigen Semmeln tropfen, natürlich auch der Ketchup von den Pommes. Ein paar Becher mit klebriger Limonade werden umgeschüttet. Oh, Entschuldigung. War ein Versehen. Kinder machen das ja nicht mit Absicht, oder?

Jedenfalls gibt es das ganz große Verschmutzungsprogramm.

Du weißt schon.

Oder?

Ja, der Konzertflügel würde wissen.

Und sich vor den Fingern fürchten.

Ketchup und Mayonnaise auf einem schwarz polierten Hochglanzkorpus machten sich nicht gut. Salatschnipsel mit Joghurtsoße auch nicht.

Das würde ausschauen.

Igitt.

Und dann würde er zu reden beginnen.

Der Tonerzeugungskasten.

Und reden und reden und reden.

Was geschehen ist in dieser Nacht.

Was er gesehen hatte.

Und gehört.

Wer.

Und warum.

Und überhaupt.

Brendle würde zuhören.

Sich die ganze Geschichte anhören und überlegen, wo er noch nachhaken musste. Wo er etwas genauer haben wollte.

Und dann darüber nachdenken, ob das stimmen konnte.

Ob es nicht nur eine Geschichte war, die sich das Instrument ausgedacht hatte.

Wie eine Melodie.

Eine Melodie aus ungezählten Tönen.

Schön.

Aber nur erfunden.

Und nun?

Ja, was nun.

Brendle drückte sich die Nase am Fenster des Kunsthauses platt.

Blöder Fall, dachte er.

So etwas Blödes hatte er noch nie gehabt.

Künstler eben. Und ihre Werke. Die hatten ihre eigene Logik. Und dann doch wieder nicht. Sie artikulierten sich umständlich. In Bildern und Skulpturen, querbeet. Die dachten um die Ecke, nicht geradeaus.

Das war er nicht gewohnt.

Diese Leute verheimlichten, was sie wussten.

Oder erwähnten es einfach nicht.

Aber das taten andere auch.

Brendle lehnte sich neben einem Fenster an die Wand des Kunsthauses und wartete.

Er hatte keine Ahnung, warum.

Er wartete einfach.

Irgendetwas würde schon passieren.

Irgendetwas passierte immer.

Irgendwie.

17

Paul.

Brendle starrte durch das Fenster ins dunkle Kunsthaus hinein. Von den Kunstwerken war kaum etwas zu erkennen. Die Bilder erschienen als dunkle Flecken an der Wand, der Flügel war nichts weiter als ein schwarzer Kasten. Er musste einen anderen Ansatz finden und genau so quer denken, wie die Künstler selbst, um diesen Fall lösen zu können. Der Weg dorthin würde in keinem Lehrbuch für Kriminalistik nachzulesen sein.

Was wäre zum Beispiel, wenn der kleine Wald aus blauen Bäumen, die im Hinterzimmer in eine Ecke gerückt worden waren, sich um den Fall kümmerte? Und dem Kommissar Hinweise zur Lösung geben würde?

Nicht jeder einzelne Baum, aber zumindest ihr Anführer, der mit dem roten Blatt. Der könnte sich bei Brendle melden.

Dann brauchte er einen Namen, fürs Protokoll.

Paul.

Ja, das wäre denkbar.

Ein einfacher, oft benutzter Vorname für Männer.

In Gedanken sah Brendle Paul, den Wortführer der Bäume, auf der Wache vor sich stehen, blau angemalt und ziemlich steif. Sie müssten den Stuhl vor dem Vernehmungstisch zur Seite rücken, auf die herabhängende Deckenleuchte aufpassen.

Und?

Brendle würde warten.

Was und?

Würde Paul sagen.

Sie sind doch nicht zu mir ins Vernehmungszimmer gekommen, um sich aufzuwärmen, oder?

Nein, war er nicht. Aber das rote Blatt müsse neu befestigt werden. Und das sei seine Bedingung, bevor er etwas sage.

Immer diese Umstände. Tatverdächtigen genehmigte er manchmal eine Zigarette, wenn sie ihre Aussage gemacht und gestanden hatten.

Brendle würde also das rote Blatt am blauen Stamm befestigen, sich zurücklehnen und warten.

Dann würde Paul zu reden beginnen.

Im Kunsthaus, wissen Sie, Herr Kommissar, geschehen seltsame Dinge. Nachts entfernen sich die Kunstwerke von ihren Plätzen und flirten mit den Objekten. Sie tanzen Ringelreihen, üben Polka und Tango, und wenn sie keine Lust mehr haben, setzen sie sich auf den Boden und entfachen ein Lagerfeuer. Dort lamentieren sie dann und diskutieren, wer das schönste Werk sei. Eduard Lieblich wollte bei einer solchen Diskussion dabei sein. Nur ein einziges Mal. Er hat uns zuvor gefragt, ob es uns recht sei. Auch darüber haben wir ausgiebig diskutiert. Mehrere Nächte lang. Tagsüber ist das nicht möglich, wegen der Besucher.

Und? Überlegte Brendle. Durfte Lieblich dabei sein?

Ja. Er durfte. Aber nur unter der Bedingung, dass er darüber keine Geschichte schreiben würde. Denn die Unterredungen der Kunstwerke sollten geheim bleiben.

Aber das wollte Lieblich nicht versprechen.

Er sagte, wenn er schon dabei sein durfte, wie Kunstwerke diskutieren, dann musste das für die Öffentlichkeit nachvollziehbar sein. Also müsste er darüber schreiben. Wir haben ihm das verboten. Sonst …

Sonst …? Brendle wurde hellhörig. Sonst …?

Egal, brummte Paul. Wir haben ihn ins Kunsthaus gebeten. Aber am Eingang hätte er diesen Schwur leisten müssen, sonst wäre er nicht weiter hereingelassen worden.

Welchen Schwur?

Dass er nichts sagt und nichts verrät.

Und … hat er den Schwur geleistet?

Nein. Er wollte sich nicht genau festlegen. Er wollte erst bei der Diskussion dabei sein und dann überlegen, ob er den Schwur leistet.

Das war ein Risiko für euch, überlegte Brendle. Und was ist dann passiert?

Die blauen Bäume haben ihn an die Wand gedrängt, gleich am Eingang. Sie wollten ihn nur einschüchtern, damit er den Schwur leistet. Dabei ist etwas schiefgelaufen. Lieblich ist über einen blauen Baum gestolpert, der sich vor ihm auf den Boden geworfen hat. Es sollte nur eine Warnung sein, wie schnell so ein Baum fallen und einen Menschen treffen kann.

Weiter, überlegte Brendle. Die Lösung scheint logisch. Herr Paul, bitte sprechen Sie weiter.

Dann kamen die blauen Feen aus dem Archiv. Es sind drei Bilder, die es nicht in die Ausstellung geschafft haben, weil die Hängekommission der Ansicht war, es wäre eine Themaverfehlung. Die blauen Feen haben Lieblich vom Eingang weg bis unter das Klavier getragen und dort abgelegt.

Und dann?

Nichts dann.

Überhaupt nichts mehr?

Paul saß da und schwieg.

Blödsinn, überlegte Brendle. So ein absoluter Blödsinn. Die Spurensicherung hat keinen einzigen Holzsplitter von den blauen Bäumen in der Nähe des Eingangs gefunden. Einfach nichts.

Er zog sich von der Fensterscheibe zurück, warf einen letzten Blick in die dunklen Räume des Kunsthauses und ging nach Hause.

18 *Herrentreter II.*

Eduard Lieblich sah aus, als würde er schlafen. Friedlich lag er auf dem kalten Edelstahl im Obduktionsraum des Instituts für Rechtsmedizin und blickte mit geschlossenen Augen an die Decke.

Der sieht nicht nur friedlich aus, dachte Brendle. Der sieht sogar glücklich aus. Ein glücklicher Toter.

Brendle hatte schon viele Tote in seiner Laufbahn gesehen. Manche davon waren entsetzlich zugerichtet. Kaum, dass sie noch als Mensch erkennbar waren. Denen fehlte die Hälfte. Verspeist von Würmern und Insekten und dem Lauf der Zeit. Die nahm das meiste mit, die Zeit. Die fragte nicht einmal, ob sie das dürfe. Sie nahm einfach. Und fort war das Leben.

Oder der Mensch. Der war beinahe noch schlimmer. Der hackte und verstümmelte und bohrte und stach und hieb hinein, wo es ihm in den Sinn kam. Das war nicht schön. Das war alles andere als schön.

Aber Eduard Lieblich?

Brendle konnte sich nicht erinnern, jemals in seiner Laufbahn einen so schönen, friedlich wirkenden Toten gesehen zu haben. Abgesehen von der Wunde auf der Stirn und den üblichen Schnitten, die bei der Obduktion gemacht worden waren, war er unversehrt. Ziemlich behaart, aber unversehrt. Ihm fehlte nichts. Außer dem vielen Blut, das aus ihm herausgelaufen war. Und die Haare auf seinem Kopf, die fehlten auch. Aber das hatte wenig mit seinem Tod zu tun. Die Kopfbedeckung hatte er schon früher verloren, langsam und schleichend. Jeden Tag ein Haar, manchmal auch zwei. Und vielleicht hatte er seine verbliebenen Haare vor dem Spiegel gezählt, während seine Frau in der verdunkelten Wohnung gesessen und das Mineralwasserglas auf die Versteinerung des Wohnzimmertisches geschoben hatte.

Was für ein seltsames Paar.

Vielleicht waren die beiden nur noch ein Paar auf dem Papier gewesen und sonst nichts, überlegte Brendle. Sie wären nicht die einzigen.

»Kann ich den Obduktionsbericht noch einmal haben?«

Brendle wandte sich an einen jungen, baumlangen Typen, der sich als Peter Jordan vorgestellt und ihm an diesem Samstagvormittag die Pathologie aufgesperrt hatte. Dem Gesicht von Peter Jordan nach zu urteilen, hätte er gerne etwas anderes gemacht. Einen Stadtbummel in der Breiten Gasse von Nürnberg, zum Beispiel. Oder mit der Freundin den Vormittag im Bett verbringen. Aber diese Vermutung war gewagt.

Jordan reichte ihm ein paar Blätter Papier. Brendle begann zu lesen, verstand aber wieder einmal kaum die Hälfte, weil es im Text vor medizinischen Fachbegriffen und lateinischen Bezeichnungen nur so wimmelte.

»Können Sie das auch übersetzen?«

Der Pathologe überflog die Zeilen.

»Das heißt übersetzt und in kurzen Worten, dass der Herr hier zweimal gestorben ist.«

Brendle traute seinen Ohren nicht.

»Wie soll ich das verstehen?«

»In dem Bericht steht, bereits der Bruch im Bereich der Wirbelsäule, genau im oberen Halswirbelbereich, war tödlich. Die Platzwunde an der Stirn war nebensächlich.«

»Also nicht lebensbedrohlich?«

»Nein. In keinem Fall. Das hätte er überlebt.«

»Und der zweite Tod?«

Jordan las sich den Bericht noch einmal durch. Dann hob er den linken Arm der Leiche ein Stück empor, drehte ihn so, dass die Handfläche nach oben zeigte, und deutete auf einen kleinen Schnitt am Handgelenk.

»Hier wurde mit einem scharfen Gegenstand, vermutlich einer Rasiermesserklinge, ein kleiner Schnitt ausgeführt, der die Pulsader tief verletzte. Dadurch wäre der Herr hier verblutet.«

»Wenn er nicht bereits tot gewesen wäre.«

»Richtig.«

Jetzt wurde Brendle endlich klar, warum sich nur einzelne Tropfen Blut zwischen der Eingangstür und dem Flügel gefunden hatten. Der Schnitt am Handgelenk konnte Eduard Lieblich erst nachträglich zugefügt worden sein. Jedenfalls nicht im Eingangsbereich.

Brendle schüttelte den Kopf.

»Wer macht denn so etwas?«

»Ach, es gibt immer Leute, die sichergehen wollen, dass jemand wirklich tot ist. Vielleicht hat der Täter nicht gewusst, dass er dem armen Kerl bereits das Genick gebrochen hatte.«

»Und wie ist das passiert?«

Jordan zuckte mit den Schultern.

»Keine Ahnung. Ist das nicht Ihre Aufgabe? Möglich wäre es, dass der Herr gegen eine Wand oder einen anderen harten Gegenstand gelaufen und dabei ungünstig mit dem Kopf aufgeprallt ist, wodurch es zum kompletten Riss des ersten und zweiten Halswirbels mit Durchtrennung der Nervenbahnen kam.«

»Das heißt, Herr Lieblich könnte auch selbst gegen eine Wand gerannt sein.«

»Vielleicht. Dann müsste er aber die Möglichkeit gehabt haben, zuvor ordentlich Schwung zu holen.«

»Wie viel Schwung?«

»Sehr viel Schwung. So ein Halswirbel bricht nicht einfach, nur weil jemand mit dem Kopf gegen eine Wand schlägt. Da muss Kraft dahinter sein. Anders wäre es, wenn er mit dem Hinterkopf auf einem harten Gegenstand oder einer Kante aufschlagen würde. Da ist die Gefahr des Genickbruchs eher gegeben.«

Brendle war überrascht. Damit hatte er nicht gerechnet. Bisher war er davon ausgegangen, dass Lieblich sich an der Wand neben dem Bild *Blaue Bäume* eine große Platzwunde am Kopf geholt hatte, vom Täter zu Boden geschlagen wurde, sich dann aber bis zum Klavier geschleppt hatte, dort an der Platzwunde auf der Stirn verblutet war und der Täter längst das Weite gesucht hatte.

»Sie sind sich also sicher, dass der Tote nach dem Genickbruch nicht mehr laufen konnte?«

Jordan nickte.

»Der ist keinen Meter mehr gelaufen.«

»Und wie kommt er dann unter das Klavier?«

»Tut mir leid. Ich kenne den Tatort nicht.«

Brendle stand da wie ein Anfänger. Als wäre dies sein allererster Fall. Und er müsste sich daran beweisen.

»Brauchen Sie mich noch?«

Jordan war unruhig. Verständlich. Es war nicht sein Fall. Er hatte den Toten nicht obduziert und Brendle nur in Vertretung aufgesperrt.

»Nein. Danke. Wenn Sie mir noch die Kleidung des Toten zeigen könnten, das wäre nett.«

Jordan reichte ihm einen blauen Plastiksack.

Brendle ging damit in ein Nebenzimmer, zwängte seine Finger mühsam in Handschuhe und zog den Inhalt des Plastiksacks teilweise hervor.

Die Kleidung kannte er schon. Das Sakko war blutverschmiert, das Hemd ebenso. Bisher hatte er gedacht, Herr Lieblich sei unter dem Konzertdings verblutet. Die große Platzwunde an seinem Kopf war zu deutlich gewesen.

Er wusste, dass hier etwas nicht stimmte. Er hatte es geahnt, gefühlt, was auch immer. Aber an die Möglichkeit, dass Lieblich schon tot war, bevor er überhaupt unter das Klavier kommen konnte, daran hatte er nicht gedacht. Und es hatte auch niemand erwähnt. Nicht einmal der Gerichtsmediziner, der die Leiche noch am Tatort flüchtig untersucht hatte. Das viele Blut hatte alle anderen Spuren überdeckt.

Die Pulsader aufgeschlitzt. Zusätzlich. Damit Lieblich wirklich tot war. Es hätte ja sein können, dass er nach dem Stoß gegen die Wand nur das Bewusstsein verloren hatte.

Aber wie war Lieblich zum Klavier gekommen?

Dieser Fall kostete Brendle noch den letzten Nerv.

Der Morgen hatte so gut begonnen.

Brendle hatte nach der Thai-Massage und dem langen Spaziergang durch Ansbach geschlafen, als hätte er die Nächte vergangener Jahre nachzuholen. Er hatte sich in seinem Bett auf den Rücken gelegt, nicht einmal über den aktuellen Fall nachgedacht, sondern einfach nur nichts gedacht, was für ihn normalerweise sehr schwierig war, und war eingeschlafen.

Es war ein traumloser Schlaf gewesen. So etwas kannte er seit Monaten nicht mehr. Am Morgen war er von selbst wieder erwacht, weil sein Magen nach einer Füllung verlangt hatte. Dringend. Er hatte in der gleichen Stellung auf dem Rücken gelegen, wie er ins Bett gestiegen war.

Die Fahrt nach Nürnberg über die B14 war die reinste Erholung gewesen. Kein Stau in Stein, wenig Verkehr. Alles hatte wunderbar geklappt. Eigentlich hätte Brendle misstrauisch werden müssen.

Und nun hockte er vor dem Berg Wäsche, ließ die einzelnen Kleidungsstücke durch seine Hände gleiten und wusste nicht, was er mit dem alten, braunen Sakko, dem Hemd, der Hose, den beiden schwarzen Socken und der Unterwäsche anfangen sollte. Die KTU hatte alles genau untersucht und keine fremden DNA-Spuren finden können. Einfach nichts. Nur Lieblichs eigene Hautschuppen an seinem Sakko. Ebenso an seinem Hemd. Kurze, graue Brusthaare von Lieblich selbst. Auf dem Hausschlüssel, den er in der Hose getragen hatte, fanden sich ausschließlich seine eigenen Fingerabdrücke. Und im Stofftaschentuch hing nur der angetrocknete Rotz von Eduard Lieblich. Kein Fussel, der nicht dazu gehörte, kein Faden, der auf eine andere Person hinwies, nichts.

Brendle glaubte nicht an das perfekte Verbrechen. Irgendetwas fand sich immer. Irgendwo. Und er hatte es bisher stets herausgefunden.

Aber hier?

Er hasste diesen Fall.

Er konnte das Kunsthaus nicht leiden.

Dr. Helmut Gabelmann erschien ihm zu glatt, zu gesittet.

Susanne März, die manchmal Aufsicht hatte, war nicht zu erreichen. Ihr Arbeitsplatz war unbekannt und schon deshalb äußerst verdächtig. Niemand hatte ihm bisher etwas Genaueres darüber sagen können. Das sei Privatsache, hatte Dr. Gabelmann gemeint. Und wenn er seine vielen, meistens ehrenamtlichen Helfer nach solchen Dingen fragen würde, hätte er bald keine Helfer mehr.

»Kunst fragt nicht nach der Herkunft«, hatte er ihm vor ein paar Tagen gesagt. »Kunst fragt nach dem tieferen Sinn.«

Blieb noch Margarete von Blumen. Die mit dem tollen Alibi beim Bezirkstagspräsidenten. Auch so ein Fall.

An das verschwundene Bild *Blaue Bäume* wollte er gar nicht denken. Auch nicht danach suchen. Aber der Sachlage nach zu urteilen musste er genau das tun. Wenn der Täter keine Spuren hinterlassen, es aber geschafft hatte, Lieblich trotzdem unter das Klavier zu legen, und ein paar Tage später das Bild verschwand, dann musste auf dem Bild etwas sein, das dem Täter gefährlich werden könnte.

Frau Rebecca Lieblich traute er nicht über den Weg.

Diese Krankheit.

Diese vorgeschobene Erschöpfung.

Alles nur Tarnung.

Täuschung.

Er traute niemandem. Keiner Menschenseele.

Außer vielleicht Sasina Pong.

Ja, der vertraute er.

Unter ihren Händen hatte er sich gefühlt wie im Paradies. Auch wenn er jetzt Muskelpartien spürte, von denen er bisher nicht gewusst hatte, dass sie an seinem Körper vorhanden waren. Aber im Grund genommen tat ihm nichts wirklich weh. Nicht einmal jene Stellen, an denen sie besonders viel gearbeitet und von denen sie behauptet hatte, hier hätte das Tier gesessen, das kleine und auch das große.

Brendles Kopf fühlte sich so frei und luftig an, als hätte er einen neuen bekommen. Sein Nacken war weich und geschmeidig, und wenn er den Kopf zur Seite drehte, glaubte er, nun würde er Winkel und Ecken hinter seinem Rücken sehen können, die ihm bisher verborgen geblieben waren. Sein Nacken war beweglich wie schon lange nicht mehr. Aber das half ihm jetzt auch nicht weiter. Immerhin erleichterte ein freier Kopf ohne Krallen im Nacken das Denken.

Brendle griff tief in die blaue Tüte hinein, ganz tief hinunter, damit er nichts übersah, was der Tote am Leib getragen hatte.

Er fand nichts Besonderes. Nur ein paar schwarze Schuhe. Alte, abgelatschte Herrentreter, die den seinen sehr ähnlich waren. Die Sohle war schon einmal durchgelaufen gewesen, ein Schuhmacher hatte sie ersetzt. Das zeigte Lieblichs Sparsamkeit. Vielleicht hatte er auch einfach kein Geld gehabt und war in finanziellen Nöten gewesen. Das musste er noch prüfen.

Diese alten Herrentreter erinnerten ihn an seine eigenen. Nur die Spitze war anders. Noch spitzer, und länger. Über den Zehen war am Oberleder ein Lochmuster angebracht. So etwas machte man heute kaum noch. Das war vor über zwanzig Jahren einmal aktuell gewesen. Angefertigt für Hochzeiten oder die Konfirmation. Getragen bei festlichen Anlässen.

War Lieblich zu einem festlichen Anlass ins Kunsthaus gekommen? Hatte er einen festlichen Anlass geplant? Und wollte nachts ganz ohne Publikum dafür üben, sich umsehen, mit den Bildern korrespondieren, um seinem speziellen Text, den er am Sonntagabend vortragen wollte, den letzten Schliff zu geben?

Lieblichs Füße waren klein, sehr klein für einen Mann. Er trug Größe 40. Er kannte kaum Männer, die Schuhgröße 40 hatten.

Vorsichtig bog Brendle die Zunge nach vorne und besah sich intensiv das Innere des Herrenschuhs. Er machte das sonst nie, aber vielleicht lag es daran, dass ihn diese Schuhe sehr an seine eigenen erinnerten.

Beim rechten Schuh fiel Brendle nichts auf. Die Sohle war abgelaufen, sie hätte bald erneuert werden müssen. An der Hinterkappe zeigten sich einige Schrammen im

Leder. Nichts Besonderes. Er nahm sich den linken Schuh vor, drehte ihn nach allen Seiten, hielt ihn gegen das Licht, drückte auch hier die Zunge nach vorne, das Leder auseinander. Dabei fiel ihm auf, dass die Innensohle im Bereich der Ferse einen leichten Knick aufwies; als wäre Lieblich einmal hineingeschlüpft, die Decksohle im Innern des Schuhs hätte sich gelöst und wäre aus Versehen umgeknickt worden.

Vorsichtig hob Brendle die Innensohle an. Sie war locker und ließ sich fast bis zur Hälfte nach oben biegen. Das war bei seinen eigenen Schuhen auch schon vorgekommen und mit normalem Klebstoff zu beheben. Dafür brauchte es nicht einmal einen Schuhmacher.

Fast hätte Brendle den Schuh zurück in die Tüte gelegt. Dann fiel ihm auf, dass unter der Innensohle ein besonderes Stück Stoff gelegen hatte, das hier nicht hingehörte. Er war kein Schuhkenner, hatte auch keine Lehre beim Schuhmacher absolviert, aber dieses kleine, schwarze Stück Stoff gehörte hier nicht hinein.

Mit einer Pinzette löste er den Stoff vorsichtig heraus.

Hatten das die Kollegen von der Spurensicherung übersehen? Oder kam niemand auf die Idee, dass sich unter der Innensohle eines Herrenschuhs etwas verbergen könnte?

Das kleine Stück Stoff war aus Nylon, vielleicht auch aus Polyester, leicht gummiartig, und ließ sich dehnen. Es schien, als sei er aus etwas herausgerissen worden. Die Ränder waren ausgefranst, kleinste Fäden hafteten noch immer im restlichen Leim, der die Innensohle mit der Brandsohle verband.

Er ging zu Peter Jordan in den Sezierraum und zeigte ihm den Stoff.

»Können Sie mir sagen, was das sein könnte?«

Jordan hielt das winzige Stück gegen das Licht, dann unter die Lupe. Schließlich legte er es unter ein Mikroskop.

»Ich würde sagen … das stammt von einem Nylonstrumpf.«

»Aber der Tote trug Baumwollstrümpfe.«

Jordan zuckte mit den Schultern. Es sah witzig aus. Der baumlange Kerl wurde dadurch noch größer. Er überragte Brendle fast um einen ganzen Kopf.

»War der Tote verheiratet?«

Brendle nickte. »Ja.«

»Vielleicht stammt der Stoff von den Nylonstrümpfen seiner Frau?«

»Unter der Innensohle?«

»Warum nicht?«

Ja, warum eigentlich nicht?

»Danke«, sagte Brendle. »Sie haben mir sehr geholfen.«

Brendle eilte zur Tür. Dann kehrte er um.

»Sagen Sie, Herr Jordan, könnten Sie diesen Stoff hier an die KTU schicken, damit er auf DNA-Spuren untersucht wird? Möglichst bald?«

Bevor Brendle ging, schaute er sich noch einmal Eduard Lieblich an. Sein erster Eindruck des Toten wurde immer deutlicher, nachhaltiger. Lieblich sah glücklich aus. Richtig glücklich. Als wäre er froh, endlich in einer anderen Welt zu sein.

Auf einmal hatte es Brendle sehr eilig, nach Ansbach zurückzukommen. Der Verkehr hinderte ihn daran. Es hätte nicht viel gefehlt, und er hätte sein Blaulicht aufs Autodach gesetzt, um schneller über die B14 in Richtung Westen fahren zu können. Immer diese Langweiler am späten Samstagvormittag. Fuhren die zu Verwandten aufs Land? Oder zur Shoppingtour in ein Outlet-Center? Oder wurde die Oma aus dem Pflegeheim in Nürnberg übers Wochenende zurück zur Familie geholt?

Es gab zahllose Gründe, warum auf der B14 in Richtung Ansbach am späten Samstagvormittag dahingekrochen wurde. Aber dieses langsame Fahren hatte auch sein Gutes.

Brendle konnte nachdenken.

Über das winzige Stück Nylonstrumpf, das er in Eduard Lieblichs linkem Schuh gefunden hatte. Wenn es ein Nylonstrumpf war.

Vielleicht hatte Lieblich selbst solche Dinger getragen.

Wenn es Nylonstrümpfe für Männer gab.

Oder seine Frau hatte die Schuhe ihres Mannes benutzt.

Oder eine andere Frau?

Er konnte es kaum erwarten, bis er das Ergebnis der DNA-Untersuchung hatte. Vielleicht waren es die einzigen fremden DNA-Spuren überhaupt, die sich beim Toten finden ließen.

Dann käme er endlich ein Stück voran.

Er bräuchte nur noch das passende Gegenstück des genetischen Fingerabdrucks zu finden, das zum Nylonstrumpf passte. Dann hatte er den mutmaßlichen Mörder.

Eigentlich war es absurd. Frauennylonstrumpfreste unter der Innensohle eines Herrenschuhs.

Wie kamen die dorthin?

In Brendles Bauch machte sich ein seltsames Gefühl breit. Dieses Gefühl hatte er immer, wenn er auf der richtigen Spur war.

Endlich ging es voran.

Er wusste nur noch nicht genau, wo das Ganze endete. Erfolg oder Fiasko, das würde sich noch herausstellen.

Aber es ging voran.

Es ging wirklich voran.

Das spürte er ganz deutlich.

Nur die B14 hielt ihn auf.

Eine endlose Karawane von Pkw folgte brav einem Lkw.

Sogar am Samstag, dachte Brendle. Nicht einmal am Wochenende ist Ruhe. Seit die Maut für Lkw auf den Autobahnen eingeführt worden war, sah die Bundesstraße aus wie eine Spazierstrecke für Entenmütter mit ihren kleinen Kindern. Vorneweg fährt ein Lkw, dahinter reihen sich ein halbes Dutzend Autos; anschließend ist einen Kilometer freie Fahrt, manchmal mehr, manchmal weniger, dann wiederholt sich das Ganze von vorne. Nur keine Eile! Alles mit der Ruhe. Sie kommen auch an, wenn Sie spritsparend mit achtzig hinter einem Laster herzuckeln. Dabei können Sie sich Kuchenrezepte ausdenken, mit der Partnerin ordentlich streiten, die Hausaufgaben erledigen oder den nächsten Urlaub planen. Oder fluchen, weil wegen des ständigen Gegenverkehrs nicht überholt werden kann.

Nervig war das, richtig nervig. Und wenn auf der A6 zwischen dem Kreuz Nürnberg-Süd und Schwabach-West wieder einmal Stau war, dann wichen alle Lkw auf die B14 aus, um den Stau zu umfahren. Dafür standen sie dann manchmal ab Großweißmannsdorf in Richtung Nürnberg und quälten sich anschließend durch Stein, das Nadelöhr mit einer der meistbefahrenen Ortsdurchfahrten von Bayern. Tolle Auszeichnung.

Brendle überlegte, was er als Nächstes zu tun gedachte.

Susanne März ausfindig machen. Die würde er sogar besuchen, wenn es nachts um zwölf war. Gestern hatte er davon abgesehen.

Oder noch mal bei Margarete von Blumen in Windsbach vorbeischauen. Dann müsste er bei Heilsbronn abbiegen. Die Ausfahrt in Richtung Neuendettelsau zog gerade gemächlich an ihm vorbei. Zu spät.

Er könnte auch Rebecca Lieblich noch einmal befragen.

Ob sie wollte oder nicht. Was ihm immer noch fehlte, war diese Putzfrau Yana. Das musste sich ändern.

Den heutigen Nachmittag konnte er für ausgiebige Befragungen vergessen. Er hatte Frau Braun zugesagt, an einem Kurs für intuitives Malen teilzunehmen. Aber er fühlte sich dem gewachsen. Auch wenn er sich nicht gerade darauf freute. Er würde das überstehen, irgendwie.

Sein Kopf war noch immer frei.

Und er hatte seinen Normalzustand wieder erreicht.

Den leicht genervten, aber hochzentrierten Kommissar-Brendle-Zustand. Das war viel wert.

Es kam ihm vor, als könne er endlich wieder klar denken. Diese Thai-Massage hatte Wunder gewirkt. Richtige kleine Wunder. Vielleicht würde er sich endlich in die Kunst hineinversetzen können. In ein Bild. In die Kompositionen aus Farben und absichtlich verursachten Kratzern und dahingeworfenen Pinselstrichen.

Bei Bedarf könnte er während des Kurses etwas Belangloses über die Zusammenstellung der Farben von sich geben. Er hatte irgendwann während seiner Zeit auf dem Gymnasium mal Kunstunterricht erhalten. Ihm würde schon etwas einfallen, was er sagen könnte, wenn er beim intuitiven Malen nach seiner Meinung gefragt wurde.

Er könnte was von sich geben, was sich nach der Logik der Farben in der Kriminalistik anhörte.

Die Bedeutung von Rot zur Darstellung der Geschlechter.

Warum Blau dazu verführen könnte, in eine andere Welt einzutauchen. Blau als Auslöser von Melancholie. Der Grund für einen Mord.

Dazu das Gelbe vom Ei. Die Eifersucht der Henne.

Oder so was Ähnliches.

Oder er könnte in die griechische Mythologie abschweifen. Wenn Zerberus durch den Hades streift. Und dort seine Haufen hinterlässt.

Das kam immer gut an.

Götter aus grauer Vorzeit konnten in jedem Bild ihr Unwesen treiben.

War dieser dünne Pinselstrich rechts oben in der Ecke nicht ein Fingerzeig von Zeus?

Könnte man nicht in dieser kleinen, gelb schimmernden Grotte einen Hinweis auf Athene entdecken?

Hoffentlich kam es nicht so weit.

Und wenn doch?

Wenn die Teilnehmer lauter gebildete Leute mit akademischem Abschluss waren, die zum wiederholten Mal an diesem Kurs im Braun'schen Atelier zu Steinersdorf teilnahmen?

Ach was.

So schlimm würde es nicht werden.

Notfalls müsste er sich verabschieden, dringend. Er könnte behaupten, er habe eine dienstliche Mitteilung auf seinem Handy erhalten, wegen des aktuellen Todesfalls im Kunsthaus. Die würden das verstehen. Irgendetwas würde ihm schon einfallen, um sich vorzeitig aus dem Staub zu machen.

Zwischendurch würde er ganz sachlich mit Frau Braun über seinen Wurzelsepp sprechen. Das war seine Intuition. Und dass er ihn eigentlich nur mitgenommen habe, weil er ihren Mann habe unterstützen wollen. Künstler müssten doch auch von etwas leben, oder?

Es war das erste Mal, dass Brendle zum Haus von Frau Lieblich in der Dombachstraße nicht zu Fuß ging. Aus diesem Grund hatte er Schwierigkeiten, einen Parkplatz zu finden.

Es gab keinen.

Die Dombachstraße war zugeparkt. Wo ein Platz für seinen Opel frei gewesen wäre, lauerte eine Hofeinfahrt. Einfahrt frei halten. Dutzendmal an Gartenzäunen befestigt.

Brendle parkte ganz hinten, kurz vor dem Feldweg ins Dombachtal, und lief zurück.

Dieses Mal hatte er kein Glück. Frau Lieblich öffnete auch nach einer Viertelstunde Läuten nicht die Haustüre. Dabei hatte er so viele Fragen an sie. Der Kaktus auf der Treppe hatte sich weiter erholt. Brendle grinste. Wenn er hier noch öfter vorbeikommen musste, würde der irgendwann mit dem Blühen beginnen und ihn zur Begrüßung freudig in seine Arme schließen.

Auf der anderen Straßenseite öffnete sich ein Fenster. Es war die Frau, die sich sonst immer die Haare gewaschen hatte. Das tat sie heute nicht, und sie trug auch nicht nur einen Büstenhalter oder ein Unterhemd. Sie war ganz normal angezogen, soweit Brendle dies von der Straße aus beurteilen konnte. Den Oberkörper verhüllte eine gelbe Bluse mit kleinen blauen Punkten. Es schien, als sei ihre beinahe den ganzen Tag andauernde Frischzellenkur bereits beendet.

»Frau Lieblich werden Sie nicht antreffen«, schallte es ihm aus dem Fenster entgegen. »Die ist heute Morgen weggegangen.«

»Vielleicht ist sie beim Bäcker und kommt gleich zurück?«

»Das glaube ich nicht. Die geht nie zum Bäcker.«

Brendle wurde näher herangewunken.

»Wollen Sie nicht kurz hereinkommen …? Ich habe ein paar Informationen für Sie.«

Das war doch mal ein Angebot.

Brendle nickte.

»Klingeln Sie bei Anita Weigelt. Erdgeschoß links.«

Gleich darauf summte der Türöffner, Brendle trat ins Haus.

19

Intimes.

Ich muss Ihnen das jetzt sagen, Herr Kommissar. Das wird Sie interessieren. Ja, bestimmt wird Sie das interessieren.

Bitte setzen Sie sich doch zu mir an den Tisch.

Ich habe eine deftige Nudelpfanne gemacht. Sie ist gerade fertig geworden.

Sie mögen doch mitessen, oder?

Wissen Sie, ich dachte mir, dass Sie heute kommen. Ist das nicht komisch? Aber ich dachte mir das wirklich. Und da habe ich schon mal alles vorbereitet. Und wenn Sie wollen, dann bringe ich Ihnen auch ein Bier. Oder geht das nicht?

Sie sind im Dienst, nicht?

Ja, das dachte ich mir, dass Sie im Dienst sind.

Langen Sie ruhig zu. Sie müssen doch hungrig sein, oder?

Immer diese Ermittlungen, das ist doch anstrengend. Und Sie schauen auch irgendwie gestresst aus. Sie sind gestresst, habe ich recht?

Sie müssen darauf nicht antworten, das macht nichts.

Also.

Brendle musste nichts sagen. Ab dem Moment, in dem er Anita Weigelts Wohnungstüre hinter sich geschlossen hatte, musste er nichts mehr sagen. Wunderbar. Er brauchte nur seine Ohren aufzumachen, manchmal auch den Mund, um die Nudelpfanne in sich hineinzuschaufeln. Er war, so schien es ihm, genau im richtigen Moment hier aufgetaucht.

Und er wollte auch mitessen. Genau zu diesem Zweck war er in die Dombachstraße gekommen. Er hatte es gerade noch rechtzeitig zum Mittagessen geschafft. Eigentlich wollte er früher bei Frau Weigelt sein, um noch beim Tisch decken helfen zu können, vielleicht eine Kerze anzünden, das gehört sich schließlich so, aber die B14, die Lkw, Sie wissen schon.

Und Nudelpfanne mit Geräuchertem drin und Gemüse, dazu eine deftige Soße, leicht angebraten, das mochte er sowieso. Es war seine Leibspeise. Manchmal.

Also.

Ich weiß gar nicht, wo ich anfangen soll. Es könnte ja alles für Sie wichtig sein, oder?

Sie nicken. Das dachte ich mir. Für einen Kommissar ist doch alles wichtig, habe ich recht?

Gut.

Ja.

Wo fange ich jetzt an.

Ja.

Wo fange ich jetzt am besten an.

…

Das ist nämlich so.

Die Rebecca und der Eduard, die sind nur noch auf dem Papier verheiratet. Warum er ausgerechnet die Rebecca genommen hat, das ist ohnehin so eine Geschichte. Weil … eigentlich waren der Eduard und ich auch zusammen. Ich meine, fast waren wir zusammen, damals noch, in der Schule. Ich glaube, es war in der achten oder neunten Klasse. Die achte Klasse war es, jetzt weiß ich es wieder. Da waren wir fast zusammen. Ich war richtig in ihn verliebt, wissen Sie. Und der Eduard auch in mich. Wenn der neben mir gesessen ist in der Pause, wir hatten da so eine Aula in der Schule, da ist es mir immer ganz heiß und kalt den Rücken hinuntergelaufen. Ich war da noch ein junges Mädchen und ein wenig schüchtern.

Aber gut. Das ist lange her.

Sie sollen nur wissen, dass wir einmal fast zusammen gewesen sind, wir beide. Ich meine, der Eddi und ich.

Und jetzt hat es sich ergeben, dass wir in derselben Straße wohnen, nun schon seit über zwölf Jahren. Ich weiß das ganz genau.

Ich war so glücklich, als die Wohnung hier frei geworden ist, genau gegenüber vom Eddi. Das ist, als würden zwei Magnete endlich zusammenfinden, so ein Pluspol und so ein Minuspol. Sie wissen schon.

Heute sind es genau zwölf Jahre, sieben Monate und drei Tage. Das ist toll, nicht? Ich zähle jeden Tag mit, und ich weiß auch immer ganz genau, was dort drüben geschieht. Aber Sie müssen nun nicht denken, ich würde die beiden ausspionieren mit Minikameras oder so. Nein, so ist das nicht. Bestimmt nicht. Ich bin doch keine Detektivistin. Na, Sie wissen schon.

Aber die beiden passen doch überhaupt nicht zusammen.

Als ich hierher gezogen bin …

Wollen Sie noch was von der Nudelpfanne? Sie können sich gerne noch etwas nehmen. Langen Sie ruhig zu. Es ist genug da …

… als ich hierher gezogen bin, hat mich Eddi zur Begrüßung zum Kaffeetrinken eingeladen. Zu sich und seiner Frau.

Sie können sich kaum vorstellen, wie es bei denen da drüben in der Wohnung aussieht. Aber das wissen Sie wohl schon, Sie waren ja bereits drüben.

Das ist alles so finster.

Und so alt.

Und die Rollläden sind auch dauernd heruntergelassen.

Und der Garten schaut aus.

Waren Sie schon einmal im Garten?

Die Rebecca tut nichts.

Überhaupt nichts.

Und den Eddi lässt sie für sich schuften.

Der muss Überstunden machen in der Versicherung, damit er wieder eine dicke Jahresprämie bekommt.

Und warum?

Weil sie immer zu so einem sündhaft teuren Heilprediger nach Frankfurt fährt. Alle zwei Wochen. Der hat da oben so etwas Ähnliches wie eine Kathedrale. So nennt er es jedenfalls.

Rebecca sagt, er sei ihr Heiland.

Ihr Retter.

Und nur bei ihm fühle sie sich geborgen.

Nur mit ihm zusammen könne sie es in einem Raum aushalten. Sagt sie.

So ein Quatsch.

Mit Eddi hält sie es doch auch in einem Raum aus.

Die teilen sogar das Bett miteinander.

Immer noch.

Wenn ich der Eddi wäre, ich hätte schon längst fluchtartig dieses Haus verlassen.

Er könnte immer zu mir kommen.

Wenn er will, jeden Tag.

Das weiß er.

Und das macht er auch manchmal.

Und dann weint er sich aus.

Nicht direkt.

Aber indirekt.

Sie wissen schon.

Mögen Sie noch was trinken?

Nehmen Sie sich ruhig was.

Als ich damals bei denen zum Kaffeetrinken war, ich sage Ihnen, einmal und nie wieder.

Die Rebecca ist die ganze Zeit über dagesessen, hat ihren Kuchenteller auf dem Schoß festgehalten und kein Wort gesagt.

Die hat nicht einmal was gegessen. Nur den Kuchenteller festgehalten.

Aber ich sage Ihnen, das kommt daher, dass sie damals ihr Kind verloren hat. Im achten Monat. Ist das nicht schrecklich?

Ich selbst habe zwei Töchter, aber die sind schon aus dem Haus. Die Mona ist zweiundzwanzig, und die Sybille ist neunzehn. Richtig tolle Mädels. Und so selbstständig. Mein Mann und ich sind schon lange geschieden, falls Sie das interessiert. Den habe ich rausgeschmissen. Dauernd hatte der Affären auf seinen Dienstreisen. So junge Dinger, die er sich dann aufs Hotelzimmer genommen hat. Solche von der Straße. Bis die eine dann mal bei uns angerufen hat. Da ist alles rausgekommen. Schrecklich, oder? Männer können ja so gemein sein.

Aber den Kindern hat das nichts ausgemacht.

Haben Sie Kinder?

Ist ja egal.

Also.

Wo war ich?

Richtig.

Die Rebecca hat damals im achten Monat ihr Kind verloren. Es ist einfach im Mutterleib gestorben. Schreckliche Geschichte. Die war monatelang in psychologischer Behandlung, weil sie dachte, sie sei daran schuld gewesen. Angeblich habe sie zu viel im Garten gearbeitet. Sich dauernd gebückt.

Denkt sie.

Die Ärzte haben gesagt, das sei nicht der Grund dafür gewesen. Der Fötus habe eine Herzschwäche gehabt, hat damals die Obduktion ergeben, und dann hat das Herz im achten Monat einfach aufgehört zu schlagen.

Und Rebecca hat aufgehört, etwas im Garten zu machen.

Die macht einfach nichts mehr.

Und Eddi hat keine Zeit.

Oder er darf nicht.

Deshalb schaut es da drüben im Garten auch so aus.

Waren Sie schon einmal dort hinten?

Der reinste Verhau.

Und hinter dem Haus ist noch ein Anbau. Haben Sie den schon gesehen?

Ist ja egal.

Als ich bei denen zum Kaffeetrinken war, hat die Rebecca jedenfalls überhaupt nichts gegessen. Nur immer den Kuchenteller in ihrem Schoß festgehalten. Als wäre es ein Kind, das sie in ihrem Schoß hat.

Dabei war die Geschichte damals schon über fünf Jahre her.

Und die ist immer noch nicht darüber weggekommen.

Zuerst habe ich gedacht, die trauert noch.

Aber dann überlegte ich, warum die nicht einfach ein zweites Kind machen. Die wissen doch, wie das geht, oder?

Das wäre doch normal gewesen.

Dann könnte sie mit einem zweiten Kind, das dann das erste gewesen wäre, die Sache mit der Totgeburt im achten Monat vergessen.

Aber Rebecca wollte nicht.

Das hat mir der Eddi mal erzählt.

Die wollte einfach nicht mehr.

Die zuckte schon zurück, wenn er nachts nur seine Hand auf ihren Bauch legte, um ein bisschen zu kuscheln.

Also, wenn Sie mich fragen, die Rebecca ist nicht ganz dicht.

Die gehört hinüber ins Bezirksklinikum. Da sind sie für solche Fälle eingerichtet.

Ich habe dem Eddi immer gesagt: Eddi, du wirst nicht mehr glücklich mit der Rebecca. Das ist vorbei. Lass dich scheiden. Trenn dich von ihr. Und fange einfach dein Leben noch einmal an.

Mit mir.

Das habe ich nicht gesagt.

Aber er wusste, dass ich es so gemeint habe. Schließlich kennen wir uns von früher her. Das habe ich ja schon erwähnt.

Zwischen dem Eddi und mir, das ist eine ganz andere Basis. Aber er will keinen Schlussstrich ziehen. Er schafft das einfach nicht. Er sieht mich nur als Schwester. Seine Sorgenschwester. Oder so ähnlich. Und wenn er es dort drüben nicht mehr aushält, dann kommt er zu mir herüber, und dann erzählt er mir alles.

So richtig intime Sachen.

Sie wissen schon.

Was ein Mann eigentlich nur einem anderen Mann erzählt, oder der eigenen Frau.

Aber seiner Rebecca würde Eddi so etwas niemals erzählen.

Das sagt er nur mir.

Zu mir hat er Vertrauen.

Denn ich kann schweigen.

Wenn zu mir einer sagt, das ist ein Geheimnis, dann würde ich niemandem etwas darüber erzählen. So lange ich lebe.

Wirklich.

Das kann ich schwören.

Und mein Eddi weiß das auch.

Manchmal erzählt er mir auch nichts.

Er braucht diese Momente, in denen er sich einfach fallen lassen kann. In denen er sich ausheulen kann. Ganz ohne Worte.

Und dann liegen wir einfach im Bett und kuscheln uns aneinander. Der Eddi braucht das.

Er ist ja auch nur ein Mann.

Stille.

Wie gut das tut, dachte Brendle.

Er hatte keine einzige Frage.

Sein Teller war leer. Die Nudelpfanne hatte seinen Magen gefüllt. Jetzt bräuchte er nur noch aufzustehen, sich zu bedanken und zu gehen.

Er müsste nicht einmal zahlen, war ja kein Gasthaus.

Brendle stand nicht auf.

Er schaffte es nicht.

Da würde noch etwas kommen.

Er spürte das.

Anita Weigelt war noch nicht fertig.

Und wenn sie nur den Tisch abräumen würde.

Rebecca weiß das natürlich nicht.

Jedenfalls hat sie noch nie etwas gesagt.

Aber ich sehe sie ja auch kaum.

Sie geht ja nur alle zwei Wochen aus dem Haus. Die kauft ja nicht einmal ein. Das muss alles der Eddi machen.

Die hockt nur zu Hause und gräbt sich in ihr vergangenes Leben ein.

Und überall erzählt sie herum, sie sei in Behandlung und

sie würde teure Tabletten nehmen. Damit es ihr besser gehe. Aber das sind gar keine richtigen Tabletten. Das sind nur ganz kleine Dinger, die schmecken nach Salz.

Eddi hat mir einmal welche mitgebracht und mich probieren lassen.

Da, schau mal, hat er gesagt. Meinst du das hilft?

Und dann habe ich zwei Tabletten genommen.

Die haben ein bisschen nach Kalk geschmeckt.

Und wissen Sie, was das war?

Abführmittel.

Jeden Tag schluckt die Rebecca Abführmittel.

Kein Wunder, dass sie so dürr ist, oder?

Und da meint man immer, sie nimmt irgendwelche Sachen, damit es ihrer Psyche besser geht, oder weil sie Angst vor Menschenansammlungen hat.

Was die Rebecca macht, ist der reine Wahnsinn.

Die isst kaum noch was.

Und wenn sie was isst, dann geht sie hinterher aufs Klo und wartet darauf, bis es wieder rauskommt. Bis die Abführmittel wirken.

Und sie schläft kaum.

Und dann sagt sie, das würde ihr helfen, wieder ein normales Leben zu führen.

Mit Eddi.

Und ihrem Kind.

Wo sie doch kein Kind mehr hat.

Ein normales Leben.

Dass ich nicht lache.

Das kann sie vergessen.

Die hat kein richtiges Leben mehr, die doch nicht.

Wussten Sie, dass sie sich in einer Ecke im Schlafzimmer einen kleinen Altar gebaut hat?

Da stehen Kerzen und Blumen und Bilder von kleinen Babys. Von vielen fremden, kleinen Babys. Die hat sie alle aus der Zeitung ausgeschnitten. Für die betet sie. Und manche von den Bildern schickt sie zu ihrem Heilprediger nach Frankfurt, damit der auch für diese kleinen Babys betet.

Das ist doch verrückt, oder?

Herr Brendle, sagen Sie doch mal etwas!

Das ist doch verrückt dort drüben, oder?

Aber ist ja egal.

Sie denken jetzt bestimmt, ich habe den Herrn Lieblich umgebracht, weil ich ihn noch immer liebe und weil er sich nicht von seiner Frau trennen wollte, habe ich recht?

Aber da liegen Sie falsch.

Da liegen Sie ganz falsch.

Niemals könnte ich meinen Eddi umbringen.

Wozu auch.

Der kommt doch sowieso zu mir.

Nicht nur einmal die Woche.

Manchmal auch zweimal.

Wenn er nicht gerade wieder in seinem Kunsthaus ist.

Aber das wissen Sie bestimmt schon.

Im Kunsthaus ist er oft.

Der braucht das.

Da ist er dann mit den Bildern allein und mit den ganzen anderen Kunstwerken. Die Künstler denken sich ja manchmal Sachen aus, das können Sie sich gar nicht vorstellen.

Und dann spricht er mit den Sachen dort. Wie es ihnen geht und was sie so den ganzen Tag über machen, wenn die Besucher sie anstarren und blöde Kommentare abgeben.

Der Eduard Lieblich, der hört das dann.

Und er tröstet die Kunstwerke.

Hat er mir mal verraten.

Denn die sind ja die ganze Zeit über allein.

Wenn sie keiner beachtet.

Und wenn sie keiner kauft.

Die heulen richtig und sind traurig.

Und manchmal hängen sie dann schief an ihren Seilen von den Wänden, und weil es kein anderer macht, rückt er die Bilder wieder gerade und streichelt sie.

Sagt Eddi.

Aber verrückt ist mein Eddi deswegen nicht.

Der ist nur anders.

So tiefsinnig.

Der schreibt nämlich Geschichten.

Das ist ein ganz großer Schreiber.

Veröffentlicht hat er zwar noch nichts, aber ich weiß, irgendwann kommt das noch. Jetzt natürlich nicht mehr, wo er tot ist. Leider.

Für mich hat er auch schon eine Geschichte geschrieben.

Wegen damals.

Als wir in der achten Klasse fast zusammengekommen sind.

Aber da waren wir ja noch jung.

Da war so eine blöde Wette.

Unter Freundinnen.

Wegen der sind wir fast zusammengekommen, der Eddi und ich. So knapp war es. So knapp.

Ich könnte jetzt noch heulen, wenn ich daran denke, wie blöd ich damals war.

Nach über dreißig Jahren noch heulen.

…

Ach.

Vielleicht heult sie doch, dachte Brendle. Sie hat schon ein ganzes Päckchen Papiertaschentücher in der Hand. Und das knautscht sie jetzt und drückt es zusammen, weil sie es fast nicht aushält.

…

Ach.

…

Und darüber hat der Eddi eine Geschichte geschrieben.

Die ging mir vielleicht zu Herzen, also echt.

Die zeige ich Ihnen jetzt aber nicht.

Ich zeige Ihnen was anderes.

Da werden Sie staunen.

Da, schauen Sie mal.

Ich habe ein Senfglas vorbereitet.

Da war richtig scharfer Senf drin.

Den mag ich besonders.

Aber das ist nicht das Wichtige an dem Glas.

Das Wichtige an dem Glas sind meine Fingerabdrücke. Sehen Sie das hier? Und hier auch. Das ist alles ganz frisch. Nur für Sie. Ich weiß doch, was Sie brauchen.

Und hier habe ich noch eine kleine Tüte mit ein paar meiner Haare. Auch ganz frisch. Die habe ich erst heute Morgen nach dem Haarewaschen aus dem Waschbecken gefischt und in einer Tüte für Sie aufgehoben.

Obwohl ich gar nicht wusste, wann Sie kommen.

Aber dass Sie kommen, das wusste ich.

Ist das nicht toll?

Brendle nickte.

Er wusste nicht, was er sagen sollte.

Ja, es war toll. Einfach nur toll.

Ihm fiel nichts anderes ein.

Er hockte vor dem leeren Teller, rückte Gabel und Messer zurecht und überlegte, wie er es schaffen könnte, Frau Weigelt zum Schweigen zu bringen.

Wissen Sie, ich schaue nämlich immer den *Tatort* an. Ich weiß also ganz genau, was die Kommissare brauchen, um den Täter zu ermitteln. Und den Pfarrer Braun sehe ich auch ganz gerne. Der könnte aber ein bisschen abnehmen, das würde dem Krimi bestimmt nichts schaden.

Dann könnte der Pfarrer Braun mal hinter einem Täter herrennen, ihn richtig verfolgen, so wie das die jungen Männer in den anderen Krimis machen, und nicht nur immer herumstehen.

Richtige Action.

Finden Sie nicht auch?

Nein. Brendle fand das nicht auch.

Er fand überhaupt nichts.

Und wenn Sie wissen wollen, wo ich zwischen Samstag und Sonntag gewesen bin, dann kann ich Ihnen das natürlich auch sagen.

Ich war bei einer Freundin in Nürnberg. Wir haben den ganzen Abend Krimis angeschaut. Das war wirklich toll. Meine Freundin heißt Beate Thürauf und wohnt in der Albrecht-Thaer-Straße in Nürnberg. Das ist gleich beim Steiner Schloss.

Wenn Sie dort nach rechts abbiegen, dann fahren Sie in Richtung Eibach. Und an dieser Straße steht gegenüber vom Faberpark ein Hochhaus. Da wohnt meine Freundin.

Wollen Sie sonst noch etwas wissen?

Brendle schnaufte tief durch.

Sehr tief.

Er wollte nichts mehr wissen.

Wirklich nicht.

Es sei alles geklärt und ausführlich beschrieben.

Sagte er leise und bestimmt und dennoch kraftlos.

Er bedankte sich für das Mittagessen, steckte das Senfglas ein, das Frau Weigelt bereits in eine durchsichtige Plastiktüte verpackt und mit ihrem Namen und ihrer Anschrift und dem Geburtsdatum versehen hatte, schob auch die Tüte mit den Haaren in die Jacke und ging.

Endlich.

Auf dem Weg zu seinem Wagen erinnerte er sich daran, dass er von zu Hause noch Wollsocken holen musste.

Und Malsachen.

Und gute Inspirationen für das intuitive Malen.

Vielleicht schaffte er es auch, dieses Bild von Eduard Lieblich aus seinem Kopf zu vertreiben, das Anita Weigelt gerade dort hineingesetzt hatte.

Wie sie mit ihm kuschelte.

Eddi war doch nur ein Mann.

Und sie wohnte gleich gegenüber.

Sehr praktisch.

Ein Alibi hatte sie auch.

Er wollte das vergessen.

Ganz schnell.

Aber vielleicht stimmte das Alibi auch nicht.

Es war zu einfach.

Eine Freundin.

In Nürnberg.

So was hatte er öfter.

Beste Freundinnen gaben die besten Alibis.

Schon immer.
Er musste das prüfen.
Durfte aber die Wollsocken nicht vergessen.
Und die Malutensilien.
Er hatte noch zehn Minuten Zeit, ungefähr.
Mal sehen, was er auf die Schnelle auftreiben konnte.

20

Spuren.

Brendle war der Letzte.

Die Teilnehmer saßen bereits auf dem Fußboden im Atelier, hatten die Schuhe sorgfältig neben der Eingangstür aufgereiht und trugen bunte Wollsocken.

Gestreift. Einfarbig. Ganz in leuchtendem Gelb. Dann wieder in einer beinahe unbeschreiblichen Mischung aus Regenbogenfarben. Wie ein Fleckerlteppich aus Oberbayern.

»Entschuldigung«, sagte Brendle leise, als er das Atelier betrat. »Ich musste noch …«

»Ist schon gut. Sie müssen sich nicht entschuldigen«, unterbrach ihn Frau Braun. »Kommen Sie. Jetzt sind wir vollständig.«

Brendle zählte insgesamt sieben Personen. Er war der einzige Mann. Toll. Sämtliche Köpfe der Damen, die bereits auf Schaffellen auf dem Fußboden kauerten, drehten sich in seine Richtung.

Wenn er gewusst hätte, dass er hier der einzige Mann sein würde, hätte er nicht teilgenommen.

»Ist das immer so?«, fragte er Frau Braun leise.

»Was?«

»Dass es nur einen Mann gibt?«

»Nein. Meistens sind wir Frauen ganz unter uns. Das ist ganz normal.«

Toll, dachte Brendle erneut. Einfach nur toll.

Am liebsten wäre er gegangen.

Und schon wieder ging dieser Tag nicht so weiter, wie er gedacht hatte. Dabei hatte er von diesem Tag kaum etwas erwartet.

Die Frauen auf dem Fußboden rückten zusammen, um für Brendle Platz zu schaffen. Er zog seine Schuhe aus, schlüpfte in braune Wollsocken und setzte sich zwischen zwei Frauen, die seine Töchter hätten sein können. Irgendwo Mitte zwanzig, in Jeans, die Haare blond, wahrscheinlich gefärbt. Ihm gegenüber saß eine Schwarzhaarige und nickte ihm freundlich zu. Brendle schätzte sie auf Mitte dreißig, ihre Wollsocken waren ebenso schwarz wie ihre Haare. Die nächste Frau im Kreis verbarg ihr Gesicht hinter einer wahren Löwenmähne. Sie war blond, sehr schlank, vermutlich auch sehr groß und trug Socken in allen möglichen Farben. Es wirkte, als habe sie sämtliche Wollreste zusammengesucht und diese ohne jedes farbliche System zu Socken verarbeitet. Sie starrte auf den Fußboden, ein Gesicht war nicht zu erkennen.

Frau Braun setzte sich auf einen freien Platz, und neben ihr saß … Susanne März.

Brendle war irritiert. Mehr als das.

Er versuchte, ruhig und sachlich zu bleiben. Und dachte trotzdem im nächsten Moment an den köstlichen Apfelkuchen, den er bei ihr vor ein paar Tagen gegessen hatte.

Er hatte keine Zeit, weiter darüber nachzudenken. Ein Gong ertönte. Die Köpfe aller Anwesenden senkten sich nach unten, Hände wurden ineinander gelegt, und dann war Stille.

Einfach nur Stille.

Brendle überlegte, ob er etwas sagen sollte.

Ob er sich vorstellen sollte.

Er hatte keine Ahnung, wie so ein Nachmittag mit intuitivem Malen ablaufen könnte.

Wann begannen sie zu malen?

Wo breiteten sie Pinsel und Farben und den ganzen Kram aus? Auf welchen Tischen?

Dort drüben vor den Fenstern, die er beim Eintreten ins Atelier flüchtig wahrgenommen hatte?

Wann bitte, ging es wirklich los?

Wenn sie sich genug angeschwiegen und auf den Boden geschaut hatten, die Hände nicht mehr ruhig halten konnten, der Rücken schmerzte und die Füße trotz der dicken Wollsocken kalt wurden?

Brendle wusste nicht, was er tun sollte.

Er tat sonst immer etwas.

Ermitteln. Nachhaken. Fragen stellen. Schauen. Vergleichen. Denken. Nach Ursachen forschen. Den Mörder suchen. Den Tatverdächtigen einkreisen. Ihm Fallen stellen, ihn weichklopfen, bis er sich selbst verriet oder endlich gestand, dass er derjenige war, der …

Selbst wenn er in seiner Wohnung war, alleine in einem Café in der Stadt saß oder einfach nur die Tageszeitung las, war er nicht wirklich untätig. Dann ging ihm der aktuelle, ungelöste oder der letzte gelöste Fall durch den Kopf.

Eigentlich war er immer im Dienst. Das war einfach so.

War das nicht schrecklich?

Brendle schloss die Augen.

Ja, das war schrecklich.

So schrecklich schrecklich.

Er fühlte sich allein.

Trotz der vielen Frauen um sich herum.

Da fehlte etwas, das spürte er genau.

Was so ein einfacher Gong ausmachen konnte.

Der trennte einen von der übrigen Welt.

Der machte einen Schnitt, zog eine Wand.

Und dann war die Welt verschwunden.

Aufgelöst.

Brendle spürte, wie sein Herz schlug. Das tat es sonst auch. Aber er spürte es nicht wirklich. Er nahm es als Selbstverständlichkeit hin, dass er lebte, dass er atmete, aufs Klo ging. Alles war so alltäglich, so normal. Das merkte man nicht mehr. Das Leben. Das Atmen.

Nun spürte er es.

Er spürte alles.

Das Leben.

Sein Leben.

Sein Herz.

Wie es pochte.

So gleichmäßig.

Jetzt schneller.

Wirklich, es pochte schneller, obwohl er nicht wollte, dass es schneller schlug. Es tat dies einfach, und er überlegte, ob das Leben schneller vorüberzog, weil sein Herz in jener Minute mehr Schläge machte, als in der Minute zuvor.

Bewegte sich auch die Erde schneller um sich selbst, zogen die Gestirne andere Bahnen, weil sein Herz in dieser einen Minute die gewohnte Frequenz verließ?

Ein Gong ertönte.

Ganz leise.

Aus einer anderen Region.

Eine Stimme sagte, sie begrüße die Leute in dieser Runde sehr herzlich. Und die Teilnehmer mögen sich bitte kurz vorstellen. Jeder mit seinem Vornamen, mehr nicht. Und es wäre schön, wenn jeder noch einen Satz zu sich selbst sagen würde. Einfach einen Satz. Vielleicht, warum er hier ist, oder was er von diesem Nachmittag erwartet.

Und dann sagte die Stimme noch, der Nachmittag habe ein Motto, wie es ja bereits auf der Anmeldung gestanden habe.

Spuren. Sagte die Stimme.

Dieser Nachmittag habe *Spuren* als Thema.

Muss ich nun die Augen aufmachen?, dachte Brendle. Muss ich das? Ich will nicht.

Ich will einfach nur zuhören, was die anderen sagen. Dann weiß ich vielleicht, was ich selbst sagen kann. Denn ich habe keine Ahnung, was ich sagen könnte. Vielleicht bin ich gar nicht da. Ja, so wird es sein. Ich bin nicht da.

Dann hörte er die erste Stimme.

»Ihr kennt mich ja schon. Ich bin Siglinde. Eure Spuren haben euch heute den Berg nach Steinersdorf heraufgeführt.«

Ein Moment der Stille trat ein.

Das war Frau Braun. Die Stimme kannte er.

Die junge Frau neben ihm atmete hörbar. Aber sie sagte noch nichts. Die nächste Stimme kam von schräg gegenüber.

»Mein Name ist Sybille. Ich bin hier, weil ich die Spur in meinem Leben wiederfinden möchte.«

Kurzes Schweigen.

Brendle überlegte, ob das nun die Schwarzhaarige war oder jene mit der Löwenmähne, die ihr Gesicht verborgen hatte. Er tippte auf die Löwenmähne.

Dann schlug er die Augen auf. »Ich bin Celina«, sagte die Frau mit den schwarzen Haaren und den schwarzen Socken. »Ich möchte die Spuren in meinem Leben aus mir herausfließen lassen.«

Das ist schön, dachte Brendle. Auf so eine Idee wäre er nicht gekommen. Das musste er sich merken.

Als Nächstes waren die beiden jungen Frauen an der Reihe, die rechts und links neben ihm saßen.

Die rechte kicherte. »Ich bin die Lena. Und ich bin hier, weil meine Freundin Anna hier ist.« Sie kicherte erneut.

Anna meldete sich zu Wort. »Meinen Vornamen kennt ihr ja schon. Ich bin die Anna. Ich wollte meine Freundin Lena aus ihrer Bude herausholen. Die hockt sonst nur vor dem Computer. Außerdem bin ich gespannt, was hier mit mir passiert. Ich habe vor ein paar Wochen meinen Freund in die Wüste geschickt. Das ist alles.«

Lena wollte noch etwas sagen, Brendle spürte das. Aber dann hielt sie sich die Hand vor den Mund und sagte nichts mehr.

Alle Augen richteten sich auf ihn.

Das war schlecht.

Ihm war noch nichts eingefallen. Er hatte gehofft, er wäre als Letzter dran und Susanne März müsste zuerst sagen, warum sie hier war.

Ein dicker Brocken schmuggelte sich in seinen Hals. Er musste sich räuspern.

»Matthias«, sagte Brendle. »Ich heiße Matthias.«

Ihm fiel nichts ein. Verdammt. Ihm fiel immer noch nichts ein. Er blickte in die Runde, als wäre in den Gesichtern sein Satz versteckt, den er von sich geben musste.

Die Sekunden verlängerten sich zu Minuten, die Minuten zu kleinen Ewigkeiten. Und niemand sagte etwas. Niemand erlöste ihn.

Er schaute Siglinde Braun an, direkt in die Augen, und hoffte, sie würde seinen Hilferuf verstehen. Verstand sie auch. Aber sie sagte nichts. Sie lächelte nur. Und nickte.

Das half.

»Ich bin Spurensucher«, sagte Brendle.

Er hörte, wie ein Stein auf das Schaffell plumpste. Es war vorbei. Er hatte es geschafft. Er schaute in die Runde, und die Runde schaute ratlos zurück.

Spurensucher, soso. Er konnte es in den Gesichtern lesen. So etwas hatten sie noch niemals gehört. Das musste ein komischer Kauz sein. Vielleicht sollten sie sich einmal an ihn wenden. Vor allem jene Frau mit der Löwenmähne, Sybille, die ihre eigene Spur im Leben wiederfinden wollte. Von ihr würde er den ersten Auftrag erhalten. Wenn er schon Spurensucher war. So einen interessanten Mann lernt frau nicht jeden Tag kennen.

Genau auf diese Art wurde Brendle jetzt von Sybille angeschaut. Als würde sie etwas sagen. Ihm eine wichtige Nachricht auf der Gedankenautobahn zukommen lassen.

Dich brauche ich noch.

Du gehörst mir.

Hast du gehört, Matthias? Mir!

Sybille strich sich die Löwenmähne aus dem Gesicht. Darunter kamen große, rote Lippen zum Vorschein. Brendle hatte noch nie so große, rote Lippen gesehen. Waren die echt?

Seine Gedanken wurden jäh unterbrochen.

»Hallo«, sagte Frau März. »Ich heiße Susanne. Ich weiß nicht, warum ich hier bin. Vielleicht, weil ich Spuren finden will. Meine eigenen Spuren. Vielleicht auch fremde Spuren. Spuren von Menschen, denen ich einmal begegnet bin, und die nun nicht mehr bei uns sind. Weil sie schon in einer anderen Welt sind. Irgendwo anders … Nach diesen Spuren will ich suchen. Ja … genau. Nach diesen Spuren will ich suchen.«

Im Kopf von Brendle läuteten sämtliche Alarmglocken. Frau März wollte die Spuren von Menschen suchen, die schon in einer anderen Welt waren. Also von Menschen, die nicht mehr lebten. War das nicht ein halbes Geständnis? Vielleicht sogar ein dreiviertel Geständnis? Noch dazu vor Zeugen? Vor fremden Leuten, die sich untereinander nicht kannten?

Brendle starrte zu Frau März hinüber. Intensiv und andauernd. Er konnte nicht anders. Dort drüben saß eine mögliche Täterin. Die Mörderin von Eduard Lieblich. Einfach so. Als wäre nichts dabei.

Die weiß genau, wie Spuren verhindert oder beseitigt werden, ging es Brendle durch den Kopf. Die hat alles geplant. Sie war als Erste am Tatort im Kunsthaus. Sie hatte genug Zeit, Spuren zu verwischen. Und nun will sie erneut danach suchen. Welche Unverfrorenheit. Und das sagt sie auch noch so offen.

Will sie mich provozieren?

Frau März weiß als Einzige, wer ich wirklich bin.

Er sollte Frau März auf der Stelle verhaften.

Vorläufig festnehmen.

Aber er hatte nichts dabei.

Keine Handschellen.

Keine Dienstwaffe.

Kein Formblatt.

Nichts.

»Matthias, möchtest du zu der Aussage von Susanne etwas ergänzen?«

Siglinde Braun lächelte ihn freundlich an. Die anderen Frauen aus der Gruppe schauten ihn an, als würden sie jeden Moment flüchten wollen.

Machte er so ein grimmiges Gesicht?

Susanne März saß ruhig da, zupfte sich Fusseln von den Wollsocken und lächelte.

»Nein«, sagte Brendle. »Ich möchte nichts ergänzen. Ich möchte mich nur später mit Frau … mit Susanne unterhalten.«

Die Frauen atmeten hörbar auf.

Sybille versteckte ihren großen, roten Mund wieder hinter ihrer Löwenmähne. Lena und Anna kicherten.

»Ich werde euch nun eine kleine Geschichte vorlesen«, sagte Frau Braun. »Es soll als Einstimmung dienen, damit ihr eure Gedanken auf Spurensuche schicken könnt. Wenn ihr wollt, könnt ihr dabei eure Augen schließen. Der Gong weckt euch wieder auf.«

Und dann begann Siglinde zu lesen.

Es war eine Geschichte wie ein Märchen. Brendle hörte nicht zu. Er konnte nicht zuhören. In Gedanken war er überall, aber nicht hier. Er sah Eduard Lieblich in seiner Blutlache unter dem Klavier liegen.

Spuren, dachte Brendle. Das sind Spuren. Wirkliche Spuren. Und wenn ihn nicht alles täuschte, dann hatte diese Spuren Susanne März verursacht. Aber warum?

Er hatte angenommen, die beiden würden sich gut verstehen. Susanne März hatte häufig die Aufsicht im Kunsthaus übernommen. Was sie arbeitete, wusste er immer noch nicht. Aber er würde es herausfinden. Noch an diesem Nachmittag.

Vorsichtig ließ er seine Augen über die Frauenrunde schweifen.

Siglinde Braun hatte ein Buch in den Händen und las leise vor. Sie konnte gut vorlesen. Mit ruhiger, einprägsamer Stimme. Wie bei einer Meditation.

Susanne März hatte die Augen geschlossen, die Hände im Schoß gefaltet. Als würde sie beten. Aber das würde ihr auch nichts mehr helfen. Er brauchte nur noch eine DNA-Probe von ihr. Hatte sie vielleicht eine Jacke dabei, von der er in einem unbemerkten Augenblick ein Haar nehmen könnte?

Nein, hatte sie nicht. Für eine Jacke war es zu warm.

Die beiden jungen Mädchen Lena und Anna wirkten entspannt. Auf ihren Gesichtern zeigte sich eine Spur von lautloser Übereinstimmung. Das sind wirklich gute Freundinnen, dachte Brendle. Die sind füreinander da, selbst nachts um drei, wenn es sein musste.

Sybille hatte sich in ihrer Löwenmähne vergraben und stierte auf ihre Wollsocken hinunter.

Die schwarzhaarige Celina hielt ihre Hände geöffnet im Schoß. Als würde sie darauf warten, dass jemand etwas hineinlegt. Gleichzeitig schaute sie mit geschlossenen Augen und leicht offenem Mund zur Decke hinauf. Ein schönes Bild.

Nur Brendle konnte sich nicht entspannen. Es ging einfach nicht. Er fühlte sich wie unter Strom. Wenn es nicht wie eine Flucht ausgesehen hätte, wäre er am liebsten aufgestanden und draußen im weitläufigen Garten umherspaziert.

So hoffte er darauf, dass Siglinde Braun mit ihrer Geschichte bald fertig war. Hoffentlich verlangte sie nicht, dass er ein Motiv aus der Geschichte beim Malen einfließen ließ. Er hatte nämlich keine Ahnung von der Geschichte. Brendle hörte überhaupt nicht zu. Er sah nur, wie Frau Braun ihre Lippen bewegte, ab und zu aufsah, ihren Blick in die Runde schweifen ließ, eine minimale Pause beim Lesen machte, im Buch eine Seite umblätterte.

Ende.

Spuren ergaben sich daraus nicht.

Brendle sehnte den Gong herbei. Diesen Ton, der die anderen aus der Welt der Geschichte in die hiesige katapultierte. Damit Brendle endlich aufstehen durfte. Sein Rücken war steif, die Füße vom Sitzen auf dem Schaffell eingeschlafen.

Außerdem hatte er Durst.

Richtig großen Durst.

Das musste von der Nudelpfanne kommen, die er bei Anita Weigelt in sich hineingeschaufelt hatte. In Gedanken wünschte er sich einen Wasserhahn herbei, unter den er sich legen könnte. Mund auf, Wasserhahn auf, und dann einfach laufen lassen.

Allein die Vorstellung war köstlich. Leider erfrischte sie nicht. Der Durst wurde nur noch schlimmer.

Gab es nicht im Garten diesen tollen Wasserschlauch, mit dem er vor ein paar Tagen seinen Kreislauf wieder in Schwung gebracht hatte?

Der könnte die Rettung sein.

Er würde das Ding in einem unbeobachteten Augenblick, während die anderen auf Spurensuche waren, aufsuchen, den Hahn aufdrehen, sich darunterlegen und dann das Wasser in sich hineinlaufen lassen. Ob er dabei von Kopf bis Fuß nass wurde, war ihm egal.

Das Wasser würde seine Kehle hinabfließen, ihn überschwemmen, mit sich nehmen. Wie ein Fluss, der ein kleines Schiff aus Baumrinde mit sich trägt. Hinab auf dem Fluss, hinaus aufs große, weite Meer. Und dann würde er eine Insel finden, irgendwo ganz weit draußen, sich dort unter eine Palme setzen, mit den Füßen Kreise in den Sand malen.

Die Welt konnte so schön sein. So einfach.

Wirklich ganz einfach.

Ach, war das schön.

Ein Gong ertönte.

Ein Gong?

Warum ertönte jetzt ein Gong?

War er nicht auf einer Insel, auf der es außer ein paar Kokospalmen und einem endlosen, einsamen Strand nur ihn gab, den Matthias, und sonst nichts?

Warum gab es hier einen Gong?

Die Frage bohrte sich in seinen Gedanken fest.

Warum nur gab es hier einen Gong?

Er hatte erwartet, dass das Meer rauschte oder ein Papagei aus dem Urwald angeflogen kam. Aber doch keinen Gong.

Jemand stieß ihn an der Schulter.

»Matthias?«

Neben ihm kicherte etwas.

»Der ist eingeschlafen.«

Wie … eingeschlafen?

Wo war der Gartenschlauch?

Brendle hatte immer noch Durst. Entsetzlichen Durst. War er doch nicht auf einer Insel gelandet? Er riss die Augen auf. Und wurde angegrinst.

»Na? Auch wieder da?«

»Ich habe Durst«, sagte Brendle. »Entsetzlichen Durst.« Es war das Erste, was ihm einfiel.

»Wie in der Geschichte«, sagte Sybille und schob die Zunge zwischen ihren großen, roten Lippen hervor.

»In welcher Geschichte?«

Siglinde Braun lächelte ihn an. Susanne März lächelte ihn an. Alle lächelten ihn an. Brendle grinste hilflos zurück.

Lena stand auf und kramte in einer Tasche herum. Gleich darauf hielt sie ihm eine große Flasche mit stillem Wasser hin.

»Bitte. Damit du nicht verdurstest. Du warst wohl der Prinz in der Geschichte, der den Wassertropfen gefolgt ist, die die Prinzessin als Spur in der Wüste gelegt hat, damit er sie findet?«

Sehr witzig. Wirklich.

Dumm war nur, dass Brendle darauf nichts erwidern konnte. Er hatte keine Ahnung, welche Geschichte Siglinde Braun vorgelesen hatte.

»Danke«, sagte er nur. Dann setzte er die Flasche an die Lippen. Als er sie wieder absetzte, war sie beinahe leer.

Eine Stunde später stand Brendle an einem der Tische und starrte in den Garten hinaus. Die Pflanzen waren schön. Einfach wunderschön. Wie sie wuchsen und gediehen. Eine Pracht. Mit Stängeln und Blättern und Dornen und Ameisen und Blattläusen. Und dann die Hecke dort drüben. Die in sie hineingewucherten hohen Gräser waren ein Traum. Der Fliederbusch, dessen verwelkte Blütenstände an den Frühling erinnerten, sang das Lied vom späten Sommer. Und dann war da noch das Unkraut, das neben dem Gartenhaus wucherte, der kleine, liebliche Wald aus Brennnesseln. Ganz zu schweigen von dem riesigen Maisfeld, das sich gleich neben dem Grundstück auf dem Acker ausbreitete.

So ein schönes Maisfeld hatte Brendle selten gesehen. Es war so gigantisch. So wertvoll. So voller Grün. Eine grüne Masse. Biomasse. Das hatte was. Da konnte er sich hineinversetzen, in so eine Masse.

Sogar der Wald aus Brennnesseln sagte ihm etwas. Nämlich dass es ein Paradies für Schmetterlinge war und dort Elfen und kleine Könige zwischen den Stängeln hausten.

Nur bei ihm auf der weißen Leinwand, da hauste nichts.

Überhaupt nichts.

Da krabbelten nicht einmal Ameisen herum.

Keine einzige.

Von Schmetterlingen ganz zu schweigen.

Die Leinwand vor ihm auf dem Tisch war nichts anderes als Weiß.

Ein reines, sauberes, leicht strukturiertes Weiß.

Ganz ohne Spuren.

Brendle fiel nichts ein. Er wusste nicht einmal, mit welcher Farbe er beginnen sollte.

Vorsichtig blickte er zu den anderen Tischen. Dort wurde gemalt und gepinselt, gespachtelt, getupft und verwischt. Sybille war die Beste von allen.

Sie stand draußen im Garten in der Sonne und trocknete mit einem Haarföhn bereits die zweite Farbschicht. Damit sie schneller die dritte auftragen konnte.

Sybille fand so viele Spuren aus ihrem Leben. Sie konnte es kaum fassen. Bereits mehrmals hatte sie gesagt »Ich fass es nicht. Ich fass es einfach nicht.« Und ließ es voller Stolz die anderen Teilnehmer wissen. Wie eine geniale Meisterin rührte sie in Farbtöpfen umeinander, mixte Acrylfarbe mit kleinen Steinen, tupfte mit einem Korkstempel gelbe Kreise, verwischte die Kreise, rannte auf die Terrasse und föhnte alles trocken. Ein ständiges Hinaus und wieder Hinein. Ein Unruhegeist. Konnte die nicht ruhig sein?

Susanne März stand direkt neben ihm. Sie hatte ihr Bild mit schwarzer Farbe begonnen. Die ganze Leinwand war schwarz gewesen. Vorübergehend. Inzwischen zeigten sich darauf goldene Spuren. Und weiße Kringel. Und ganz oben, vielleicht auch ganz unten, je nachdem, von welcher Seite das Ganze betrachtet wurde, schwebte so etwas wie eine kleine Wolke.

Die beiden Freundinnen Lena und Anna malten sich ständig gegenseitig in ihre Bilder, Celina ließ die Spuren aus ihrem Leben aus sich herausfließen. Auf ihrer Leinwand floss alles dahin. Die Farben, die Liebe, das Leben. Sogar auf dem Fußboden waren die Spuren zu finden.

Siglinde Braun schaute den Teilnehmern manchmal über die Schulter. Sie sagte nichts. Sie war nur da. Als müsste sie aufpassen, dass keine Spuren verloren gingen.

Susanne hatte sie einmal die Hand auf die Schulter gelegt, als würde sie ihr Kraft geben wollen. Bei ihm selbst war sie nur neben dem Tisch gestanden. Hatte auf die weiße Leinwand geschaut und dann gesagt, Brendle solle die Augen schließen, dann würde er die Spuren finden.

Sehr witzig.

Brendle war nicht beim Malen. Seine Gedanken geisterten durch den Garten, manchmal auch durchs Kunsthaus. Verstohlen schaute er zu Susanne März hinüber. Dort füllte sich die Leinwand wie von selbst mit Leben.

Bei ihm lebte nichts.

Stattdessen hatte er Fragen. Er schob diese Fragen wie einen Berg vor sich her. Es war ihm unmöglich, diesen Berg abzutragen. Schließlich fasste er sich ein Herz und fragte Susanne März ohne Übergang. »Was machen Sie eigentlich beruflich?«

Susanne schaute zu ihm herüber. Auf seine weiße Leinwand.

»Mal erst mal was«, sagte sie leise.

Auch das noch. Jetzt wurde er schon ausgelacht. »Ich kann nicht.«

»Warum?«

»Mir fällt nichts ein.«

»Ich dachte, du bist Spurensucher? Da müsstest du doch Material für ein ganzes Dutzend Bilder mit dir herumtragen.«

Brendle antwortete nicht.

Ich müsste sie jetzt festnageln, dachte er. Sie mit ihrer Aussage konfrontieren. Dass sie nach Spuren von Menschen suchen wollte, die nicht mehr von dieser Welt waren.

Nach den Spuren von Toten.

Da passte die schwarze Grundierung auf der Leinwand.

Hatte Frau März schon mehr Menschen auf dem Gewissen?

War sie eine Massenmörderin?

Brendle schaute sich Frau März von der Seite an. Ihre spitze Nase, die schmalen Lippen, die Brille mit den runden Gläsern.

Sah so eine Mörderin aus?

Andere Frage.

Wie sah eine Mörderin *nicht* aus?

Frau März hatte die dunkelblonden Haare zu einem Zopf zusammengebunden. Ihre kleinen Ohren lagen frei, sie trug einen Ohrstecker mit einem roten Punkt.

Das war es. Der rote Punkt.

Wie eine kleine Menge Blut, die aus Lieblich im Kunsthaus herausgetropft war. Jetzt hatte er seine Spur.

Brendle nahm einen Pinsel, tauchte ihn in rote Farbe, und malte eine Spur aus roten Punkten auf die Leinwand. Schräg über die weiße Fläche. Er tat es sehr gewissenhaft. Nicht fahrig. Trotzdem wurden die roten Punkte unterschiedlich groß. Manche zerflossen zu einem kleinen See, weil Brendle ungeübt war und zu viel Farbe auf den Pinsel genommen hatte.

Dann trat er von seinem Werk zurück.

»Genügt das?«

Susanne März warf einen flüchtigen Blick auf seine Leinwand. Inzwischen schwebte über ihrer blauen Wolke ein gelber Engel. Jedenfalls schaute der Pinselstrich vage so aus.

Wie ein kleiner, gelber Engel, der auf der Wolke saß und über etwas nachdachte.

Sie antwortete nicht.

»Sagen Sie mir nun, was Sie beruflich machen?«

»Wir duzen uns hier«, flüsterte Susanne.

»Meinetwegen. Also. Was machst du beruflich?«

»Wird das jetzt ein Verhör?«

»Soll ich dich mit auf die Wache nehmen?«

Susanne lächelte schief.

»Der Garten wäre mir lieber. Dann kann ich meine Leinwand in der Sonne trocknen lassen. Das solltest du auch tun.«

»Wegen der paar roten Punkte?«

Statt einer Antwort nahm Susanne ihre Leinwand und trug sie mit spitzen Fingern in den Garten hinaus. Sie lehnte das Bild an die Hauswand und setzte sich in eine Hängematte, die zwischen zwei Obstbäumen befestigt war.

Brendle folgte ihr wie ein Hund. Lehnte sein Bild neben ihren gelben Engel an die Hauswand, wagte es aber nicht, sich neben sie in die Hängematte zu setzen. Das wäre zu viel des Guten gewesen. Der Kommissar und die Tatverdächtige. Schaukelnd in der Hängematte unter Obstbäumen, während er ein Geständnis aus ihr herauskitzelte. Was würde der Staatsanwalt dazu sagen. Oder seine Kollegen. Die Situation war skurril.

Und verdächtig.

Zumindest in den Augen der anderen Teilnehmer.

Die hatten ihre Pinselei im Atelier wie auf Kommando eingestellt. Alle Köpfe blickten in den Garten hinaus.

Schau an, ein beginnendes Paar.

So etwas hatte es beim Kurs noch nie gegeben.

Mal sehen, was daraus wurde.

Vielleicht konnten sie das Ergebnis gleich in Form außergewöhnlicher Spuren auf ihre eigene Leinwand bannen. Schon flogen Rosenblätter durch die Gegend. Gänseblümchen vereinten sich zu kleinen Ketten. Und wurden jäh auseinandergerissen.

»Also?« fragte Brendle. Und kam sich reichlich dämlich dabei vor. Er spürte die Blicke der ausnahmslos weiblichen Teilnehmer, die durch die Glasscheiben des Ateliers zu ihm in den Garten hinausstarrten.

Susanne ließ sich Zeit. Sehr viel Zeit.

Sie schaukelte in der Hängematte, streckte die Beine von sich und ließ es sich gut gehen.

»Verträgst du die Wahrheit?«, fragte sie schließlich.

Welch eine Frage.

Brendle dachte nicht daran, darauf zu antworten.

»Bist du eigentlich privat hier?«

Wieder so eine Frage.

Und wieder gab es keine Antwort.

Ein Verhör geht anders herum, dachte Brendle. Ich frage. Und die Antworten kommen von den anderen.

»Wenn du etwas von mir hören willst, dann musst du schon näher kommen.«

War das jetzt ein Angebot?

»Ich habe keine Lust, durch den halben Garten zu schreien. Das ist anstrengend. Also?«

Wie die sich hier aufführte. Als wäre er darauf angewiesen, dass sie ihm etwas verriet. Brendle hatte schon ganz andere Leute dazu gebracht, eine Aussage oder ein Geständnis zu machen. Zuerst hatten sie sich geziert. Und dann waren sie erleichtert. Hatten ihm die Hand gedrückt. Unter Tränen verkündet, wie gut sie sich nun fühlten.

Männer und Frauen.

Beinahe noch mehr Männer als Frauen.

Aber das hier?

Er trat noch ein paar Schritte auf die Hängematte zu, hielt aber einen gewissen Sicherheitsabstand. Frau März sollte nicht denken, dass er sich zu ihr setzte. Niemals. Er war nicht zum Spaß hier. Schon eher in geheimer Mission. »Apfelkuchen gibt es jetzt keinen. Los, komm schon. Stell dich nicht so an.«

Sie packte Brendle am Handgelenk und zog ihn zu sich heran. Und dann saß er doch neben ihr, ganz eng.

Schönes Malheur. Wie gut das tat.

Drüben im Atelier fingen die Mädchen an zu kichern. Brendle vermied es, sich umzudrehen. Sollten sie hinter seinem Rücken doch kichern. Am liebsten wäre Brendle wieder aufgestanden. Aber das ging nicht. Frau März stieß sich mit dem Fuß am Boden ab. Die Hängematte geriet in eine Schaukelbewegung. Und dann lehnte sie ihren Kopf an die Schulter des Kommissars und redete einfach drauflos.

Also doch ein Geständnis, dachte Brendle. Das war immer so. Wenn auch an einem ungewöhnlichen Ort.

21 *Plöpp.*

Brendle wusste nicht mehr, woher die ganzen erdachten Luftballons plötzlich aufgetaucht waren. Sie tanzten vor seinen Augen durch den Garten, stiegen aus Büschen und Bäumen hervor und verschwanden als kleine Punkte im weißblauen Septemberhimmel.

»Ich habe mir auch schon überlegt, wer den Eduard umgebracht haben könnte«, sagte Susanne. »Und wenn du jetzt denkst, ich wäre das gewesen, dann muss ich dich leider enttäuschen.«

Er war nicht enttäuscht.

Vielleicht war er sogar erleichtert. Aber das hieß nichts. Gar nichts. Das hieß im Grund genommen nicht einmal ein bisschen etwas. Auf diese Art war gegenüber dem Kommissar zwar noch kein Geständnis begonnen worden, aber das würde schon noch werden.

»Dr. Gabelmann hat dir doch bestimmt erzählt, dass ich an jenem Morgen beim Arzt gewesen bin, oder?«

Brendle nickte. Er musste jetzt nichts sagen. Sie würde weitersprechen. Das war immer so. Plötzlich mussten die Täter reden. Einfach nur reden.

»Ich war wirklich beim Arzt. Aber nicht meinetwegen. Es war wegen Anna Strecker.«

Eine zweite Tatverdächtige?

»Die musst du nicht kennen. Sie ist vor ein paar Tagen verstorben, und ich brauchte für sie noch eine Bescheinigung.«

Brendle hob kurz den Kopf. Er schaute auf Frau März herab, die es sich sehr, sehr lässig neben ihm bequem gemacht hatte. Inzwischen hatte sie die Schuhe abgestreift und die Beine auf die Hängematte gelegt. Sie trug Nylonstrümpfe.

»Ich muss manchmal beim Arzt für meine Kunden Bescheinigungen abholen. In der Eile wird oft die Hälfte vergessen. Aber in solch besonderen Fällen ist das normal.«

Eine Serientäterin. Eindeutig.

Er spürte eine Hand auf seinem Knie. Die Berührung wirkte sofort und verursachte ein wunderbares Gefühl.

»Oft denken die Kunden an gar nichts mehr. Die stehen einen Meter neben sich. Oder noch viel weiter weg. Ihre Gedanken kreisen um die Vergangenheit. Was sie alles nicht gemacht haben. Denen gehen Sätze und Erlebnisse durch den Kopf wie kleine Episoden aus einem Film. Was sie noch hätten tun können, wenn nicht alles so plötzlich gegangen wäre. Und dann sagen sie mir, dass ihnen so vieles leidtun würde. Dann sind sie für meine Hilfe dankbar. Aber bei mir ist das ja Routine.«

Klar. Brendle verstand das gut. Bei einer Serienmörderin wurde alles irgendwann zur Routine.

Sie schaute ihn an. Von unten nach oben. Und der Griff ihrer Hand auf seinem Knie verstärkte sich. Brendle fühlte sich fast wie im Himmel.

»Schaukel noch ein bisschen«, sagte Susanne. »Bitte.«

Wünsche waren das. Aber gut, wenn sie es so haben wollte. Vielleicht erzählte es sich dann leichter. Er stieß sich mit den Füßen am Boden ab. Und mitten in dieser Bewegung wechselte sie die Stellung, streckte sich der Länge nach in der Hängematte aus und legte den Kopf in seinen Schoß.

»Stört dich das?«

Welch eine Frage.

Natürlich machte es ihm nichts aus. Überhaupt nicht. Es war völlig normal, dass Tatverdächtige ihren Kopf in den

Schoß des ermittelnden Kommissars legten. Alles reine Routine, sonst nichts.

Erneut stiegen Luftballons in den Himmel hinauf, in allen möglichen Farben. Blau. Grün. Gelb. Rot. Lila. Es waren sogar welche dabei, die waren Schwarz.

Wenn Brendle sich zum Atelier umgedreht hätte, hätte er gesehen, dass dort niemand mehr malte. Die Freundinnen standen in der Tür des Ateliers und grinsten. Celina und Sybille hatten sich auf die Erde gesetzt und lehnten sich mit dem Rücken nebeneinander an die Hauswand, gleich neben den Bildern von Susanne und Matthias, die dort in der Sonne trockneten.

Der Kommissar wäre mit einem einzigen Satz aus der Hängematte gesprungen, um sich zu rechtfertigen. Es war nicht so, wie es schien. Es war ganz anders. Glauben Sie mir, meine Damen. So glauben Sie mir doch. Aber er konnte das alles nicht sehen, er schaute in die andere Richtung. Und das war gut so.

»Nicht, dass du denkst, ich will was von dir«, sagte Susanne. »Es ist nur so schön bequem.«

Brendle nickte. Klar. Das war bequem. Kommissare sind ja so kuschelig. Und süß. Und schnuckelig. Und was sonst noch alles. Die saßen dienstlich immer in Hängematten und ließen sich von mutmaßlichen Mörderinnen ihre Lebensgeschichte erzählen.

Irgendwo im blauen Himmel zerplatzte ein erster Luftballon. Es machte ganz leise *Plöpp*. Mehr nicht.

»Manchmal muss ich meine Arbeit zu den unmöglichsten Zeiten verrichten. Zum Beispiel mitten in der Nacht. Wenn es dringend ist.«

Rotlichtmilieu, dachte Brendle. Eindeutig.

»Und dann wollen manche Auftraggeber auch noch, dass ich den Leuten etwas Besonderes anziehe. Den Hochzeitsanzug. Zum Beispiel. Oder sie wollen den Ring der früheren Ehefrau unbedingt dabeihaben. Weil es schöner ist. Das sind Wünsche. Wirklich seltsam. Aber es ist ja auch etwas Besonderes. Und wenn es möglich ist, dann erfülle ich die Wünsche auch. Kannst du das verstehen?«

Brendle nickte. Er wusste nicht, wo er seine Hände hinlegen sollte. Auf den Rücken von Frau März? Ihre Schultern? Die Hüfte?

Sie war für ihn noch immer Frau März. Und er war auch nicht wirklich Matthias. Er war Brendle. Fertig. Und er war im Dienst. Er würde sich das alles merken müssen. Aber das kannte er. Solche Details prägten sich bei ihm ein. An einem so ungewöhnlichen Ort wie in diesem Garten sowieso.

Brendle entschied sich für die rechte Schulter von Susanne März. Dorthin legte er seine rechte Hand. Das war unverfänglich. So konnte hinterher niemand sagen, er habe die Verdächtige unsittlich berührt.

Und wieder machte es *Plöpp*. Es war ein roter Luftballon gewesen. Die Fetzen wurden vom Wind davongetragen. In Richtung Ansbach, es herrschte ein leichter Westwind. Eigentlich müssten die Reste der Ballons zur Erde fallen, aber das taten sie nicht.

Frau März entspannte sich immer mehr. Wie beruhigend so ein kommissarischer Schoß doch war. Sie berührte seine Hand mit ihren Fingern. »Das ist schön«, sagte sie. »Und schaukel noch ein bisschen. Bitte.«

Brendle schaukelte. Hin und her und her und hin. Und wurde ganz steif im Rücken. Er musste sachlich bleiben. Anders ging das nicht. Auch wenn die Situation an Unsachlichkeit kaum zu überbieten war.

Plöpp. Ein gelber Luftballon.

»Manchmal rede ich auch mit den Leuten. Du weißt schon. Die haben ja sonst niemanden mehr, der mit ihnen spricht. Sag jetzt nicht, ich wäre verrückt. Ich bin nicht verrückt. Aber das ist eben meine Arbeit. Und natürlich wasche ich sie, bevor ich sie anziehe, und lege sie schön hin. Wie es sich gehört.«

Brendle schluckte. Kein Wunder, dass er keine Spuren gefunden hatte. Was war das nur für ein Fall. Er würde in nächster Zeit genug zu tun haben. Vielleicht sogar eine Sonderkommission gründen müssen.

Die Massenmörderin von Westmittelfranken. Zuerst ging sie mit den Leuten ins Bett. Erfüllte ihre Wünsche. Zog ihnen das an, was sie haben wollten. Und sich dabei vielleicht aus. Und dann brachte sie ihre Kunden um. Wusch sie hinterher, um alle Spuren zu beseitigen. Ein Profi. Und danach ging sie zum Arzt, um sich eine Bescheinigung ausstellen zu lassen.

Eine gefälschte Todesbescheinigung.

Herzinfarkt beim Coitus interruptus. Ein schöner Tod. Nur die Ehefrau durfte nichts davon erfahren. Eine unbedachte Bewegung. Die dritte Turnübung von Seite 27 des großen Stellungsratgebers. Und dann stand das Nachtkästchen im Weg. Leider. Spuren gab es keine. Alle beseitigt.

Frau Susanne März war ein Profi.

Brendle sah sich selbst, wie er monatelang alle Arztbescheinigungen im Raum Ansbach überprüfte. Beim kleinsten Verdacht würden die Toten exhumiert werden müssen. Eine Arbeit für eine ganze Kompanie. Er würde Verstärkung anfordern müssen. Vielleicht sogar aus München. Welch eine Aussicht. Fragte sich nur, worüber die Bescheinigungen ausgestellt worden waren. Wonach er suchen musste. Nach allem und jedem. Eine Lebensaufgabe.

Was hatte Frau März als Erstes erwähnt, als er nach ihrem Beruf fragte? Dienstleistungen am Menschen. Eine seltsame Beschreibung für Mord.

Und was war mit Lieblich?

Warum hatte der unter dem Klavier gelegen?

War der wirklich im Kunsthaus gestorben?

Der junge, baumlange Kerl in der Pathologie hatte erwähnt, Lieblich sei, wenn man es genau nahm, gleich zweimal gestorben. Eine doppelte Dienstleistung.

Die Blutlache sollte die erste Dienstleistung verbergen.

Aber da ging etwas schief.

Da wurde Frau März bei ihrer Tat gestört.

Am Eingang. Oder an einem anderen Ort.

Irgendetwas ist da schiefgelaufen.

Und dann musste Frau März dringend zum Arzt.

Diese Bescheinigung holen.

Weil die Leute das oft vergessen. Wenn es so dringend ist.

Seit wann war Mord dringend?

Weil der Auftraggeber einen bestimmten Zeitpunkt vorgegeben hatte?

War also Frau März eine weibliche Auftragskillerin?

So etwas hatte er noch nie.

Von so etwas hatte er noch nicht einmal gelesen oder gehört.

Und so etwas lag nun auf seinen Knien. Schaukelte mit ihm in der Hängematte. Nein. Sie ließ sich von ihm in der Hängematte schaukeln. Die Blumen blühten. Bienen summten. Äpfel hingen reif an den Bäumen.

Am liebsten hätte Brendle diese Frau März von sich gestoßen. Einfach auf den Boden geworfen. Oder ihr, während sie mit ihrem Kopf bequem in seinem Schoß lag, Handschellen angelegt. Doch er hatte keine dabei. Er hatte nichts dabei. War auf so einen Fall einfach nicht vorbereitet.

Aber so etwas lernte man auch nicht in der Ausbildung. Nicht einmal während einer Fortbildung. Da wurden lieber neue Verfahrens- und Ermittlungsmethoden aus Übersee präsentiert. Die aber hier nicht überall eingesetzt werden konnten. Geldmangel. Das Haushaltsdefizit. Vielleicht im nächsten Jahr. Oder im übernächsten. Oder nach der nächsten Wahl, wenn der neue Innenminister …

»Und wenn ich mit allem fertig bin, dann falte ich die Hände und spreche noch ein Gebet.«

Wie bitte?

Alle Luftballons zerplatzten. Es hörte sich an wie das Finale eines Feuerwerks. Alles auf einmal. Ganz zum Schluss. In allen möglichen Farben. Rot. Blau. Grün. Gelb. Lila. Orange.

Plöpp. Plöpp. Plöpp.

Hundertmal. Tausendmal.

»Was machst du dann?«

Brendle nahm die Hand von ihrer Schulter. Er hielt es nicht mehr aus. So etwas Abartiges hatte er noch nie gehört. Und er hatte schon viele Fälle gehabt.

Hinter seinem Rücken, in Richtung des Ateliers, hörte er Stimmen. Nicht nur eine. Es war ein ganzer Chor.

»Küss-sennn! Küss-sennn! Küss-sennn!«

Waren die jetzt alle verrückt geworden?

Frau März setzte sich auf.

»Das ist doch ganz normal, findest du nicht?«

Brendle konnte sich nur mühsam beherrschen. Leichte Übelkeit stieg in ihm auf. Die Stimmen in seinem Rücken waren wieder verstummt. Vielleicht hatte er sich das nur eingebildet.

»Du betest hinterher?«

»Ja.«

Sie sagte es mit einer unglaublichen Unschuldsmiene.

»Und bei Eduard Lieblich?«

»Mit dem hatte ich noch nicht zu tun. Vielleicht kommt das noch. Aber den habt ihr ja noch nicht freigegeben.«

»Was haben wir noch nicht?«

Brendle war kurz davor, einen Schrei auszustoßen.

Frau März schaute den Kommissar an. Ihr Mienenspiel wechselte von Entsetzen über Erstaunen bis zum breiten Grinsen, dann wieder zurück zu tatsächlicher Ernsthaftigkeit.

»Küss-sennn! Küss-sennn! Küss-sennn!«

Schon wieder dieser Chor. Schrecklich.

»Matthias! Ich weiß nicht, was du von mir denkst.«

»Was soll ich denn denken?«

Frau März ordnete ihre Haare. Spielte am Ohrläppchen herum. Prüfte, ob der Ohrstecker mit dem roten Stein noch an seinem Platz saß.

Dann stand sie auf.

»Ich arbeite bei einem Bestattungsunternehmen. Da ist es ganz normal, die besonderen Wünsche der Kunden zu erfüllen. Und ein Gebet für den Toten, wenn er besonders gekleidet in seinem Sarg liegt, ist doch etwas Würdevolles. Findest du nicht?«

Drüben am Wald stieg ein einzelner, roter Luftballon in den Himmel hinauf. Brendle sah ihn fliegen. Höher und höher. Und er wartete darauf, dass es *Plöpp* machte. Er schaute dem Luftballon hinterher, wartete, bis er nur noch als kleiner Punkt zu erkennen war, doch das Geräusch blieb aus.

22

Ein Joker.

Brendle stand vor dem Spiegel und suchte alles ab. Sein Hemd, die Jacke, die Hose, sogar die Unterhose. Aber er fand nichts. Einfach nichts.

Dabei war er sich sicher gewesen, dass etwas von Frau März bei ihm zurückbleiben würde. Ein Haar. Eine persönliche Spur. Ein Hauch von ihrem Duft umwehte ihn noch immer. Aber darin fand sich keine DNA-Spur, die sich vergleichen ließe.

Brendle brauchte jetzt einen Wein. Das kam selten vor. Er musste diesen Abend, der eigentlich schon vorüber war, in sich nachklingen lassen. Er wollte seinen Hall spüren, dieses Etwas, das vom Tag übrig geblieben war. Er öffnete den Kühlschrank und blickte hinein.

Dort stand sie, die Flasche. Seit ungefähr einem halben Jahr. Ein Randersacker *Ewig Leben*. Die letzte Flasche. Es war das Abschiedsgeschenk seiner Kollegen aus München gewesen. Er sollte eine Erinnerung an sie haben, und gleichzeitig etwas für die Heimat. Wobei ein Würzburger Frankenwein nicht unbedingt etwas mit Westmittelfranken zu tun hatte. Aber doch wieder mehr als ein Wein vom Bodensee, den er wiederum sehr zu schätzen wusste.

Ewig Leben. Das war gleich wieder eine Anspielung gewesen. Eine deutliche. Dass nichts für immer war. Dass er nichts festhalten konnte. Und sich endlich seinen Wurzeln stellen sollte. Wo er herkam. Aus Windsbach. Im Tal der Rezat gelegen. So ein kleines, leicht verschlafenes Städtchen im westlichen Franken.

Brendle schraubte die Flasche auf und goss sich einen Schluck ins Glas. Mehr brauchte er nicht. Nur einen kleinen

Schluck. Dann schraubte er die Flasche wieder zu. Schraubte! Nicht einmal einen ordentlichen Korken hatten die Kollegen aus München ihm vergönnt. Wo es Mühe machte, an den Inhalt der Flasche zu gelangen. Auf den Genuss vorbereitete. Ein wenig Arbeit kostete. Den Moment hinauszögerte. Korkenzieher richtig aufsetzen, langsam hineindrehen. Es würde quietschen, wenn sich das Metall in den Korken drehte. Und dann dieses Geräusch, wenn er den Korken aus dem Flaschenhals herauszog. Muskeln anspannen, nicht zu viel, aber auch nicht zu wenig. Die Dosierung musste stimmen. Links die Flasche fest in der Hand, rechts den Korkenzieher. Die erste Anspannung, prüfen, wie fest der Korken saß. Noch ein bisschen mehr Kraft, und dann. Wieder so ein *Plöpp.* Das klang fast wie das Öffnen einer geheimen Pforte. Aber nicht so, wie ein zerplatzender Luftballon. Kein Knall. Sanfter. Satter. Mit der Vorfreude auf einen klaren, trockenen Tropfen. Leicht gelblich, durchsichtig.

Das alles hatten ihm die ehemaligen Kollegen aus München nicht vergönnt. Als seien sie froh, ihn loszuwerden. Schraubflasche. Es knackte, knirschte. Kein Eröffnungserlebnis. Einfach nichts. Egal. Das war vorbei. Mit dem Weinglas in der Hand ging Brendle auf die Terrasse. Er setzte sich in einen Plastikstuhl und stellte das Glas auf den Tisch.

Drüben im Westen erhellte Wetterleuchten den Horizont. Es war noch immer warm, wie den ganzen Tag über. Ein später Sommertag im September, vielleicht der letzte.

Brendle roch an seinem Hemd. Da war noch ein Rest des Lagerfeuers zu erahnen, an dem er im Garten von Steinersdorf gesessen hatte. Und vielleicht fand er doch noch eine Spur von Susanne. Er nahm einen winzigen Schluck vom Wein. Gerade so viel, dass er den Geschmack auf der Zunge spürte. Randersacker *Ewig Leben.*

Aus der Ecke grinste ihn der Wurzelsepp an. Auch so ein Mitbringsel aus Steinersdorf. So wie das Bild. Diese paar roten Tropfen, die er vom Pinsel auf die Leinwand hatte fallen lassen. Seine Spuren. Pedantisch. Nicht einmal das.

Na du?

Die Stimme kam vom Wurzelsepp.

Ja. Der hatte es gut. Auch das Bild hatte es gut. Die beiden waren leicht zufriedenzustellen. Standen einfach herum. Ohne Sinn. Vielleicht konnten sie sich miteinander unterhalten. Ein Bild und ein Stück Holz. Das war doch etwas.

Na, du Bild mit den roten Punkten?

Und du, Wurzelstock? Wie geht es dir?

Geht schon. Und dir?

Kann nicht klagen. Bin halt so, wie ich bin.

War das nicht auch Kunst?

Eine interessante Idee.

Kommissar Brendle war nun unter die Künstler gegangen. Vielleicht hatte er demnächst eine erste Ausstellung. Im Kunsthaus Reitbahn 3. Wenn er nicht vorher zwangsversetzt wurde, wegen Erfolglosigkeit.

Na du?

Schon wieder der Wurzelsepp.

Was sollte der ihm schon sagen?

Dass er nichts konnte? Dass er in diesem Fall nicht weiterkam? Dass er es nicht schaffte, Licht in den Fall Eduard Lieblich zu bringen?

Brendle stand auf und ließ ein paar Tropfen *Ewig Leben* auf den Wurzelsepp fallen. Vielleicht wuchs er dann noch. Oder er hielt endlich seine Klappe. Er konnte seine Fragen nicht gebrauchen. Fragen hatte er schon genug. Aber keine Antworten.

Er brauchte dringend jemanden, mit dem er reden konnte. Einen Außenstehenden. Der ganz klar dachte. Unvoreingenommen. Oder völlig andere Vorstellungen hatte. Abstrus. Vielleicht auch abwegig. Aber damit doch Brendle auf den richtigen Weg führte. Weil er abseits eines Schemas dachte.

Ein Joker.

Den er aus dem Ärmel zog, wenn nichts mehr ging.

Der die besten Ideen hatte.

So wie bei Jauch.

Vielleicht sollte Brendle jemanden anrufen.

Aber wen?

Er kannte keinen Lehrer, der dafür infrage kam. Auch keine Oma. Verwandte sowieso nicht. Die würden ihn nur auslachen. Ebenso wie frühere Nachbarn, sofern sie ihn noch kannten.

Sieh an, der Matthias Brendle. Weißt du nicht weiter, du zurückgekehrter Halbmünchner?

Stimmt. Brendle wusste nicht weiter.

Ja, bei uns in Franken gehen die Uhren noch ein bisschen anders. Da ticken auch die Mörder nach einem anderen Rhythmus. Musst du halt selber schauen, wie du damit klarkommst.

Du Frankenflüchter, du.

Du Möchtegernheimkehrer.

Sehr witzig.

Das Wetterleuchten kam näher. Leichtes Grollen war zu hören. Ob Susanne immer noch im Garten von Siglinde und Heinrich Braun am Lagerfeuer saß?

Er selbst hatte es nicht mehr ausgehalten. Er fühlte sich wie ein Fremdkörper in einer Welt, die er nicht verstand und in der er doch einen Mord aufklären sollte. Wenn auch der Mord nicht im Garten des Ateliers Braun stattgefunden hatte.

Frau März hatte ihn den ganzen verbleibenden Nachmittag über auf Abstand gehalten. Als hätte sie seine Gedanken erraten.

Da war nichts mehr mit Kuscheln gewesen. Kein Kopf in seinem Schoß. Wobei ihm das unangenehm gewesen wäre, so öffentlich.

Hatten schon die Aufforderungen der anderen Spurensucherinnen gereicht. Küssen. Los macht schon, ihr beiden. Küsst euch endlich. Als wäre es schon so weit.

Der Malnachmittag war plötzlich beendet gewesen. Er hatte nicht mehr zustande gebracht als diese roten Punkte auf einer weißen Leinwand.

Eigentlich war der ganze Nachmittag schlecht gelaufen. Ein absolut missglückter Auftritt. Zu spät gekommen. Nicht gewusst, was er hier sollte. Von Beruf Spurensucher. Und dann hatte er nichts gefunden, wie er das auf einem Bild darstellen sollte. Kein einziger wirklicher Pinselstrich.

Die Zeit neben Susanne hatte ihm schon gefallen. Das gestand er sich ein. Die Stunden mit ihr in diesem halb verwunschenen Garten. Die Sache in der Hängematte. Später am Lagerfeuer. Da war eine Vertrautheit, die sich erst noch festigen musste. Und dann wieder dieser Abstand. Als würde sie ihm einen Wurstzipfel unter die Nase halten und dann davonlaufen. Mit Wurstzipfel. Später ließ sie ihn wieder ein Stück näher kommen. Diese flüchtige Berührung seiner Hand, als sie zusammen am Lagerfeuer gesessen hatten und wortlos ins Feuer schauten. Siglinde und Heinrich Braun und auch die beiden Freundinnen Lena und Anna hatten über ein Gedicht diskutiert. Eine kleine Ewigkeit. Sie hatten die Worte zerpflückt und neu zusammengefügt, und Heinrich Braun hatte gesagt, ihr müsst auch das hören, was zwischen den Zeilen steht. Als wäre da etwas gestanden. Und dann war diese Berührung von Susanne gewesen. Nur ganz flüchtig. Als hätte sie eine Fliege von seinem Handrücken verscheucht. Oder eine Ameise. Oder einen kleinen Elefanten.

Ob das am Apfelkuchen lag?

Nein. Lag es nicht.

Im Grunde genommen war Susanne März nichts weiter als eine Person, die zufällig in einen aktuellen Mordfall hineingeraten, gleichzeitig aber auch verdächtig war. Die Erklärung, sie habe den Toten für ein Kunstobjekt gehalten und ihn deswegen erst nach einer halben Stunde bemerkt, war für Brendle zu weit hergeholt. Das klang wie die Ausrede mit dem Wetter. Wenn irgendetwas nicht so war wie sonst, dann war das Wetter daran schuld. Oder der Regen.

Ach ja, der Regen.

Ein paar große, schwere Tropfen klopften vehement auf die Überdachung der Terrasse. Brendle nahm einen weiteren Schluck *Ewig Leben.* Gleich darauf erhellte ein Blitz die Nacht, und dem Leuchten folgte ein Donnerschlag, der die Fensterscheibe hinter Brendle erzittern ließ.

Dann ging es los. Von einer Sekunde auf die andere. Aus den einzelnen Tropfen über ihm wurde ein Trommelwirbel, plötzlich einsetzender Wind riss Blätter und Äste von den Bäumen, ein Stockwerk über ihm schlug ein Fenster zu, etwas klirrte zu Boden, und irgendjemand in diesem Haus stieß einen Schrei aus. Erneut rumpelten Donnerschläge, begleitet von heftigen Windstößen. Blitze zuckten durch die Nacht, der Regen hielt sich nicht mehr an die Senkrechte, sondern erreichte nun auch Brendle. Schräg schlugen die Tropfen auf die Terrassenplatten, der Wind peitschte ihm die Nässe ins Gesicht. Hastig trank Brendle den letzten Schluck *Ewig Leben*, schüttete ihn hinunter, als würde dies etwas bewirken, und ging zurück ins Wohnzimmer. Dort setzte er sich in einen Sessel vor die offene Terrassentür und schaute dem Unwetter zu.

Seine Gedanken kehrten zu Lieblich zurück.

Alle Personen, von denen er wusste, dass sie mit Lieblich Kontakt gehabt hatten, waren weiblich.

Kein einziger Mann war darunter.

Nur Frauen.

War das nicht seltsam?

Was war, wenn Lieblich ein Techtelmechtel mit einer dieser Damen gehabt hatte, der Ehemann oder Lebensabschnittsgefährte war dahinter gekommen, hatte herausgefunden, dass Lieblich öfter nachts im Kunsthaus war, und sich an ihm gerächt?

Brendle zählte durch.

Frau Lieblich war immer noch tatverdächtig. Das winzige Stück Nylonstrumpfhose unter der Einlage im Schuh ihres Mannes könnte von ihr sein. Wenn es tatsächlich von ihr war, dann könnte es auch durch Zufall dorthin geraten sein.

Bei Susanne März, die Lieblich gefunden hatte, plagte Brendle ein schlechtes Gewissen. Rotlichtmilieu. Nur weil sie als Beruf nicht gleich Bestatterin, sondern Dienstleistungen an Menschen genannt hatte. Aber das war verständlich. Wer gab schon gerne darüber Auskunft, dass er es beruflich mit Toten zu tun hatte? Wenn er oder sie nicht gerade bei der Polizei arbeitete.

Margarete von Blumen hatte ein fast zu perfektes Alibi. Mit dem Bezirkstagspräsidenten essen zu gehen war zwar ungewöhnlich, aber beinahe zu einfach. Außerdem lagen zwischen ihrem Heimkommen und Lieblichs Tod diese ominösen drei Stunden. Die hätten gereicht, um sich vom Bezirkstagspräsidenten zu verabschieden, ins Kunsthaus zu fahren, sich mit Lieblich zu treffen, ihn umzubringen und wieder nach Hause zu fahren. Wenn nicht das Bild *Blaue Bäume* erst danach verschwunden wäre. Auch so eine Sache. Vielleicht sollte Brendle beginnen, danach zu suchen. Dumm war nur, dass er dazu keine Lust hatte. Das würde von selbst wieder auftauchen. Das hatte er im Gefühl. Das sagte ihm sein Bauch.

Wen hatte er noch?

Richtig. Anita Weigelt. Die Frau im Haus gegenüber. Die Jugendfreundin, mit der Eduard Lieblich einmal fast etwas gehabt hätte. Und die ihm bis zu seinem Tod die Seelentrösterin gespielt hatte. Gleich gegenüber. Aber die hatte ein Alibi bei einer Freundin, in diesem Hochhaus am Faberpark. Schön ausgedacht. Vielleicht auch nur konstruiert. Er würde die Freundin befragen müssen. Und dabei würde sie ihm auch freiwillig ihre DNA-Probe aushändigen, so wie es Anita Weigelt gemacht hatte. Es liefen einfach zu viele Krimis im Fernsehen. Nur Tote. Die Leute wussten schon vorher, was nach einem Mord zu tun war. Also wussten sie auch, wie sie es anzustellen hatten, dass sie nicht erwischt wurden. Tolle Entwicklung. Anita Weigelt hatte genug Zeit gehabt, alles zu arrangieren. Die wusste alles immer genau. Kannte die Gewohnheiten der Ehegatten Lieblich.

Anita Weigelt. Brendle erinnerte sich an die Nudelpfanne, die sie ihm aufgetischt hatte. Als wäre er mit ihr in der Wohnung verabredet gewesen. Verhör mit Verpflegung. Das war erst heute Mittag gewesen. Tatsächlich erst heute Mittag. Wie lang ein Tag sein konnte. Brendle sah auf die Uhr.

Nein, es war bereits gestern Mittag gewesen. Egal.

Sämtliche Tatverdächtigen waren Frauen. Das waren ihm eindeutig zu viele Frauen. Kein einziger Mann stand bis jetzt mit Eduard Lieblich in Verbindung. Es schien, als hätte Herr

Lieblich einen Harem unterhalten. Und sich bei Anita Weigelt bei Bedarf ausgeheult. Zustände waren das in Ansbach. Da war ja München mit seiner Schickeria fast wie ein Kloster gewesen.

Ein Blitz erhellte die Nacht. Brendle wartete darauf, dass es donnerte. Lange Zeit kam nichts. Der Regen hatte nachgelassen. Er trommelte nicht mehr auf die Überdachung, sondern streichelte sie nur noch.

Dann grummelte der Donner. Ein tiefer, rollender Ton. Als wäre da noch etwas, das irgendwo wartete, hinter Büschen und Bäumen und Häusern, aber nicht den richtigen Mut hätte, zur Tür hereinzukommen. Der Donner begann rechts über der Hecke, verlagerte sich dann in die Mitte zur Straßenlaterne und hauchte links über den Fertiggaragen sein Leben aus. Als wäre ein Zug durch die Nacht gefahren, ein Güterzug mit vielen Waggons hintendran.

Jetzt wusste Brendle, wer sein Telefonjoker sein würde. Tommi.

Als sie sich zum letzten Mal gesehen hatten, war Tommi gerade Vater geworden. Nein. Er hätte Vater werden können, wenn er wirklich gewollt hätte. So ungefähr.

Aber mit der Saskia, da würde er keine Familie gründen wollen.

Hat er gesagt.

Beim letzten Klassentreffen, vor vier Jahren.

Tommi. Sein bester Schulfreund. Einer der wenigen Freunde, die er jemals hatte.

Den würde Brendle jetzt anrufen. Einfach so.

Weil Tommi gesagt hatte, er könne ihn immer anrufen. Aber da hatte Tommi schon ein paar Weizen hinter sich. Und einige Klare.

Mal sehen, was das Versprechen wert war.

Brendle wählte die Nummer. Das Telefon in seiner Hand wog schwer. Sehr schwer. Als hätte er einen Ziegelstein aufgehoben.

Ich könnte auch einfach wieder auflegen, dachte Brendle. Verwählt oder so. Mitten in der Nacht. Das kann ja mal vorkommen. Es war zu spät, um aufzulegen.

»Mmmmmhhhh?«

Es klang wie der Nachhall des abziehenden Gewitters. Nur anders. Als würde sich der Donner selbst beim Atmen zuhören.

»Tommi?«

Ein tiefer Schnaufer drang durch den Hörer.

»Mmmmmhhh.«

Brendle war sich nicht sicher, ob er nicht einfach wieder auflegen sollte. Wortlos. Ohne eine Frage gestellt zu haben. Er hätte auf seinen Joker verzichten müssen. War ohnehin eine dumme Idee gewesen. Als würde ein alter Schulfreund ihm dabei helfen können, einen dämlichen Mordfall in Ansbach zu lösen. »Ist da jemand?«

Tatsächlich. Das war die Stimme von Tommi.

»Ich bin's. Matthias. Du weißt schon.«

Schweigen.

Es hörte sich an, als wäre Tommi nicht allein. Im Hintergrund raschelte etwas, aber das wunderte Brendle nicht wirklich. Es war mitten in der Nacht.

»Nein.«

Tommi sprach nicht mit ihm. Der nahm ihn am Telefon gar nicht richtig wahr. Der war mit etwas anderem beschäftigt.

Dann ertönte ein Schrei. Brendle hielt das Telefon einen halben Meter vom Ohr weg. Er wollte sich keinen Tinnitus einfangen.

»Nein! … Der Matze! Ich glaube, ich spinn.«

Brendle wusste nicht, was er sagen sollte. Nur von seinem besten Freund hatte er es jemals geduldet, *Matze* genannt zu werden.

»Ramona, hörst du? Der Matze ruft an. Mitten in der Nacht.«

Aha. Mit Ramona war Tommi also gerade beschäftigt. Vier Jahre waren eine lange Zeit. Tommi war noch nie ein Kostverächter gewesen.

Brendle überlegte, ob er überhaupt etwas von seinem ungelösten Kriminalfall erzählen sollte. Vielleicht war die Idee einfach auf den Frankenwein zurückzuführen. Was ein halber Schoppen *Ewig Leben* für eine Wirkung hatte. Schon komisch.

»Also Matze. Was ist los? Raus damit.«

»Soll ich wirklich?«

»Klar. Habe ich dir doch versprochen. Du kannst mich immer anrufen. Jetzt ist zwar gerade die Ramona da, aber die kann ja mal kurz Pause machen. Nicht wahr, Ramona?«

Ein Fluch auf Russisch ertönte im Hintergrund. Vielleicht war es auch Polnisch oder Rumänisch. Die Stimme hörte sich an, als wäre die dazugehörige Person etwa zwanzig Jahre jünger als Tommi.

»Also. Schieß los.«

Brendle begann zögernd. In groben Zügen. Versuchte, so sachlich wie möglich zu bleiben. Er schilderte das Kunsthaus in Ansbach. Wie der Tote aufgefunden worden war, unter diesem Klavierdings, dass es keine wirklichen Spuren gab, nur diese Blutspur, dann auch den großen See von Blut. Und dass Lieblich zweimal gestorben war. Zuerst am Eingang und dann unter dem Klavier. Und dass wirklich niemand etwas gesehen hatte, oder gesehen haben wollte. Dann war Stille.

Einfach nur Stille.

Als würde Brendle den Hörer des Telefons einfach so in der Hand halten, nur für sich selbst, damit ihm nicht langweilig wurde.

Bei Günther Jauch wäre die Zeit des Telefonjokers längst abgelaufen. Der hätte schon lange in sich hineingegrinst. Mit seinem typischen, leicht hinterhältigen Jauch-Grinsen. Als hätte er ohnehin gewusst, dass dieser Joker vergeblich sein würde. Aber gesagt hatte er vorher nichts. Sonst hätte Brendle seinen Joker gar nicht angerufen.

Und nach diesem letzten Joker, nachdem die Zeit abgelaufen war, kam die Stimme von Jauch. Leicht belustigt.

War wohl nichts, mit dem letzten Joker, Herr Brendle? Das tut mir jetzt aber wirklich leid für Sie. Das dürfen Sie mir glauben. Ich hätte ihnen die 64.000 Euro sehr gegönnt. Und die weiteren Fragen können wir uns jetzt sparen, oder? Oder was meinen Sie, Herr Brendle?

Ja, was meinte der Herr Brendle?

Oder, besser, was meinte Tommi?

Am anderen Ende der Leitung, irgendwo in der Wohnung von Tommi, atmete jemand. Erst leise, dann lauter, dann folgte etwas, das sich wie eine große Erleichterung anhörte. Kurzes Kichern, weiblich.

»Tommi, bist du noch dran?«

»Ja. Ich meine. Klar doch. Was denkst du denn?«

»Nichts. Ich denke einfach nichts. Brauchst du noch ein paar Einzelheiten vom Toten?«

Wieder dieses Kichern. Dann ein leises *Patsch-patsch*, als hätte jemand einer anderen Person zärtlich einen Klaps auf den nackten Hintern gegeben. Ein Flüstern war zu hören, weiblich, zärtlich, in einer anderen Sprache. Und sehr, sehr jung.

»War der nackt?«

»Wer?«

»Der Tote unter dem Konzertflügel?«

»Nein. Der trug einen alten Sakko, eine Hose, ein Hemd, schwarze, abgelatschte Schuhe. Ganz normal. Warum fragst du?«

»Ach, nur so. Das hat mich die Ramona gerade gefragt. Die hat nämlich auch nicht viel an. Kannst du dir aber bestimmt denken, oder?«

»Ich denke mir nichts. Habe ich doch schon gesagt.«

Brendle überlegte, ob er das Gespräch einfach beenden sollte. Ob er sagen sollte, es täte ihm leid, wirklich sehr leid, dass er Tommi und Ramona mitten in der Nacht bei … na, er wisse schon … gestört habe. Und er würde irgendwann am Sonntag wieder anrufen.

Es war aber schon Sonntag, und hätte Brendle genau auf die Uhr gesehen, hätte er gesehen, dass er in spätestens zehn Stunden im Kunsthaus Reitbahn zu Ansbach sein müsste. Dann würde die Gedenkveranstaltung für den armen Eduard Lieblich beginnen. Pünktlich um elf Uhr. Als wäre es eine Matinee. Was Schönes für den Sonntagmorgen. Als Ersatz für einen Frühschoppen.

Brendle sah nicht auf die Uhr. Er lauschte in den Hörer hinein, vernahm leise Stimmen, das Rascheln von Stoff und einer Bettdecke, glaubte zu hören, wie irgendetwas Reibung verursachte, schneller, immer schneller, bis dann plötzlich Schluss war.

Brendle überlegte, wie alt Ramona sein mochte. Vielleicht Fünfundzwanzig. Mit langen dunklen Haaren. Oder blond? Nein, nicht blond. Tommi hatte schon immer ein Faible für lange, dunkle Haare gehabt. Und für die Frauen aus dem Osten.

Weißt du, hatte Tommi damals zu Matthias auf dem Klassentreffen gesagt, weißt du, diese Frauen aus dem Osten, die sind noch ganz anders.

»Also. Der Typ unter dem Klavier war nicht nackt gewesen, richtig?«

Tommi war noch am Telefon, immerhin.

»Ja.«

»Und wie genau schaut das Bild aus, das am Eingang hängt?«

»Es hing dort, Tommi.«

»Wie … es hing dort?«

»Es ist zwei Tage später gestohlen worden. Leider.«

»Schade. Ich hätte es mir gern angesehen. Aber du kannst es mir bestimmt beschreiben, oder?«

Als könnte Brendle Bilder beschreiben. Er war doch kein Kunstsachverständiger. Abgesehen davon war das Tommi auch nicht. »Ich will es versuchen. Stell dir ein großes Bild vor, ungefähr einen Meter hoch und eineinhalb Meter breit.«

Tommi flüsterte etwas auf Russisch. Oder Polnisch. Das Mädchen kicherte wieder. Dann hörte es sich an, als würde jemand einen Kuss bekommen, es schmatzte leise. Nackte Füße tappten mit leichten Schritten über den Fußboden, wieder weibliches Kichern, eine Tür fiel zu.

»Alles klar. Und weiter?«

»Im Hintergrund sind Hügel. Frag mich jetzt nicht, welche Farbe die haben. Gelb oder rot. Vor den Hügeln ist so etwas wie eine Straße, aber nur angedeutet. Du verstehst, was ich meine?«

»Mmmhh.«

»Und an dieser Straße stehen blaue Bäume. Kleine, große, mittlere blaue Bäume. Die haben keine Äste und kein Laub, darauf sitzt kein Vogel und singt, und es gibt auch sonst keine Tiere auf dem Bild. Nur diese blauen Bäume.«

»Mmmhh.«

»Und frage mich jetzt bitte nicht, ob diese Bäume Buchen oder Eichen oder Tannen oder Palmen darstellen sollen. Ich habe das Bild vielleicht zwei Minuten lang gesehen, ganz flüchtig. Mehr konnte ich mir nicht einprägen. Hättest du dir mehr merken können?«

»Mmmhh.«

»Ich finde, das ist schon ziemlich viel.«

»Mmmhh. Mmmhh.«

»Sag doch mal was, Tommi!«

»Puuhh.«

Aus. Ende. Vorbei.

Jauch hätte ihn von seinem Sitz herunterkomplimentiert. Volles Risiko. Und verloren. Zurückgefallen bis auf 500 Euro. Hoffentlich haben Sie mit den 63.500 Euro, die Sie jetzt gerade verloren haben, nichts vorgehabt, Herr Brendle.

Nein. Hatte er nicht.

Und hoffentlich hat da jetzt niemand zugesehen, der Sie kennt, Herr Brendle.

Auch egal.

Oder es kennt jemand die Stimme, mit der sie gerade telefoniert haben, Herr Brendle. Auch das wäre unangenehm. Zumindest ich, Herr Brendle, hätte das als unangenehm empfunden.

Würde Jauch gesagt haben.

»Pass auf.«

Endlich. Tommi war also noch da und noch nicht eingeschlafen. Männer schlafen nach solchen Beschäftigungen ja gerne mal ein. Ramonas können anstrengend sein, vor allem, wenn sie noch so jung sind. Oder sich so jung anhören. Und wenn sie sich dann auch noch jung anfühlen …

»Bist du noch da, Matze?«

»Klar.«

»Gut. Pass auf.«

Brendle passte auf. Wenn nur endlich etwas kommen würde. Aber zunächst kam nichts. Erneut schlug eine Tür zu, Füße tappten über den Fußboden, vermutlich dieselben weiblichen Füße wie vorhin, eine Bettdecke raschelte, schon wieder das Geräusch eines Kusses, dann noch einer.

Langsam wurden Brendle diese Geräusche zu viel.

»Das sind Phallus-Symbole.«

Brendle verschluckte sich fast an seiner eigenen Spucke.

»Was?!?«

»Deine blauen Bäume sind Phallus-Symbole. Eindeutig. Der Weg ist die Spur, die dein Toter in seinem Leben zurückgelegt hat, ein bisschen planlos und wirr, und die Hügel im Hintergrund sind weibliche Erhebungen. Welche, das bleibt deiner Fantasie überlassen.«

Brendle war für einen Moment sprachlos. Er hatte Tommi nicht angerufen, um von ihm Sexfantasien zu hören. Vielleicht war nur der Zeitpunkt ungünstig gewesen. Wer ruft auch an einem Sonntagmorgen kurz nach Mitternacht bei einem früheren Freund an, den er zum letzten Mal vor Jahren bei einem Klassentreffen gesehen hatte, um von ihm einen Rat bei einem aktuellen Mordfall zu erhalten.

Brendle, wer sonst.

Er könnte sich deswegen ohrfeigen.

»Gut.«

Sagte Brendle und versuchte, sich seinen aufkommenden Ärger nicht anmerken zu lassen.

»Sag ich doch. Ramona sagt das auch.«

Wieder das Geräusch eines Kusses. Jetzt länger. Als würde sich die Zunge irgendwo dazwischen schieben. Brendle wollte sich das nicht vorstellen.

»Ramona hat mich gerade geküsst. Sorry, Matze. Aber das musste jetzt einfach mal sein.«

»Ist schon in Ordnung.«

Nichts war in Ordnung.

»Und was sagst du dazu, dass der arme Kerl gleich zweimal gestorben ist?«

»Toller Hecht. Der hatte nicht nur einen Feind. Der hatte gleich zwei.«

Brendle wurde es langsam zu viel. Dann hatten es zwei Täter geschafft, ihre Spuren zu verwischen, oder, noch schlimmer, keine verwertbaren Spuren zu hinterlassen. Mit Ausnahme des minimalen Fetzens weiblicher Nylonstrümpfe unter der Einlage von Lieblichs linkem Schuh.

»Und wie kommt dieser Nylonstrumpf in den Schuh des Opfers?«

Wieder das Geräusch ausgiebiger Küsse. Eine richtige Orgie. Dabei könnte Ramona, von der Ferne betrachtet, leicht Tommis Tochter sein. Zumindest der Stimme nach. Sie hatte so ein jugendliches Kichern.

»Ramona. Bitte. Hör mal für einen Moment auf. Ich muss nachdenken. Okay?«

Soso. Der Herr musste nachdenken. Konnte der das überhaupt noch? War der Herr Tommi nicht viel zu erschöpft? Wer weiß, was die beiden schon alles gemacht hatten. Und wie lange. Und in welchen Stellungen.

»Hatte der Typ seine Schuhe an?«

»Ja.«

»Richtig herum?«

»Ich denke schon.«

»Prüf das mal nach.«

»Mach ich.«

»Und … hatte dein Toter Strümpfe an?«

»Ja.«

»Aus Nylon?«

»Nein. Aus Baumwolle.«

»Vielleicht trug dein Toter manchmal selbst Nylonstrümpfe.«

»Warum sollte er Nylonstrümpfe getragen haben?«

»Weil er wissen wollte, wie sich das anfühlt? Oder weil er manchmal gerne eine Frau sein wollte?«

»Frauenstrümpfe in Herrenschuhen?«

»Warum nicht?«

»Du spinnst.«

»Matze, sag das nicht. Ramona und ich verkleiden uns auch manchmal. Das ist lustig. Das ist mal was ganz anderes. Wir tauschen einfach die Rollen. Natürlich nicht ganz. Aber zumindest so weit, wie es geht. Du weißt schon.«

Nein. Brendle wusste nicht.

Er hätte Tommi nicht anrufen sollen. Niemals.

»Okay. Kommen wir zurück zu deinem Toten. Pass auf.«

Brendle passte nicht auf. Brendle hatte keine Lust mehr. Er wartete nur noch auf den richtigen Moment, in dem er das Gespräch beenden konnte. Er war müde. Einfach nur schrecklich müde.

»Folgendes wäre möglich. Der Täter hat den Auftrag, deinen Typen umzubringen. Zuerst bricht er ihm das Genick. Dann zieht er dem Toten die Schuhe aus, schlüpft selbst hinein und trägt den armen Kerl zum Klavier. Dort legt er ihn ab, zieht die Schuhe wieder aus, steckt sie dem Toten wieder an die Füße und schneidet ihm die Pulsader auf, damit es so aussieht, als sei er unter dem Klavier verblutet. Ist doch logisch, oder?«

Ja, das war logisch. Aber verrückt.

»Tommi …?«

»Ja?«

»Nylonstrümpfe sind für Damen.«

»Na und? Meinst du etwa, Frauen können keine Toten durch die Gegend tragen? Wie schwer ist denn dein Toter?«

»Siebzig Kilo. Ungefähr.«

»Das ist zu schaffen. Auch von einer Frau. Die müsste nur ein bisschen geübt sein. Ramona könnte das packen.«

»Wie kommst du darauf?«

»Fitnessstudio. Ramona geht dreimal die Woche hin. Das ist klasse. Was meinst du, was mein Schatz für Muskeln hat? Die sieht man nur nicht gleich. Aber bei manchen Stellungen ist das wirklich praktisch …«

»Danke. Das genügt.«

Stille.

Wie gut das tat.

Ramona küsste nicht.

Tommi schnaufte nicht.

Einfach nur Stille.

Was hätte Jauch jetzt gesagt?

Werbeunterbrechung?

Die nächste Runde?

In der Ferne rollte ein leichtes Donnergrollen durch die Nacht, als würde das Gewitter zurückkehren. Oder daran erinnern, dass es in Ansbach gewesen ist. Ein letzter Gruß. Brendle saß noch immer in seinem Sessel, die Tür zur Terrasse stand offen. Es war fast halb zwei.

»Brauchst du mich noch?«

Fragte Tommi. Dann gähnte er. Und legte auf.

Danke, dachte Brendle. Danke.

23

Sonntag, 11.00 Uhr.

Brendle hatte noch eine halbe Stunde. Ungefähr. Seine Uhren gingen nicht immer ganz genau. Am ungenauesten ging die Uhr im Badezimmer. Brendle stellte sie immer ein paar Minuten vor, so hatte er eine kleine Reserve. Er bildete sich ein, dass er genau zur richtigen Zeit am richtigen Ort sein würde. Immer ein paar Minuten eher, als mit ihm gerechnet wurde. Dann hatte er ein Überraschungsmoment für sich.

Aber für diesen Morgen musste er sich etwas Besonderes einfallen lassen. Mit einem alten Bartschneider hatte er sich einen Stoppelhaarschnitt verpasst. Der Spiegel zeigte einen Herrn Brendle mit kurzen Haaren. Das Grau war deutlich. Sehr deutlich. Eigentlich war nur noch Grau zu sehen. Ein richtig schönes, helles Grau, drei Zentimeter lang. Der Rest von Brendles Haarpracht lag im Waschbecken und teilweise auf dem Fußboden. Er musste sauber machen. Aber zuvor musste er noch überlegen, was er anzog.

Während er auf dem Fußboden umherrobbte und seine frühere Haarpracht zusammenklaubte, ging er in Gedanken seinen Kleiderschrank durch. Ein paar normale Hemden, farbige T-Shirts, alte Pullover, das Übliche eben. Er hatte ein einziges weißes Hemd, auch ein schwarzes. Nur diese beiden kamen für das Kunsthaus infrage. Aber er konnte nicht beide tragen. Dem Anlass entsprechend hätte er das schwarze Hemd nehmen müssen. Das widerstrebte ihm. Brendle und ein schwarzes Hemd passten nicht zusammen. Dann lieber ein weißes Hemd, dazu ein Sakko, dunkle Hose, seine Herrentreter, fertig.

Brendle robbte über den Fußboden seines Badezimmers. Seine Haare hatten es bis in die hintersten Winkel geschafft. Als hätte sie der Wind dorthin getragen.

Was war das?

Aus einem Büschel Haare ragte ein langes, dunkelblondes Haar heraus.

Susanne März, schoss es Brendle durch den Kopf. Warum habe ich das gestern Abend nicht gefunden? Trug ich es die ganze Zeit über zwischen meinen eigenen Haaren herum? Habe ich mit dem Haar von Susanne im Bett gelegen, im Endeffekt mit einem Stück von Susanne zusammen im Bett gelegen?

Brendle holte eine Pinzette, fischte das Haar heraus und schob es in eine Plastiktüte. Darauf klebte er einen Zettel mit ihrem Namen. Dann fiel ihm ein, dass das Haar auch von Siglinde Braun stammen könnte. Oder von Sybille, der Frau mit der Löwenmähne, die er gestern Nachmittag beim Malen kennengelernt hatte.

Aber das glaubte Brendle nicht. Viel wahrscheinlicher war, dass es sich bei dem Haar um eines von Susanne März handelte. Das hoffte er.

Leider hatte er keine Zeit, weiter darüber nachzudenken. Er lief ins Schlafzimmer, stand dann vor dem Kleiderschrank und wühlte in seiner Herrenausstattung herum.

Die Zeit raste auf einmal dahin. Die Sekunden rannten im Kreis, der Minutenzeiger hinterher. Endlich hatte sich Brendle entschieden. Weißes Hemd, dunkle Jeans, Sakko darüber, dazu die Herrentreter, fertig. Als er sich vor dem Spiegel musterte, erkannte er sich selbst kaum.

Das sollte Matthias Brendle sein? Keine langen, ungepflegten Haare, kein grimmiges Gesicht, das Hemd zwar nicht unbedingt perfekt gebügelt, aber doch ausgehfähig?

»Kunsthaus, ich komme.«

Brendle sang es fast. Er war gut drauf. Er wusste nicht genau, warum, aber er war einfach gut drauf.

Zur Sicherheit schob Brendle ein paar kleine Plastiktüten der Spurensicherung und eine Pinzette, dazu die obligatorischen Handschuhe in eine Innentasche des Sakkos. Das Diensthandy stopfte er hinterher.

Hinter Brendle fiel die Wohnungstür ins Schloss. Draußen war es schwül. Ein paar Pfützen im Hofgarten kündeten vom nächtlichen Regen. Mit großen, eiligen Schritten stürmte Brendle dem Kunsthaus entgegen. Es war fünf Minuten vor elf Uhr. Als Brendle in die Reitbahn trat, traute er seinen Augen nicht. Der ganze Parkplatz war belegt. Ein paar Leute standen vor dem Eingang zum Kunsthaus und rauchten. Brendle nickte ihnen kurz zu und trat ein.

Abrupt blieb er stehen.

Das Bild *Blaue Bäume* von Margarete von Blumen hing wieder an seinem Platz, gleich rechts neben dem Eingang. War das nicht gestohlen worden? Egal. Mit solchen Kleinigkeiten wollte er sich heute nicht aufhalten. Das war nebensächlich. Brendle warf einen Blick auf das Bild. Es schaute ungefähr so aus, wie er es Tommi am Telefon beschrieben hatte. Hügel im Hintergrund, leicht bunt, schräg und zackig. Wo da weibliche Formen sein sollten, konnte sich Brendle nicht erklären. Und die blauen Bäume im Vordergrund als Phallus-Symbole? Der Weg dazwischen als Lebensweg von Eduard Lieblich? Es war ein sehr schmaler, kaum sichtbarer Weg. Als hätte Eduard Lieblich in seinem Leben so gut wie keine Spuren hinterlassen.

Ein Herr mit einem hellen Hut stellte sich neben Brendle.

»Traurig, oder?«

Brendle nickte.

»Ja, sehr traurig.«

Der Herr ging weiter. Dann kehrte er zurück.

»Kannten Sie Herrn Lieblich?«

»Nein.«

»Das war ein feiner Kerl, wirklich.«

Brendle nickte.

»Ich hatte mich ja schon so auf den Text gefreut, den Lieblich im Kunsthaus vortragen wollte. Eine Geschichte über die blauen Bäume. Der machte das immer so lebendig. Schade. Wirklich schade.«

»Ja, schade«, sagte Brendle. Dann ging er weiter. Um eine kleine Ecke herum.

Das Kunsthaus war voll. Sehr voll.

Leute standen in kleinen Gruppen zusammen und unterhielten sich. Manche hatten ein Glas in den Händen, darin Wein oder Wasser, manchmal auch Orangensaft. Das Klavierdings war in die Mitte des Raums gerückt worden, außen herum standen die blauen Bäume aus dem Nebenzimmer und bildeten einen eigenen, kleinen Wald. Oder eine Allee. Oder beides.

War Lieblich hier so etwas wie ein Lokalstar gewesen? Ein Held?

Brendle lief langsam durch die Räume. Er kam an Dr. Helmut Gabelmann vorbei. Der schaute ihn an. Und erkannte ihn nicht. Er nickte nicht mit dem Kopf, grinste nicht. Als hätte er ihn nicht gesehen.

Brendle war hier ein Besucher, wie all die anderen auch. Er versuchte, etwas von den Gesprächen mitzubekommen, konnte den einen oder anderen Brocken aufschnappen. Aber es ging nicht um Lieblich.

Es ging um das Mittagessen.

Wo man danach noch hingehen könnte, wenn man schon in der Stadt war. Italiener? Nein, nicht schon wieder. Ein Stück draußen auf dem Land habe eine Bäckerei aufgemacht. Top eingerichtet. Und wirklich billig. In der Nähe von Gunzenhausen. Das musste man sich einmal anschauen. Die hatten auch am Sonntag offen.

Es ging nicht um Lieblich.

Es ging nicht um Tote.

Die Lebenden waren wichtiger.

Und wo würde die nächste Ausstellung Ihrer Werke stattfinden? In Nürnberg? Ach, das ist schön. Ich bekomme doch eine Einladung, oder? Und Sie bringen auch neue Werke mit? Wunderbar. Das ist einfach wunderbar. Ich finde Ihre Sachen immer so originell. So hintergründig. Aber auch teuer. Das muss ich jetzt schon einmal sagen. Liegt das an den Farben? Oder sind die Preise für die Leinwand an der Künstlerbörse so gestiegen? Gelächter. War das lustig.

Es ging wieder nicht um Lieblich.

Vielleicht im hinteren Raum, im Nebenzimmer. Dort war eine Bar aufgebaut. Oder so etwas in der Richtung. Eine Theke mit Gläsern und Getränken und einem kleinen Korb dazu. Für Spenden. Für das Kunsthaus.

Eine Frau mit schwarzer Kleidung schleppte zwei Kisten Mineralwasser herbei. Einen Kasten rechts, einen Kasten links. Einfach so. Als wäre es nichts. Die beiden Kästen waren voll, die Flaschen auch. Es waren Glasflaschen, keine aus Plastik. Sie stellte die Kästen aufeinander, schob sie mit dem Fuß ein Stück zurück an die Wand und ging hinter die Theke. Dort blieb sie stehen, kümmerte sich um die Gäste, schenkte Gläser voll, lächelte nett.

Was hatte Tommi am Telefon gesagt? Er könnte sich vorstellen, dass der Täter den Toten vom Eingang weg bis unters Klavier getragen hat. In den Schuhen des Toten. Auch eine Frau würde das schaffen. Siebzig Kilo?

Im großen Raum wurde eine Glocke geschlagen.

Einmal. Zweimal. Dreimal.

Dann hörte Brendle die Stimme von Dr. Helmut Gabelmann.

»Lieblich.«

Sagte Dr. Gabelmann, mit tiefer, etwas trauriger Stimme. Er musste sich dabei Mühe geben. Den Namen *Lieblich* traurig auszusprechen, war nicht einfach.

Vom Klavierdings erklang ein Ton. Ein einziger, dunkler, tiefer Ton. Dann noch ein Ton. Wieder derselbe. Mit langem Nachhall. Bis der Ton von den Saiten verschwunden war. Ausgehallt.

»Eduard … Lieblich … ist … nicht … mehr … unter … uns.«

Dr. Gabelmann sprach sehr langsam. Nach jedem Wort machte er eine Pause. Er atmete ein und aus. Dann kam das nächste Wort. So lange, bis der Satz vollendet war. Was für ein Satz.

Wieder ein Ton vom Klavier. Noch tiefer. Mit unendlich langem Nachhall. Lieblich verschwand im Weltall. Oder im Himmel. Schwebte hinauf zu einer Wolke. Dort saß er dann in einem weißen, fast durchsichtigen Hemd und lächelte glücklich auf das Kunsthaus herunter.

Weitere Tastenanschläge folgten.

Das Klavier begann zu jammern. Dann zu stöhnen. Schließlich hämmerte ein Pianist oder Handwerker oder wer auch immer darauf herum, malträtierte die Tasten, die Tonleitern, die Oktaven. Rauf und runter, immer wieder. Blieb dann bei einer Tonfolge in der Mitte stehen, spielte drei oder vier Töne hintereinander, immer dieselben, eine Minute lang, vielleicht auch zwei Minuten.

Es war eine Qual für Brendles Ohren. Eine Qual für die Ohren der Umstehenden. Sie wanden sich und drehten sich zur Seite, hielten sich zum Teil die Ohren zu, begannen, sich zu beschweren.

Was das solle.

Und das habe doch nichts mit dem Tod von Lieblich zu tun.

Eine Frechheit, wirklich.

Eine bodenlose Frechheit.

Und wer das überhaupt sei, der den schönen, wertvollen Konzertflügel so vergewaltigen würde. Ja. Vergewaltigen. Eine Schande sei das für das Kunsthaus, eine fürchterliche Schande. Auch für den Toten.

Auf dem Klavierdings wurde noch immer herumgehämmert. Gnadenlos. Vier, fünf Tasten nebeneinander. In minimal veränderter Tonfolge.

»Das ist ja nicht zum Aushalten«, beschwerte sich eine Frau, die neben Brendle stand. Und dann biss sie herzhaft in eine Butterbreze.

»Das hat der Lieblich nicht verdient.«

»Ich finde, das passt.«

»Finden Sie?«

»Genau so war er. Trotzdem feinfühlig. Und ergreifend.«

»Wo war der Lieblich ergreifend?«

»Immer. Der schrieb die Sachen von hinten herum. Aus einer anderen Sicht.«

»Mir hat das nie gefallen.«

Klaviertöne wie Donnerschläge. Kurze, schnelle Akkorde, als würde jemand mit einem Hammer gegen eine Wand schlagen.

»Der konnte doch nicht schreiben.«

»Das stimmt nicht. Lieblich hat nur nicht so geschrieben, wie es die anderen von ihm lesen wollten.«

»Ich habe nie etwas von ihm gelesen.«

»Sehen Sie. Dann können Sie das doch gar nicht beurteilen.«

Brendle hatte noch nie ein Klavier jammern hören. Jetzt hörte er es. Die Töne wimmerten. Brachen sich an den Wänden des Kunsthauses und kehrten von dort zurück. Als wollten sie flüchten.

Raus hier. Bitte. Lasst uns raus.

Aber das ging nicht.

»Das ist nicht der Lieblich. Der hat nie so geschrieben.«

»Was ist das dann?«

»Sein gewaltsamer Tod. Ich finde das genial.«

»Genial …?«

Der Ansatz eines Walzers erklang. Als würde es plötzlich lieblich werden. Eins-zwei-drei. Eins-zwei-drei. Ein hoher Ton schwebte über der Melodie. Nur ganz kurz, aber er war vorhanden.

Wieder setzte dieses mörderische Stakkato ein. Als würden die Tasten des Klaviers in Stücke geschlagen.

Wie kann ein Klavier nur so etwas aushalten, dachte Brendle. Oder, anders: Wie kann ein Mensch diese Tonfolgen aushalten? Wie kann man sich solche Tonfolgen ausdenken? War das ein konzertantes Stück? Ganz modern? Oder war das improvisiert? Wer immer das spielte, der machte das verdammt gut. Auch wenn es wehtat. Mehr als das. Es war die reinste Folter.

Wurde Eduard Lieblich gefoltert?

Fühlte er sich so in seinem Leben?

Wollte er selbst aus diesem Leben heraus?

Und wenn ja, war dann der Tod für ihn eine Erlösung?

Brendle erinnerte sich daran, dass Lieblich glücklich ausgesehen hatte. Ein glücklicher Toter. Einer, der mit sich und der Welt im Reinen war.

»Das reicht jetzt aber.«

Wieder die Dame neben Brendle. Sie stopfte sich das letzte Stück Butterbreze in den Mund und kaute ungeniert.

Ein letztes Stakkato. Leiser werdend. Als würde das Klavier hinaus auf die Straße geschoben.

Dann war Schluss, ganz plötzlich.

Und Lieblich war tot.

Ein paar Leute klatschten zaghaft, aber das passte nicht wirklich. Es hörte sich an, als wären sie froh darüber, dass Lieblich endlich weg war. Dass seine Texte fort waren, die Töne, einfach alles.

Jetzt müsste Dr. Gabelmann noch etwas sagen, dachte Brendle. Eine Rede halten, einen Nachruf. Vielleicht, überlegte Brendle, könnte er etwas aus dem Leben von Eduard Lieblich erfahren, was er noch nicht wusste. Etwas Neues. Etwas, das ihn weiterbrachte.

Aber da kam nichts.

Einfach nichts.

»Wer meint, er müsse seine Stimmung für Eduard Lieblich ausdrücken, kann dies hier am Flügel tun.«

Dr. Gabelmann hauchte es ins Mikrofon. Leise. Und mit vielen Pausen. Als müsste er sich die Worte erst überlegen. Ob sie angemessen waren. Ob er damit jemanden verletzte. Oder herausforderte.

Mehr war von Dr. Gabelmann nicht zu hören.

Keine Rede.

Kein Nachruf.

Nichts.

Keiner traute sich zum Flügel. Die Anwesenden schlichen durch die Räume, hielten sich an Gläsern und Butterbrezen fest und begannen, ganz normale Gespräche zu führen.

Brendle schob sich unauffällig zwischen den Leuten durch.

Er suchte nach bekannten Gesichtern, nach den Frauen, die er wegen Eduard Lieblichs Tod schon besucht hatte.

Aber er fand niemanden.

Rebecca Lieblich war zu Hause geblieben. Sie hasste Menschenmassen. Sagte sie. Vermutlich wollte sie auch bei der Beerdigung ihres Mannes alleine vor der Urne stehen.

Von Anita Weigelt, bei der sich Lieblich immer ausgeheult hatte, sah Brendle auch nichts. Oder sie hatte sich ebenso verkleidet wie er, und er erkannte sie nicht. Konnte natürlich auch sein, dass sie mit Kunst im Allgemeinen nichts zu tun haben wollte.

Blieb noch Susanne März. Bei ihr müsste sich Brendle entschuldigen, wegen der Verdächtigungen. Rotlichtmilieu und so weiter. Und vielleicht hatte der Chor im Braun'schen Garten doch nicht so unrecht gehabt.

Küssen.

Von Susanne März war im Kunsthaus nichts zu sehen. Als hätten sich sämtliche bisherigen Verdächtigen absichtlich ferngehalten. Oder sich irgendwo gemeinsam zum Kaffeetrinken verabredet.

Ihn wunderte, dass er Margarete von Blumen nirgends entdecken konnte. Gerade die Künstlerin des Titelbildes *Blaue Bäume* müsste doch ein Interesse daran haben, was zum Gedenken von Eduard Lieblich vonstattenging. Brendle hegte den Verdacht, dass sie doch etwas mit dem plötzlichen Verschwinden und der ebenso jähen Rückkehr ihres Bildes zu tun hatte.

Ein Herr mit einem Fotoapparat und einem Mikrofon in der Hand tauchte auf. Er sprach ein paar Personen an, bat um ein Interview, wurde aber abgewiesen. Schließlich landete er bei Dr. Gabelmann. Auch der drückte das Mikrofon zur Seite.

»Nicht heute.«

Brendle schlenderte von einer Gruppe zur nächsten. Langsam wurde es im Kunsthaus ruhiger. Die Besucher strebten dem Ausgang zu, ihr Magen verlangte nach dem sonntags üblichen Schweinebraten. Butterbrezen waren nur ein zweites Frühstück. Brendle tat, als würde er sich die Bilder an den Wänden ansehen, diese vielen anderen blauen Bäume. Er stellte sich vor das Triptychon, schaute sich die Farben an und verstand immer noch nichts.

Dann ging er weiter, in Richtung der Toiletten. Auch dort hingen Bilder, die er nicht verstand. Blaue Gestalten. Von Bäumen waren die Gestalten so weit entfernt wie der Altmühlsee vom Mittelmeer.

Die Frau mit den Wasserkästen kam in seine Nähe. Wieder hatte sie rechts und links je einen Kasten in den Händen, jetzt mit leeren Flaschen.

»Entschuldigung«, murmelte sie. »Darf ich vorbei?«

Ihre Stimme hatte einen russischen Klang. Das »R« rollte.

War das Yana, die Putzfrau?

Brendle machte Platz und schaute der Frau hinterher. Dann folgte er ihr mit langsamen Schritten, als wäre es Zufall, dass er den gleichen Weg hatte wie sie. Sie ging nach hinten, in den Raum vor den Toiletten, stellte ihre Wasserkästen ab und griff in eine Jacke, die dort neben vielen anderen an der Garderobe hing. Die Frau kramte eine Packung Papiertaschentücher hervor, schnäuzte sich, tupfte dann über ihre Augen.

Sie wandte Brendle den Rücken zu, durch ihren Körper ging ein leichtes Zittern. Es war die erste Person, die Brendle an diesem späten Sonntagvormittag im Kunsthaus Ansbach weinen sah. Allen anderen schien der Tod von Lieblich nicht sonderlich nahezugehen. Die sahen diese

Veranstaltung als kleine Abwechslung vom sonst langweiligen Wochenende.

Warum nicht kurz ins Kunsthaus gehen, wenn sonst nichts los war? Dabei konnten sie auch gleich die Ausstellung *Blaue Bäume* ansehen, die jetzt endlich wieder geöffnet hatte.

Brendle trat neben die Frau.

»Entschuldigung, wenn ich …«

»Oh. Ich weiß nichts. Ich nur Putzfrau. Sie müssen Dr. Gabelmann fragen, wenn Sie wissen möchten.«

Also doch. Die Putzfrau.

»Heißen Sie Yana?«

Die Frau sah ihn an.

»Woher wissen Sie?«

Brendle zuckte mit den Schultern. »Ach, ich habe Ihren Namen vorhin gehört.«

»Möchten Sie trinken?«

»Nein. Danke.«

»Wir haben auch Butterbrezen.«

»Nein. Möchte ich auch nicht. Aber ich würde mich gerne mit Ihnen unterhalten.«

»Mit mir? … Warum? Ich doch nur Putzfrau.«

»Vielleicht will ich mich mit Ihnen deswegen unterhalten, weil Sie die Putzfrau sind. … Sie kannten Eduard Lieblich?«

Yana wandte sich ab. Sie schniefte in ihr Taschentuch hinein, und Brendle sah ihr dabei zu. Er dachte gar nicht daran, die Putzfrau einfach so zu entlassen.

In seinem Bauch grummelte es. Das war kein Hunger. Das war sein Gefühl. Ein gutes Bauchgefühl. Als wäre er endlich auf der richtigen Fährte.

Brendle schaute zu, wie Yana lautlos weinte. Er studierte ihren Körperbau. Sie war kompakt gebaut, stämmig, aber nicht dick. Mit ausgeprägten, weiblichen Rundungen, aber vielleicht auch mit einer geheimen, verborgenen Kraft. Sie trug einen schwarzen Pullover, dazu eine schwarze Hose, schwarze, flache Schuhe. Vielleicht trauerte die Putzfrau hier als Einzige wirklich, und war nicht nur gekommen, um hinter der improvisierten Theke die Besucher mit Butterbrezen und Getränken zu versorgen oder hinterher sauber zu machen. Auf ihrem Rücken entdeckte Brendle ein Haar.

»Entschuldigung«, sagte Brendle.

Yana drehte sich um. »Was wollen Sie denn noch? … Sehen Sie nicht, dass ich weine?«

»Ich würde gerne das Haar haben, das auf Ihrem Pullover liegt. Darf ich?«

Brendle wartete die Antwort nicht ab, fingerte die Pinzette aus dem Sakko und zupfte das Haar ab.

»Was erlauben Sie sich?«

»Danke. Schon erledigt.«

»Ich werde mich beschweren.«

»Das ist doch ein Haar von Ihnen, oder?«

»Geben Sie mir zurück. Sofort!«

Die Augen von Yana schickten Blitze.

»Ich denke, Sie besitzen noch genügend Haare, da können Sie auf dieses eine verzichten, oder?«

Eine Hand von Yana schnellte plötzlich vor und umfasste das Handgelenk von Brendle, mit der er die Pinzette hielt. Er fühlte sich wie in einem Schraubstock. Mein Gott, hatte diese Frau eine Kraft in ihren Fingern. Siebzig Kilo Eduard Lieblich waren für sie eine leichte Übung. »Würden Sie bitte mein Handgelenk wieder loslassen?«

Brendle versuchte, freundlich zu bleiben. Er ignorierte den Schmerz in seinem Arm.

»Geben Sie mir Haar zurück.«

»Warum?«

»Weil … weil …«

»Also? … Warum möchten Sie Ihr einzelnes Haar zurückhaben?«

Die Szene hatte etwas Skurriles. Als wäre es ein Theaterstück auf der Bühne. Leider sah niemand zu. Vielleicht war das aber auch ein Glück.

»Ach. Behalten Sie.«

Yana wandte sich plötzlich ab, bückte sich zu den Wasserkästen hinunter und wollte verschwinden.

»Ich würde mich gerne noch ein wenig länger mit Ihnen unterhalten«, sagte Brendle.

»Warum?«

Die Frage kam kurz und giftig. Sehr giftig.

»Es geht um den Tod von Eduard Lieblich. Ich hätte noch ein paar Fragen an Sie.«

Yana richtete sich auf.

»Sie wollen mich treffen?«

»Richtig. Auf der Polizeiinspektion in der Schlesierstraße. Sagen wir … am Dienstagnachmittag um 15 Uhr?«

Ein Lächeln glitt über das Gesicht von Yana.

»Mit Kaffee und Kuchen?«

»Vielleicht. Aber zuerst möchte ich noch Ihren Nachnamen und Ihre Adresse wissen. Damit ich Sie persönlich abholen kann, falls Sie den Weg nicht finden.«

Das Lächeln von Yana verschwand. Sehr plötzlich und sehr eindeutig. Es wich dem entschlossenen, konzentrierten Gesichtsausdruck einer Raubkatze, das zum Sprung in die Freiheit ansetzte.

»Ich Yana Kurkova. Wohne in Dombachstraße. Sie kennen Dombachstraße, oder?«

Dann drehte sie sich um, warf den Kopf nach oben und stapfte mit ihren leeren Mineralwasserkästen davon. Ein beeindruckendes Bild.

Sieh an, dachte Brendle. Die Putzfrau wohnt also auch in der Dombachstraße, gleich in der Nähe von Eduard Lieblich. Das war ja ein richtiges Nest dort hinten. Und wieder meldete sich sein Bauchgefühl.

Ich habe sie, klang es dort. Ich habe sie!

Dabei hatte er nichts. Überhaupt nichts.

Brendle blieb noch ein paar Minuten im Raum vor den Toiletten. Er musste nachdenken. Dabei tauchten Fragen auf, immer mehr. Er brauchte dringend ein paar Antworten. Wenn er nur endlich über das Untersuchungsergebnis des Nylonstrumpfes informiert werden würde. Die KTU hatte jetzt einen ganzen Tag Zeit gehabt, um das kleine Stück Stoff auf DNA-Spuren zu untersuchen. Leider war gerade Wochenende.

Aber er würde denen noch mehr Arbeit bescheren. So eine richtige Wochenend-Zusatzarbeit. Außerdem würde er der Abteilung noch seine Haar-Sammlung schicken, das Glas von Frau Lieblich und die Cappuccino-Tasse von Margarete von Blumen gleich dazu. Damit es ihnen beim Spurenvergleichen nicht langweilig wurde.

Brendle dampfte aus allen Poren, was an der schlechten Luft im Kunsthaus lag, und an den vielen Leuten. Er ging zurück in den großen Raum und setzte sich auf einen Stuhl. Direkt vor ihm stand das Klavierdings. Er war der letzte Besucher hier, so schien es ihm. Alle anderen Leute hatten das Kunsthaus bereits verlassen.

Er glotzte das Klavier an, und das Klavier glotzte zurück. Dann bückte er sich und schaute unter das Klavier, schaute dessen Bauch an, diese glatt polierte, schwarz lackierte Unterseite.

Wie er schwitzte. War das heiß hier. Was war nur plötzlich los? Und warum kroch er unter dem Klavier herum, auf den kalten Fliesen?

Das Klavier stand an einem anderen Ort als zuvor. Trotzdem, es musste sein. Sein Bauch sagte Brendle, er müsse nun unter das Klavier kriechen.

Er blickte nach oben. Schwarz glänzte es über ihm, und wenn er genau hinschaute, konnte er sein eigenes Gesicht sehen. Schweißperlen standen ihm auf der Stirn.

Aber was war das?

Brendle schaute genauer hin.

Kroch ein Stück näher, legte den Kopf zur Seite, um besser sehen zu können.

Tatsächlich.

In einem minimalen Spalt zwischen dem Boden und der Flügelwand klemmte ein Haar unter dem Klavier. Kein Staubfussel, kein Faden von einem Mantel, mit dem ein Besucher hier hängengeblieben war. Es war ein Haar.

Hatten das die Leute von der Spurensicherung übersehen? Oder war das erst nach dem Mord an Eduard Lieblich dorthin geraten?

Egal. Brendle zog es vorsichtig mit der Pinzette heraus. Er musste mehrmals ansetzen, bis er das Haar erwischte. Wenn Dr. Gabelmann gesehen hätte, dass er dabei mit der Pinzette danebengegriffen und einen kleinen Kratzer im Lack des Konzertflügels hinterlassen hatte, er hätte ihn umgehend mit einem Fußtritt aus dem Kunsthaus zur Reitbahn hinausbefördert.

Schwer atmend stand Brendle wieder auf. Er war erschöpft und zufrieden zugleich. Als hätte er eine Bergtour hinter sich, eine lange, anstrengende Bergtour. Oder lag es daran, dass er Hunger hatte? Sein Bauch grummelte nicht mehr, er hörte sich an wie ein mittelschweres Gewitter.

Brendle sah sich um. Auf einem Stehtisch ein paar Meter weiter lag eine einsame, angebissene Butterbreze. Es war ihm egal, wer da hineingebissen hatte. Die gehörte jetzt ihm.

Er nahm das gute Stück, schnappte sich auch eine Serviette, ließ sich erneut auf einen Stuhl in der Nähe des Klaviers sinken und schlang die Breze in sich hinein.

Wie so eine einfache Breze schmecken konnte.

Einfach himmlisch.

Wie das Salz am Gaumen rieb, diese kleinen, winzigen Körner. Und jetzt von der Zunge aufgelöst wurden. Sich im Mundraum verteilten.

Na, du?

Das konnte nicht sein.

Brendle glaubte, er hätte Stimmen gehört. Er blickte sich um, aber da war niemand. Das Kunsthaus war leer, alle Besucher der Matinee zu Ehren von Eduard Lieblich waren längst gegangen.

Oder?

24

Dideldum.

Mir ist warm.

So warm.

Diese Hitze.

J. K. war gut.

Verdammt gut.

Das Kribbeln der Töne steckt mir noch immer in den Saiten. Es wiederholt sich, schlägt an die Wände des Kunsthauses, kommt von dort zurück.

Wie der das machte.

Er hat die Peitsche herausgeholt. Eine richtig große Peitsche. Und dann hat J.K. damit auf mich eingeschlagen.

Ich mag das.

Das ist etwas anderes als der Flohwalzer.

Wenn Eduard das gehört hat, dann ist er glücklich.

Die anderen Besucher waren nicht glücklich, aber das spielt keine Rolle. J.K. hat es für Lieblich gespielt. Für ihn ganz allein, auch wenn das die meisten nicht verstanden haben.

Und jetzt sitzt der Brendle da und mampft die letzte Butterbreze in sich hinein. Er schmatzt ein wenig. Hoffentlich schmeckt es ihm.

Von der Breze hat J.K. einmal abgebissen und sie dann zurück auf den Teller gelegt.

J. K. hatte keine Zeit mehr. Er musste gleich wieder weiter.

Wie der Brendle schaut.

Als wäre er kurz vor dem Verhungern.

Und wie er die Breze in sich hineinschlingt.

An seinen Fingern hängt Butter.

Brendle ist nicht glücklich. Da nützt auch die Butterbreze nicht viel.

Er ist unglücklich.

Ich kann Männer nicht leiden sehen, leider.

Da werde ich immer so sentimental.

Also, Brendle.

Du Westmittelfrankenrückkehrer.

Du Möchtegernmünchner.

Frag doch was.

Verhör mich doch endlich.

Das ist es doch, was dir schon lange im Bauch herumgeht.

Deine Fragen.

Deswegen war es dir auch gerade so übel.

Also frag was.

Ich warte.

Warum eigentlich nicht, denkt Brendle, und schleckt sich die Butter von den Fingern, wischt noch kurz hinterher mit der Papierserviette, an der auch schon J.K. herumgefingert hat mit seinen göttlichen Tastenberührungsgliedmaßen.

Also gut.

Klavierdings, oder wie immer du heißt. Ich werde dir jetzt ein paar Fragen stellen, und ich erwarte von dir, dass du sie mir aufrichtig, ehrlich und wahrheitsgemäß beantwortest.

Hast du das verstanden?

Dideldum.

Gut. Dann wäre das geklärt.

Brendle wischt sich mit der Serviette den Schweiß von der Stirn. Dann atmet er tief durch. Sauerstoff verbessert die Gehirnleistung. Sagt man. Er setzt sich aufrecht auf seinen Stuhl. Er will Haltung bewahren, auch wenn er am liebsten auf dem Tasteninstrument herumgespielt hätte, es in die Mangel genommen hätte.

Manche Zeugen brauchten das.

Erste Frage.

Wer hat Eduard Lieblich zu diesem Ort gebracht?

Oder ist er selbst dorthin gelaufen? Gegangen worden? Dorthin entschwunden, gewandert? Auf einem Luftkissen geschwebt?

Du weißt schon, was ich meine.

Eduard Lieblich war bereits tot.

Der konnte nicht mehr laufen.

Also?

In Mutters Stübele,
da geht der hm hm hm,
in Mutters Stübele,
da geht der Wind.

Das wird interessant, denkt Brendle. Jetzt kann ich mich auch noch an meine alten Kinderlieder erinnern. Dumm ist nur, dass mir den tatsächlichen Sinn damals keiner erklärt hat. Oder ich habe es längst wieder vergessen.

Der Wind ist männlich. Also war es ein männlicher Täter. Aber Brendle hat keinen männlichen Täter auf seiner Liste.

Außer Dr. Helmut Gabelmann.

Gabelmann?

Das wäre ein völlig neuer Ansatz. Natürlich. Gabelmann. Der hat den Schlüssel. Der kennt jeden Zentimeter im Kunsthaus. Der könnte es auch schaffen, Eduard Lieblich vom Eingang weg bis unter das Klavier zu schleppen. Und es so zu bewerkstelligen, dass es keine Spuren gibt. Oder er hatte sie wieder beseitigt. Und Susanne März hatte ihn dabei überrascht. Oder ihm dabei geholfen. Und dann schickte er sie zum Arzt, damit sie ihn nicht durch eine unbedachte Aussage verriet.

Aber Gabelmann in weiblichen Nylonstrümpfen?

Passten seine Füße in die Schuhe von Lieblich?

Mensch Tommi. Deine nächtliche Idee war gar nicht so schlecht. Danke. Dich muss ich mal zu einem Spaziergang durch den Hofgarten von Ansbach einladen. Oder auf ein Bier.

Brendle traut Dr. Gabelmann plötzlich alles zu.

Der tat immer nur so fein.

So kunstsinnig.

Vielleicht hatte ihm auch die Putzfrau Yana Kurkova dabei geholfen. Als verschwiegene Vertraute. Die kehrte nicht nur den Staub aus den Ecken, die half auch, gröbere Sachen zu beseitigen. Zum Beispiel eine unliebsam gewordene Person. Gabelmann könnte sie herbeitelefoniert haben.

Ich muss unbedingt die Telefonkontakte von Dr. Gabelmann prüfen lassen, denkt Brendle. Wenn der schon die Witwe von Eduard Lieblich vorab über seinen Tod informiert hat, dann kann er noch ganze andere Gespräche geführt haben. War es gar ein Auftragsmord? Rebecca Lieblich hat ihren Mann im Kunsthaus umbringen lassen? Von Dr. Helmut Gabelmann? Und der musste Vollzug melden?

In Brendles Gehirnzellen tauchen ungeahnte Möglichkeiten auf. Danke, du Butterbreze. Wenn ich dich nicht schon verspeist hätte, ich würde dich glatt küssen.

Es ging voran.

Und wie.

Ich habe mich von der Liste in die Irre führen lassen, denkt Brendle. Von dem plötzlich verschwundenen Bild *Blaue Bäume* sowieso.

Zweite Frage.

Was machte Eduard Lieblich nachts im Kunsthaus? Der wollte sich doch nicht nur mit Bildern unterhalten, oder?

Wenn ich einmal reich wär',
o je, wi di wi di wi di wi di wi di wi di bum,
alle Tage wär' ich, wi di bum,
wäre ich ein reicher Mann! Oi,
Brauchte nicht zur Arbeit,
o je, wi di wi di wi di wi di wi di wi di bum,
wäre ich ein reicher, wi di wam
ei del dei del ei del dei del, Mann.

Das ist gut, denkt Brendle. Das ist sehr gut.

Ich komme der Lösung des Falls näher, immer näher.

Lieblich war nachts im Kunsthaus, weil es um Geld ging, weil er reich werden wollte. Oder weil er einer Sache auf die Spur gekommen war, wie andere Leute reich wurden.

Es hat mit den Bildern zu tun. Nicht nur mit dem Bild *Blaue Bäume.* Vielleicht ist das eine Fälschung, oder eine Kopie. Deswegen ist auch das Bild plötzlich für ein paar Tage verschwunden gewesen. Es wurde ausgetauscht. Oder nachbearbeitet.

War das Kunsthaus ein Treffpunkt für die Kunstmafia?

Für Geldanlagen der anderen Art?

Und alle wussten davon, nur Lieblich nicht?

Oder er hatte etwas dagegen, wollte nicht länger mitmachen.

Deshalb war er nachts ins Kunsthaus gegangen, um dort Beweise für einen Kunstskandal zu sammeln. Oder er war dorthin gelockt worden.

Von wem?

Wollte Lieblich nicht demnächst einen Text vortragen? Einen ganz besonderen Text wegen dieses Bildes *Blaue Bäume?* Den Text muss ich mir mal vornehmen. Am besten in seinem Haus. Wenn es den Text schon gibt und er nicht erst geschrieben werden muss.

In Brendles Kopf drehen sich mögliche Varianten im Kreis. Immer neue kommen hinzu, werden verworfen, dann erneut hervorgeholt, weitergesponnen und gleichzeitig als absurd abgetan.

Was ist das hier nur?

Steckt Dr. Helmut Gabelmann hinter dem Mord?

Haben der feine Doktor und die Putzfrau am Ende zusammengeholfen, den Mord gemeinsam begangen und dann alle Spuren fein säuberlich verwischt?

Und was ist mit den weißen Laken, die plötzlich passend vor den Fensterscheiben platziert wurden, damit die Gaffer auf der Straße nichts sehen konnten?

Die weißen Laken könnten auch schon in jener Nacht verwendet worden sein, als Lieblich hier seine letzten Minuten aushauchte.

Brendle schlägt sich mit der flachen Hand an die Stirn.

Was bin ich doch für ein blöder Hund, denkt er. Was bin ich doch für ein wirklich blöder Hund.

Die haben mich alle hereingelegt. Das war eine Show, eine astreine Show. Kein Wunder, dass niemand etwas gesehen hat, dass der Aufruf in der *FLZ* bis jetzt ergebnislos geblieben ist. Da kann niemand etwas gesehen haben. Der Mord geschah hinter weißen Tüchern.

Hey, du. Klavierdings. Kannst du mir noch einen Tipp geben? Nur einen einzigen Ton, eine Strophe? Bitte.

…

Gut. Dann eben nicht.

Ich komme auch so zurecht.

Ich muss nur ganz anders ansetzen. Und Yana Kurkova am Dienstag in die Mangel nehmen. Die weiß das nur noch nicht. Die denkt, ihr kann nichts passieren.

Aber ihr wird etwas passieren.

Und wie ihr etwas passieren wird.

So etwas wird ihr noch niemals passiert sein.

Ich werde sie weichkochen. Ihr Lieblichs Schuh unter die Nase halten, dass sie seinen Fußschweiß riecht. Und dann werde ich sie mit dem Nylonstrumpf konfrontieren und ihr sagen, dass wir die beiden DNA-Spuren miteinander verglichen haben. Vom Haar von ihrem schwarzen Pullover und vom Nylonstrumpf.

Was haben wir denn da, Frau Kurkova?

Es stimmt überein, was wir gefunden haben.

Da sagen sie nichts mehr, oder?

Nein, da sagt sie nichts mehr, die Putzfrau.

Und sie gesteht, dass sie mit dem Dr. Helmut Gabelmann gemeinsame Sache gemacht hat, gesteht unter Tränen.

Und dann klicken die Handschellen.

Zuerst bei Yana Kurkova. Und dann beim lieben, feinen, freundlichen Dr. Helmut Gabelmann. Und dann bei Rebecca Lieblich. Weil sie alles in Auftrag gegeben hat. Warum auch immer.

Geschafft.

Brendle schleckt sich genüsslich über die Finger. Da hängt noch Salz von der Butterbreze dran. Ein kleiner, feiner, salziger Nachhall. Das hat gut getan. Er hat nur jetzt einen ziemlichen Durst. Beinahe mehr als einen ziemlichen Durst. Ein Wasserfass muss her, aber ganz schnell. Das kommt von der Breze.

Aber was ist, wenn die Spuren am Nylonstrumpf nicht mit dem Haar von Yana Kurkova übereinstimmen? Wenn die Kollegen am Nylonstrumpf nichts finden? Keinen winzigen Hautfetzen, keine noch so kleine menschliche Hinterlassenschaft?

Was ist, wenn am Strumpf vielleicht doch etwas gefunden wird, aber weder mit den Spuren am Wasserglas von Rebecca Lieblich noch sonst etwas anderes zusammenpasst?

Brendle erhebt sich aus seinem Stuhl.

Er ist müde. Mit den leicht fettigen, salzigen Fingern streicht Brendle über den schwarz lackierten, polierten Konzertflügel. Das gehört sich nicht. Er weiß das, aber es ist ihm egal.

Und er erinnert sich an den Klavierunterricht, den er damals auf dem Gymnasium gehabt hatte. Nicht viel, aber immerhin. Er schaut sich um. Niemand zu sehen. Aber hören würden sie ihn. Wenn noch jemand im Kunsthaus ist.

Drei oder vier Töne nur, ein Akkord auf dem Siebenoktavendings. Das wäre was. Als würde er von verbotenen Früchten naschen.

Verstohlen sieht er sich um.

Ach, Brendle. Nur Mut.

Nein. Er traut sich nicht, die Abdeckung über der Tastatur anzuheben und einen Ton anzuschlagen.

Eine Schulter zum Anlehnen wäre jetzt gut, denkt Brendle. Oder die Hängematte im Braun'schen Garten zu Steinersdorf. Daneben Susanne März.

Obwohl er solche Dinge nicht denken darf.

Sie ist noch immer verdächtig, auch wenn sie so guten Apfelkuchen backen kann. Brendle tritt hinaus in die schwüle Septembersonne und trottet heimwärts. Er hört nicht mehr, wie der Flügel hinter ihm ein neues Lied anstimmt.

All you need is love.
All you need is love.
All you need is love, love.
Love is all you need.

Da geht er hin, der Kommissar. Endlich.

Ich habe schon gedacht, der bleibt ewig direkt vor mir sitzen.

Und als er den Tastaturdeckel angestarrt hat, glaubte ich für einen Moment, er würde wirklich spielen wollen.

Ich hätte ihn spielen lassen.

Einen Ton.

Vielleicht auch zwei.

Was macht das schon.

Ich hätte es verkraftet.

Vielleicht spielt der Kommissar nicht so schlecht.

Wenn nur J.K. irgendwann wiederkommt.

Ich mag ihn.

Sehr.

25

Das Zimmer.

Rebecca Lieblich öffnete Brendle in einem leuchtenden, strahlenden Gelb die Tür. Gelbe Bluse, gelbe Hose, darin ein gelber Gürtel. Nur die Schuhe waren weiß. Es sah aus, als würde er einer Sonnenblume mit Stöckelschuhen gegenüberstehen.

»Sie schon wieder?«

Die Begrüßung hätte freundlicher ausfallen können.

»Ja«, sagte Brendle. »Ich schon wieder.«

Er musterte Frau Lieblich von oben bis unten. War bei ihr der Frühling ausgebrochen? Hatte sie ihre Trauer so schnell überwunden? Oder trauerte sie nicht und war erleichtert?

»Die Sonne scheint«, gab Frau Lieblich emotionslos von sich, als hätte sie seine Gedanken erraten.

Die Sonne schien, soso. Es stimmte sogar. Draußen zeigte sich ein blauer, wolkenloser Himmel, die Schwüle vom gestrigen Sonntag hatte sich verzogen.

»Sagen Sie, hatte Ihr Mann ein Arbeitszimmer?«

»Warum?«

»Er schrieb Texte, hat man mir gesagt. Für das Kunsthaus. Wo machte er das?«

Frau Lieblich zupfte an den kurzen Ärmeln ihrer gelben Bluse herum. Es sah aus, als wollte sie Staubflusen entfernen, die nur für sie selbst sichtbar waren.

»Kommen Sie.«

Sie führte Brendle ins Treppenhaus, stieg vor ihm die Stufen hinauf und knickte in ihren Stöckelschuhen dabei zweimal um. Sie musste sich am Geländer festhalten, um nicht zu stürzen. Oben zeigte sie ihm ein kleines Zimmer. Es lag unter dem Dach, hatte schräge Wände und ein kleines Fenster in Richtung Garten. Dann stand Frau Lieblich da und schaute auf den Fußboden. Es wirkte, als wäre sie nur selten in diesem Zimmer oder würde sich darin nicht wohlfühlen.

Aber wo fühlte sich Frau Lieblich schon wohl?

»Darf ich mich umsehen?«

Frau Lieblich nickte. Sie blieb neben ihm stehen.

Brendle musterte die Einrichtung. Ein alter Schreibtisch, davor ein Stuhl, hinter der Tür ein Schrank. Alles war merkwürdig farblos. Als hätte jemand die Farben aus diesem Zimmer entfernt, darüber gepinselt, ausradiert. An den Wänden zeigten sich helle Flecken. Hatten hier einmal Bilder gehangen? Der Schreibtisch war aufgeräumt. Rechts stand eine alte Lampe, links eine Ablage mit ein paar Schriftstücken darin. In der Mitte des Zimmers gammelte ein alter Teppich auf dem Fußboden vor sich hin. Er war ausgeblichen und abgetreten. Alles in diesem Haus war alt. Verbraucht. Abgewohnt.

»Brauchen Sie mich?« Die Stimme von Frau Lieblich klang zittrig. »Ich muss meine Tabletten wieder nehmen.«

Brendle schüttelte den Kopf. »Danke. Ich komme allein zurecht.«

Frau Lieblich ging hinaus. Brendle hörte, wie sie in ihren Stöckelschuhen die Stufen der Treppe hinunterstolperte. Sie ging nicht, sie stolperte wirklich.

Jetzt nimmt sie wieder ihre Abführmittel, dachte Brendle. Das ist ihre Medizin. Damit sie so schlank bleibt und weiterhin in ihr gelbes Kleid und all die anderen Kleidungsstücke hineinpasst. Die hat noch immer Kleidergröße 36. Höchstens. Eine Bohnenstange. Und dabei ist sie ungefähr fünfzig.

Ist das nun erstrebenswert oder eher ungesund?

Brendle schob den Gedanken zur Seite. Die Gesundheit von Frau Lieblich ging ihn im Grunde genommen nichts an. Und vielleicht stimmte es auch nicht, dass sie ständig

Abführmittel nahm. Er war sich nicht sicher, ob er alles glauben konnte, was ihm Frau Weigelt erzählt hatte. Nachbarn fielen oft die erstaunlichsten Dinge ein, wenn sie etwas durch die Fensterscheiben hindurch beobachteten und falsch interpretierten.

Das Zimmer von Eduard Lieblich.

Brendle stand darin herum und wusste nicht, was er hier suchen sollte. Alles war so aufgeräumt, so unbenutzt. Als wäre es nur eine Abstellkammer, die seit Langem nicht mehr betreten worden war. Hier hauste der Geist vergangener Jahrhunderte. Allerdings ohne Ritterrüstung. Dafür entdeckte Brendle in einer dunklen Ecke neben dem Schrank eine Staffelei.

Eine Staffelei?

Malte Lieblich? Vielmehr: Hatte Lieblich gemalt?

Bisher hatten ihm alle Leute erzählt, Lieblich habe geschrieben. Allerdings hatte er noch keinen einzigen Satz davon zu Gesicht bekommen. Vielleicht waren seine Texte nur Hirngespinste. Und Lieblich hatte behauptet, er würde schreiben. Viel schreiben. Sich in Bilder hineinversetzen.

Brendle zog eine Schublade des Schreibtischs heraus. Er fand alte Briefe von Versicherungen, leere Briefbögen mit dem Namen Eduard Lieblich darauf, Notizblöcke, Stifte, einen Briefbeschwerer aus besonderem, sehr dunklem Holz. Er schob die Schublade wieder zurück und öffnete die nächste. Kugelschreiber reihten sich darin aneinander, dann ein Lineal, ein Füller, ein kleiner altertümlicher Locher, den ein Museum bestimmt nicht abgelehnt hätte.

Wurde in diesem Raum überhaupt etwas gemacht? War das nicht nur ein kleines Museum für das Nichtstun? Ein Raum, der vorgab, dass hier etwas getan würde?

In einer anderen Schublade entdeckte Brendle endlich etwas Aktuelles. Kontoauszüge von Eduard Lieblich. Die letzten datierten etwa zwei Wochen vor seinem Tod. Brendle blätterte die Kontoauszüge flüchtig durch. Er überflog Abbuchungen für Miete und ein paar Versicherungen, Barabhebungen, entdeckte einen Dauerauftrag als Unterstützung für das Kunsthaus in Ansbach, schließlich das regelmäßige Gehalt der Versicherung, für die Lieblich gearbeitet hatte. Der Geldeingang war eher mäßig. Davon konnten keine Reichtümer angehäuft werden. Zum Leben reichte es. Daneben vielleicht ein paar Reisen unternehmen. Nichts Besonderes. Brendle fand keine außergewöhnlichen Abbuchungen oder Geldeingänge. Trotz des eher durchschnittlichen Gehalts zeigte das Konto ein erhebliches Guthaben.

Lieblich war sparsam.

Oder er hatte noch andere Einkünfte.

Brendle blätterte die Kontoauszüge bis zum Beginn durch. Das hohe Guthaben blieb und schwankte nur gering.

Der Fall wurde immer undurchsichtiger.

Warum könnte Dr. Gabelmann Lieblich umgebracht haben, wenn dieser wiederum das Kunsthaus mit monatlichen Zahlungen unterstützte?

Brendle legte die Kontoauszüge zurück. Dann blieb sein Blick an der Staffelei neben dem Schrank hängen. Die Staffelei in diesem Zimmer wirkte so unpassend wie das gelbe Kleid an Frau Lieblich. Er öffnete den Schrank hinter der Tür.

Die Überraschung war perfekt.

Brendle musste einen Schritt zurücktreten.

Dann einen weiteren.

Schließlich noch einen.

Weiter zurück ging es nicht, er war am Schreibtisch angekommen.

Aus dem alten, gesichtslosen Schrank hinter der Tür sprangen ihm die Farben entgegen. Sie purzelten heraus wie bunte Luftballons, die endlich, endlich! wieder an die frische Luft durften.

Dicht aneinandergerückt waren Bilder in den Fächern des Schrankes verstaut. Große Bilder, kleine Bilder. Manche davon passten gerade noch hinein, andere dagegen waren so schmal, dass sie hintereinander in den Schrank geschoben waren.

Jetzt ergab auch die Staffelei neben dem Schrank einen Sinn.

Brendle nahm ein Bild heraus.

Es zeigte rote und blaue Kreise. Sie leuchteten richtig in diesem Zimmer und brachten Leben hinein, als hätte jemand ein großes Licht eingeschaltet.

Brendle zog die Staffelei hervor und stellte das Bild darauf. Dann nahm er weitere Bilder aus dem Schrank. Gelbe und rote Farbbahnen waren so angeordnet, dass es aussah, als wären sie der Eingang zu einer Höhle. Auf dem nächsten Bild rotierten bunte Luftballons um eine erdachte Erde. Eine ferne, bunte Galaxie.

Schon erstrahlte der farblose Raum in grellem Bunt. Das farbige Leben kroch immer weiter aus dem Schrank. Brendle entdeckte Nägel an den Wänden. Dort hängte er die Bilder auf, eins nach dem anderen, bis er keinen Platz mehr fand. Schließlich stellte er einige Bilder auf den Fußboden, öffnete das Dachfenster und setzte sich auf den alten Stuhl.

Ihm fehlten die Worte.

Er kam sich vor wie in einer Oase.

Während seiner Zeit in München hatte er Vergleichbares nicht erlebt. Nie gesehen. Obwohl München manchmal ebenso skurrile Fälle vorzuweisen hatte. Da wurden Frauen im besten Alter von der besten Freundin umgebracht, weil sie sich das gleiche Kleid gekauft hatten und der Freundin damit die Schau stahlen. Auf dem Land hätte man darüber gelacht, in München war das ein Motiv für eine Straftat. Einmal musste er den Mord an einem Raum-Designer aufklären. Der Täter war schließlich ein Kunde des Innenarchitekten. Er war erbost darüber, dass sich zu viele schwarze Punkte auf der Tapete befunden hatten, die er sich für sein Schlafzimmer ausgesucht hatte. Das waren die Probleme der Schickeria.

Aber hier?

Brendle sah sich um. Der Schrank hinter der Tür stand offen, noch hatte er nicht alle Fächer durchgearbeitet. Links oben reihten sich einige Bücher aneinander, deren Rücken wirkten, als wäre darin eine Briefmarkensammlung untergebracht. Er nahm ein Buch heraus und schlug es auf.

Nichts war es mit der Briefmarkensammlung.

Hier ruhten Lieblichs Texte.

Nach Themen sortiert.

Sauber abgeheftet, in immer der gleichen Schrift geschrieben. Arial. Schriftgröße 12, linksbündig.

Brendle las sich in die Texte hinein. Sie handelten von Bildern und Farben. Von fernen Welten und den Gesprächen, die sich nachts im Kunsthaus Reitbahn 3 zwischen den Kunstwerken entwickelten.

Wirre Sachen.

Monologe eines Flügels.

Dialoge zwischen blauen Bäumen.

Das Drama der nicht benutzten Farben.

Eifersüchteleien zwischen Schwarz und Weiß. Wer warum an welchen Stellen die Leinwand besetzen durfte.

Und dann ein kleines Theaterstück. In der Hauptrolle ein Wischmopp. Der fegte nachts durch das Kunsthaus und machte zwischendurch Pause. Sprach mit den Kunstwerken. Tadelte.

Lobte. Tröstete. Und kehrte die Reste der Besucher zusammen. Wortfetzen und Straßenstaub. Butterbrezenbrösel und benutzte Papiertaschentücher. Eine künstlerische Mischung. Damit tanzte er über die Fliesen. Bis ein russisches Mütterchen zur Tür hereinkam und dem ganzen Spuk ein Ende bereitete.

Applaus.

Zweiter Akt.

Brendle las nicht weiter. Ihm genügte, was er gelesen hatte. Das war teilweise witzig, dann wieder fast kindisch. Eduard Lieblich hatte eine überbordende Fantasie gehabt, was von seiner Frau nicht behauptet werden konnte. Die floh nicht in die Kunst, sondern nach ihrer missglückten Geburt in den Schlankheitswahn.

Was war das nur für ein Haus? Hier hatte ein Versicherungsmensch mit einem Faible für Farben, Formen und Worte mit einer grauen Maus zusammengelebt. Und sich von ihr dominieren lassen. Anders waren die versteckten Bilder nicht zu erklären.

Vielleicht wirkte der tote Herr Lieblich deswegen so glücklich. Weil er im Kunsthaus gestorben war. Weil er dort umgebracht worden war. Oder weil er sich dort hatte umbringen lassen. In seiner Welt. In der Welt der hintersinnigen Farben und Formen.

Brendles Diensthandy vibrierte in seiner Hosentasche. Er meldete sich. Dann lauschte er in den Hörer hinein. Nickte. Lauschte weiter.

»Und Sie sind sich sicher?«

Wieder lauschte er. Ein leichtes Grinsen deutete sich auf seinen Lippen an, dann verschwand es wieder.

»Gut«, sagte Brendle. »Ich weiß Bescheid. Bringen Sie mir bitte die Schuhe des Toten nach Ansbach. Ich brauche sie morgen. Danke.«

Dann legte er auf. Eine Weile stand Brendle inmitten der bunten Bilder. Er ließ die Szene auf sich wirken, drehte sich im Kreis, blätterte wahllos in Lieblichs Texten.

Schließlich räumte er alles wieder an seinen Platz zurück, drückte die Schranktür zu und stellte die Staffelei an die Wand. Innerhalb weniger Minuten wirkte das Zimmer wieder so farblos und angestaubt wie das ganze Haus. Eine Heimat für Leute, die nur im Gestern lebten.

Brendle verließ das Zimmer und schaute sich im Obergeschoß um. Eine weitere Tür führte zu einem nicht ausgebauten Dachzimmer. Dort standen Truhen und Kisten. Staubige, warme Luft baute sich wie eine Wand vor Brendle auf. Er schloss die Tür wieder, öffnete eine andere. Hier war alles in Hellblau gehalten. Nur das kleine Bett war weiß. Ein Farbtupfer in diesem Haus. Es wäre das Kinderzimmer geworden, wenn das Kind nicht im achten Monat kurz vor der Geburt gestorben wäre. Ich muss hier raus, dachte Brendle. Das wird mir zu viel.

Er lief die Treppe ins Erdgeschoß hinunter und suchte Frau Lieblich. Er fand sie nicht. Stattdessen entdeckte er den kleinen Altar im Schlafzimmer, von dem Frau Weigelt erzählt hatte. In einer Nische standen tatsächlich Bilder fremder Babys herum, daneben Kerzen und Plastikblumen. Schauderhaft.

Nach weiterem Suchen erspähte Brendle endlich Frau Lieblich. Sie hockte draußen im Garten auf der Kante eines Plastikstuhls und starrte auf den Wildwuchs. Noch immer trug sie diese gelbe Bluse und die gelbe Hose.

»Ich geh dann wieder«, sagte Brendle. »Und … danke, dass ich mir das Zimmer Ihres Mannes ansehen durfte.«

Er erhielt keine Antwort. Stattdessen verknotete Frau Lieblich ihre dürren Finger.

Bevor Brendle das Grundstück verließ, goss er noch den Kaktus vor dem Hauseingang. Es ging ihm von Tag zu Tag besser.

26

Sieben Mütterchen.

Der Dienstag im September war so strahlend schön wie ein Tag am Meer. Beinahe noch strahlender. Ein Altweibersommer-September-Dienstag.

An so einem Tag sollte man nicht arbeiten, dachte Brendle. Solch ein Tag müsste an einem See verbracht werden, mit einer Decke und einem schönen Buch, dazu eine Badehose und eine nette Begleitung. Susanne März wäre nicht schlecht. Wobei das schon wieder eine dieser höchstmöglichen fränkischen Lobeshymnen war. Gar nicht mal so schlecht. In Franken war das ja beinahe eine Liebeserklärung.

Mit Susanne März an den Altmühlsee. Die Vorstellung elektrisierte Brendle. Das wäre wesentlicher besser, als hier in der Kripo Ansbach eine mögliche Verdächtige zu verhören.

Wenn es hier wenigstens einen ordentlichen Kaffee gäbe. Aber die hatten nur einen Automaten, in den auch noch Geld eingeworfen werden musste. Er könnte seinen Kollegen mal eine Kaffeemaschine spendieren, überlegte Brendle. Damit würde er seinen Einstand nachholen können. Der war seit mehr als einem Vierteljahr überfällig. Aber es hatte auch niemand danach gefragt. Vielleicht, weil er sich von München nach Ansbach hatte versetzen lassen. Ein fränkischer Heimkehrer.

Irgendwann, sinnierte Brendle über seine Entscheidung, hatte es so weit sein müssen. Und als im Frühsommer eine Stelle frei geworden war, entschied er sich kurzfristig für Westmittelfranken. Endlich wieder seine Füße in die Rezat stellen können. Die morgendlichen Dunstschwaden in den Tälern genießen. Nach den Kirchturmspitzen in der Umgebung Ausschau halten. Heimatgefühle auskosten. München hatte das nie geschafft. Brendle schnappte sich eine Flasche Mineralwasser und goss sich ein Glas voll ein.

Eine Radtour zum Altmühlsee wäre jetzt genau das Richtige. Er könnte zunächst hinüber nach Herrieden fahren, dort auf den Altmühlradweg einbiegen und dann über Ornbau, Gern und den Altmühlzuleiter zum Altmühlsee radeln. Das war zwar nicht die kürzeste Strecke, aber die landschaftlich reizvollere. Vor seinem geistigen Auge zog bereits die fränkische Landschaft vorüber. Am Altmühlsee angekommen würde er sich einen schönen, ruhigen Platz suchen, seine Decke ausbreiten, Susanne zu einem Picknick einladen, ihr bei Bedarf den Rücken eincremen …

Warum dachte er eigentlich die ganze Zeit über an Susanne März? Er müsste sich auf den Fall konzentrieren, auf Eduard Lieblich und Yana Kurkova und Dr. Helmut Gabelmann.

Die Kollegen hier bei der Kripo Ansbach waren ja alle ganz nett, Brendle konnte sich nicht beklagen. Er hatte nur noch keinen richtigen Draht zu ihnen gefunden. Die waren ihm auch nach ein paar Monaten noch so fremd, als wäre er erst wenige Tage hier. Als hätten sie ihm gegenüber Vorbehalte, weil er ein Halbmünchner war. Die trauten ihm nicht. Und keiner von denen hatte auch nur den Versuch gemacht, ihm das Du anzubieten. Er umgekehrt aber auch nicht.

Es war halb drei Uhr.

Ob Yana Kurkova pünktlich erscheinen würde?

Oder tauchte sie ab?

Ließ sich entschuldigen?

Kam vielleicht sogar eine halbe Stunde zu spät, weil sie noch dringend etwas zu erledigen hatte. Schuhe kaufen, zum Beispiel. Sie habe da welche gesehen, in der Ansbacher Neustadt, und die habe sie unbedingt anprobieren müssen, dass müssen Sie doch verstehen, Herr Kommissar, oder?

Quatsch.

Was ich manchmal denke, sinnierte Brendle. Das ist schon seltsam. Ich bin doch nicht mehr in München, wo die Frauen nur darüber nachdenken, wo sie wann am schnellsten die neuesten, unbequemsten Stöckeldinger kaufen können.

Brendle wurde unruhig. Er brauchte jetzt einen Kaffee, aber das Zeug aus dem Automaten schmeckte ihm einfach nicht. Wenn er den Fall gelöst hatte, würde er am nächsten Morgen mit einer Kaffeemaschine hier auftauchen, dazu eine Ladung Butterbrezen oder frische Hörnchen vom Bäcker im Gepäck, und hier endlich seinen Einstand ausgeben. Wurde auch langsam Zeit. Vielleicht warteten die Kollegen nur darauf, sagten aber nichts, weil es doch selbstverständlich war, dass man sich auf diese Weise in die neue Dienststelle einführte.

Bei den Münchnern hatte er gleich am zweiten Tag seinen Rüffel bekommen, das wusste er noch genau.

Wo die Weißwürste blieben, war er gefragt worden.

Warum?, hatte er zurückgefragt.

Wegen dem Einstand, war die Antwort gewesen.

Und dann war er losgeschickt worden, um Weißwürste zu besorgen. Er hatte erst einen Metzger suchen müssen, einen richtigen Metzger. Mit automatisch verpackten und aufs Gramm abgewogenen Würstchen vom Discounter hatte er nicht in der Dienststelle auftauchen wollen. Die hätten ihn lauthals ausgelacht.

Soso, Herr Kollege. Und das sollen also echte bayerische Weißwürste sein? Ich glaube, Sie müssen noch viel lernen.

Auf so einen Spruch hatte er gerne verzichtet.

Und in Ansbach darauf gewartet, dass sie etwas zu ihm sagten. Was ihnen so vorschwebte. Wiener mit Senf. Oder Bamberger Hörnchen. Oder ein Zwetschgenkuchen mit

Schlagsahne. Es wäre gerade genau die richtige Zeit dafür gewesen. In den Bäckereien umschwärmten jetzt im September die Wespen das leckere, süße Zeug. Und futterten sich einen Wanst für den Winter an. Die waren ganz närrisch darauf, obwohl es in den Bäckereien noch andere leckere Sachen gab. Aber da hockte keine einzige Wespe. Als wären die Plunder und Quarktaschen und Apfelstrudel und Vanillebrezen nichts.

War aber auch verständlich. Fränkischer Zwetschgenkuchen war schon etwas Besonderes.

So einen Zwetschgenkuchen, dachte Brendle, den könnte ich einfach so auf der Wache vorbeibringen. Frisch. Duftend. Saftig. Noch leicht warm. Mit Streusel obendrauf. Ein ganzes Blech. Den können sich die Kollegen sogar wünschen. Natürlich ohne Wespen.

Sein Einstand wäre dann ganz einfach.

Aber da kam nichts.

Einfach nichts.

Fränkische Sturschädel eben, wie er selber einer war.

Die grummelten lieber wochenlang heimlich und doch für Brendle sichtbar vor sich hin und beschränkten die Konversation mit ihrem neuen Kollegen auf das Nötigste, bevor sie etwas sagten.

Brendle musste an die frische Luft. Mit seinem Glas Mineralwasser in der Hand stand er draußen in der milden Septembersonne und wartete.

Er sah auf die Armbanduhr. Noch fünf Minuten.

Brendle überlegte, ob er Frau Kurkova die richtige Adresse angegeben hatte. Ja, hatte er. Schlesierstraße in Ansbach. Die Straße war zu finden. Wofür gab es Navigationsgeräte. Oder einen Stadtplan.

Kaffee und Kuchen hatte er für die Befragung nicht besorgt. Aber das war auch nicht nötig. Einmal hatte eine

Zeugin in München einen Apfelstrudel mitgebracht. Für die ganze Wache. Einfach so. Leider konnte die Münchner Polizei mit den Aussagen der guten Frau nichts anfangen. Mit dem Apfelstrudel schon.

Noch drei Minuten.

Frauen waren nicht immer pünktlich.

Das musste man ihnen zugestehen.

Brendle juckte es unter dem großen Zeh. Das war selten. Aber für ihn ein gutes Zeichen. Er kam endlich voran. Aber wie sollte er reagieren, wenn Frau Kurkova ihm nur auf Russisch auf seine Fragen antworten wollte? An einen Übersetzer hatte er nicht gedacht.

Mit einem einzigen Zug leerte Brendle das Glas Mineralwasser. Das tat gut, obwohl ihm ein Sprung in den Altmühlsee gerade lieber gewesen wäre. Mit Susanne März an seiner Seite. Die Vorstellung, sie im Badeanzug oder Bikini sehen zu können, hatte etwas Besonderes an sich.

»Guten Tag, Herr Kommissar.«

Das kalte Lächeln von Frau Kurkova tauchte so plötzlich vor ihm auf, wie eine Blaualge im Altmühlsee. Sie hielt ihm die Hand hin und wartete darauf, dass er ihr Angebot zur Begrüßung annahm.

»Ach, die Frau Kurkova. Schön, dass Sie pünktlich sind.«

Brendle nahm die angebotene Hand der Russin. Gleich darauf quetschte sie ihm die Finger zusammen. »Ich immer pünktlich. Familientradition.«

Gut. Dann ist das geklärt, dachte Brendle. Familientradition. Dazu gehörte auch der Schraubstock-Händedruck.

»Wir könnten auch draußen in Sonne sitzen«, schlug Frau Kurkova vor. »Ist wärmer als in kalter Stube.«

»Später vielleicht«, sagte Brendle. »Jetzt gehen wir erst einmal in die kalte Stube.«

Er führte sie in die Diensträume, einen Gang entlang, grüßte im Vorbeigehen einen Kollegen, und öffnete das Verhörzimmer.

»Warum ich muss in Verhörzimmer?«

»Ach, nur so. Da ist es einfacher, unser Gespräch aufzuzeichnen.«

»Sie wollen aufzeichnen?«

»Sicher.«

»Gut.«

Brendle wies auf einen Stuhl. »Bitte. Setzen Sie sich doch.«

Frau Kurkova nahm Platz. Sie legte ihre Handtasche in ihren Schoß und hielt deren Henkel krampfhaft fest.

»Ich komme gleich zu Ihnen«, sagte Brendle. Dann ging er nach draußen und beorderte einen Kollegen zur Beobachtung an die Glasscheibe des Verhörraums.

»Also«, sagte Brendle, als er Frau Kurkova gegenübersaß. »Fangen wir an. Erzählen Sie mir etwas von sich.«

Yana fummelte an der Handtasche herum, zog einen Reißverschluss auf, griff in die Tasche hinein, wühlte darin herum. Brendle schaute zu. Manchmal hatte er ziemlich viel Geduld.

»Ich soll Ihnen erzählen?«

Brendle nickte. »Genau.«

Dann wartete er ab, was kommen würde.

»Ich Yana Kurkova. Vierzig Jahre jetzt. Nein. Einundvierzig. Ich haben keine Kinder. Niemals verheiratet. Auch nicht in Russland. Sie kennen Russland?«

Brendle nickte. Ja, er kannte Russland. Aber er war noch niemals dort gewesen.

»Gut. Dann Sie wissen, dass Russland armes Land. Ich komme von Dorf Perezowo. Sehr kleines Dorf, ungefähr

1782 Kilometer von Moskau entfernt. In Perezowo leben meine Eltern. Oleg, mein Vater, arbeitet als Brigadier auf Baustelle. Immer unterwegs. Aber in nächstem Jahr er bekommen Rente. Wann bekommen Sie Rente?«

»Später.«

»Oh. Das ist schlecht. Sie müssen bestimmt lange arbeiten, oder?«

Brendle nickte. Er dachte nicht an seine Rente. Jedenfalls nicht jetzt.

»Wie lange sind Sie schon in Ansbach?«

»Ich? In Ansbach? Weiß nicht. Einige Jahre schon. Ich kommen nach Ansbach, weil ein Mann mich holen aus Russland. Sprach von große Liebe. Wir kennen von Internet. Viele Briefe hin und her. Hieß … hieß … habe vergessen, wie geheißen. Egal. Aber es war nicht große Liebe. Hat dauernd nur getrunken Alkohol, wie die Männer in Russland. Aber ich wollte kein Mann mit Alkoholproblem. Da bin ich gegangen. Wenn ich Mut, ich diesen Mann …« Sie machte mit ihren Händen eine drehende Bewegung. »Sie wissen schon. Aber nicht genug Mut.«

»Aber die Kraft dazu hätten Sie gehabt, oder?«

»Oh, ja. Wissen Sie, bevor ich aus Liebe … nein, nicht aus Liebe … nach Deutschland, ich war bei Olympia. Gewichtheben. Aber ohne Medaille. Egal. Musste viel trainieren. Für das Land. Für mein Russland.«

Na also, dachte Brendle. Da kommen wir der Sache schon näher. Kein Wunder, dass sie im Kunsthaus die vollen Mineralwasserkästen durch die Gegend trug, als wären es Seifenblasen.

»Wie viele Kilo stemmten Sie denn damals?«

»Weiß nicht mehr. Aber viele Kilo. Sie zum Beispiel. Kein Problem. Ich probieren?«

»Nein, danke.«

Yana Kurkova war also Gewichtheberin gewesen, dachte Brendle. Sie könnte durchaus Eduard Lieblich vom Eingang des Kunsthauses zum Klavier getragen haben. Warum auch immer. Er war doch schon tot. Und sie könnte ihm das Genick gebrochen haben. Mit ihrer Kraft von den Olympischen Spielen, bei denen sie leider keine Medaille gewonnen hatte.

Frau Kurkova fummelte wieder in ihrer Handtasche herum. Schließlich holte sie eine Puppe heraus.

»Sagen Sie, Herr Kommissar. Kennen Sie russische Mütterchen?«

»Ja, ich habe davon gehört.«

»Schauen Sie, ich möchte Ihnen schenken. Sie sind so nett.«

Sie schob die Holzpuppe über den Tisch zu Brendle hinüber.

Brendle überlegte, was das jetzt sollte. Verbarg sich darin Sprengstoff? Er hatte schon einiges erlebt. Geschenke von Verdächtigen lehnte er grundsätzlich ab. Außerdem war er nicht nett. Bei der Begrüßung hatte ihm Yana beinahe die Hand zerquetscht, und nun sagte sie, er sei nett und schenkte ihm eine russische Puppe.

»Sagen Sie, Frau Kurkova, wo waren Sie in der Nacht von Samstag auf Sonntag, als Herr Lieblich im Kunsthaus starb?«

Brendle schob die Puppe zurück.

»Sie wollen Puppe nicht?«

Yana drehte die Puppe zwischen ihren Fingern.

»Würden Sie bitte meine Frage beantworten?«

»Schauen Sie, Puppe ist nicht nur Puppe. Ist viele russische Mütterchen. Ich Ihnen zeigen.«

Frau Kurkova drehte an der Puppe herum.

»Stopp.« Brendle schrie plötzlich. Er sah sich mitsamt der Puppe und Frau Kurkova schon in die Luft fliegen. Er hatte da so ein Gefühl. Die Russin machte ihn nervös.

»Warum Sie schreien?«

»Hören Sie sofort auf, an der Puppe zu drehen.«

»Ist doch nur Puppe aus dünnem Holz. Handarbeit aus Russland. Schauen Sie!«

Es machte leise *Plopp!,* als Yana die erste Hülle der russischen Puppe auseinanderzog. Brendle hielt reflexartig die Arme vor seinen Kopf und drehte sich zur Seite. Er wartete auf eine Explosion, einen Gasaustritt, auf irgendetwas, vielleicht auch mit Verzögerung. Aber da kam nichts.

Frau Kurkova lächelte still in sich hinein, als Brendle sich wieder zu ihr umdrehte. Er traute ihr nicht. Und dann noch dieses Lächeln. Die pokerte doch mit ihm, oder?

»Und?« Yanas Lächeln wurde leicht schief. »Leben Sie noch?«

Brendle schnaufte tief durch. Ja, er lebte noch. Er antwortete nicht auf ihre Frage, sondern stellte eine Gegenfrage.

»Also, wo waren Sie, als in jener Nacht Eduard Lieblich gewaltsam zu Tode gekommen ist?«

»Gewaltsam zu Tode gekommen? … Das ist ja schrecklich.«

»Frau Kurkova!«

Wieder fummelte sie in ihrer Handtasche herum. Mal sehen, was nun zum Vorschein kommt, dachte Brendle. Vielleicht eine echte Handgranate? Eine Pistole? Er hätte sie zuvor durchsuchen sollen. Aber wer denkt an solche Maßnahmen, wenn eine Angestellte des Kunsthauses, die bisher nichts mit dem Tod von Eduard Lieblich zu tun zu haben schien, zum Verhör vorgeladen wurde? Eine Packung Papiertaschentücher wurde aus der Handtasche gefummelt. Yana öffnete die Packung, nahm ein Taschentuch heraus und tupfte sich damit über die Augen.

War das nun wieder Theater?

»Entschuldigung«, murmelte Frau Kurkova. »Ich so sehr in Gefühlen für Eduard.«

»Sie haben Gefühle für Eduard?«

»Jeder hat Gefühle für Eduard. Sie nicht?«

Die lenkt ja schon wieder ab, dachte Brendle. Die lenkt eigentlich nur ab.

Statt einer Antwort schraubte Yana erneut an der russischen Puppe herum. »Schauen Sie, großer Commissario. Ich darf doch sagen, oder …?«

Brendle schwieg.

Yana schraubte.

Erneut machte es leise *Plopp.*

»Hier kommen nächstes russisches Mütterchen. Ist nicht schön? Echte Handarbeit. Aus Russland. Nur original aus Russland. Und was haben wir nun?«

Ja, was haben wir nun, überlegte Brendle. Vielleicht machte sie mit diesem *Plopp* die Bombe, oder was immer das war, erst so richtig scharf. Er konnte das nicht genau einordnen. Es gab diese Puppen in unterschiedlichen Ausführungen. In manchen steckten bis zu neun weitere Puppen. Und wie war das bei diesem Exemplar? Wie oft würde es noch leise *Plopp* machen, bis irgendetwas explodierte, ausströmte, blitzte, donnerte, oder …?

»Drei russische Mütterchen«, sagte Brendle.

»Genau. Aber ist noch nicht fertig. Sie wollen weitere Mütterchen sehen?«

»Ich möchte wissen, wo Sie waren, als Eduard Lieblich starb.«

»Wo ich gewesen? … In Ansbach. Habe geputzt.«

Sie sagte das ganz nebenbei. Als wäre es völlig normal, zu putzen, wenn im Kunsthaus ein Mensch ermordet wurde.

»Wo haben Sie geputzt?«

»Überall. Wo Schmutz ist. Es gibt so viel Schmutz. Nicht nur im Kunsthaus. Schauen Sie Straßen an. Oder Gehsteige. Überall Schmutz. Menschen in Ansbach so unordentlich. Alles wegwerfen. Zigarettenstummel. Pappbecher. Von McDonalds. Und Dönerpapiere. Dann Sachen, wo schon im Mund waren. Diese Gummi mit Geschmack. Sie wissen, was meinen. Aber ist nicht nur Problem in Ansbach …«

»Frau Kurkova!«

»… ist Problem von überall auf der ganzen Welt. Wenn so weitergeht, dann Pappbecher fliegen in Weltall. Auf Mond. Und auf Mars. Und dann Marsmenschen kommen zu uns und beschweren sich. So viel Müll. Überall Müll. Wir ersticken noch an unsere eigene …«

»Frau Kurkova. Wir reden hier nicht über Müll.«

»Nein? Sie sind auch so Mensch, der alles wegwerfen, ja? Oh, ich nicht wusste. Dann Sie auch ersticken in Müll. Aber ich gute Putzfrau. Ich auch aufsammeln Ihre Müll. Eine Schande ist das. Eine große, globale Schande.«

Brendle stand auf. Er musste zur Sache zurückkommen. Er musste Frau Kurkova aus der Reserve locken, sonst saß er noch morgen hier und war keinen einzigen Schritt weiter.

»Was Sie machen?«

Die Frau machte ihn wahnsinnig. Die brachte ihn noch dazu, zu explodieren. Brendle versuchte, ruhig und sachlich zu bleiben. Vielleicht knackte er sie damit. Indem er immer wieder die gleiche Frage wiederholte. Bei manchen Leuten half das. Irgendwann wurden sie müde. Und mürbe. Und sagten das, was er von ihnen hören wollte.

»Frau Kurkova, wo waren Sie in der Nacht, als Eduard Lieblich im Kunsthaus ermordet wurde?«

»Putzen. Habe ich schon gesagt. Können Sie nicht hören?«

»Wo haben Sie geputzt?«

»Überall. Ich muss immer und überall putzen. Auf ganzer Welt so viel Schmutz. So viel Dreck. Und so wenig Liebe.« In ihrer Stimme schwang große Verachtung mit. Sie spuckte auf den Fußboden.

»Also bitte. Sie sind hier nicht zu Hause.«

»Nein?«

Brendle setzte sich wieder und schaute auf seine Schuhe hinunter. Er sagte nichts mehr. Blieb einfach eine Weile sitzen und sagte nichts mehr. Ruhig schaute er zu Frau Kurkova hinüber. Sie spielte nun mit dem Papiertaschentuch, wischte sich damit über die Augen, nahm dann einen kleinen Spiegel aus der Handtasche, holte einen Wimpernstift hervor und begann, ihre Wimpern zu bearbeiten.

Brendle schaute ihr interessiert zu.

»Sagen Sie, welche Schuhgröße haben Sie?«

Er stellte die Frage sehr ruhig und sehr sachlich, außerdem sehr leise und ganz nebenbei. Als hätte er die Frage nur gedacht.

»Vierzig. Warum fragen Sie?«

»Eduard Lieblich hatte auch Schuhgröße vierzig. Das ist lustig, oder?«

»Lustig?«

Frau Kurkova schraubte wieder an ihrer Puppe herum. Erneut machte es *Plopp.* Die vierte Puppe stand auf dem Tisch. Jedes Mal wurden die Puppen kleiner, wenn Frau Kurkova eine aus dem Mütterchen herausholte.

»Die Puppen haben sehr schöne blaue Farbe, finden Sie nicht, Commissario?«

Blau, dachte Brendle. Die Puppen sind alle blau. Hatte das etwas mit der Ausstellung *Blaue Bäume* zu tun? Waren die Puppen auch in der Ausstellung zu sehen gewesen? Er konnte sich nicht an sie erinnern.

Brendle ignorierte die Frage mit der blauen Farbe.

»Machen Sie eigentlich auch unter dem Klavier sauber?«

»Unter welchem Klavier?«

»Ich meine das Klavier im Kunsthaus.«

»Überall ich finde Schmutz. Auch unter Klavier.«

»So so.«

»Warum Sie sagen *so so*?«

»Ach, nur so.«

»Sie antworten nicht auf meine Fragen, Herr Kommissar.«

»Und Sie antworten nicht auf meine Fragen, Frau Kurkova.«

»Dann fragen Sie. Ich werde antworten.«

Brendle wollte endlich vorwärts kommen. Ihn nervte das hier. Er würde Frau Kurkova mit den Tatsachen konfrontieren. Sehr schnell. Er gab dem Kollegen hinter der Glasscheibe einen Wink und deutete auf seine Schuhe.

»Was Sie da deuten?«

Wieder die Kurkova. Als wäre es an ihr, Fragen zu stellen. Brendle wollte von ihr Antworten hören. Nichts weiter als ein paar Antworten. Aber die sträubte sich. Sie war eine wahre Meisterin der Ablenkung.

»Das werden Sie gleich merken, was ich gedeutet habe.«

»Schön. Ich neugierig. Alle Frauen neugierig. Aber das wissen Sie, denke ich. Oder?«

Natürlich, dachte Brendle. Natürlich. Er wartete darauf, dass der Kollege Lieblichs Schuhe brachte. Sie waren da, das wusste er.

»Russische Matroschkas haben lange Tradition, wissen

Sie, Herr Kommissar? Ist eigentlich Spielzeug für kleine Kinder. Ich schenke diese für Ihre Kinder. Sie haben doch Kinder, oder?«

Plopp. Die fünfte Puppe stand auf dem Tisch. Beinahe ein Winzling. Ein kleiner, blauer Winzling.

Die Tür ging auf, ein paar Schuhe wurden hereingereicht, dann ging die Tür wieder zu.

Yana reagierte nicht. Sie stellte die Puppen der Reihe nach auf den Tisch, begann bei der größten ganz links und platzierte die kleinste auf der rechten Seite.

»Aber fünf noch nicht genug. Sie staunen, mein Kommissar, oder?«

Nein, Brendle staunte nicht.

»Kennen Sie diese Schuhe?«

Yana schaute kurz auf.

»Was haben Sie da? … Ich nicht verstehen. Warum Sie mir zeigen schwarze Schuhe?«

Brendle wurde sehr, sehr leise. Ein untrügliches Zeichen für einen kurz bevorstehenden Ausbruch.

»Kennen Sie diese Schuhe?«

Er flüsterte es nur. In seiner Hand die Schuhe von Eduard Lieblich, schwarze Herrentreter, die starke Ähnlichkeit mit seinen eigenen Schuhen hatten.

»Also?«

Yana zuckte mit den Schultern. Sie klappte den Spiegel zusammen und verstaute diesen mitsamt dem Wimpernstift in ihrer Handtasche. »Alte Schuhe. Müssten sauber gemacht werden. Habe aber keinen Lappen dabei. Ich könnte mit Papiertaschentuch und ein wenig Spucke …«

Brendle knallte die Schuhe vor Frau Kurkova auf den Tisch. Die russischen Mütterchen hüpften in die Höhe, kippten dann zur Seite und rollten von der Platte.

»Sie dürfen gleich sämtliche Schuhe der bayerischen Polizei mit Ihrer Spucke putzen, wenn Sie mir nicht endlich auf meine Fragen antworten«, brüllte Brendle. »Also, noch einmal: Kennen Sie diese Schuhe?«

Yana zuckte merklich zusammen. Sie streckte die Finger nach den Schuhen aus, befühlte das Leder, strich darüber.

»Armer Eduard«, flüsterte sie dann.

»Wie bitte?«, Brendle schrie noch immer.

Frau Kurkova bückte sich und sammelte ihre russischen Mütterchen auf dem Fußboden zusammen. Sie stellte sie vor den Schuhen von Eduard Lieblich der Reihe nach auf, als wäre nichts gewesen.

Wieder machte es leise *Plopp.* Mütterchen Nummer sechs wurde geboren. Es war ungefähr so groß wie der Nagel des kleinen Fingers von Yana Kurkova. Da explodiert nichts mehr, überlegte Brendle.

»Ich kann Ihnen sagen, wie es gewesen ist«, sagte Brendle, seine Stimme war nicht mehr ganz so laut. Er musterte kurz die sechs Mütterchen, dann lehnte er sich zurück.

Frau Kurkova lehnte sich ebenfalls in ihrem Stuhl zurück. Als wäre sie erleichtert.

»Ja? Sie sagen mir, bitte.«

»Ich würde es aber gerne von Ihnen hören.«

»Was?«

Brendle erinnerte sich an Tommi. Was hatte er ihm in diesem nächtlichen Telefongespräch gesagt? So könnte es gewesen sein. Und Yana hatte Kraft. Viel Kraft. Und sie raubte ihm den letzten Nerv.

»Also.« Sagte Brendle. Weil er nicht wusste, wie er genau anfangen sollte. Er wollte sie in die Enge treiben, aber nicht zu viel verraten. Er wollte ein Geständnis von ihr. Das war sie ihm schuldig.

»Also …?«

Frau Kurkova reagierte nicht. Sie schaute durch ihn hindurch, als wäre er nicht vorhanden.

»Sie sind nachts im Kunsthaus gewesen. Von Samstag auf Sonntag, richtig?«

Frau Kurkova nickte. Dann schüttelte sie den Kopf.

»An welchem Samstag-Sonntag?«

Brendle hörte nicht auf diese Zwischenfrage. So kam er niemals vorwärts.

»Und dort haben Sie Eduard Lieblich getroffen.«

Wieder Kopfnicken. Aber kein Kopfschütteln. Und keine Gegenfrage. Das war schon mal etwas. Nicht viel, aber immerhin.

»Sie haben sich mit ihm gestritten und dann seinen Kopf gegen die Wand geschlagen, richtig?«

Kein Kopfnicken. Kein Kopfschütteln. Einfach nichts.

»Dann sind Sie in die Schuhe von Eduard Lieblich geschlüpft, haben ihn aufgehoben und ihn in seinen Schuhen zum Klavier getragen.«

Brendle wartete die Wirkung seiner Worte ab. Hatten seine Worte überhaupt eine Wirkung?

»Warum?«

»Was warum?«

»Warum sollte ich in Schuhe von Eduard steigen? Habe selbst eigene Schuhe.«

»Sie wollten keine Spuren erzeugen.«

Yana Kurkova lachte.

»Keine Spuren erzeugen. Das ist gut.«

»Sie geben also zu, in die Schuhe von Eduard Lieblich gestiegen zu sein, ihn dann auf Ihre Arme genommen zu haben und mit ihm zum Klavier gelaufen zu sein.«

»Nein.«

»Warum nicht?«

»Weil nicht.«

Brendle beherrschte sich mühsam. Er wollte jetzt keinen Schrei loslassen.

»Und wie kommt dann ein Teil Ihres Nylonstrumpfes in den linken Schuh von Eduard Lieblich?« Der Kommissar hielt Frau Kurkova den Schuh unter die Nase.

»Erklären Sie mir das doch einmal! Sagen Sie mir, wie das möglich ist, wenn Sie angeblich nicht in den Schuhen und mit dem toten Eduard Lieblich auf Ihren Armen, dem sie kurz vorher das Genick gebrochen haben, durch das Kunsthaus marschiert sind, um ihn unter dem Klavier abzulegen.«

Die Russin zuckte zurück. Brendle hatte für einen Moment die vage Hoffnung, sie könnte in Tränen ausbrechen und ihm alles erzählen. Und ihm dann sagen, ja, so sei es gewesen, so sei es wirklich gewesen, und es tue so gut, dass sie nun alles losgeworden sei, denn es würde ihre russische Seele erleichtern.

Brendle irrte sich.

»Wir Schuhe tauschen«, sagte sie ruhig. »Eduard lief einige Schritte in meine Schuhe, ich ein paar Schritte in seine. Das ist alles. Noch Fragen? Ich dann gehen.«

Sie packte ihre Handtasche und stand auf. Brendle drückte sie auf den Stuhl zurück.

»Sie bleiben sitzen. Und wenn Sie mir nicht gleich eine plausible Erklärung liefern, wie ein kleiner Teil Ihrer Nylonstrümpfe in den linken Schuh von Eduard Lieblich kommen, dann bleiben Sie über Nacht da.«

»Woher wollen Sie wissen, dass meine Füße in diesen Strümpfen haben gesteckt?«

Brendle zog einen kleinen Beutel aus der Tasche.

»Ich habe hier ein Haar von Ihnen, erinnern Sie sich?«

»Ach, von Pullover. Haar ist nicht von mir. Ist von Besucherin im Kunsthaus. Hat sich an meinen Rücken gedrückt. Passiert einfach. Nicht weiter schlimm.«

Für einen Moment zuckte Brendle zurück. Daran hatte er nicht gedacht. Aber jetzt musste er hart bleiben. Die Russin konnte reden, was sie wollte. Die ließ er so schnell nicht mehr hier heraus.

»Dann nehme ich eben ein weiteres Haar. Direkt von Ihrem Kopf. Oder ich lasse mir eine Speichelprobe von Ihnen geben. Das geht ganz schnell.«

»Sie wollen Spucke von mir?«

Brendle nickte.

»Nur über meinen Tod. Ich nicht machen Mund auf. Sie können mich nicht zwingen. Folter in Deutschland nicht erlaubt. Ich bin unbescholtene Frau.«

»Dazu muss ich Sie nicht foltern. Wir sind hier nicht beim Geheimdienst des KGB. Schauen Sie doch einmal auf den Fußboden.«

Brendle winkte seinen Kollegen herbei. Die Tür ging auf, Yana Kurkova versuchte, mit dem Schuh ihre Spucke auf dem Fußboden zu verwischen, aber sie war nicht schnell genug, Brendle hielt sie zurück. Grinsend tupfte der Beamte mit einem Wattestäbchen den Speichel auf.

»Und? … Was sagen Sie nun, Frau Kurkova?«

»Nichts.«

Brendle folgte dem Kollegen nach draußen. Er brauchte dringend frische Luft.

»Ein harter Brocken«, sagte sein Kollege. »Soll ich das hier vergleichen lassen?«

Brendle nickte. »Unbedingt. Und wenn es geht, bitte ganz, ganz schnell. Ich will die hier nicht mehr weglassen.«

Dann schaute er durch die Glasscheibe in den Raum hinein. Die Russin hockte wie ein angeschossenes Tier auf ihrem Stuhl. Mit einer heftigen Bewegung fegte sie die Mütterchen vom Tisch, warf dann Eduard Lieblichs Schuhe gegen die Wand und setzte sich wieder. Dort blieb sie nicht lange. Sie erhob sich und krabbelte auf dem Fußboden herum, sammelte ihre Matroschkas zusammen und stellte sie erneut der Reihe nach auf die Tischplatte. Lieblichs Schuhe blieben auf dem Fußboden liegen.

Die müsste ich jetzt eine halbe Stunde dort schmoren lassen, dachte Brendle. Oder noch länger. Aber das würde leider gegen die Dienstvorschriften verstoßen. Einen Trumpf hatte er noch. Den würde er ihr gleich vorsetzen.

Brendle ging in den Raum zurück. Wortlos klaubte er die Schuhe von Eduard Lieblich zusammen und setzte sich wieder an den Tisch.

Was ihm noch fehlte, war ein Motiv. Die Russin hatte keines. Jedenfalls fiel ihm nichts ein, das Frau Kurkova dazu veranlasst haben könnte, Eduard Lieblich Gewalt anzutun.

Liebe?

Das war geraten. Vielleicht wollte sie, dass er sich von seiner Frau trennte, konnte ihn aber nicht dazu überreden.

Hatte sie ihn bei etwas ertappt? Wie er sich an dem Bild *Blaue Bäume* zu schaffen machte? Dann hätte Margarete von Blumen einen Grund gehabt, sich an Eduard Lieblich zu rächen, aber nicht die Putzfrau.

Unsauberkeit?

Wollte Frau Kurkova sauber machen, oder hatte sie gerade sauber gemacht, und Eduard Lieblich hatte dies übersehen und war mit schmutzigen Schuhen durchs Kunsthaus gestiefelt? Waren Spuren von Straßenstaub ein Mordmotiv? Die Tat einer nach Sauberkeit Dürstenden?

Sauber war sie ja, die Frau Kurkova. Und gut gekleidet auch, obwohl sie angeblich nur eine Putzfrau war. Ihre Erscheinung war tadellos. Alles an ihr erschien gepflegt. Die Hände, die Haut, die Haare, die Kleidung. Frau Kurkova trug auch heute Schwarz. Als würde sie trauern.

Trauerte sie um Eduard Lieblich und hatte ihn gleichzeitig umgebracht? Wie passte das zusammen? Das passte überhaupt nicht zusammen.

Wieder machte es leise *Plopp.* Sonst geschah nichts weiter. Keine Explosion, kein unangenehmer Geruch.

Die Russin kippte nicht vom Stuhl. Sie hielt eine weitere, winzige Puppe zwischen den Fingern. Sie war so klein, dass Brendle zweimal hinschauen musste, um sie zu erkennen.

»Sieben Mütterchen«, sagte Frau Kurkova. »Passen alle in große Mutter hinein.«

»Toll«, sagte Brendle.

»Ja, nicht?« Die Russin lächelte unsicher. Ihre Wimpern klimperten als wollte sie damit Klavier spielen.

»Wissen Sie, was ich noch toll finde?«

»Nein. Aber Sie werden gleich erzählen, Herr Commissario.«

Wie er das hasste. Commissario. Die gute Frau schaute bestimmt zu viel Fernsehen und dachte, sie wäre bei Brunetti in Venedig.

»Wir haben noch ein Haar gefunden«, sagte Brendle leise. »Das finde ich toll. Im Holz des Klaviers. Genau dort, wo Eduard Lieblich gelegen hat, nachdem Sie ihm die Pulsader aufgeschnitten haben. Das Haar gehörte derselben Person wie das Haar von Ihrem Pullover, wobei Sie natürlich behaupten, das Haar auf Ihrem Pullover sei nicht von Ihnen. Ebenso, wie dieses winzige Stück Nylonstrumpfhose nicht von Ihnen ist. Aber wir haben ja noch Ihre Spucke vom Fußboden. Was sagen Sie nun?«

Frau Kurkova sagte nichts.

»Sie können mir natürlich auch sagen, dass Sie an diesem Abend überhaupt nicht im Kunsthaus gewesen sind. Aber Ihr Alibi müsste dann schon sehr gut sein. Es müsste ein Alibi erster Klasse sein. Vielleicht waren Sie ja beim russischen Präsidenten und haben mit ihm zu Abend gegessen.«

Die Russin schüttelte den Kopf.

»Nein? Sie waren nicht beim Präsidenten? Das ist aber schade. Wo waren Sie denn?«

Erneutes Kopfschütteln. Yana packte ihre sieben Mütterchen wieder zusammen.

»Frau Kurkova.« Brendle stand auf. Solche Sachen musste er im Stehen sagen. »Sie sind vorläufig festgenommen wegen des dringenden Verdachts, Eduard Lieblich ermordet zu haben.«

Ein kleiner Stein löste sich aus Brendles Brust. Wirklich nur ein sehr, sehr kleiner Stein. Eigentlich war es mehr eine Feder. Sie torkelte durch die Luft, landete nach einer halben Ewigkeit auf dem Fußboden und verursachte ein minimales Geräusch. Nur Brendle konnte es hören, wenn er genau hinhörte. Es machte nicht einmal *Plopp.*

27 *Und nun.*

Brendle schlotterten die Knie. Er stand draußen in der milden Septembersonne und wusste nicht, was gerade gewesen war. Er hatte seinen Mörder. Seine Mörderin.

Vielleicht.

Vielleicht hatte er aber auch niemanden.

Er hatte etwas und wusste gleichzeitig, dass er es nicht hatte. Keine wirkliche Lösung des Falls. Keine wirkliche Mörderin.

Yana Kurkova hatte kein Geständnis abgelegt. Es würde ein Indizienprozess werden, das spürte er schon jetzt. Dazu kam, dass die Russin kein Motiv hatte.

Und wenn sie eines hatte, dann welches?

Es gab keinen Mord ohne Motiv, hatten sie ihm in der Ausbildung vor Jahrzehnten beigebracht. Und in Fortbildungen wurde es stets wiederholt. Alles war klassisch zu lösen. Habgier. Liebe. Eifersucht. Hass. Geld. Verlorenes Glück. Verursachtes Unglück.

Aber hier?

Er wusste nicht einmal, wie alles in dieser Nacht abgelaufen war. Das waren nur Vermutungen. Eine Konstruktion nach Beweislage.

Bewiesen war kaum etwas.

Wie war Eduard Lieblich ins Kunsthaus gekommen?

Mit dem Schlüssel von Susanne März. Das war das Einzige, was einigermaßen sicher war.

Aber warum war er dort gewesen?

Um Texte zu schreiben?

Und wann genau hatte er das Kunsthaus betreten?

Und warum traf ihn dort die Putzfrau Yana Kurkova?

Warum brachte sie ihn um?

Warum hätte sie ihn umbringen können?

Die Fragen verdichteten sich in Brendles Kopf zu einem gordischen Knoten. Er hätte ein Schwert nehmen müssen wie Alexander der Große, um diesen Knoten zu zerschlagen.

Aber so einfach war das nicht.

Brendle schleppte sich in die nächste Bäckerei, bestellte einen großen schwarzen Kaffee und ließ sich das letzte belegte Brötchen geben, das sich noch in der Auslage befand. Das Brötchen schlang er hinunter, den Kaffee schüttete er hinterher. Danach stieg ihm das Blut in den Kopf, sein Herz pochte unter dem Hemd, als wäre es ein Hund, der dringend Gassi gehen wollte.

Das tat Brendle jetzt. Gassi gehen. Er stolperte durch die Straßen, schnüffelte am Karlsplatz umher, schaute kurz zu den Fenstern im dritten Stock hoch, hinter denen er Susanne März vermutete, und streunte weiter. Die Karolinenstraße entlang, dann hinüber in den Hofgarten. Für einen Moment verweilte er im Heilkräutergarten, bestaunte die kümmerlichen Überreste der Agave, die im Sommer 2012 sensationell vor dem Citrushaus geblüht hatte, und stiefelte weiter. Zurück zum Platz vor der Orangerie. Er sah sich kurz um, wusste nicht, was er hier sollte, und lief weiter. Bei Rot über die Fußgängerampel an der Promenade, hinüber in die Neustadt, ein kurzer Halt vor dem Herrieder Tor, den gleichen Weg zurück, zum Haus der Volksbildung, in dem seit einiger Zeit das Theater Ansbach sein Zuhause hatte, dann hinein in den Schlosshof und auch sofort wieder hinaus, als würde er von dort vertrieben werden.

Dann stand er in der Reitbahn. An diesem von ihm so verhassten, vertrauten Ort, an dessen Ende das Kunsthaus lag. Brendle steuerte darauf zu, als würde er von einer magischen Kraft angezogen. Er musste dorthin, unbedingt. Die letzten Schritte legte er im Lauftempo zurück, als hätte er Angst, das Kunsthaus würde schließen, bevor er etwas erledigen konnte.

Als er endlich die Eingangstür des Kunsthauses aufgestoßen hatte und das Bild *Blaue Bäume* zu seiner Rechten entdeckte, wusste er, dass er genau hierher gewollt hatte.

Er musste in die Bilder hineinhören, wie es Eduard Lieblich getan hatte, musste versuchen, sich in die Kunst hineinzuversetzen, damit er vielleicht einen Ansatz hatte, warum Lieblich die Farben so geliebt, warum er über sie geschrieben und fabuliert hatte. Vielleicht gewann er so einen neuen Ansatzpunkt, um gegen Yana Kurkova einen Haftbefehl beim Staatsanwalt zu erwirken.

»Wir schließen in einer halben Stunde«, erklärte ihm die Aufsicht am Tresen links neben dem Eingang. Er hatte gehofft, dort würde Susanne März Dienst haben. Dem war aber nicht so, leider.

Brendle nickte. Eine halbe Stunde hatte er Zeit.

Vielleicht genügte ihm dies.

Es könnte ein Anfang sein.

Der Beginn einer Liebe.

Der Liebe zum Kunsthaus Ansbach in der Reitbahn 3.

Das Klavier war wieder an seinen alten Platz gerückt worden, die blauen Bäume bildeten einen kleinen Wald vor den Fenstern.

Brendle setzte sich auf einen Stuhl. Nein. Er setzte sich nicht. Er ließ sich darauf fallen, direkt vor dem Konzertflügel, als müsste er mit dem Instrument etwas besprechen. Etwas, das nur ihn und den Flügel etwas anging.

Dann saß er da.

Umgeben von Kunstwerken.

Im Reich der Skulpturenperformer und Pinselakrobaten.

Er atmete tief durch.

Einmal.

Zweimal.

Dreimal.

Dann hörte er auf zu zählen.

Versuchte zu hören.

Lauschte.

Dachte sich die Farben herbei.

Ein Meer aus rotierenden Acryltuben.

Wie bunte Windräder.

Dazu kreisende Pinsel in unterschiedlichen Größen.

Brendle schloss die Augen.

Die Lider fielen einfach herunter.

Wie rasselnde Rollläden bei Ladenschluss.

Kasse zu. Licht aus. Feierabend.

Dann schlief er ein.

Manchmal denke ich mir ein Lied. Ein kleines, leises Lied, bestehend aus sieben Oktaven. Und dann spiele ich dieses Lied nur für mich. Als wäre J.K. in meiner Nähe und würde für ein Konzert üben.

J.K. ist auf Reisen.

Lieblich ist tot.

Und Brendle schläft.

Ich werde dir eine Geschichte erzählen, mein kleiner Kommissar. Eine Geschichte aus Noten und Buchstaben.

Höre gut zu.

Die Nacht von Samstag auf Sonntag ist so dunkel wie viele andere Nächte in Ansbach auch. Ein Käuzchen schreit. Der Heilige Gumbert streift gleich nebenan durch seine Kirche und überlegt, ob es nicht an der Zeit wäre, hier wieder ein Benediktinerkloster zu errichten. Bete und arbeite.

Lieblich sperrt die Eingangstür zum Kunsthaus auf. Er sieht sich um, ob er jemanden durch die Reitbahn eilen sieht. Aber da ist niemand. Yana wartet im Dunkeln unter dem Torbogen, gleich nebenan. Lieblich gibt ihr ein Zeichen. Gemeinsam huschen sie ins Kunsthaus, löschen das Licht im Eingangsbereich, Lieblich legt den Schlüssel auf die Theke links neben dem Eingang.

»Du darfst ihn nicht mehr berühren«, flüstert Eduard.

Yana nickt. Sie zieht sich Putzhandschuhe an, stülpt einen dünnen, durchsichtigen Regenumhang über ihre Kleidung, wie es sie bei Open-Air-Konzerten gibt, schlüpft mit den Schuhen in zwei Plastiktüten und bindet sich diese mit einer Schnur um die Fesseln.

»Deine Haare.«

Eduard reicht ihr eine Haube.

Dann steht Yana vor ihm, vermummt von Kopf bis Fuß.

»Ich habe Angst«, sagt sie.

Lieblich schüttelt den Kopf.

»Es wird schnell gehen«, sagt er. »Wie wir es besprochen haben.«

»Aber mein Hasenmann, du kannst nicht einfach gehen.«

»Ich muss.«

»Du musst nicht.«

»Es muss sein.«

Yana tritt auf ihn zu. Eingemummt in ihre seltsame Montur. Sie deutet eine Umarmung an, spitzt ihre Lippen zum Kuss, berührt ihn aber nicht.

An dieser Stelle würde ich gerne ein kleines Lied spielen.

Komm, großer schwarzer Vogel.

Von Ludwig Hirsch.

Ich wage es nicht.

»Und du meinst, das funktioniert?«, flüstert Yana. Lieblich lächelt. Er ist sich seiner Sache nicht sicher und hat Zweifel. Aber die darf er nicht zeigen.

»Es muss funktionieren. Ich habe nur diesen einen Versuch, das weißt du.«

Mit der Hand streicht er über das Bild *Blaue Bäume.* Seine Finger berühren den Rahmen, dann die Hügel, den Weg, schließlich die blauen Bäume selbst.

»Ich will nicht nur immer über die Bilder schreiben. Ich will mich in sie hineinversetzen. In sie hineinkriechen. Farben und Formen spüren. Die Welt dahinter erfahren. Die Welt dahinter erleben.« Yana schaut ihm zu.

»Aber warum …?«

Sie versteht Eduard nicht.

Lieblich streicht noch immer über die Farben. Er tut es zärtlich, als wäre das Bild seine Geliebte.

»Hinter den Farben muss ein anderes Land liegen. Ein Land voller Zauber und voller neuer Worte. Dort muss es Licht geben und eine unendliche Weite.«

»Und was ist mit deiner Frau? … Mit Rebecca? Sie wird dich vermissen.«

Eduard hält inne. Er steht wie ein dunkler Schatten vor dem Bild der *Blauen Bäume.*

»Sie vermisst niemanden. Nur ihr Kind, das sie tot geboren hat. Rebecca braucht keine Farben und keine Worte. Sie versteht mich nicht. In unserem Haus fühle ich mich wie in einem Gefängnis. Ich will frei sein. Dazu brauche ich die *Blauen Bäume.*«

Lieblich tritt vom Bild zurück.

Sechs Schritte. Sieben Schritte.

Er rückt einen Tisch zur Seite, dann ein paar Stühle. Sie sind ihm im Weg. Er braucht freie Bahn, damit es gelingt. Was hier alles herumsteht, im Kunsthaus. Da sitzen sonst die Besucher. Und die Künstler. Und Dr. Helmut Gabelmann.

Eduards Lippen bewegen sich.

»Kommst du zu mir?«

Seine Stimme ist nur ein Hauch. Als ginge ein Wind durch das Kunsthaus. Ein kleiner, leiser Wind, der die Blätter an den Ästen der blauen Bäume erzittern lässt.

Yana tritt an seine Seite. Die Plastiktüten über ihren Schuhen knistern hart. Es hört sich an wie ein kleines, unfertiges Lied. Da fehlt die Harmonie.

»Wir müssen machen mit Schwung.«

Lieblich nickt.

»Mit sehr viel Schwung.«

»Und dann du bist in Ewigkeit.«

»Und wenn es nicht gelingt?«

»Schau.«

Etwas Silbernes glänzt zwischen Yanas Fingern. Das Licht einer Straßenlaterne, die draußen in der Reitbahn steht, fällt darauf.

Lieblich erschrickt.

»Was ist das?«

»Du keine Angst haben. Geht schnell. Nur ein kleiner Schnitt. Ein ganz kleiner Schmerz am Gelenk. Willst du linke Hand oder rechte Hand?«

»Ich weiß nicht.«

»Dann wir nehmen linke Hand. Dort kommen Blut von Herzen. Ist ganz warm. Du wirst sehen. Nein. Du wirst nicht sehen. Du wirst nur hören.«

»Ich werde hören?«

»Schau, dort hinten.«

Yana deutet zum Flügel.

»Ich werde dich tragen auf meinen Armen. Ich viel Kraft. Du musst keine Angst haben.«

Sie nimmt Lieblich in den Arm. Obwohl sie es nicht darf. Es könnten Spuren zurückbleiben. Spuren, die sie vermeiden wollen, alle beide. Niemand soll wissen, dass Yana dabei geholfen hat.

Sie sinken auf den Fußboden. Sitzen dort zusammen auf den kalten Fliesen, und Yana summt leise ein Lied.

Schlaf mein Kleiner
Schlaf mein Lieber
Bajuschki, baju.
Schließe deine Augenlider.
Bajuschki, baju.

Draußen läuft ein Betrunkener durch die Reitbahn. Bei der Fensterscheibe des Kunsthauses bleibt er stehen. Er schaut hinein. Aber er sieht nichts.

»Wo ist denn die Kunst?«

Im Kunsthaus ist es dunkel. Eine Straßenbeleuchtung wirft diffuse Schatten. Yana legt einen Finger auf Eduards Lippen. Er soll kein Wort sagen. Es könnte alles verraten.

»Ja, ist denn die Kunst nicht mehr da?«

Der Betrunkene nimmt einen Schluck aus seiner Flasche, es ist der letzte. Dann wirft er die Flasche mit einer fahrigen Geste durch die Reitbahn. Das Glas zerklirrt auf dem Pflaster.

»Vorbei ist die Kunst … vorbei … vorbei.«

Seine Worte hallen durch die Nacht. Er torkelt weiter, das letzte Wort wie eine Fahne hinter sich herziehend.

»Vorbei …«

»… vorbei … vorbei.«

Endlich ist es wieder still.

»Jetzt, Yana. Jetzt.«

Sie helfen sich gegenseitig hoch.

Treten noch zwei Schritte zurück.

Und nehmen Anlauf.

Yana schiebt Eduard vor sich her, gibt ihm einen letzten Stoß. Er rennt gegen das Bild *Blaue Bäume*, erwischt den Rand des Rahmens, rutscht dort ab, schürft sich die Stirn auf und sinkt benommen auf den Fußboden.

Der Schmerz in seinem Kopf kommt nur langsam. Lieblich unterdrückt einen Schrei. »Ich brauche mehr Kraft, Yana.«

Yana nickt.

»Da ist eine Mauer vor dem Bild. Die *Blauen Bäume* wollen mich nicht in ihr Reich lassen. Du musst die Mauer einreißen, Yana. Kannst du das?«

Sie nickt erneut und schluckt. Eigentlich will sie das nicht. Aber sie hat es ihm versprochen. Sie hilft Lieblich auf die Beine. Die Plastiktüten an ihren Schuhen knirschen wie Glasscherben. Sie schieben die Stühle zur Seite, den Tisch weiter weg. Ein Stuhl kippt um, Yana stolpert.

»Lass uns aufhören«, flüstert Yana. »Bitte.«

Sie möchte ihn bei sich haben. Er soll nicht in den *Blauen Bäumen* verschwinden. Vielleicht trennt er sich doch noch von Rebecca. Und dann kann er für immer bei ihr sein.

Lieblich schüttelt den Kopf. Er ist entschlossen. Er hat die farblosen Räume in seinem Haus so satt und will endlich hinter die Dinge blicken. Farben spüren. Das Land der Bäume betreten. Nur so kann er wirkliche Geschichten über die Farben schreiben. Er will aus dieser Welt fliehen.

»Denke an Olympia.«

»An Olympia?«

»Du willst diese Medaille haben, Yana. Willst du?«

Sie nickt.

»Wir machen Goldmedaille. Jetzt.«

In ihrer Stimme liegt etwas Endgültiges.

Sie klemmt sich den Kopf von Lieblich unter dem Arm. Nimmt ihn in den Schwitzkasten. In ihren Augen blitzt es auf, eine kleine Explosion. Lieblich ringt nach Luft. Die Frau hat Kraft. So ungeheuer viel Kraft.

Yana rennt los, Lieblich im Schlepptau. Sie hat nur ein paar Meter zur Verfügung, das Kunsthaus ist nicht so breit. Diese paar Meter nutzt sie.

Die Fliesen fliegen unter ihren mit Plastikbeuteln umwickelten Schuhen dahin, sie stürmt los wie ein gereizter Stier in Spanien, wütend und entschlossen und nicht mehr zu bremsen. Die Plastikhaube auf ihrem Kopf löst sich, sie sieht die Wand auf sich zukommen, stoppt abrupt, lässt Lieblich los, nimmt all ihre Kraft zusammen, dieser minimale Unterschied zwischen Goldmedaille und Silbermedaille, schiebt ihn ein letztes Stück voran, und Lieblich donnert mit dem Kopf gegen den harten Stein.

In seinem Genick knackt etwas.

Er spürt es nicht mehr.

Seine Sinne explodieren in einem Rausch aus Farben und Formen, die blauen Bäume verneigen sich, ein erstauntes Raunen geht durch den Wald.

Dann ist Stille.

»Eduard?«

Das »R« rollt leise durch das Kunsthaus.

»Eduard?«

Lieblich sagt keinen Ton. Aus einer kleinen Wunde auf der Stirn sickert Blut. Yana legt ihn auf den Fußboden, zieht ihm die Schuhe aus, streift sich die eigenen Schuhe mitsamt den Plastiktüten von den Füßen, und schlüpft in die Schuhe von Lieblich. Sie kommt nicht gleich hinein, das Fußbett wölbt sich im linken Schuh nach oben. Sie drückt es zurück. Ihre eigenen Schuhe legt sie mit den Plastiktüten auf seinen Bauch.

Dann atmet sie tief ein.

Einmal.

Zweimal.

Dreimal.

Sie greift mit den Armen unter seinen Körper und richtet sich auf. Welch süße Last. Eine Goldmedaille. Seine Arme hängen herunter, der Kopf ist seltsam verdreht, die Beine sind schwer. Auf dem Weg zum Flügel schiebt sie einen Stuhl zur Seite.

Aus der Wunde auf seiner Stirn tropft Blut. Es zeichnet eine unregelmäßige Spur durch das dunkle Kunsthaus, an den Säulen vorbei, bis unter den Flügel.

Yana legt Lieblich dort ab. Sie sucht seinen linken Arm, holt die Rasierklinge hervor und macht an seinem Handgelenk einen kleinen Schnitt. Als sie sich aufrichtet, stößt sie mit dem Kopf an die Unterseite des Flügels.

Ein leiser, russischer Fluch kriecht über die Fliesen.

Sie hockt sich auf den Fußboden, streift sich Lieblichs Schuhe von ihren Füßen, steckt diese dem Toten an, schlüpft in ihre eigenen Schuhe mitsamt den Plastiktüten und tastet sich über den Fußboden am Fenster entlang zurück zum Eingang.

Dort sitzt sie eine Weile. Ihre Hände schwitzen unter den Putzhandschuhen, die Kleidung klebt am Körper. Sie erinnert sich an die Haube auf ihrem Kopf, die sie irgendwo hier verloren hat, und sucht danach, bis sie diese endlich gefunden hat.

Yana öffnet die Tür des Kunsthauses und späht hinaus.

Kein Mensch ist zu sehen.

Der Kirchturm von St. Gumbertus grüßt als dunkle Silhouette herüber. Vielleicht streift der Heilige gerade als leichter Windhauch durch die nächtlichen Straßen, schaut durch Fenster in Schlafgemächer und überlegt, wer sich heute für ein Leben im Kloster noch eignen würde.

Ein kleiner Schatten verlässt das Kunsthaus, die Tür fällt leise ins Schloss. Für einen Moment ist das knisternde Geräusch von Plastik zu hören, als sich Yana in einer dunklen Ecke alles vom Körper streift. Sie stopft die Tüten in einen Beutel und eilt davon. Der Beutel wird ein paar Straßen weiter in einer fremden Mülltonne entsorgt. Als Letztes streift sie sich die Putzhandschuhe von den Händen und stopft sie zwischen den anderen Unrat, ganz tief hinunter. Montags kommt die Müllabfuhr.

Die blauen Bäume stehen wie erstarrt. Keiner rührt sich. Sie hätten eingreifen und dieses unsägliche Tun verhindern müssen. Ich bin mir sicher, wenn nur einer von ihnen sich bewegt hätte, oder wenn eines der ausgestellten Bilder von der Wand gefallen wäre, dann hätten Yana und Eduard ihr Vorhaben abgebrochen. Oder waren alle Objekte der Ausstellung auf die Geschichte von Eduard Lieblich gespannt, die er über seinen Ausflug in die Welt hinter den Farben schreiben wollte?

Vielleicht hätte auch ich diesen Tod verhindern können, ich, der Kunsthausflügel.

Und ich denke mir einen Ton.

Es ist dieser eine, tiefe Ton, immer derselbe. Mit gleichbleibender Vehemenz angeschlagen, irgendwo in der Kontra-Oktave. Ungefähr so hört sich das Blut an, das langsam, aber unaufhaltsam aus dem Handgelenk von Lieblich herausquillt.

Ein leichtes Rütteln.

Eine Berührung an der Schulter.

Dann eine Stimme.

»Hallo …? Wir schließen gleich.«

Brendle schlug die Augen auf.

Wo war er?

Vor ihm stand dieses auf Hochglanz polierte Klavierdings und glotzte ihn an.

Wollte das Tasteninstrument ihm etwas sagen?

Hatte es ihm etwas gesagt?

Konnte man sich damit unterhalten?

Er konnte sich nicht daran erinnern.

Das Ding schaut aus wie ein umgeformter, schwarzer Sarg, dachte Brendle.

Und im nächsten Moment: Nein. Das ist Blödsinn.

Er erhob sich von seinem Stuhl, seine Beine waren schwer, sein Nacken steif.

Mit kleinen Schritten schlurfte Brendle zum Eingang zurück, öffnete die Tür und trat in die Reitbahn hinaus. Die Aufsicht folgte ihm, zog die Tür zu und schloss ab. Dann eilte die Frau davon.

Ich müsste noch etwas erledigen, überlegte Brendle. Da war noch etwas. Es hatte mit dem Karlsplatz zu tun und mit dem toten Eduard Lieblich.

Er müsste ihn nun freigeben, wenn der Staatsanwalt zustimmte. Damit Frau Lieblich ihn verbrennen lassen konnte. Die hatte keine Lust, die Blumen auf seinem Grab zu pflegen. Sie hatte schon zur Pflege der Pflanzen im eigenen Garten keine Lust. Welch ein Schicksal.

Blumen. Das war das Stichwort.

Brendle hoffte, noch einen Blumenladen zu finden, der geöffnet hatte. Es war kurz nach sechs Uhr abends, keine leichte Aufgabe. Er machte sich auf den Weg zum Bahnhof, suchte eine Weile ziellos in der großen Halle und entdeckte schließlich in einer Ecke einen Automaten.

Farblich aufeinander abgestimmte Blumensträuße lachten ihm aus Kühlfächern entgegen. Rote Rosen mit ein bisschen Grün dazwischen. Gelbe Nelken und weißes Schleierkraut. Es folgten ein paar leere Fächer. Eilige Reisende hatten bereits mehrfach zugeschlagen. Die Liebste wollte gebührend begrüßt werden, auch die Schwiegermutter verlangte nach Grünzeug.

Brendle entschied sich für zwei lachsfarbene Gerbera und dazwischen geschobene rote Beeren an kurzen Zweigen, die in einer Art Biedermeiermanschette auf ihn den besten Eindruck machten.

Er steckte die Münzen in den Automaten, öffnete das Fach und nahm die Blumen heraus. Irgendwie sieht das kümmerlich aus, dachte er, als er den Strauß in der Hand hielt.

Dann ging er zum Karlsplatz, steuerte ein bestimmtes Haus an und stand vor den Namensschildern.

Sein Finger zitterte über einem kleinen Knopf, neben dem *S. März* stand.

Und wenn sie nicht zu Hause war?

Egal.

Er klingelte.

Einmal.

Zweimal.

Sein Herz schickte zahllose Paukenschläge in den dritten Stock hinauf.

Zwiegespräch
(anstelle eines Nachworts)

Ein kleines, leises Lied schwebt durch das Kunsthaus. Wie ein Hauch aus milder Frühlingsluft.

Und, fragt der Flügel. Habe ich meine Sache gut gemacht?

Der Autor nickt.

Es war angenehm, mit dir zusammenzuarbeiten. Aber es ist natürlich nur eine Geschichte, alle Personen und die Handlung sind frei erfunden.

Das ist nicht richtig. Das Kunsthaus in Ansbach gibt es tatsächlich. Dort wohne ich. Hast du das vergessen?

Die Hand des Autors streicht zärtlich über den Flügel.

Keine Sorge. Das werde ich niemals vergessen.

Vom Flügel kommt ein leiser Akkord, wie ein Fragezeichen.

Hat nicht Dr. Helmut Gabelmann eine Ähnlichkeit mit …?

Der Name ist kaum zu verstehen.

Aber nein, sagt der Autor. Wenn es jemanden geben sollte, der der Figur Dr. Helmut Gabelmann ähnelt, dann wäre das Zufall und nicht beabsichtigt.

Der Flügel klimpert ein bisschen.

Wenn ich einmal reich wär …

Was würdest du mit dem Kommissar machen?, überlegt der Autor.

Nichts. *Tonleiter rauf und runter.* Wenn er sich eine bessere Laune angewöhnt, darf er noch mehr Fälle lösen.

Habe ich etwas vergessen?

Du musst dich bedanken.

Stimmt. Danke, du lieber Konzertflügel. Dank an den Verleger und sein Team, meinen Lektor, an das Kunsthaus

Reitbahn 3 in Ansbach mit den beiden Vereinen, den Mitgliedern, Künstlern, all seinen Ausstellungen und Inspirationen; einen lieben Gruß nach Steinersdorf und …

STOPP! Das reicht. Wir sind nicht bei der Oscar-Verleihung.

Auf dem Flügel beginnt ein mörderisches Stakkato, als würde ein Kobold Purzelbäume schlagen.

Das muss J.K. sein …

Tod, echt bio!

Hans Kurz
Hühnertod
Klappenbroschur, 284 Seiten
978-3-86913-195-5 · € 14,90
eBook 978-3-86913-329-4 · € 9,99

Eines Morgens sind auf einem Biobauernhof im Bayerischen Wald alle Hühner tot. Hans Herzog, genannt Duke, soll den Fall aufklären. Denn der war mal Privatdetektiv. Bei seinen Recherchen begegnet ihm seine große Liebe Sam wieder, die dringend Hilfe braucht, denn ihr Freund Tim ist in München entführt worden. Duke entdeckt einen Zusammenhang zwischen den beiden Vorfällen. Und spät, vielleicht zu spät, merkt er, dass er nun selbst in höchster Gefahr schwebt …

Nicht ganz sauber ...

Tessa Korber
Die Saubermänner
Hardcover, 316 Seiten
978-3-86913-205-1 · € 14,90
eBook 978-3-86913-340-9 · € 9,99

Bei ihrem Einsatz als Tatortreiniger im Haus einer verwirrten alten Dame machen Nadine und Hartmut einen grausigen Fund: Im Gefrierfach liegt ein abgeschnittener Männerkopf. An der Polizei vorbei fördert das ungleiche Duo ein dunkles Familiengeheimnis zutage. Schon bald ist ihnen nicht nur eine Gruppe Neonazis, sondern auch ein weiterer dubioser Verfolger auf den Fersen …
Witzig, schwarzhumorig, spannend!